Denis Bretin et Laurent Bonzon

Nés en 1964, Denis Bretin et Laurent Bonzon ont étudié les sciences politiques à Lyon, où ils se sont rencontrés, puis la philosophie à la Sorbonne. Denis Bretin est secrétaire général du Festival d'automne et vit à Paris ; Laurent Bonzon, journaliste et traducteur, vit à Lyon. À la fin des années 1990, ils se lancent dans l'écriture à quatre mains avec un premier roman : *La Servante du seigneur* (Le Masque, 1999 ; Points Seuil, 2000), suivi de plusieurs autres : *Le Nécrographe* (Le Masque, 2000 ; Livre de poche, 2001), *Malo Mori* (Le Seuil, 2003), *Complex*, en deux volumes : *Éden* (Le Masque, 2006) puis *Sentinelle* (Le Masque, 2009), *Mickey Monster* (Baleine, 2007), *Discount* (Le Masque, 2010).
Ils écrivent également séparément : *Le Mort-Homme* (Le Masque, 2004) et *D'or que landes* (Syros Jeunesse, 2009 ; adaptation radiophonique pour France Culture, 2011) pour Denis Bretin ; plusieurs livres avec des photographes et des dessinateurs pour Laurent Bonzon.
En 2011, ils cosignent avec Andrzej Zulawski le scénario de son prochain long métrage, *Matière Noire*.

ÉDEN

DES MÊMES AUTEURS
CHEZ POCKET

COMPLEX

ÉDEN
SENTINELLE

SCIENCE-FICTION
Collection dirigée par Bénédicte Lombardo

DENIS BRETIN
et LAURENT BONZON

ÉDEN

COMPLEX 1

ÉDITIONS DU MASQUE

Les auteurs remercient le Centre national du Livre
pour l'aide précieuse qu'il leur a apportée.

Le papier de cet ouvrage est composé de fibres naturelles, renouvelables, recyclables et fabriquées à partir de bois provenant de forêts plantées et cultivées durablement pour la fabrication du papier.

ISBN : 978-2-266-20371-5

À Marine,
Amarante blanche, iris rouge.

D.B.

Aux jardins de Tatarouchi.

L.B.

LA TROISIÈME APPARITION : … Macbeth ne sera pas vaincu jusqu'au jour où la grande forêt de Birnam gravissant Dunsinane marchera contre lui.

MACBETH : Cela n'arrivera jamais ! Qui peut de force enrôler la forêt et ordonner à l'arbre d'ébranler sa racine enchaînée dans la terre ? Douces prophéties ! Bien ! Mort rebelle ! Ne te dresse plus jusqu'à ce que se dresse la forêt de Birnam.

Shakespeare, *Macbeth*, acte IV, scène I

Vous savez bien depuis combien de
siècles autant que d'années d'hommes,
Nous possédons cet univers, et comme
à notre gré,
Nous dirigeons les affaires de la terre.

Milton, *Le Paradis reconquis*

1

L'insecte le regarda de ses yeux noirs et myopes et lui dit : « Hearing, tu es le genre de type à baiser tes potes. »

Hearing s'arrêta un instant de cisailler le grillage, regarda ce petit truc marron qui lui faisait la morale. La bestiole avait une grosse tête ronde et des yeux minuscules qui disparaissaient dans les replis de sa carapace. « Une sale petite enflure en train de baiser ses potes, rien de plus, voilà ce que tu es, Hearing. »

— Casse-toi, grillon, chuchota Hearing.

Mais l'insecte ne bougeait pas. Il se frottait les mandibules. Hearing reprit :

— Le fric, grillon, tu peux pas savoir comment c'est de vivre sans fric…

Et d'un coup de cisaille précis, il sectionna le petit corps dodu et craquant. Il essuya sa conscience froissée dans l'herbe sèche et continua à découper les mailles. Putains d'insectes, pensait Hearing, malgré la canicule, ça continuait à grouiller et à donner des leçons. Et cette chaleur qui ne débandait pas depuis dix jours, le thermomètre pissait son mercure rouge sang jusqu'à des quarante. Deux degrés de moins la nuit, au mieux. Là-haut, la lune était transparente comme un glaçon dans un verre d'eau fraîche. Hearing avait envie d'arracher sa cagoule, envie de jeter son treillis dans les fourrés et de se balader à poil en se frottant contre la lumière fraîche de la lune. Mais patience, se disait-il, patience, mon Hearing ! Demain… Demain, Hearing !

Ses doigts lui faisaient mal et il avait un début de crampe. Il ne cisaillerait pas une maille de plus. Qu'ils aillent se faire foutre si ça n'allait pas.

⁂

Rouge. À l'autre bout du parc, dans l'un des bâtiments, un voyant s'était mis à clignoter. Rouge. Obstinément. La moindre variation d'intensité dans la basse tension de l'enceinte grillagée et l'ampoule se mettait à clignoter. Bientôt, si la tension n'était pas rétablie, le rythme du clignotement s'accélérerait.

Les deux pieds du vigile, jambes croisées, étaient posés sur la console. Immobiles. Apparemment, il se foutait complètement des variations de couleur du témoin d'alerte qui éclairaient alternativement son visage bouffi. Au coin des lèvres, le sandwich à la viande grasse qu'il venait d'expédier avait laissé des reflets huileux.

⁂

Hearing apprécia la taille du trou qu'il avait réalisé dans le grillage d'acier. Le gros Jörg n'avait qu'à pas être si gros. Incroyable comme ce type était gros.

il y a un long tunnel noir dans lequel le visiteur est emporté à une vitesse qui

Son portable vibra à nouveau. Timing, Hearing, timing ! Cinq minutes de retard sur ce qui était prévu. La torche. Une brève, une longue. Leurs pas dans le sentier. Jörg à la traîne, otarie asthmatique boudinée dans sa salopette qui puait déjà la sueur et la trouille. Les auréoles pendaient sous ses bras comme des oreilles de tissu mou. Jumbo, l'éléphant volant, pensa Hearing. Vague souvenir d'un album qu'on lui avait offert pour ses sept ans.

Devant Jörg, il y avait Glafkos, un géant chypriote de presque deux mètres. Alourdi des pulvérisateurs qu'il portait à l'épaule, il écrasa de ses deux rangers les souvenirs d'enfance de Hearing. Les appareils donnaient à Glafkos l'air d'un plongeur sous-marin échoué loin de la mer et ses lunettes rondes trahissaient son indécrottable admiration pour Léon Trotski. À ses côtés, Iva assurait. Pas Hale Berry, mais presque. Hearing trouvait que le passe-montagne lui donnait de l'allure. Pourtant pas le moment de se laisser aller au sentiment. Timing, Hearing, timing !

Lui seul savait que la ronde passerait dans moins de dix minutes.

— Tu foutais quoi ? J'ai sonné au moins dix fois ! s'énerva Glafkos.

— Je me faisais les ongles… ! Deux types viennent de passer, ils doivent faire des rondes de surveillance.

— On laisse tomber ! On peut encore laisser tomber !

Il était difficile d'imaginer que Jörg puisse avoir une voix aussi fluette. Il était nerveux et n'arrêtait pas :

ne peut se concevoir. il est secoué, agité, balancé, attaqué, désintégré,

— Personne n'avait dit que ce truc était surveillé la nuit !

Une sorte de rossignol obèse.

— Tu croyais quoi, que tu allais entrer là-dedans comme une fleur ?

Jörg n'avait pas l'air d'une fleur et il comprit au ton de la voix de « Trotski » qu'il était un peu tard pour reculer.

Ils progressèrent à couvert du bois sur une centaine de mètres et virent bientôt passer le long de la clôture qu'ils venaient de franchir le faisceau des torches de l'équipe de surveillance. À travers la nuit, les voix résonnaient dans une langue étrangère. Trop éloignées pour qu'on puisse se faire une idée précise. Les deux vigiles passèrent sans rien voir à côté des mousquetons qui raccommodaient la cicatrice du grillage. Jörg avait du mal à avaler sa salive, sa salopette lui collait au dos, lui collait aux cuisses. Sous les cagoules, il faisait une chaleur à crever.

⁂

Rouge sang. Dans les allées du parc, les caméras s'étaient maintenant déclenchées et les capteurs suivaient les silhouettes qui se glissaient entre les arbres. Dans la salle de surveillance, d'autres voyants s'étaient allumés et clignotaient sans cesse. Sur les écrans, on voyait distinctement les quatre silhouettes dessinées par l'infrarouge avancer dans l'obscurité et sur le quadrillage d'ensemble, deux points verts qui indiquaient la position de l'équipe de surveillance.

parcouru par des flux d'informations qui le traversent comme s'il n'était

Entre les doigts du vigile, la cigarette hésitait. Tomberait, tomberait pas ? Sa tasse de café était vide, la Thermos ouvert. On entendait la soufflerie de la climatisation mais aussi de la musique. Un truc folklorique avec des violons et des trompettes. Le son nasillard provenait des écouteurs vissés sur les oreilles du type. Pour qu'il n'entende pas les buzzs d'alarme, il fallait sûrement qu'il ait poussé le son au maximum.

⁂

Le portable du Chypriote vibra. Le signal de Hearing pour signifier que la voie était libre. Tout avait l'air d'une simplicité enfantine. Ce Hearing était vraiment le type de la situation. Sans lui, sans doute n'auraient-ils pas risqué un coup aussi retentissant. Le groupe serait resté à surnager entre deux joints dans les brumes de son idéalisme pue-des-pieds. Ce premier coup n'était qu'un début. Demain, on saurait que l'heure n'était plus au *seat-in* ni à se peindre des fleurs sur les seins.

— Chacun sait ce qu'il a à faire. Dans dix minutes, on se retrouve ici et on décroche.

Le ton et les mots tentaient gauchement de compenser ce que l'organisation avait d'amateur. Qu'importe, le résultat rachèterait le ridicule des pulvérisateurs. La fille sortit la bombe de peinture et, sur le mur de l'entrepôt dans lequel ils venaient de pénétrer, traça en grandes lettres vertes le nom par lequel ils entendaient se faire connaître au monde, le nom de ce pour quoi ils étaient prêts à se battre.

qu'un décor, une structure cellulaire modulable contrainte de se prêter aux

Ils s'engagèrent dans un dernier couloir, poussèrent une dernière porte.

Hearing n'avait pas menti. Malgré la nuit, la lumière qui se déversait par les verrières du toit dessinait l'immensité de l'endroit et révélait une beauté inquiétante et silencieuse. Voilà à quoi cela avait dû ressembler avant le vol des oiseaux, avant le hurlement des singes. La lune dessinait le négatif vénéneux de ce qu'ils voyaient, sa blancheur inquiétante égorgeait les couleurs, dévoilait ce qu'ils savaient de cet endroit. Ce qu'ils voyaient ne pouvait être que la forme menteuse du paradis. L'image de sa chute. Jusqu'à ces odeurs de vanille et de roses sauvages trop entêtantes pour ne pas être fausses.

L'odeur de l'essence elle aussi commençait à monter, forte et vineuse. Sa rosée luisante ruisselait sur tout ce qu'ils pulvérisaient, imbibait l'humus, glissait le long des tiges comme une pluie malfaisante. Au travers des lunettes couvertes de sueur, ils ne se devinaient qu'à peine. Aller vite, vider les pulvérisateurs. Chacun ne se préoccupait que de la tâche qui lui incombait. Hearing s'était laissé devancer de quelques mètres avant de s'éclipser. Personne ne s'apercevrait de son absence.

L'escalier était à l'endroit indiqué et il s'y engagea sans hésitation. Courir jusqu'au sas, composer le code, ne faire aucune erreur. Un deuxième sas, un éclairage violent. L'odeur de laboratoire maintenant, mélange écœurant de formol et de détergent. Les informations étaient justes. La carte. Il voyait sa main trembler, hésiter. Demain, Hearing, demain… L'image de l'insecte sectionné par la cisaille passa devant ses

formes dictées par les milliards de milliards de données qui composent l'antiyeux. Du revers de la manche, il s'épongea le front, l'insecte disparut. Engager la carte. La paroi glissa dans le rail d'acier. Il y était. La lumière blanchissait les murs, il respirait fort et vite. Dans les cages, des dizaines de souris blanches et de rats couraient et couinaient. Passer cette salle, jusqu'à la console encastrée dans le béton gris. Sous le cylindre transparent, il devinait les minuscules alvéoles à la surface desquelles affleuraient les tubes. Sa main tremblait et il se répéta les combinaisons chiffrées qu'il lui avait fallu apprendre. Ses gants lui semblaient trop gros, ses doigts maladroits pour taper les codes sur le clavier. Deux séries de 12 chiffres. Il était embarrassé par l'étui ouaté qu'il avait sorti de sa poche, ne savait où le poser. Il tourna la tête et s'effraya de son propre reflet dans le miroir qui couvrait le mur latéral. Le bidon d'essence pesait sur ses épaules. Combien de minutes lui restait-il ? Dans la pièce voisine, les souris couinaient de plus en plus. Il composa la première série. Chiffre après chiffre. Son bras tremblait, mais il s'efforçait de ne penser à rien d'autre. De ne pas écouter le couinement insupportable des souris que la lumière excitait. Le cylindre pivota. Au-dessus de la console, l'air devint glacial et Hearing constata qu'une solution légèrement bleutée et huileuse baignait les alvéoles numérotées. Un plasma translucide dans lequel vibrait la lumière. Une multitude de voyants et d'écrans à cristaux liquides déroulaient des séries de chiffres sur les côtés de la console et cela le troublait. Il composa la deuxième série. Chiffre après chiffre, et le froid lui faisait plisser les yeux. Un clignotement lumineux accompagnait l'apparition du tube. Lentement, le vérin poussait l'échantillon au travers du liquide. Hearing entendait battre son cœur. Au contact de l'air, la solution réagissait et couvrait la console d'une fumée blanchâtre qui débordait sur ses jambes. C'est à cet instant que Hearing comprit que quelque chose n'allait pas. Le tube qui était en train d'apparaître occupait l'alvéole 6. Si le tube qu'on lui avait demandé de récupérer devait être numéroté 1, pourquoi ce putain de truc était-il en train de monter le 6 ? Ce fut comme un réflexe et au moment où il comprit qu'il avait appuyé de ses doigts malhabiles, gênés par les gants, sur le chiffre situé sur le clavier très exactement au-dessous du premier, il tenta de contrarier le mécanisme.

Le tube éclata entre ses doigts. Un liquide noir, si froid qu'une mâchoire sembla lui emporter la main, s'écoula sur le gant. Hearing avait hurlé, mais la brûlure s'estompait déjà. Il reprenait difficilement sa respiration, regardait les éclats de verre et le liquide renversé qui se mélangeait en fumant au plasma cryogénique. On le lui avait dit. Combien de fois se l'était-il répété ? Mille peut-être. Il se l'était répété mille fois. Attendre que le clignotement cesse avant de retirer le tube, le glisser dans l'étui puis, seulement après l'avoir glissé dans l'étui, le retirer. Hearing se serait tapé la tête contre le miroir d'être aussi con. Il sentait la panique le gagner. Il avait cassé ce putain de tube 6 ! Mais le revirement fut soudain. Il en aurait presque ri. Qu'est-ce que ça pouvait bien foutre !

– Le 6, Hearing ! Le 6 ! Pas le 1 !

impossible d'estimer, sans doute quelques secondes, peut-être plusieurs

Il aurait aimé pouvoir le dire à quelqu'un, aux souris d'à côté, aux autres qui étaient en train de pulvériser. Il avait foutu en l'air un pauvre tube 6 dont personne n'avait rien à faire. Là-haut, quelqu'un l'aimait ! Est-ce qu'il ne fallait pas qu'on ait envie de l'aider pour lui offrir à l'œil une petite répétition ? Les minutes qu'il venait de perdre lui firent retrouver son calme. Il recommença l'opération, s'appliquant malgré la douleur qui lui tenaillait à nouveau la main.

— Fais attention, Hearing, fais bien attention cette fois-ci, Hearing !

Il ne se rendait même pas compte qu'il parlait à voix haute. Il couvrait le clavier du liquide noir et visqueux qui maculait son gant. Il savait qu'il ne pouvait plus se tromper, qu'il ne se tromperait pas.

— Tu l'as, Hearing, tu l'as !

Il ne reprit sa respiration qu'après avoir glissé l'échantillon 1 dans l'étui. Il avait su saisir sa seconde chance. Il ne restait que trois minutes, mais l'échantillon était dans sa poche. Très vite, il déversa à grandes goulées l'essence du pulvérisateur sur le dallage et retraversa le laboratoire. Les souris étaient dans un état d'excitation extrême, lisant dans l'odeur de l'essence la promesse du feu. Hearing sortit la boîte d'allumettes. À côté de son visage, de l'autre côté du fin grillage, une souris le fixait d'un œil vert où la peur se lisait. Hearing ne sc souvenait pas avoir vu ce genre de souris. Il repensa aux deux gamines qui lui réclamaient un cobaye ou une bestiole à poils depuis des semaines. Est-ce que cette souris n'avait pas, elle aussi, droit à une seconde chance ?

Deux minutes. Dans le couloir, des souris l'avaient précédé, fuyant le feu gourmand qui déjà dévorait

vies, le visiteur ignore s'il est conscient ou inconscient de lui-même, s'il

le laboratoire derrière lui. Des tas de souris albinos avec leurs yeux rouges qui couraient à une vitesse dingue. Il se jeta dans l'escalier. Une minute. Il était le premier.

Dans sa poitrine, son cœur étouffait. Il sentait les muscles de son cœur qui écrasaient ses veines et faisaient gicler le sang à ses tempes. Il n'aurait pas su dire si sa main le faisait souffrir. Il verrait ça lorsqu'il serait seul.

— Ça va, Hearing ? Hearing, ça va ? T'as pas l'air d'aller ?

— C'est bon, Jörg, c'est bon. Je te jure. Nickel. Nickel, mec. Il faut se tirer, vite. Maintenant !

— On doit attendre les autres, Hearing, attendre encore une minute.

Sa voix aurait pu lui donner envie de se marrer, mais Hearing ne riait pas. Jamais il ne s'était senti comme ça. Son cœur allait mieux maintenant. Jamais il ne s'était senti dans une forme pareille.

— Qu'est-ce que tu t'es fait à la main ?

— Ma main ?

Hearing regarda son gant. Ici, sous cette autre lumière, le noir avait viré au rouge sang. Hearing bougea les doigts. Il n'avait pas mal. Il ne sentait rien.

— Ça va, Jörg, nickel. Une égratignure, le grillage, je sais pas. C'est bon, Jörg. Qu'est-ce qu'ils foutent les autres ?

— J'en sais rien. Je crève là-dessous.

— Remets ta cagoule tout de suite, Jörg ! Tu sais bien qu'il y a des caméras !

Au bout de l'allée, ils virent le Chypriote et la fille courir. Ils puaient l'essence à plein nez. L'essence, qui couvrait maintenant toutes les autres odeurs.

se décompose encore ou se recompose déjà, s'il participe ou demeure absent de

Le Chypriote tira une boîte d'allumettes de sa poche, comme Hearing, quelques instants plus tôt, l'avait fait lui-même dans le laboratoire. Hearing regardait l'allumette en souriant. Il se sentait tout à fait bien.

— Faut dégager maintenant.

Le Chypriote craqua l'allumette et la jeta.

Ce fut un souffle comme on ne pouvait l'imaginer. Les flammes se jetèrent vers le ciel. Les couleurs revinrent en un instant. Un vert immense, comme une vague sur laquelle déferlait le feu. Des milliers de plantes rares et de fleurs venaient de s'embraser. Et sur le mur, l'inscription peinte tout à l'heure. D'un vert fluorescent elle aussi : ÉDEN.

⁂

Rouge feu. Derrière la paroi sans tain qui donnait sur le laboratoire, tous les voyants étaient en alerte. Le signal qui indiquait que quelqu'un avait pénétré dans l'enceinte du domaine Naeliev n'était plus qu'un détail. À l'extérieur du bâtiment, les sirènes de détection incendie hurlaient. Sous l'un des *sprinklers* qui venait de se mettre en action, le vigile impassible prenait une dernière douche. Les pieds toujours calés sur le tableau de commande, assommé par une dose massive de somnifère, il persévérait à ne pas réagir. Même la mort n'aurait pu l'interrompre lorsqu'il écoutait un bon disque de mariachis. Sous la violence des flammes, le miroir sans tain craquela, puis se fendit. Les courts-circuits jetaient sur les tableaux électriques des arcs d'une fulgurance qui rivalisait avec l'incendie. Assez rapidement, les structures

cette nucléosynthèse primordiale qui dénature les frontières de son être, le

métalliques des serres s'effondrèrent, écrasant dans leur chute le dallage qui se trouvait au-dessus des laboratoires. Mais de cela, ni le vigile ni les trompettistes, qui jouèrent jusqu'à ce que les écouteurs fondent à l'intérieur de ses oreilles, ne surent jamais rien.

propulse vers une nouvelle origine, le constitue en tant que synthèse hybride

2

Il était tard et sur le mur qui lui faisait face, Renzo Sensini pouvait suivre des yeux l'ombre de la croix. Démesurée et changeante, celle-ci dessinait tantôt la silhouette grossière d'un pendu, tantôt celle d'un point d'interrogation. La danse s'interrompait quelques secondes lorsque sa main se refermait sur le chapelet de buis dans un claquement à peine perceptible. Le mouvement pas plus que le bruit, n'exerçait sur lui de fonction hypnotique, même s'il contribuait toujours à emplir le vide qu'il aimait, mais qui n'avait jamais cessé de l'impressionner. Jamais. Depuis sa vingt-deuxième année, celle des grandes remises en question, le cadeau de Léo ne l'avait plus quitté, égrenant de son chlic-chlac familier et indifférent les vingt-six autres qui s'étaient écoulées entre-temps. La permanence d'une chose, d'un geste, d'un son, dans la multiplicité de ses vies.

Seul, à cette heure tardive, dans les locaux du département Surveillance et Recherche au décor high-tech stéréotypé, l'officier d'Interpol Renzo Sensini faisait une nouvelle fois l'expérience inquiétante du silence et du vide. La lampe dont il avait détourné le

capable de se mouvoir dans une dimension d'où sont absents l'espace et le temps.

faisceau vers le mur laissait dans la pénombre le bureau sur lequel il était assis. Son bureau. Celui qu'on lui avait attribué quelques semaines auparavant après le dénouement de l'affaire Del Pierro, dont il avait été en charge. Plus grand qu'un placard, mais l'intention était là. Une grave divergence avec l'institution dans l'administration encyclopédique qu'elle exerce sur le crime international, un seul écart, une seule décision non conforme, et la facture avait suivi. À régler en cash, avec tous les frais qu'entraînait une mutation : ricanements et sous-entendus des collègues, silences pesants de la hiérarchie, regards en coin des secrétaires et mise au vert. Au vert sous toutes ses formes : extrémistes de la lutte anti-O.G.M., fondamentalistes du droit des animaux, intégristes du retour à la nature, activistes antipollution…, il avait hérité de cette nouvelle faune qui, contrairement à l'autre, ne cessait de croître et de se multiplier. Plus la planète tournait sur elle-même comme une dingue et plus elle comptait d'illuminés qui s'étaient donné pour mission de la sauver. Contre elle-même, contre la volonté des États et de la population mondiale s'il le fallait. Mais si les questions de sécurité posées par l'écoterrorisme étaient assurément des valeurs montantes à la bourse des délits, du point de vue de leur cote sur le marché professionnel, elles ne pesaient pas lourd face aux titres de la multinationale Al-Qaida qui, en matière de crime organisé, avait sans conteste fourni les sensations les plus fortes depuis 2001. Bref, de quelque manière qu'il envisage sa nouvelle situation, Renzo Sensini était sur la touche et la croix du Christ, vibrant dans l'air ou reposant dans sa main, n'y pouvait absolument rien.

au bout du tunnel, le visiteur accède à un paysage qui ressemble à un paysage, à

Lorsque son ordinateur bipa, ce fut comme un rappel à l'ordre. Un message de la structure lancé à l'un de ses vaillants soldats égaré dans des considérations un peu trop personnelles par le canal de cette technologie de pointe dont elle raffolait. Sensini avait sursauté, le vague sentiment d'être pris en faute, remisé d'un geste vif le chapelet et son poids de questions sans réponses au fond de l'une de ses poches, avant de se rendre au chevet de l'électronique qui le réclamait. Avec insistance maintenant. Dissipant le brouillard de fractals rose bonbon qui enveloppait l'écran, il accepta la demande de communication sécurisée qui émanait du seul et unique adjoint du département. Arrivé dans le service quelques semaines avant lui, ce jeune Roumain fanatique passait toutes ses nuits à glisser sur les fils de la Toile et à visiter ses étranges habitants, la plupart du temps malgré eux, épiant les faits et gestes des combattants pour un nouvel ordre environnemental, tendance troupes de choc et commandos. L'enthousiasme de ce novice, ses idées saugrenues et ses raisonnements alambiqués, avaient communiqué un début d'entrain au transfuge, le persuadant presque de prendre ses nouvelles fonctions quelque peu au sérieux.

Le visage de Roman Dragulescu apparut dans les contours étriqués de la fenêtre de réception. Un gros animal joufflu grimaçant dans la cage visuelle dont il semblait vouloir sortir. Avant que la voix de son correspondant ne lui parvienne, et que son excitation ne résonne un peu trop fort dans le système d'écoute hypersensible, Sensini eut le temps de se demander à quoi pouvait bien ressembler son image à l'autre bout de la ville.

des hommes qui ressemblent à des hommes, à une réalité qui, pourtant, semble ne

— Voilà, bonsoir… Je pensais bien que vous étiez encore là. Il y a quelque chose qui se prépare, enfin… J'en suis sûr. Je crois bien que j'ai trouvé, c'est pas certain, mais je suis sûr qu'il se passe quelque chose…

Malgré son scepticisme quant à l'importance des affaires qu'on traitait à cet étage du bunker et la pénible situation dans laquelle il s'était mis, Renzo Sensini eut très nettement envie de sourire en contemplant l'expression bouleversée et drolatique de ce curieux rat d'égouts communicationnels. C'était la première fois que cela lui arrivait depuis au moins quarante-huit heures.

— Du calme, Dragulescu… On se calme… De quoi parlez-vous ?

— Voilà, c'est ÉDEN. Bon dieu, j'en étais sûr, je vous ai parlé du groupe ÉDEN… Je vous ai dit qu'il y avait quelque chose en préparation. Vous avez lu ma note ? ÉDEN ! !

Sensini n'avait évidemment rien vu des quelques pages que l'adjoint avait déposées sur son bureau. Il soupira et voulut donner une tonalité encourageante à sa voix. Pas le plus simple.

— Je vous écoute, Dragulescu.

— Voilà. J'ai tracé des mails depuis quatre jours. Quatre nuits plutôt… C'est des noctambules, ces types. Communiquent jamais avant 23 heures GMT. Ce qui m'a mis en orbite, c'est quand des pseudos identifiés « Fin du monde » et « Planète mer » ont échangé des codes de procédure avec un guest qui ne s'était jamais loggé. Le malaise, putain, le malaise, c'est que le guest utilisait un identifiant dérivé de la même racine que les allumés d'Öko. Et là, vous

faire aucun doute. ici, le bleu du ciel est surnaturel. il possède une pureté que

voyez, c'est là que j'ai pensé que ça ne pouvait être que sûr…

— Dragulescu…

— Je sais. Mais c'est un des Öko, O.K., je ne sais pas lequel, mais c'est l'un d'eux que j'avais piercé la veille en chat avec l'ÉDEN member qui tentait de joiner pour une opé spéciale. Et ça, c'est dans ma note. Vous en pensez quoi ?

— J'essaye de comprendre, Dragulescu. J'essaye simplement de comprendre.

Tout en gagnant du temps, Sensini avait réussi à mettre la main sur le document paraphé par le virtuose des autoroutes de l'information, avec code du service et classement XA. Avant de le parcourir, il jeta à l'adjoint un merveilleux os à ronger.

— Et vous, Dragulescu, qu'est-ce que vous en pensez ?

L'autre reprit son récit. Sans son supérieur, qui se rattrapait sur la note. Plus clair à l'écrit qu'à l'oral, le prodige de l'espionnage électronique rapportait en quelques phrases la création récente d'un nouveau groupe d'activistes particulièrement virulents dénommé ÉDEN. Un acronyme ou la simple dénomination du jardin pur et premier ? Impossible de trancher. Si, idéologiquement, ce nouveau groupuscule semblait assez peu se différencier d'autres mouvances écolo-alternatives déjà connues, répertoriées, surveillées, il semblait aller plus loin dans la rhétorique de la menace terroriste, en projetant des actions violentes contre tout ce qui pourrait ressembler de près ou de loin à de la manipulation génétique, abomination de la science, transgression des rythmes ancestraux, monstruosité d'un homme contre-nature,

nous ne connaissons plus depuis longtemps. une pureté virtuelle qui remonte au

frontières des espèces infranchissables, syndrome de l'apprenti sorcier, etc.

— Dragulescu ! ?

— Euh… Oui.

— Vous avez d'autres informations sur l'opération en préparation ? Vous dites « imminent », mais c'est quoi « imminent » ?

— Imminent, c'est dans pas longtemps, c'est sûr. La fréquence et la multiplication des caches le disent. Les codes, pareil, ça se prépare, certain… Autre chose qu'une manif ou qu'un lâcher de peinture… C'est sûr. Mais quoi… ?

— Quoi ?

— Quoi… ? J'en sais rien, moi, quoi…

— Alors on en parle demain, Dragulescu. Demain.

Sensini vit encore l'internaute faire quelques mouvements contrariés de la tête avant que l'image ne s'immobilise sur un Dragulescu sans vie. Puis ce fut la fenêtre noire de sa solitude retrouvée. Il se leva. Derrière les vitres de la forteresse d'Interpol, toute de reflets bleus et d'acier, la ville espérait sa présence. L'incitait de ses lumières à la retrouver dans cette nuit caniculaire de début d'été. Mais Sensini, de nouveau immergé dans le flot contrarié de ses pensées, tournait le dos à sa tentation, ignorait sans mal la belle étrangère. Celle-ci lui renouvelait pourtant régulièrement ses avances depuis leur première rencontre. Trois ans, mais rien à faire, il ne parvenait pas à l'habiter autrement que sans la voir et sans l'écouter. Avec elle, comme avec tant d'autres auparavant, il formait un tout jeune couple déjà fatigué. Le meublé dans lequel il avait emménagé, quelque part dans un

début des temps ou plonge dans leur fin. la mer n'est pas du même bleu, mais elle

vieux quartier tout en pentes, était la preuve tangible de son manque d'engagement. Et si, depuis peu, il réglait son loyer au mois et non plus à la semaine, il ne fallait pas en conclure qu'il était sur le point de capituler. Non, Renzo Sensini habitait cette ville et le monde avec la légèreté profonde d'un passager clandestin. Seul l'accompagnait dans ce long voyage l'écho retrouvé d'un chlic-chlac familier.

brille comme l'idée qu'on se fait de la mer. calme, profonde et scintillante. une

3

Une cage. Maintenant qu'il avait livré l'échantillon et reçu son fric, Thomas Hearing voulait une cage. Spacieuse et confortable. Avec une roue que ces petits animaux font tourner pour passer le temps et qui les empêche de devenir dingues. Il l'avait imaginée beaucoup plus grande. Une sorte de maison. Où d'autres pourraient s'ajouter, des mâles et des femelles. Qui formeraient des couples et auraient des enfants. Beaucoup d'enfants. Ceux de Nadine seraient heureux. Et lui également.

L'employée de l'animalerie où il était entré, le plus grand magasin du quai de la Mégisserie, lui dit qu'elle regrettait mais qu'elle n'avait pas de plus grand modèle. Et que pour une souris blanche, c'était déjà bien. En réalité, elle ne semblait pas beaucoup regretter car son sens du commerce lui répétait obstinément que cet étrange client n'allait de toute façon rien acheter. Mais elle se trompait. Car Hearing était emporté depuis quelques heures – depuis ce matin qu'il s'était éclipsé de son domicile, dans la banlieue de Paris –, emporté par une frénésie d'achats. Une sorte de fièvre. Rien n'était trop beau, rien ne lui

crique comme on en trouve dans les magazines. on pourrait presque s'y baigner.

résistait et il ne résistait à rien. Très peu de choses pour lui-même, tout pour les filles et sa compagne. Des jouets, des vêtements, des gadgets bruyants, des appareils électroménagers, un bijou précieux, le traiteur, les épiceries fines et même un sapin de Noël qu'il avait fini par trouver dans un bazar chinois, en solde et déjà décoré, y compris la guirlande électrique multicolore et clignotante. Un arbre de Noël. Un faux, bien entendu. Mais il est vrai que ce n'était pas Noël non plus. Et de toute façon, il avait toujours été contre. Contre ce carnage végétal sous prétexte de fête, contre l'exploitation des forêts à des fins commerciales, contre la déforestation. Contre. Quoique. Aujourd'hui, curieusement, il aurait presque cédé au désir d'avoir pour lui un véritable sapin. Mais sa conscience d'activiste écologiste s'était rebellée. Et puis il était de toute façon peu probable de tomber sur un sapin à vendre au beau milieu du mois de juin. Il avait donc opté pour ce ridicule petit arbre de plastique dont le Chinois avait été trop heureux de se débarrasser. Ensuite, il avait repris sa course. Ses courses.

Les paquets s'étaient amoncelés dans les sacs, puis les sacs s'étaient multipliés jusqu'à ce qu'il ne puisse plus les porter et se mette alors à convenir de certaines heures de livraison avec ses différents fournisseurs, des livraisons à prix d'or, mais il s'en moquait.

L'employée de l'animalerie était intriguée. Elle observait cet homme avec la curiosité appliquée d'une experte en espèces rares. Sa main droite était bandée, mais il n'avait posé aucun de ses achats et se tenait immobile et silencieux devant la cage immense, le modèle Californie à 399 € qu'elle n'avait vendu que deux fois dans sa carrière.

on s'y baigne d'ailleurs. ils sont quelques-uns à patauger dans cette eau

— Quelle chaleur !

Hearing avait tressailli, serré un peu plus fort son chargement. Un léger mouvement de recul comme si la phrase de la vendeuse avait percé trop loin l'épais brouillard qui, depuis quelques jours, lui rendait une partie de son environnement opaque et cotonneux. Mais depuis quand au juste ? Hier. Avant-hier peut-être. Cela ressemblait à l'un de ces mauvais rhumes qui isole sa victime du monde extérieur, la dissimule peu à peu derrière un masque gênant. Hearing renifla, mais rien n'encombrait sa respiration. Aucun symptôme rhinopharyngé. Rien. Seulement un mal de tête persistant et quelques vertiges qui le déséquilibraient de temps à autre. La pression de ces derniers jours sans doute. Ou la chaleur dont tout le monde parlait et qui durait depuis déjà plusieurs semaines. Il éprouvait, à ce propos, quelque chose d'étrange : Hearing avait bien conscience de cette température anormalement élevée, voyait dans la rue les gens porter des lunettes de soleil ou se couvrir la tête. Il y avait aussi des messages d'alerte dans les journaux et à la radio, sur les panneaux d'affichage lumineux de la ville. On évoquait la prudence, l'absence d'effort pour les personnes âgées et la nécessaire hydratation des enfants. Mais lui ne ressentait pas la chaleur. C'était plutôt comme s'il l'absorbait.

— Alors je prends celle-ci.

Il se tourna vers la vendeuse qui demeurait sans réaction. Il était pourtant certain d'avoir parlé, d'avoir prononcé distinctement sa phrase. Il la regardait maintenant avec insistance. La blouse qu'elle portait lui collait à la peau par endroits et de petites perles de sueur brillaient çà et là sur son front, autour de ses

turquoise. des hommes exclusivement. certains sont petits et gros, d'autres

yeux. Hearing aurait voulu porter la main à son propre visage, se rendre compte lui aussi de l'effet que provoquait l'air lourd et brûlant sur sa peau. Mais il n'avait pas de main libre et, de toute façon, il sentait bien qu'il ne transpirait pas.

— Alors je prends celle-ci.

Il avait répété sa phrase, plus fort peut-être, plus posément sans doute, et cette fois la jeune femme l'avait entendue. Semblait tout heureuse de ce choix judicieux, lui proposant même un paquet cadeau, si toutefois c'était bien pour offrir. Alors l'allégresse le saisit à son tour. Il suivit la vendeuse jusqu'à la caisse, nota au passage qu'elle était plus empressée maintenant, et cela lui fit plaisir. Plaisir de voir que chaque être et chaque chose reprenait sa place, que ce masque de brume était le fruit de son imagination ou d'une fatigue passagère due au stress, que la situation était bien conforme à celle qu'il était en train de vivre : lui, dans une animalerie des bords de Seine, regardant les animaux, puis choisissant une cage pour abriter la souris qu'il allait offrir aux petites, cette nouvelle compagne qu'elles désiraient tant, à qui elles brûlaient de confier leurs petites joies et leurs grands chagrins. À la question d'usage, il répondit qu'il réglerait en liquide et que, non, il n'avait pas besoin de facture.

Hearing ne se lassait pas de voir que, désormais, la jeune vendeuse s'entretenait avec lui comme avec n'importe quel autre client digne d'intérêt, allait même jusqu'à plaisanter, se moquant gentiment de tous ces paquets qu'il avait à porter, et qu'ils avaient bien de la chance ceux à qui ils étaient destinés, et la dame surtout car elle avait bien vu ce sac-là, celui du grand couturier, et l'autre là aussi, celui de ce bijoutier

grands et maigres. d'autres encore sont musclés, bronzés, soigneux de leur

parisien qui ne vendait qu'à des stars… Il la laissait parler, souriait, ne se lassait pas de l'entendre, pensait à la dame, à Nadine qui ne se doutait de rien, était partie ce matin de bonne heure pour déposer les enfants à l'école et puis donner ses cours. Comme d'habitude. À Nadine qui rentrerait ce soir de mauvaise humeur, qui avait encore pesté ce matin contre son inactivité à lui… La pauvre. Elle ne se doutait pas, n'avait pas compris qu'il n'était plus le même, qu'il avait pris des décisions. De grandes décisions. La première conséquence en était cette liasse souple et épaisse qui pesait dans sa poche et qu'il était fier de sentir battre contre sa jambe lorsqu'il marchait dans la rue. Il déposa à ses pieds une immense ronde de sacs et sentit sous ses doigts le crissement frais de l'argent. La vendeuse regarda avec intérêt le beau billet tout neuf qu'il lui tendit avant de lui rendre la monnaie. Hearing n'avait qu'à patienter quelques secondes, le temps qu'on lui emballe la cage. Elle lui proposa en attendant de voir d'autres animaux, mais cela ne l'intéressait pas. Et puis, elle ne voulait pas sembler insistante, mais avait-il pensé à la nourriture pour la souris et à la litière pour sa cage… O.K., O.K., pour la nourriture, il voulait bien un conseil, et pour la litière, évidemment, c'est vrai que les souris chient partout, il n'y avait pas pensé… La jeune vendeuse entraînait déjà son client vers le fond du magasin, en l'assurant que la litière, ce n'était pas seulement pour l'hygiène mais aussi pour le bien-être des animaux… Hearing la suivit docilement, mais son attention se trouva littéralement captivée par la reconstitution miniature et soignée d'un biotope marécageux, où vivait une imposante colonie de tortues d'eau, de

apparence. nous apprendrons à les connaître et à les reconnaître au fur et à grenouilles et de têtards en attente d'évolution. Bien plus que la mine inexpressive des reptiles et des batraciens, il se mit à observer la perfection de ce modèle réduit de nature, où s'épanouissait tout un petit monde de joncs, de fougères, d'autres plantes herbacées et aquatiques, roseaux et typhas, toutes de taille naine et d'allure sauvage, composant l'image éblouissante et nostalgique d'un monde d'avant la souillure. Une sorte d'éden avec lequel, mystérieusement, il sentait qu'il faisait corps. Non pas une admiration superficielle, se limitant à quelque approbation silencieuse quant à la qualité de la reproduction ou au pittoresque des pierres moussues qu'on avait pris soin de placer ici et là, non, quelque chose de beaucoup plus profond, une empathie singulière, un accord secret qui palpitait à l'intérieur.

Lorsque Hearing perçut très loin de lui l'insistance d'une voix qui semblait l'interpeller, il ne savait plus où il se trouvait ni combien d'heures ou de jours s'étaient écoulés depuis qu'avait débuté sa délicieuse apnée végétale. Son cœur battait anormalement fort et il avait besoin de reprendre son souffle. « C'est sans doute la chaleur », disait la voix juste derrière, et une autre, masculine cette fois, répondait que oui, sans doute, c'était la chaleur. Malgré lui, on l'entraînait, on le soutenait, on l'éloignait maintenant de ce petit paradis qu'il venait de connaître, qu'il avait rejoint intuitivement, sans même le vouloir. Mais il était pour l'instant sans force et se laissait conduire, souriant vaguement des voix qui demandaient un verre d'eau, voulaient le faire asseoir et lui commander un taxi, l'interrogeaient pour connaître son adresse, s'étonnaient aussi de ce qu'il ne veuille rien lâcher des

mesure qu'eux-mêmes apprendront à nous connaître et à nous reconnaître.

innombrables sacs qu'il portait. L'eau qu'on lui fit boire avait un goût de terre, mais ce n'était pas désagréable. Peu après, le flou diminua, les êtres et les objets retrouvèrent progressivement une place stable dans son champ de vision et, devant lui, il reconnut le comptoir de la caisse devant lequel il s'était tenu, la vendeuse qui lui souriait, et à ses pieds, la silhouette de la cage. Une cage qui lui parut immense.

— Ça va mieux ? Dites donc, vous nous avez fait peur… Vous riez maintenant, mais ce n'était pas beau à voir… On vous a appelé un taxi. Ça va aller ?

— Oui, je vous remercie. Je ne sais pas ce qui s'est passé…

— C'est la chaleur ça… Vous n'êtes pas le premier à avoir un malaise, vous savez. C'est tuant à force… Pour l'organisme, il paraît…

— En tout cas, merci.

— De quoi ? Je vous ai mis la nourriture et la litière dans un sac à part. Vous vous rappelez, la litière… ?

Au sourire de la fille, à son regard insistant, Hearing comprit tout à coup qu'elle faisait son possible pour ne pas avoir à lui rappeler qu'il n'avait pas réglé son achat. Son regard s'illumina.

— Je suis désolé…

— Ne vous excusez pas…

Il libéra sa main droite et se contorsionna pour la glisser dans sa poche de pantalon. La vendeuse fit une drôle de tête lorsqu'il lui tendit une nouvelle fois un billet de 500 € tout neuf. Elle voulut s'approcher, hésita, comme s'il y avait un risque à se saisir du billet. Est-ce qu'il les fabriquait ou quoi ? Puis fut heureuse de trouver la parade.

attention, l'un ne va pas sans l'autre. ils nous découvrent lorsque nous les

— Je vous ai rendu de la monnaie, vous vous souvenez ? Ça m'arrangerait…

Bien sûr que Hearing se souvenait, cela lui était tout simplement sorti de la tête et il fouillait de ses deux mains maintenant. Sans succès. Cherchait encore mais redoutait de sortir sous les yeux de la jeune femme encore un de ces grands billets mauves qui emplissaient ses poches. Ou même plusieurs. Cela finirait par devenir gênant, il en avait bien conscience. Et puis ce n'était pas très malin d'attirer ainsi l'attention. Sans le savoir, l'homme qui l'avait soutenu tout à l'heure – il reconnaissait sa voix – lui sauva la mise en venant l'avertir de l'arrivée du taxi. Hearing comprit qu'il s'agissait du patron du magasin lorsqu'il l'entendit s'adresser sèchement à sa vendeuse.

— Ne faites pas attendre monsieur, Sylvie, vous voyez bien qu'il ne se sent pas bien…

La vendeuse s'empara cette fois du billet que son étrange client tenait encore à la main et s'exécuta. Ensuite on aida Hearing à se lever puis à marcher jusqu'au taxi, en lui portant tous ses paquets. Lorsqu'il fut dehors, où la température avoisinait les 40 °C, il eut le sentiment de respirer enfin et de boire le soleil à belles gorgées. La vendeuse lui conseilla vivement d'ôter sa veste à cause de la chaleur. Avant de monter dans le taxi, Hearing lui répondit le plus sincèrement du monde :

— Merci, mais je n'ai pas chaud. Je n'ai pas chaud du tout.

découvrons, ils nous regardent en même temps que nous les regardons. le sens

4

Impossible de mettre la main sur ces putains de bougies. Hearing était pourtant sûr d'avoir rapporté à la maison de grosses bougies blanches qu'il avait prévues pour la fête. Mais rien à faire. De rage il avait éventré tous les sacs sur le carrelage de la cuisine et même déchiré deux ou trois emballages cadeaux. La tête lui tournait et il se mit à hurler que la soirée était foutue mais aussi qu'il s'en moquait et qu'on fêterait Noël quand même. D'ailleurs, il avait mis la table, s'était esquinté à plier les serviettes pour qu'elles aient l'air joli dans les verres à pied, avait balancé au hasard deux ou trois poignées de confettis multicolores puis crevé malencontreusement le petit sac de paillettes dorées au-dessus du plat de saumon fumé, qui brillait maintenant et faisait des reflets comme s'il avait nagé encore vivant dans un torrent d'eau pure. Les filles de Nadine adoraient les paillettes. Il était 7 heures et elles n'allaient plus tarder. Le type du champagne était en retard, mais tout allait bien.

Son regard parcourut le bordel du living, s'attarda sur la montagne de paquets qui trônaient bien plus haut que le sapin misérable, se posa de nouveau sur la

dans lequel tout cela s'envisage et se regarde est indifférent. il serait par

table. Tout allait bien. Sauf qu'il fallait remettre du bois. Le feu qu'il avait allumé dans la petite cheminée de brique réfractaire ressemblait à une misérable braise de chantier. En fermant tous les volets, il s'était dit qu'une flambée envoûterait l'atmosphère et chasserait en même temps cette odeur d'humidité qu'il sentait depuis quelques jours, comme une moisissure de cave. Pratique et romantique… Il se mit à chercher de quoi nourrir le feu, jeta d'abord deux ou trois sacs, mais ça brûlait mal et la cheminée refoula un peu de fumée. Il voulait réfléchir mais n'y arrivait pas. Toutes sortes d'images et de pensées se précipitaient dans sa tête avant de se noyer dans une pulsation intérieure qui ne le lâchait plus et enveloppait toutes ses perceptions. Il devrait peut-être faire un contrôle chez le cardiologue. Hearing se posa un instant sur la vieille banquette un peu déglinguée que Nadine avait sauvegardée de son précédent mariage et qu'il n'aimait pas. L'accoudoir en bois était branlant sous sa main. Sûr que ça brûlerait comme il faut. Il tira dessus puis se releva et tira plus fort, s'acharnant contre la résistance des chevilles. De toute façon, il pourrait lui en offrir une autre maintenant. Un salon tout en cuir, même, si elle le souhaitait. Et pourquoi pas une autre maison et quitter ce quartier pourri ? En attendant, la banquette ne se laissait pas faire et il était maladroit de son bras gauche. Le droit lui faisait de plus en plus mal et il faudrait regarder si la plaie ne s'était pas infectée.

Le craquement qu'il perçut soudain ne venait pas du mobilier mais de la porte d'entrée qui raclait désagréablement contre le sol à chaque fois qu'on l'ouvrait ou la refermait. Hearing regarda la petite silhouette

exemple tout à fait réducteur d'imaginer qu'ils sont en haut et que nous

qui se découpait dans la lumière blanche du dehors. Roxane. Comme dans ces jeux enfantins des magazines, il reconnut l'ombre des couettes et du corps rondelet qui correspondait à l'aînée des deux filles.

— C'est Noël, il dit. T'as vu, j'ai fait du feu…

Malgré le contre-jour, il devinait la mine incrédule de cette gosse qu'il aimait bien et qui n'avait pas connu que de bons moments dans sa courte vie. Il fit quelques pas dans sa direction. Roxane détala aussitôt, comme s'il lui avait fait peur, et il l'entendit qui criait en courant « Maman, maman, Thomas a fait du feu ! ! » La voix de Nadine résonna tout de suite après sans qu'il puisse en saisir les nuances. Il s'avança jusqu'au seuil. Tout ce soleil lui faisait mal, et il eut un éblouissement qui le déséquilibra. Il dut se tenir quelques instants au chambranle de la porte et remarqua combien le bois était doux sous sa main. Il rouvrit les yeux et aperçut les deux fillettes qui couraient vers lui en criant « Noël, Noël, c'est Noël, petit papa Noël ! », Nadine juste derrière, avec la tête des mauvais jours, mais cela faisait un moment qu'il n'y avait plus que de mauvais jours. Juste avant qu'elle ne soit devant lui et qu'il remarque les mèches blondes de ses cheveux collées contre son front par la transpiration, il se dit encore que c'était tant mieux s'il n'était pas venu à bout de l'accoudoir.

— Qu'est-ce que tu as, tu es malade ?

Sa voix était lasse, usée comme le sentiment qu'elle lui portait. Celle de Hearing essaya d'être joyeuse et de ne pas s'offusquer de ce ton sans espoir.

— Non. Bonjour, ma chérie… Tu ne dis pas bonjour ?

sommes en bas. ou le contraire.

Il se pencha pour un baiser qu'elle ne lui accorda pas, sentit son parfum de fleur vanillée et le trouva presque incommodant.

— C'est juste une surprise. Rentre, tu vas voir. C'est notre Noël… Depuis le temps que je te l'avais promis…

Il fallut à la jeune femme quelques secondes à peine pour entrer, regarder et se retourner vers Thomas Hearing qui, de la porte, souriait aux cris d'excitation des gamines gesticulant devant l'amoncellement des paquets. « Noël, Noël, c'est Noël, petit papa Noël !!! » Son air ébahi n'était pas tout à fait celui qu'il attendait et il pensa que cela aurait peut-être été différent s'il avait pu mettre des bougies.

— Tu es vraiment malade. Qu'est-ce que c'est que ces conneries ?

La main de Hearing se crispa sur le montant de la porte. Il ferma les yeux pour ne pas voir qu'elle le regardait comme une merde. Les cris des filles résonnaient anormalement fort dans sa tête et semblaient précipiter le battement à l'intérieur. Pour ne pas hurler, il fit un effort qui lui parut surhumain et entendit le ton doucereux de sa voix comme si elle appartenait à un autre.

— Tu ne devrais pas gâcher le Noël des filles. C'est pour elles aussi.

— Mais c'est pas Noël, nom de dieu, c'est pas Noël ! On est en été, il fait 40 °C et c'est pas Noël !

Elle n'aurait pas dû crier comme ça. Ça lui faisait un mal de chien de l'entendre brailler. Lui, il voulait juste que ce soit la fête et qu'elle comprenne qu'il était capable d'avoir du fric et de le dépenser pour elle et pour ses gosses… Il observa Roxane et Juliette qui

leur vie est un mystère. mais ce sont des gens importants. très importants. avec

l'interrogeaient du regard pour savoir si elles pouvaient ouvrir les paquets, si c'était pour elles tous ces cadeaux. Bien sûr que c'était pour elles, mais Nadine n'avait rien compris et quand elle a dit d'une voix mauvaise : « Touchez pas à ça, les filles, Thomas ne va pas bien... », il a pensé qu'elle n'aurait pas dû dire une chose pareille.

La porte claqua comme un coup de feu. Nadine sursauta. Les filles aussi. C'était le noir presque complet, mais ça ne semblait pas gêner Hearing. Il s'approcha de Nadine et la saisit par le bras.

— Tu me fais mal, arrête, tu me fais mal...

Il serra plus fort. Il avait tout à coup l'impression que sa force était sans limites. Il vit les larmes de Nadine. Elle s'était tue et il avait encore envie de serrer. Il parla tout doucement à son oreille :

— Tu vas aller t'habiller pour la fête, d'accord. C'est Noël. Tu as compris ?

Jamais il ne l'avait touchée, jamais il ne lui avait fait du mal, jamais elle n'avait senti sur elle ses yeux injectés de sang et cette haleine puante de vase. Elle regardait sans comprendre le visage très pâle de cet homme qu'elle croyait connaître, s'effrayait du spasme nerveux qui composait son étrange sourire. Ce n'était pas Thomas. Elle avait peur. Dans un geste de soumission, elle posa sa main sur celle qui la tenait toujours prisonnière, mais la retira aussitôt. Elle était froide, comme morte.

— Je vais me changer. Mais tu es sûr que ça va ?

Elle avait parlé pour dissimuler son trouble. Sa voix était blanche et Hearing relâcha sa prise. Il eut le sentiment de reprendre brusquement le contrôle même

eux le monde va comme il va. sans eux, ce serait peut-être la catastrophe.

si on continuait à donner de grands coups à l'intérieur de son crâne.

— Je vais bien. C'est juste ma tête… J'ai très mal à la tête.

Nadine s'écarta doucement de Hearing comme si elle ne voulait surtout pas le réveiller. Sa voix tremblait légèrement.

— Je vais me changer. Tu devrais prendre quelque chose. Ou peut-être appeler un médecin. Il te prescrirait quelque chose d'efficace…

— … Je ne veux pas de médecin ! Ce soir, c'est la fête et il n'y aura pas de médecin. Juste nous. Et la fête.

— D'accord. O.K. c'est la fête… Je vais me changer. Je crève de chaud, je vais me changer d'accord ?

— C'est ça, monte… Je reste avec les filles.

Les deux fillettes avaient bondi vers Hearing et tournaient autour de lui en piaillant. Il était heureux de les voir ainsi mais n'arrivait pas à leur sourire. Le vacarme était insupportable. Il regarda Nadine qui semblait monter l'escalier à reculons, jetant derrière elle des regards de mère angoissée. Son mal de crâne n'était plus tenable et la nausée s'empara de lui. Il bouscula les gamines, fonça jusqu'à la petite pharmacie des toilettes, fit claquer les portes en miroir sur lesquelles avait glissé l'image de son teint cadavérique et fouilla parmi les médicaments. La nausée fut plus forte encore et l'obligea à se pencher au-dessus du lavabo. Vomir lui ferait du bien. Il attendit, ses bras tremblants agrippés à la céramique blanche. Rien. Pas plus de deux ou trois crachats verdâtres. Il n'eut aucune sensation de fraîcheur en s'aspergeant d'eau.

Au contraire, elle aussi avait un goût de vase. Il avala quatre comprimés de Dergotamine, sans pouvoir se souvenir depuis quand il n'avait pas mangé.

Lorsque Hearing revint au salon, Nadine était déjà là. Très pâle, elle portait une robe légère, l'une de celles qu'il préférait, tenant les filles dans ses bras, au milieu des paquets, comme pour les protéger. Du Père Noël peut-être. Les gamines piaffaient et il avait toujours du mal à supporter leurs couinements. Puis il s'étonna de voir la lumière qui pénétrait maintenant dans la pièce par un volet qu'on avait repoussé. Il regarda Nadine et sa colère le submergea.

— C'est toi qui as ouvert ce volet ? Tu ne vois pas que l'ambiance n'est plus la même ? J'avais prévu des bougies pour qu'on soit bien… On n'est pas bien là, tous les quatre ? Hein, on n'est pas bien ?

— Si, si, on est bien.

— Alors pourquoi tu as ouvert les volets, bordel de merde ? ! Hein, pourquoi ? !

Les fillettes aussi avaient sursauté. Lui ne s'était pas rendu compte qu'il avait crié si fort. Elles le regardaient sans comprendre et la plus petite commença à geindre. Hearing se précipita vers elle et lui prit les mains qu'elle ne voulait pas lui donner.

— Pleure pas, Juliette. Pleure pas. Tu sais, on pleure pas à Noël…

Hearing attira Juliette vers lui, puis la guida au travers des paquets, jusqu'à atteindre le plus gros là-bas, juste devant la cheminée où la braise continuait de fumer.

— Regarde le gros cadeau… Tu l'aimes ?

La gamine regardait derrière elle, regardait sa mère et répondait entre deux hoquets : « Je sais pas. »

monde depuis toujours insaisissable.

— Laisse-la, Thomas.

La tension et la chaleur étaient telles que la sueur ruisselait de ses tempes jusqu'au cou. Nadine essayait de garder le contrôle sur sa voix, mais elle était maintenant prisonnière de sa peur.

— Quoi ? Qu'est-ce qui ne va pas ? Ce sont des cadeaux pour elles. Et pour toi aussi. Je t'avais dit que je finirais par gagner. Tu n'y croyais pas, hein ? Eh bien c'est là maintenant. Tu vois, Juliette, celui-ci est pour toi et pour ta sœur. Ouvre-le !

La petite n'osait pas avancer, ne pouvait pas reculer, ne savait pas quoi faire et n'arrêtait pas de renifler. Nadine essayait de retenir l'aînée qui voulait voir elle aussi.

— C'est pour toi, je te dis, pour vous… Tu n'es pas contente que ce soit Noël ? Tu n'as pas envie d'ouvrir tes paquets ? Ouvre celui-ci…

Hearing ne comprenait pas pourquoi Juliette pleurait. Il avait tout fait pour qu'ils soient bien là tous ensemble et maintenant il avait envie de la secouer un peu.

— Ouvre, bon dieu !

Reniflant sans cesse, la gamine commença à déchirer le papier de ce paquet aussi grand qu'elle. De petits barreaux brillants illuminèrent la pénombre. Captivée, sa sœur s'approcha. C'était une cage. Une cage immense avec une roue tout en bois qui tournait.

— Tu vois, c'est quoi ? C'est une cage… Mais il ne faut pas ouvrir la porte. Tu sais pourquoi ? Tu vois ce qu'il y a dans la cage ?

Hearing se tourna vers Nadine et lui posa la même question. Il était content de lui et se mit à rire comme un dingue. Nadine voulait que Juliette revienne vers elle mais la gamine n'entendait rien. Elle avait poussé un petit cri. Un couinement étouffé, le cri d'un enfant qui crie sans vouloir faire de bruit. Car à l'intérieur, pelotonnée dans un coin de la cage, une souris toute blanche la regardait, craintive, de ses minuscules yeux verts.

5

Le livreur Samy Belkacem fit glisser les bulles du Pepsi entre ses dents et s'envoya une grande goulée d'écume fraîche et sucrée dans le gosier. C'était pas dégueulasse de pouvoir s'enfiler une canette bien glacée à l'intérieur d'une caisse bien climatisée. Tellement froid qu'il se les pelait. Mais se les peler, c'était l'idée du luxe que se faisait Samy. Ça ajoutait à son plaisir. Il faisait exprès de rouler dans les flaques de goudron liquéfiées par le soleil et regardait dans le rétroviseur les belles traces qu'il laissait sur le bitume. Son MP3 lui astiquait les tympans d'un bon R'n'B de Missy Elliott et il aimait vraiment ça. Surtout sa façon de dire « Mummy » et « Daddy ». Sister Elliott avait vraiment la classe. Et en plus, on allait lui filer son pognon à la fin du mois juste pour s'être trimballé en caisse climatisée à livrer du champagne, des sorbets italiens et des petits-fours.

Samy lâcha le volant une demi-seconde et s'envoya un petit coup de poing sympa dans la paume de la main pour se féliciter d'avoir trouvé un aussi bon plan. Il jeta un coup d'œil à sa liste de livraison où figurait le nom de Thomas Hearing. Ce monsieur

c'est un lagon merveilleux et mister which s'exerce à l'apnée. depuis

Hearing avait commandé six bouteilles de champagne et Samy avait mis dans le coffre une caisse de six bouteilles de champagne pour Thomas Hearing. Quand il aurait livré ça, il pourrait plier sa journée et aller faire un petit tour chez Tina, une jolie blackette qu'il avait levée hier soir à la terrasse d'un café. Peut-être qu'il pourrait garder la voiture de livraison jusqu'à demain et ils se feraient un ciné et une glace.

Le quartier était pas top et Samy vérifia l'adresse. C'était pourtant bien ça. C'était la première fois qu'on lui faisait livrer du champagne dans un quartier aussi nase. Toutes ces baraques pourries se ressemblaient assez franchement, alignées derrière leur carré de pelouse jaune, aux portails écaillés. Garées sur l'avenue, des bagnoles qui puaient le revolving et le gobe-tune. Samy releva les Ray-Ban qu'il s'était offertes avec la paye du mois dernier et vérifia le numéro sur le pilier. 228. C'était une des baraques les plus crades. Entre les hautes herbes qui avaient étouffé le gazon, grises et ratatinées par la sécheresse, on apercevait le haut d'un tricycle de gosse qui avait dû passer les quatre saisons dehors et la carcasse d'une vieille tondeuse abandonnée là où elle était tombée en panne. Il était pas loin de 6 heures et il faisait encore une chaleur à crever. Les murs des pavillons étaient chauffés à blanc et il faudrait attendre que la nuit tombe pour que le thermomètre concède un degré ou deux. Samy poussa la portière et plongea dans la gueule blanche du four. L'avenue était absolument déserte et il n'y avait pas un souffle de vent. On pouvait juste entendre, sans savoir d'où ça venait, une émission de télé et les rires préenregistrés qui revenaient toutes les cinq secondes. Samy pensa

longtemps. il aime les records ; il adore disparaître et il a mis au point une

que ce devait être une vieille sourde. Les vieux écoutent souvent la télé à fond. Il se dit que toute la population avait peut-être évacué la ville, qu'une alerte atomique avait été donnée et qu'il n'en savait rien parce que lui aussi, il écoutait Missy Elliott à fond. Comme les vieux la télé. C'était incroyable de voir une ville aussi vide et assez inquiétant.

Il ouvrit le coffre, retira la caisse qu'il plaqua, toute fraîche, contre son tee-shirt. Il poussa le portail du pied et s'engagea dans la petite allée. À côté du tricycle, il y avait aussi une poupée sans tête. Nue et sans tête. C'est à ce moment-là que Samy entendit le hurlement. Une voix de femme qui hurlait et cela ne pouvait venir que de la maison qui était devant lui. Le 228, où il devait faire sa livraison. Samy s'était crispé sur le carton et marqua une pause. Il était à quelques mètres à peine de la porte. Il pouvait encore faire demi-tour. Il se concentra, immobile sur les briques brûlantes de l'allée et écouta. Tout était redevenu silencieux, sauf cette télé qui rigolait encore. Il remarqua que les volets de la maison étaient fermés. À cause de la chaleur, ici, comme dans toutes les autres maisons de la ville. On voyait la ville en plein jour comme si c'était en pleine nuit. Une nuit blanche et brûlante. Derrière lui, le portail glissait lentement et se refermait en faisant un bruit traînant de balançoire rouillée. Il fit quelques pas et sonna. Le carillon fonctionnait et cela fit quelques petites notes idiotes qui réveillèrent à l'intérieur ce qu'il pensa être des voix d'enfants. Les enfants du tricycle et de la poupée, pensa Samy et il trouva cela rassurant. Il n'avait pourtant aucune raison d'avoir peur. Il allait livrer ses six bouteilles et sa journée serait finie et il passerait un

technique d'immersion qui impressionne tous ses partners. les partners sont

coup de fil à Tina comme il se l'était promis. Le type qui vint entrebâiller la porte – car il se contenta de l'entrebâiller et Samy remarqua même qu'il avait glissé son pied dans le petit espace qui séparait la porte du chambranle –, était aussi blanc que le ciel, la pelouse et le tee-shirt de Samy. Blanc et essoufflé.

— Tenez, gardez tout et posez ça sur le palier. Je rentrerai ça tout à l'heure. Merci.

— Je suis le livreur de chez Harry's, m'sieur, vous avez bien commandé…

— Oui, répondit le type, du champagne. Gardez tout, je vous dis.

Et il avait refermé la porte.

Samy avisa la coupure de cinq cents et fit un rapide calcul. Ce type était en train de lui laisser deux cents de pourboire. Il aurait voulu sonner à nouveau pour lui expliquer mais il repensa à son visage livide et au hurlement qu'il avait entendu en marchant dans l'allée. Il pensa à Tina, au ciné et à la glace. Se dit qu'ils iraient peut-être aussi au restaurant si elle avait sa soirée libre. Il pressa le pas en serrant le billet de cinq cents au fond de sa poche. Il démarra la voiture avant d'avoir des remords ou que ce type n'ouvre sa porte pour lui dire qu'il s'était trompé et disparut au coin de la rue. L'avenue redevint silencieuse sauf la télévision qui riait encore, mais Samy n'était plus là pour l'entendre.

les collègues de mister which. il y a mister who, mister what, mister when,

6

— Laissez tomber, Roman… La clim' est en panne depuis le premier jour où on m'a refilé cette voiture. Vous me collez le tournis à gratter dans cette boîte à fusibles. Le garage a déjà cherché ça vingt fois…

De son assistant, arqué sous le tableau de bord, Sensini ne voyait dépasser qu'une bouée de chair blanche encadrée par les fleurs roses sur fond bleu d'une chemise hawaïenne et une ceinture de toile qui retenait lâchement un bermuda à peu près blanc. Même les retraités de Miami ne devaient plus porter ce genre de sapes.

— Aucune raison que ça ne marche pas, boss. Un mauvais contact, un fusible grillé…

La voix était essoufflée mais Roman ne lâchait pas.

— Vous n'auriez pas une allumette ou un bout de papier ?

Sensini soupira et, tout en continuant à chercher le numéro 228, mit la main sur l'étui argenté d'un Wrigley's à la banane qu'il glissa vers Roman. Le papier disparut, accueilli par un grognement de satisfaction.

— Vous pouvez lancer le ventilateur en même temps que la clim', s'il vous plaît ?

Sensini obtempéra tout en hochant la tête de découragement.

— On peut dire que quand vous avez une idée en tête, vous ne l'avez pas ailleurs, Roman !

Un courant d'air froid et un nuage de poussière furent la seule réponse de Roman. Rouge et transpirant, heureux, l'assistant de Sensini revint à la surface. La climatisation soufflait. Sensini tapotait sur le volant tout en se marrant.

— Ça vous arrive parfois de ne rien faire ou de regarder par la fenêtre, Roman ?

— Ben, ouais, boss, quand la clim' tourne et qu'il fait quarante dehors, je trouve ça assez cool de regarder par la fenêtre. Vous venez juste de passer le 228…

Sur le portail du 226, le pavillon voisin, une pancarte « À vendre – exclusivité Mercury » avec un numéro de téléphone gondolait tranquillement sous un soleil de plomb. L'asphalte était couleur de fonte.

Sensini gara sa voiture à cet endroit car deux autres véhicules étaient déjà rangés devant le 228. Rien ne bougea lorsqu'il fit claquer sa portière, mais il se sentait observé. Roman suivait avec l'air détaché d'un type qui aurait pu envisager d'acheter le 226, un peu en avance sur son rendez-vous avec le commissionnaire de l'agence. Sensini poussa le portail, qui grinça, puis s'avança sur l'allée de brique mal ajustée qui menait à la porte du domicile de Thomas Hearing. Il préféra la sonnette au heurtoir en laiton qui figurait une patte de lion. Le jardin n'était pas entretenu, envahi par l'herbe. Tout un tas d'objets y rouillaient

à des tâches que nous n'avons pas à connaître pour le moment. derrière ces

paisiblement. Une couronne de sapin synthétique qui sentait encore le sachet plastique d'emballage, ornée de pommes rouges, jurait sur la peinture écaillée de la porte d'entrée. Elle semblait avoir été accrochée la veille au soir.

Celui qui vint lui ouvrir la porte ne lui demanda rien, se contenta de le laisser entrer avant de retourner à la tâche qu'il effectuait lorsqu'il avait sonné. À voir son visage gris et inexpressif, Sensini pensa que ce devait être un type de la scientifique. Photos, relevés d'empreintes, trois ou quatre autres étaient également là, qui remballaient déjà une partie de leur matériel.

Le commissaire Klein souleva une demi-main sans lever ses fesses du coin de canapé où il était en train de fumer une cigarette. Derrière lui, une large étoile de sang noir contrariait les motifs géométriques du papier peint. Le canapé avait eu sa part, éponge consciencieuse qui témoignait également, par les trous noirs qui perforaient les coussins, de ce qui s'était passé ici. Sur le carrelage du couloir qui devait mener à la cuisine, trois housses plastiques étaient posées, deux petites et une grande. La forme des corps se laissait deviner au travers. Installé devant la cheminée, un sapin assorti à la couronne de l'entrée et tout un tas de paquets que personne n'avait pris la peine ou pas eu le tcmps dc déballer. La guirlande lumineuse clignotait sans état d'âme, gérant avec inventivité le rythme et l'alternance des couleurs qui circulaient dans de petits sujets de plastique. Père Noël, bonhomme de neige, un canard, une étoile filante, un renne tirant un traîneau. Les housses contenant les cadavres pouvaient n'être que des cadeaux un peu plus encombrants que les autres.

silhouettes, les palmiers dressent un rideau de verdure. devant, personne ne

En lettres ornées, un calendrier offert par une chaîne de supermarché, où l'on voyait en chromo saturé une pin-up des années cinquante s'enduisant de Pizz Buin, rappelait qu'on était au tout début du mois d'août. Klein accueillit l'inspecteur d'Interpol sans le regarder.

— Les deux gosses et la mère. Tous abattus par le conjoint. Thomas Hearing. Atroce comme une photo de famille.

— Des témoins ?

— Un voisin l'a vu traverser son jardin en courant. On peut savoir ce qui vous amène ici, Sensini ? Je suppose que vous ne venez ni pour arroser les plantes ni pour tondre la pelouse ?

— Une partie des mails envoyés par le mari touchaient à des domaines qui me concernent, le système de veille informatique réagit sur les mots clefs des dossiers déposés.

— Concubin, Sensini, seulement concubin ! Dans ce genre d'affaire, on retrouve toujours les maris à proximité. Le fusil de chasse à la main et la cervelle au plafond. Difficile de flinguer ses propres gosses et sa femme et puis de sortir boire un verre, vous ne croyez pas ?

— Ce n'est pas ce qui m'amène ici, je ne compte pas mettre les pieds sur…

— Mes plates-bandes, Sensini ? Pour ma part, je ne fais pas trop dans le repiquage du poireau. Enfin, je suppose qu'il n'y a pas de sot métier dans la police d'information. Quoi qu'il en soit, si vous remettez la main sur votre militant Greenpeace avant moi, dites-lui de nous rendre une petite visite de courtoisie, j'aurais quelques questions à lui poser.

prête attention à la conjonction parfaite des horizons de la mer et du ciel.

Klein n'avait pas laissé passer trois phrases avant de rappeler Sensini au bon souvenir de sa récente mutation. Le commissaire cultivait cette même morgue depuis leur première rencontre, quelques années auparavant, sur une affaire qui avait fini par coûter cher à Sensini. Klein était beaucoup trop doué pour être patient, beaucoup trop impatient pour prendre des gants, surtout avec ceux qui risquaient de lui faire de l'ombre. Sa nomination à la tête d'une des unités de la criminelle avait coïncidé avec la mise au placard de Sensini, au plus profond du labyrinthe d'Interpol. Le début d'une revanche que Klein avait envie de prendre sur le monde entier. Sensini ignorait pourquoi.

— L'ordinateur est en haut, dans la chambre des gosses. Il va être embarqué dans les dix minutes, mais si vous voulez jeter un œil je ne peux pas vous en empêcher.

— Mon assistant va s'en occuper.

Klein releva la tête lorsqu'il vit Roman et sa chemise s'engager dans l'escalier, laissant derrière lui un sillage coloré d'hibiscus fuchsia.

— Si vous désirez aussi embarquer le sapin pour un complément d'analyse, n'hésitez pas, Sensini, je crois que pour nous les photos suffiront…

Sensini n'insista pas et monta à l'étage. Derrière lui, il entendit les hommes de Klein qui ricanaient comme s'ils avaient oublié qu'ils n'étaient pas venus là pour fêter le nouvel an.

La tranquillité qui régnait à l'étage du pavillon, plombé par la chaleur qui embrasait les chambres mansardées, était aussi irréelle que le décor de Noël

mister which s'obstine sous l'eau depuis l'équivalent de trois bonnes minutes.

installé au salon. Sensini marqua une pause sur la dernière marche, s'épongea le front. Était-il possible que les trois housses glissées dans le couloir contiennent les corps d'une femme et de deux fillettes sans que rien ici n'en semble atteint ? Le soleil de sang séché et le souvenir des formes aperçues sous le vinyle translucide tournoyèrent devant ses yeux. Le parquet était jaune paille, d'une vilaine couleur. Les meubles en bois clair, les lits des gosses, superposés, encombrés de peluches énormes, criardes, synthétiques, comme on en gagne dans les fêtes foraines. Aux murs, des posters de chanteuses, gamines qui devaient avoir dans les douze ou treize ans, habillées et maquillées comme si elles en avaient vingt. Des cœurs avec des paillettes, des cartes postales et des dédicaces de boys-band.

Roman était déjà installé devant le PC, tapotant le clavier avec une précision que la machine ne connaissait pas à ses anciens propriétaires. Une petite musique idiote accompagnée par une voix de personnage animé tout aussi synthétique grésillait dans les haut-parleurs de l'appareil. Sur l'écran, Adibou et ses petits yeux ronds souhaitait la bienvenue en chanson aux enfants qui grandissent dans un monde où l'on ne meurt pas. Pas comme ça en tout cas. Adibou bricole, Adibou compte, Adibou jardine. Par la fenêtre, Sensini aperçut deux ambulances venues charger les corps.

— Vous croyez que c'est le moment, Roman ?

— De quoi, boss ?

— Ce jeu-là. Vous ne pouvez pas au moins couper le son ?

les autres sont affalés dans des fauteuils de plastique mou et coloré. chacun le

Roman tourna les molettes sans commentaires, mais poursuivit son exploration des programmes sans très bien voir où était le problème.

— De toute façon, j'ai déjà chargé tout ce qui nous intéressait. Mails, courriers, club Lorie, réclamations aux impôts, dossiers administratifs. C'est en tapant Éden que je suis arrivé sur ce jeu de jardinage. Vous voyez, le gosse plante des oignons de tulipe, des graines, les saisons passent, les fleurs poussent, un vrai jardin. Sur les mails aussi, j'ai trouvé copie de l'info que j'avais pistée l'autre soir. Comme je le pensais. Mais ce jeu, c'est amusant, non ?

— Je vous laisse finir ça tout seul, Roman. Retrouvez-moi en bas quand vous aurez terminé. Mais faites vite, je crois qu'on ne va pas vous laisser jouer très longtemps.

La sixième marche de l'escalier couina comme s'il avait écrasé une souris cachée en dessous. Au bas de l'escalier, une porte menait à une cave de plain-pied donnant sur une courette arrière. Par là on pouvait rejoindre un petit parc dont les buissons vernissés, presque noirs, exhalaient une forte odeur de laurier.

Sensini revint au salon. Klein avait terminé sa cigarette.

— Vous avez déjà une idée de l'arme avec laquelle…

— De l'armurerie classique, PKK 28 ou Uzy, le genre de trucs qu'on trouve dans les groupuscules activistes. Recyclage. Je ne pensais pas que vos désherbeurs d'O.G.M. donnaient dans la lutte armée. J'avais, comment dire, une vision plus soft, plus bio, de votre nouveau job… Cela étant, on peut être activiste et dérailler. La preuve. Les statistiques de morts

sien. rouge, bleu, jaune, vert… et puis un autre, mauve, qui flotte librement en

violentes explosent depuis six ou sept jours. Dix degrés de plus, un peu trop de champagne et bam ! bam !

— Et sur Hearing, vous savez quoi d'autre ?

— Pas de boulot fixe, à la colle avec cette fille depuis deux ans. Interdit Banque de France, gros joueur à ce qu'il semble. Les cadeaux hors saison doivent avoir un rapport avec les aléas de ses rentrées. Mais trop de bonheur tue, c'est ce qu'on dit, non ?

— Et le sapin ? Les guirlandes…

— Du champagne aussi, une caisse de six qu'on a retrouvée sur le palier. J'ai convoqué le livreur qui a signé le bon de livraison. On ne sait jamais. En plein mois d'août et avec cette manie qu'ont tous ces cafards de s'enfermer dans l'obscurité pour gratter deux degrés, personne n'a rien vu, ni entendu, hormis un voisin qui surveillait sa pelouse calcinée et qui l'a vu traverser ses parterres en courant. Je pense qu'on va mettre rapidement la main sur Hearing, question d'heures. Je ne serais pas étonné qu'il soit déjà en train de déposer en chialant dans un commissariat de quartier. Tout ça est d'une banalité et d'un ennui désespérants, Sensini.

— Deux gosses et une femme, ça pourrait vous émouvoir un peu plus…

— On ne peut pas se forcer… En dehors des défilés de majorettes, il y a de moins en moins de choses qui parviennent à m'émouvoir. Tous pour la mort… Alors, à quoi bon se rebeller, Sensini ? Je n'ai eu aucun plaisir à vous retrouver ici, mais il ne sera pas dit que je m'acharnerai sur votre dégringolade. Si le fait divers vous passionne, nous vous ferons parvenir

attendant son passager. tous sont uniformément conçus pour que les pieds

les résultats des autopsies et copie de l'interrogatoire du livreur. Les scellés vont être apposés.

Dehors, le cachet de cire était rouge vif sur la porte blanche. Avant de partir, en attendant Dragulescu, Sensini avait débranché la guirlande lumineuse. Le ciel aussi était blanc.

puissent baigner dans l'eau tiède du lagon et que la coupe géante du cocktail,

7

— Ah ! non, m'sieur, j'ai pas dit qu'il avait l'air menaçant. C'est pas ce que j'ai dit…

Le flic, le plus gros des deux officiers de police chargés de l'interrogatoire de Samy Belkacem, reprit la déposition que l'autre avait laissée un instant auparavant sur un coin de la table. Il chercha la phrase qui l'intéressait en soupirant et en s'essuyant le front avec le bout de sa cravate Droopy. Installé derrière le miroir, Sensini observait la scène en silence.

— Vous avez déclaré que le suspect vous avait ouvert…

— Ah ! non, m'sieur, j'ai pas dit qu'il était suspect, j'ai juste dit qu'un type pas net avait ouvert la porte…

— … Et foutu son pied en travers pour la bloquer avec l'air de pas vouloir te laisser entrer… Tu l'as pas dit ça, bordel de merde, hein ? tu l'as dit ou pas ?

Le coup de poing du gros sur la table avait fait valser les trois gobelets en plastique, mais avec la chaleur qu'il faisait dans ce bocal, ils étaient vides depuis longtemps. Le gamin ne se démontait pas et ça avait l'air de l'amuser de tenir tête à la volaille.

avec cuillère fantaisie, bouquet de pailles et mini-parasol, tienne sur

— Et pourquoi vous me tutoyez, m'sieur, j'ai rien fait moi… Je suis témoin, c'est tout. J'ai rien fait.

— Tu nous fais chier, Samy Belkacem, et tu sais que c'est jamais bon de faire chier un flic et d'entraver le déroulement d'une enquête.

— J'entrave rien à vos trucs moi, m'sieur, je vous ai juste demandé pourquoi vous me tutoyez…

À son air cool et à sa façon de regarder le gros suant bien dans les yeux, Sensini pensa que le gamin avait dû fréquenter les commissariats un peu plus souvent que les cours du soir. Un rebelle, mais sympathique. Difficile d'en dire autant de l'imbécile qui l'interrogeait. Klein fit son entrée dans le réduit d'observation flanqué d'un adjoint que Sensini avait aperçu dans la matinée sur les lieux du triple meurtre. Ils ne s'étaient pas encore croisés depuis que l'emmerdeur d'Interpol avait mis les pieds dans la brigade.

— Je ne savais pas qu'on vous avait aussi à déjeuner, Sensini.

— Et lui, on dirait que vous comptez le garder pour la nuit…

Sensini désignait le témoin qui continuait à tenir tête aux deux cadors derrière la vitre sans tain.

— C'est un témoin ou un suspect ?

— Vous n'y êtes pas du tout, Sensini, c'est un livreur de champagne.

— Sale métier, on dirait. Et dangereux.

— C'est bon Sensini, vous n'allez pas, en plus de l'écologie locale et du développement durable, me faire un couplet sur le délit de faciès. Les gars font leur boulot et vous savez comme moi que les témoins racontent presque toujours n'importe quoi.

— C'est pour ça qu'on les aide à se rappeler.

l'accoudoir dans un équilibre parfait.

Klein soupira, sortit une clope, l'alluma et se tourna vers son adjoint.

— T'as déjà vu un flic gauchiste ? Un défenseur des opprimés, un cul-bénit du grand soir ? Non ? À plus tard, moi, j'ai ma dose.

Klein laissa derrière lui sa méchante humeur et un nuage de fumée qui stagnait dans la chaleur sèche et empuantissait l'étroit poste d'observation. L'adjoint ne dit plus rien. Sensini non plus.

— Et vous avez également dit que vous aviez entendu un cri de femme, n'est-ce pas ? C'était avant qu'il ne vous ouvre la porte ou lorsqu'il vous a ouvert.

Le petit rond avait pris le relais du grand fort. Sa chemise à lui était impeccable et sa cravate nettement moins moche. Il était assis en face de Belkacem, le regardait presque avec sympathie, s'exprimait calmement et avec un léger accent. L'autre, nerveux et transpirant, tournait en rond dans la pièce.

— C'était avant. J'étais dans l'allée, j'apportais le champagne et là elle a crié.

— Est-ce que c'était le cri de quelqu'un à qui l'on faisait mal, monsieur Belkacem ?

— En tout cas, elle ne criait pas de joie.

— Il faut essayer de vous rappeler, monsieur Belkacem. Réfléchissez un instant, rappelez-vous le cri, écoutez-le et dites-moi si, à votre avis, quelqu'un faisait mal à cette femme.

À travers la vitre, Sensini sentait le climat changer, la pression monter et le gamin qui se concentrait.

— C'est qui ce flic ?

— Verheggen. Un Belge.

— où est-il ? vous le voyez ? interroge mister who.

— Et l'autre ?

— Moutier ? Ils font la paire tous les deux. Inséparables. Ensemble en poste à Bruxelles avant d'arriver ici. Ça fait à peine quelques semaines.

Sensini se détendit. La voix de l'adjoint n'était pas hostile. Il en avait perdu l'habitude ces dernières semaines.

— Je dirais pas que c'était le cri de quelqu'un qui avait mal, voyez ? C'était plutôt de la peur. Peur de quelque chose.

— Ou de quelqu'un ?

— Ouais. Possible, mais c'était pas le genre de cri qu'on entend quand une fille va se faire trucider.

— Parce que vous, monsieur Belkacem, vous savez le genre de cri qu'une femme pousse avant de se faire assassiner ?

— Pas vraiment, non. Mais un peu quand même. Avec les films et tous ces trucs qu'on entend, voyez ? C'est un peu comme de l'expérience parce que c'est super bien fait maintenant, y'a même des flics qui participent aux trucages et tout un tas de spécialistes du crime…

— O.K., O.K., mais on n'est pas ici pour causer cinéma, monsieur Belkacem. Une femme a été abattue et ses deux gosses avec. Je vous épargne les photos, mais je vous assure que ça vaut son pesant d'effets spéciaux. Quand on crie, c'est qu'on a mal ou qu'on a peur, vous êtes d'accord ?

— Ouais, c'est comme l'un ou comme l'autre.

— Et le type qui vous a ouvert, il avait une tête à faire peur ? Vous, par exemple, il vous a impressionné ?

les autres tendent leur cou au-dessus de l'eau, mais ne perçoivent rien que le

— C'était rapide, mais je l'ai eu en face de moi. Comme je l'ai dit, il avait pas l'air dans son assiette. Moi, je suis pas trop impressionnable, voyez. Et puis, honnêtement, il avait pas l'air méchant. Juste un peu à l'envers.

— Comment était son visage ?

— Vert.

— Pardon ? !

— Je veux dire qu'il était vert, le type. L'air d'un qui a le foie qui fonctionne pas bien. Dérangé, quoi. Et on aurait dit qu'il était habillé pour l'hiver. Il avait une espèce de col roulé. Il faisait 40 °C et lui il avait un col roulé.

— En bref, il avait l'air dingue…

Sensini se tourna vers l'adjoint de Klein qui n'avait pas bronché depuis qu'il observait la scène.

— Il insiste un peu, non ?

— Fait son boulot.

— Vous y croyez vous au type sans histoire qui, un jour de grande chaleur, nettoie toute sa gentille famille d'une petite balle bien propre entre les deux yeux ?

— C'est vrai que c'est plus généralement au fusil de chasse, mais le coup de folie, vous savez, c'est rarement une science exacte…

— Vous croyez que je pourrais voir le témoin s'il réchappe du rouleau compresseur franco-belge ?

— Ce n'est pas à moi de croire, Sensini, c'est à Klein et vous le savez. Maintenant, si vous croisez le témoin en sortant de la brigade et qu'il veut parler avec vous des mauvais traitements qu'il a subis chez nous, c'est votre problème. Pas le mien.

Sensini quitta la pièce et se retourna avant de refermer la porte.

— Complicité avec un flic gauchiste, ça peut vous entraîner loin…

— Aucune preuve. Et je n'ai pas ma carte.

— Moi non plus je n'ai pas ma carte. J'essaye de faire mon boulot et de croire encore à un ou deux trucs qui ont fait que c'est devenu mon boulot.

— C'est un sermon, Sensini ?

— Non. Les sermons, c'est plus mon boulot.

– je ne crois absolument pas à cette idée idiote, dit mister what. il n'y a que

8

Verheggen avait laissé Moutier finir l'interrogatoire. Babel n'aimait pas attendre. La salle de sport avait tout d'un cercle très privé et le flic avait dû présenter ses papiers, ce qui n'était pas dans ses habitudes. Une hôtesse bodybuildée l'avait guidé jusqu'à la salle d'échauffement où il avait vite compris qu'il lui faudrait aussi mouiller sa chemise.

— Vous devriez me retrouver ici plus souvent, Verheggen.

— Pourquoi vous dites ça ?

— Parce que vous soufflez comme un bœuf sur un parcours de niveau 2. J'ai un neveu de onze ans qui fait mieux que vous.

Sans arrêter de pédaler, Verheggen tourna sa grosse face de lune écarlate et luisante vers son compagnon d'effort. Cuissard et débardeur blanc, la serviette du club jetée sur les épaules, celui auquel on ne connaissait pas d'autre nom que Babel cultivait un air british et distant même sur un niveau 8, qui simulait pourtant un enchaînement de plusieurs cols de première catégorie. Malgré ses vingt années de plus au compteur, l'homme suait à peine et avalait les kilomètres en

which pour croire que mister why puisse se cacher là-dessous. why a toujours vérifiant sa moyenne et son temps de parcours sur le mini-ordinateur de bord, n'accordant qu'un œil négligent à son rythme cardiaque. Celui de Verheggen flirtait constamment avec les 190, zone rouge que la machine avait définie lorsque, un peu honteusement tout de même, il avait entré ses données personnelles sur sa taille, son poids et son âge. Le flic maudissait tout ce qui lui faisait un instant regretter d'aimer autant la bière, la bouffe et les Silk Cut légères. Ces rendez-vous sportifs étaient en train de virer au cauchemar.

— Verheggen, je ne vous cache pas qu'à la Maison, tout le monde est très mécontent de la tournure qu'a prise cette affaire.

— Je me doute que…

— … Je vous conseille de ne pas m'interrompre et d'économiser votre souffle, Verheggen, il semble que vous en ayez besoin.

Le gros flic piqua du nez sur son guidon et se concentra sur le profil stylisé de son parcours niveau 2 pourtant absolument plat. L'autre choisit un braquet plus adapté à l'ascension qu'il avait entreprise, vérifia sa vitesse puis reprit :

— Je ne vais pas faire de mystère, Verheggen, nous n'en sommes déjà plus là. Vous le savez, ce qui nous a été remis n'est pas ce que nous espérions. Si la situation était moins délicate, je serais presque en droit de sourire de cette déconvenue car j'ai désapprouvé cette manipulation et toujours préconisé l'intervention directe. En vain. La mode est aux économies et à l'écran sous toutes ses formes. Je le déplore, Verheggen, mais c'est ainsi.

— Oui, monsieur.

détesté l'eau.

— Il faut désormais faire en sorte que notre ami repasse à la Maison le plus vite possible, Verheggen, vous me comprenez ?

— Oui, monsieur.

— Les choses se compliquent un peu plus maintenant qu'il n'a pas voulu répondre à notre première invitation. C'est vrai qu'elle a sans doute été formulée un peu brutalement, je le reconnais, mais tout de même… Son manque de tact vaut à notre ami de passer désormais pour un assassin. Et même d'être un assassin, n'est-ce pas Verheggen, c'est bien ce que pense la police ?

— Tout à fait, monsieur.

— Et ce n'est pas rien d'être un assassin par les temps qui courent, Verheggen. Vous savez pourquoi ?

— Non, monsieur.

Babel relâcha son effort. À moins qu'il ne soit arrivé au sommet du col qu'il avait grimpé. Un des entraîneurs du club, aussi large que haut, lui fit un petit signe en passant devant leurs vélos immobiles, sans se douter qu'il venait d'interrompre un instant une discussion toute professionnelle entre les deux hommes.

— Parce que de nos jours, la population a besoin de sécurité. C'est le maître-mot, Verheggen, la sé-cu-ri-té… Plus un pays va mal, plus il a besoin que les crimes soient rapidement et sévèrement punis. C'est une loi sociale infaillible. Il faut un coupable à chaque transgression, le plus rapidement possible. Peu importe lequel… Vous me suivez, Verheggen ?

— Parfaitement, monsieur.

— mais enfin, dit mister who, il faut bien qu'il soit quelque part ! cela fait

— Bien. Et où en est la police, Verheggen ? A-t-elle une idée de l'endroit où se trouve l'assassin ? A-t-elle une piste sérieuse ?

— Non, toujours rien, monsieur. Les appels à témoins produisent les effets habituels, mais rien de sérieux jusqu'à présent.

— Et l'enquête ?

— Elle débute et elle piétine tout à la fois, monsieur. Les indices sont collectés, les témoins interrogés. Tout accrédite la thèse d'une folie passagère. Les dettes de jeu, le témoignage d'un voisin et du livreur de champagne, les circonstances de l'assassinat…

— Vous voulez parler de cette mascarade de Noël en plein été… C'est incroyable ce que l'argent pousse les pauvres gens à faire, vous ne trouvez pas ?

— En effet, monsieur.

— Klein est toujours seul sur l'affaire ?

— Oui, monsieur. Mais il a eu la visite d'un officier d'Interpol.

Roue libre. Les jambes de Babel se contentèrent brusquement de suivre le rythme qu'elles avaient imprimé à la machine jusque-là. Verheggen pensa que sa moyenne allait s'en ressentir.

— Interpol ? ! Qu'est-ce que ces gratte-papier viennent faire là ? Je n'aime pas ça. Qui était-ce ?

— Sensini, Renzo Sensini.

— Cela me dit vaguement quelque chose…

— Il a été récemment collé au placard dans un sous-service chargé des mouvances extrémistes écolos. Il travaille avec un certain Roman Dragulescu.

— Pourquoi au placard ?

— Conséquences de l'affaire Del Pierro.

déjà un certain temps qu'il a disparu et toujours aucune nouvelle…

— Ah ! voilà, c'est donc pour cela que son nom ne m'était pas inconnu. Incroyable qu'il n'ait pas été viré ! Comment voulez-vous qu'on prenne encore au sérieux ces bureaucrates incapables de sanctionner un type qui a exposé un service tout entier et même la Criminelle ? ! Décidément, Verheggen, tout marche cul par-dessus tête…

— Oui, monsieur.

— Et qu'est-ce qu'il vient foutre ici ce Sensini ?

— Quand ils ont enquêté sur Hearing, les collègues ont interrogé ce Dragulescu sur les différentes organisations écologistes auxquelles il appartient. C'était donnant donnant. Après ça, le binôme a rappliqué.

— Je n'aime pas ça, bon Dieu.

— Ils ont l'air inoffensif.

— Méfiez-vous de ces internationalistes, Verheggen, ils disposent de tellement d'informations et sont si peu capables de les exploiter qu'ils sont foutus de vous saboter une opération en un rien de temps.

— Bien, monsieur. Nous allons redoubler d'attention.

— Et d'efforts, Verheggen. Je vous le rappelle, notre ami doit passer nous voir au plus vite afin de satisfaire notre curiosité, cela va sans dire, bien avant celle de vos collègues…

— Cela va sans dire, monsieur.

Babel délaissa sa monture d'un geste souple et précis, fit quelques flexions et une série d'étirements avant de se retourner vers le flic transpirant :

— Bien. Où en êtes-vous de votre parcours, Verheggen ?

— Il me reste encore douze kilomètres, monsieur. Je n'ai roulé que vingt-quatre minutes.

— Ce n'est pas brillant. Mais vous avez de la chance, Verheggen, car vous allez considérablement améliorer votre forme dans les semaines à venir…

Verheggen se redressa, plein d'inquiétude.

— Oui, monsieur… Et comment cela ?

— En me retrouvant ici tous les deux jours, Verheggen. Prochain rendez-vous dans quarante-huit heures. Vous verrez, l'effet sera spectaculaire.

Le cœur du gros flic, déjà malmené par les coups de pédale, pompa le sang un peu plus fort encore sous le choc de la nouvelle.

— Je ne vous propose pas de m'accompagner à la piscine puisque vous n'aimez pas l'eau.

— Non, monsieur.

— Et puis, vous ne devez pas avoir le temps, je suppose.

Verheggen souffla bruyamment pour essayer de faire redescendre son rythme cardiaque trépidant. L'autre lui avait déjà tourné le dos et s'éloignait en se dandinant comme un jeune homme. Pour descendre de bicyclette, ce fut un gros effort. Le dallage blanc, les appareils de musculation, les connards en survêtement, tout se mit à vaciller dans le regard de Verheggen, qui était de moins en moins certain de pouvoir résister à la nausée. Il prit appui sur un immense bac de plastique blanc dans lequel foisonnaient des plantes en pleine forme. Le flic se dit qu'elles aussi avaient l'air de se foutre de sa gueule.

sans cesse, même lorsqu'ils tentent de l'éviter. le premier jour de sa

9

Le rideau de la douche était marbré de dégoulinures noirâtres, trajets indifférents laissés par la vapeur sur le plastique autrefois transparent. Le bac de faïence était rongé par le calcaire et la rouille de la bonde contaminait les éclats crasseux qui tachaient l'émail. Au plafond, une ampoule triste et anémiée lui brûlait les yeux. Thomas Hearing ne pouvait lever la tête vers ce ciel écaillé, agenouillé dans ce réduit qui puait la moisissure. Il laissait l'eau froide glisser sur son corps sans parvenir à comprendre comment sa vie avait basculé. La douche hoquetait par moments et, derrière la paroi, Hearing entendait le moteur d'une pompe qui se remettait sans cesse en marche. L'eau se précipitait soudainement dans le tuyau avec force puis faiblissait jusqu'à ce que ne coule plus qu'un étroit filet. Puis la pompe à nouveau, le couinement aigre d'une courroie mal ajustée, le tremblement de la ferraille. Hearing percevait tout cela très distinctement. Sentait tout cela. La lenteur lourde de l'eau, l'hésitation de chaque goutte. Hearing comptait le temps avec ce cœur liquide qui calmait ses angoisses. Comment sa vie avait-elle pu basculer aussi vite ?

disparition, ils ont beaucoup ri. peut-être mister why avait-il pris la mouche.

Ses genoux lui faisaient mal parce qu'il n'avait pas bougé de ce bac à douche depuis au moins une heure. Son corps était trop blanc, trop inerte. Il regardait sa chair amollie par l'eau tremper dans la flaque stagnante qui s'écoulait difficilement. Ses chevilles étaient rouges de tout ce sang accumulé qui ne pouvait atteindre les pieds à cause du poids de ses fesses, de ses cuisses épaisses. Que les heures glissent sur sa peau fripée, rien d'autre ne comptait. Hearing courbait le dos, appuyait son front sur les carreaux de faïence, laissait l'eau emplir la calebasse creuse de sa tête pour noyer sa peur. Entre ses genoux, ses deux mains ballantes étaient inutiles, ses doigts comme rapportés. Dans la paume de sa main droite, le sparadrap se décollait lentement, laissant entrevoir autour de la plaie une auréole de colle gluante. La lésion semblait diminuer, mais elle formait à l'endroit de la brûlure un épais bourrelet violacé, une sorte de chancre où fermentait un chapelet de verrues agglutinées. Aucune douleur cependant. Hearing ne sentait rien, cette plaie lui était étrangère. Était-ce vraiment sa main ? Seul le sparadrap avait conservé la couleur de la chair. Comment sa vie avait-elle pu basculer aussi vite ? L'eau froide engourdissait les questions. Les mots étaient exsangues, délavés eux aussi d'être trop répétés, atrophiés comme ce sexe ridicule qui se recroquevillait parce qu'il devait avoir froid. Hearing ne voulait plus bouger, seulement respirer cette vapeur froide, laisser le long serpent de ses vertèbres nager dans ce temps dilué. Attendre l'oubli, attendre de ne faire plus qu'un avec la lèpre de l'émail, avec l'informe de l'eau, devenir vide de sens, jusqu'à oublier sa mémoire. Oublier comment il s'était

il est si susceptible !

retrouvé dans cet hôtel minable du XVIIIe arrondissement. De la journée d'hier, il ne se souvenait plus que des éclats colorés d'une guirlande de Noël allumée au cœur de l'été, d'une cage blanche où tournait sans fin une souris aux yeux verts, d'une interminable sonnerie à la porte du pavillon. Puis plus rien. Un grand vide blanc qui l'aveuglait.

Les pas dans l'escalier, pesants, impatients, agressifs, cela aussi Hearing l'entendait. Il suivait en pensée l'ombre de ces pas, parcourait avec eux la montée d'escalier étroite de l'hôtel, revoyait cette image étrange qu'il avait aperçue hier, punaisée à l'entresol, couverte de chiures de mouches. Un fruit tranché par le milieu, imprimé en couleurs vives, une branche suspendue sur le vide de la page, des lignes d'écritures compliquées, des mots savants. Un fruit exotique sans doute, avec des pépins entassés et tout un filet de veines blanches qui lui avaient fait penser à l'intérieur d'un crâne. Le type lui avait demandé ce qu'il foutait devant cette image, debout dans le couloir au beau milieu de la nuit, et il n'avait pas su quoi lui répondre. « Les toilettes sont au bout du couloir de chaque étage, mais vous pouvez pisser dans les lavabos, tout le monde s'en fout. » Hearing avait dit :

— Bien.

Il avait dit :

— Bien, merci. Voilà ce que je cherchais… Je cherchais les toilettes.

Puis il avait quitté avec regret le couloir et l'image. De toute façon, il n'avait pas envie de pisser. Pas envie de manger non plus. Depuis combien de temps est-ce qu'il n'avait pas pissé ? Pourquoi sa vie avait-elle basculé aussi vite ? Les pas se rapprochaient, plus lentement maintenant. D'étage en étage. Hearing sentait venir jusqu'à lui cette odeur de sueur animale qui l'avait écœuré lorsqu'il avait rempli la fiche d'entrée. Il avait écrit : Sylvain Grenier, un nom comme ça. Pas le sien parce que désormais son nom était dangereux. Le nom d'un catcheur qu'il avait vu combattre à la télévision. Pourquoi celui-là ? Hearing se posait trop de questions et toutes ces questions l'obsédaient parce qu'il n'avait aucune réponse.

Le type de l'hôtel était maigre avec un ventre gonflé sous son tricot de corps, des cheveux gras et des lunettes comme on en faisait autrefois, avec une monture épaisse en plastique noir. Maigre et puant la sueur. Le ventilateur derrière lui, juste dans son dos, qui sentait le moteur chaud et lui devant, ses lunettes troubles, ses ongles sales avec lesquels il avait souligné son faux nom. Rassuré par le patronyme insignifiant, méfiant de le voir sortir un billet de cinq cents euros, rassuré d'être payé d'avance. Hearing reconnaissait son pas et son odeur immonde qui venaient de s'arrêter devant la porte. La pompe se remit en marche dans le même temps que l'autre frappait sur la porte.

– Monsieur Grenier ?

Hearing ne reconnaissait pas son nom mais savait qu'il fallait répondre. Je suis Sylvain Grenier, pensait Hearing et ce type veut parler à Sylvain Grenier. Avec peine, il se releva, prenant appui sur le mur. Sous lui, il voyait ses jambes qui tremblaient et il ne sentait plus ses pieds. Il resta ainsi une minute en attendant que sa tête cesse de tourner et que les murs reprennent leur place, puis il s'avança sur ses moignons de jambes endoloris et glacés jusqu'à la porte où l'autre

hésitent à se l'avouer, ils s'ennuient un peu depuis qu'il n'est plus là.

s'excitait en tapant de plus en plus fort. Une large flaque d'eau auréolait le carré de moquette effrangée sous laquelle on devinait un vieux linoléum.

— Qu'est-ce que vous foutez avec cette douche ? Vous croyez que parce que vous avez payé d'avance vous pouvez tirer la flotte sans compter ? Vous m'entendez ?

Au travers de la porte, Hearing sentait son odeur d'animal colérique et agacé, devinait son corps à la fois maigre et obèse ruisselant d'avoir dû monter les étages.

— Vous entendez ce que je vous dis ? Est-ce que vous entendez ce que je vous dis… ?

Hearing ne comprenait pas pourquoi ce type gueulait si fort. Sa voix lui semblait énorme, grasse et déplacée.

— Je vais couper l'eau. J'ai compris. Vous pouvez redescendre, je vais couper l'eau. J'avais chaud. Mais maintenant, je vais couper l'eau.

L'autre hésita un instant. Hearing supposa que de l'autre côté de la porte il devait secouer la tête et il l'entendait soupirer d'agacement.

— Tout le monde s'en fout de toute façon. Aujourd'hui, tout le monde s'en fout !

Puis les pas s'éloignèrent. Hearing se sentit mieux. Se serait même senti tout à fait bien sans cette odeur de produit à chiottes qui s'insinuait depuis le bout du couloir. Une odeur immonde, plus immonde encore que celle de la sueur. Un parfum artificiel qui lui irritait les yeux et lui donnait envie de retourner s'enfermer dans la salle d'eau. Mais la question était revenue. Il chercha sa veste, chercha son portefeuille dans sa veste puis arracha en partie la poche intérieure parce que le portefeuille était trop épais à cause de tout ce fric et qu'il ne voulait pas attendre. La photo était là et Hearing la caressa. Nadine et les deux filles. Il fallait qu'il appelle pour savoir.

Son cœur se remit à battre violemment et il enfila son pantalon et sa veste. Sous ses pieds, la moquette était gorgée d'eau et l'humidité avait réveillé les odeurs de tous ceux qui avaient occupé cette piaule minable avant lui. Tous le regardaient et penchaient la tête au-dessus de son épaule pour regarder Nadine et les filles. Hearing rangea aussitôt la photographie puis s'approcha d'une boîte à chaussures posée sur l'unique chaise de la chambre. Dans le couvercle de la boîte, il avait fait une dizaine de trous et, par précaution, il l'avait scotchée avec du sparadrap. Il colla son oreille au carton et écouta. Il revoyait la cage, le sapin et les cadeaux. Il revoyait Nadine et les gosses qui faisaient les folles. Il leur avait dit, il s'entendait encore en train de leur dire. Voilà pourquoi toute sa vie avait basculé. « C'est une cage, mais il ne faut pas ouvrir la porte. Tu sais pourquoi il ne faut pas ouvrir la porte de la cage ? » Il leur avait dit ! Est-ce qu'il ne leur avait pas dit ? Est-ce qu'il ne leur avait pas dit qu'il ne fallait pas ouvrir cette porte ?

Mais les gamines n'avaient pas écouté. Voilà pourquoi tout avait basculé. Sinon, rien ne se serait passé comme ça. Elles avaient ouvert la porte et tout avait basculé. Son cœur aboyait à l'intérieur et il avait lui aussi envie de hurler à la mort. Il mordit au sang sa main blessée pour ne pas hurler, mais il ne sentit pas sa main. Il allait sortir et téléphoner. Il allait sortir, téléphoner et savoir. Il allait retrouver ces fils de pute qui l'avaient payé pour cette saloperie et ils devraient

rapportées nos agents sont les seules crédibles. il est bel et bien là-bas ! il

l'aider. Voilà ce qu'il allait faire tout de suite. Maintenant, tout de suite, les retrouver et leur faire cracher la vérité sur cette saloperie qui avait fait basculer sa vie.

Au travers du couvercle, il entendait l'animal qui trottait et il devinait ses petits yeux perçants qui lui donnaient raison.

paraît qu'il mène une vie d'homme tout à fait ordinaire, quelque part dans la

10

Lorsque Hearing passa devant la réception de l'hôtel, le patron n'était pas là et il se dit que c'était une bonne chose. Que ce type avait cet air trouble qu'ont dans les films d'espionnage les agents des polices secrètes ou les informateurs aux couleurs de cafard. Ses lunettes surtout et aussi ses cheveux gras. Hearing avait bien fait de prendre la souris avec lui. Rien ne le forcerait à retourner à l'hôtel si les choses tournaient mal. La chaleur forçait la porte d'entrée portée par une lumière épaisse comme du sucre. Il était près de midi et le soleil était cloué au zénith, la tête rougie de sang comme une sangsue accrochée au ciel. Les voitures fondaient sur l'asphalte et la lumière qui se reflétait sur les pare-brise donnait cette impression étrange qu'elles brûlaient de l'intérieur. Il achèterait des aliments pour la souris dès qu'il le pourrait, un sac à dos aussi pour mettre la boîte à l'abri et des bouteilles d'eau minérale. Il n'avait pas chaud, se sentait tout à fait bien dans cette lumière violente. Mais il fallait qu'il trouve rapidement de l'eau minérale. Il n'aurait pas pu dire s'il avait soif, le mot ne

banlieue de moscou, à la fin du xxe siècle du calendrier solaire grégorien, peu

lui semblait pas juste. Mais il sentait qu'il lui fallait de l'eau.

Les rues étaient absolument désertes et, derrière les vitrines des glaciers où la ville entière s'était réfugiée, Hearing croisait des regards étonnés. Parce qu'il était seul à oser marcher dans la rue à une heure pareille. Lorsqu'il aperçut la voiture de police, qui descendait lentement l'avenue dans sa direction, il eut l'intention de courir, de s'engager dans la première ruelle, d'entrer dans le premier magasin venu. Pourtant, ni il ne courait, ni il ne se cachait. En lui – était-ce ce Sylvain Grenier qu'il connaissait à peine et dont il avait usurpé le nom ? –, quelqu'un d'autre que lui désirait simplement marcher au soleil et trouver de l'eau minérale. Rien ne semblait pour l'heure être plus important que cela. Ni ce qui s'était passé hier, ni sa colère de tout à l'heure, ni ses angoisses. D'ailleurs, que s'était-il vraiment passé hier ? Il faudrait qu'il demande tout ça à Nadine. Impossible de se souvenir si les cadeaux avaient plu aux gamines. Il demanderait et ensuite tout irait pour le mieux.

Il voyait la voiture de police avancer lentement dans l'air chaud et immobile, son image déformée par les vapeurs brûlantes qui montaient de la chaussée. Le véhicule s'arrêta à son niveau.

— Monsieur… Tout va bien, monsieur ?

La voix du flic l'avait surpris. La voiture s'était arrêtée à son niveau sans même qu'il ait vraiment fait attention. Le flic avait baissé sa vitre et Hearing sentait l'air frais de la climatisation qui débordait par la fenêtre.

après l'effondrement de l'ex-empire soviétique…

— Vous ne devriez pas rester comme ça au beau milieu de l'avenue par une chaleur pareille. Vous savez qu'il fait plus de 40 °C ?

— Oui, dit Hearing, vous avez raison. Je vais me mettre à l'ombre tout de suite et acheter une casquette aussi. Je cherche juste un magasin ouvert où je pourrais trouver un peu d'eau minérale et une casquette. Des aliments pour souris également. Vous ne savez pas où je peux trouver ça ?

— Vous n'êtes pas d'ici ?

— Ça dépend ce que vous voulez dire par « d'ici ». Peut-être que je préférerais être ailleurs, maintenant que vous le dites, je crois que j'aimerais assez être ailleurs.

Hearing sentait qu'il n'avait pas bien répondu à la question, mais Sylvain Grenier disait des tas de trucs qui foutaient le bordel dans sa tête. Qu'est-ce que c'était que ces conneries de questions. Est-ce qu'on ne pouvait pas tranquillement marcher dans la rue sans que des emmerdeurs de flics en bagnole climatisée viennent vous poser des questions ?

— Pardon ? Vous pouvez répéter ce que vous venez de dire ?

— Que je cherche un magasin pour…

— Non, le magasin, j'ai bien compris, mais après… Il me semblait que vous aviez envie de dire autre chose… Je peux savoir ce qu'il y a dans cette boîte ? Vous avez vos papiers ?

Hearing se frotta les yeux. Il avait terriblement soif et voulait absolument que ces types dégagent, flics ou pas.

— Je crois que vous avez raison, je vais aller tout de suite me mettre à l'ombre. Merci du conseil.

mister when est très fort en histoire. dans les longues parties de "special

L'autre flic était en train de déboucler sa ceinture. Hearing percevait que rien n'allait vraiment comme il le voulait. Derrière lui, il sentait l'ombre de la ruelle qui l'appelait. La radio de la voiture crachota et le flic détourna un instant son regard.

Hearing détala avec une rapidité qu'il n'aurait jamais imaginée. Il était dans la ruelle, ses pas le portaient comme s'il ne pesait rien. Vite. Beaucoup plus vite que ces flics n'auraient jamais pu l'imaginer. Il entendait dans son dos qu'ils sortaient leurs armes de service, le prenaient en chasse, mais c'était trop tard, il était déjà dans une autre ruelle et à l'intérieur de la boîte il entendait la souris rebondir contre le carton, petite balle de mousse molle. Jamais il n'aurait pensé qu'il était encore capable de piquer un sprint pareil. Il pourrait rattraper l'avenue qui croisait à deux blocs et de là s'engouffrer dans le métro. Le temps qu'ils fassent le tour, il les aurait semés. Il savait cela. Il aurait pu courir pendant des heures. Il ne sentait pas son cœur, il ne sentait pas son souffle. Il s'engouffra dans la bouche de métro, dévalant quatre à quatre les marches. Il n'avait plus de cœur, plus de souffle. Il s'assit sur la banquette de moleskine et se laissa embarquer suffisamment loin en changeant suffisamment souvent de lignes pour que personne ne puisse l'avoir suivi. Plusieurs fois, il s'arrêta aux distributeurs automatiques et but de l'eau minérale qu'il trouvait toujours trop glacée et ce froid lui serrait les tempes. Déjà, il avait oublié ces deux flics. Il y avait dans le métro une atroce odeur de transpiration. Tous ceux qu'il croisait étaient en nage.

Lorsqu'il remonta à la surface, il était dans le quartier turc. Il s'engouffra dans l'un des nombreux

trivial pursuit" qui les occupent parfois, il choisit toujours les cartes de

passages couverts de verrières dorées par la lumière, débordants de parfums compliqués où il reconnaissait le café à la cardamome et la fleur d'oranger. Aussi précisément que des couleurs, les odeurs venaient à lui. Il trouva tout ce qu'il avait prévu d'acheter et but encore deux grandes bouteilles d'eau, un peu tiède cette fois. Cela lui était agréable. Dans la boîte, la souris se jeta sur les granulés colorés et Hearing attendit patiemment que le petit animal se trempe lui aussi dans une barquette d'aluminium qu'il avait remplie d'eau.

Alors il repensa aux flics de tout à l'heure, à ce qui était arrivé hier soir et son cœur se remit à battre violemment. Cette silhouette dans l'escalier de la cave, est-ce que c'était son ombre ?

Le téléphone ne répondait pas. Qu'est-ce que Nadine pouvait bien faire à ne pas décrocher comme ça. Il traîna encore un moment dans le quartier sans très bien savoir quoi faire jusqu'à ce qu'il croise la devanture d'un salon de coiffure dont il poussa la porte.

La pièce carrelée et vide ressemblait à une boucherie. Un énorme philodendron courait sur le mur blanc. Il aimait cette vivacité de liane impassible dans la touffeur de l'été. Le coiffeur était obséquieux, agité. Lorsque Hearing lui demanda de tout couper, il lui demanda s'il avait bien compris. « Tout, oui. Coupez tout. » Le coiffeur s'exécuta et Hearing sentit la tondeuse fraîche redessiner la forme de son crâne. Il ouvrit les yeux et écarta le flacon de parfum puant que l'autre s'apprêtait à utiliser pour finir son travail. Dans la glace, Thomas Hearing trouva qu'il ressemblait

couleur jaune. d'un jaune identique à celui de son fauteuil de piscine. mister

beaucoup plus à Sylvain Grenier maintenant. Thomas Hearing allait prendre un peu de vacances.

Il acheta des lunettes de soleil qui renvoyaient dans leur miroir l'image bleuie du monde et fourra dans un sac un ou deux pantalons ainsi qu'un assortiment de chemises. Dans la première poubelle qu'il croisa, il jeta ses vieux vêtements. Cela faisait une éternité qu'il rêvait de s'acheter une paire de lunettes avec des verres miroirs comme ceux-ci.

Il prit un taxi qui le déposa devant le 56 du square Nelson. Il était venu là deux mois auparavant. On était convenus qu'il ne devrait jamais remettre les pieds ici. Que même ce coin de la ville lui était déconseillé, au moins pour quelques mois. Le paiement de la deuxième partie en dépendrait et sa sécurité elle-même pourrait s'en trouver compromise. Est-ce qu'il comprenait bien cela ? Il y avait de cela deux mois, il avait souri, mais le type qu'il avait en face de lui avait répété la même phrase en lui disant qu'il ne fallait pas sourire. Que pour cette somme, on ne devait pas sourire. Que s'il ne comprenait pas cela, il était inutile de poursuivre cette discussion. Mais Hearing avait trop besoin de fric pour ne pas faire un effort. Pour ce prix-là, il aurait même pu se passer de respirer. Il avait avalé sa salive et s'était ressaisi. Plus de sourire. Le type avait poursuivi.

Mais aujourd'hui, tout cela n'avait plus aucun sens. Il y avait eu hier soir. Et puis l'hôtel et maintenant le téléphone qui ne répondait plus. Quelque chose avait basculé hier soir. De cela Hearing était convaincu. Mais quoi ? Il faudrait bien qu'ils lui disent ce que c'était que cette saloperie. Sa main aussi, il allait leur montrer et il faudrait qu'ils l'aident.

where qui, en bonne logique, s'est fait de la géographie une spécialité - à moins

Qu'ils l'aident à comprendre comment tout cela était arrivé, pourquoi tout avait basculé. Ils l'aideraient parce que tout ça était arrivé à cause d'eux. Eux sauraient ce qui s'était passé hier soir, ils lui rendraient ce morceau de temps dont il avait perdu le souvenir.

— Merci, dit le taxi. Merci beaucoup, monsieur.

« Gardez tout », avait dit Hearing, puis il était descendu de la voiture.

Il avait gravi les quelques marches du 56 et les portes de verre avaient glissé devant son ombre en chuchotant. Le hall était glacial, le marbre, la température, la fille de l'accueil, tout. Comment cette fille pouvait-elle tenir dans un froid pareil ? Elle était blonde, ses yeux aussi étaient froids.

— Je suis désolée, monsieur, mais ce nom de société ne me dit absolument rien.

— Sogitex, je vous dis que j'ai eu un rendez-vous ici il y a deux mois. Avec un type de la Sogitex.

— Je ne suis arrivée ici que la semaine dernière, monsieur, mais le nom de cette société ne figure pas dans le registre. Je suis désolée.

— Attendez, vous avez dû mal regarder… On est bien au 56, square Nelson, ici ? Votre registre, je m'en contrefous, renseignez-vous ! Sogitex, Sogitex… C'est pas compliqué, non ? Vous n'avez qu'à demander à quelqu'un d'autre !

Hearing sentait qu'il n'aurait pas dû lui parler comme ça. Mais c'était comme tout à l'heure avec les flics. Il écoutait sa voix parler à sa place, sentait son cœur battre et sa colère monter.

— Il n'y a que moi ici, monsieur, les bureaux sont vides.

que son nom ne provienne justement de ses connaissances -, n'aime pas beaucoup

— Vous vous foutez de ma gueule, c'est ça ? Vous tenez l'accueil d'un immeuble de bureaux vides, c'est ce que vous êtes en train de me dire ?

— Les bureaux sont loués au mois, parfois à la semaine. Actuellement, il sont vides. Je suis désolée, mais je crois que vous ne devriez pas rester sinon je vais être obligée d'appeler quelqu'un.

— Mais appelez, c'est tout que je vous demande ! Je veux parler à ce type de la Sogitex avec lequel j'ai eu un rendez-vous. Je suis venu ici il y a deux mois. Laissez-moi voir ces bureaux… Laissez-moi voir si ces putains de bureaux sont vides… !

— Je ne peux pas vous laisser accéder aux bureaux. Il n'y a personne, mais vous ne pouvez pas monter. Je vous en prie, je pense que vous devriez repartir maintenant ou je vais devoir appeler le service de sécurité.

Hearing avait terriblement froid. Il ne pouvait plus rester ici. Cette salope était capable de le laisser crever dans cette glacière sans broncher. Son regard fit le tour du hall. Est-ce qu'il se souvenait bien de cet endroit ? Est-ce qu'il y avait du marbre lorsqu'il était venu ? Il ne savait plus très bien. Il lui sembla tout à coup que ce n'était pas du tout ici, qu'il n'y avait pas de marbre lorsqu'il était venu. Qu'il y avait de grands bacs de verre dans l'entrée avec des plantes, un aquarium aussi, encastré dans le mur derrière le bureau de l'accueil. Est-ce que c'était bien au 56 ? Est-ce que c'était bien square Nelson ? 56, square Nelson ?

Il ressortit. Dehors, il faisait chaud. Il se retourna et regarda l'immeuble. Au travers des vitres, il devinait la silhouette de la fille, forme floue qui se noyait dans l'épaisseur du verre. Elle téléphonait. Il ne fallait pas

mister when et trouve qu'il étale trop complaisamment son savoir. aussi se qu'il reste là. Il fallait agir autrement. Réfléchir autrement.

⁂

La nuit tomba lentement. Combien de temps avait-il attendu sur ce banc ? Il se sentait bien dans ce parc. Dans la boîte, à côté de sa tête posée sur le banc, Hearing entendait la souris qui grignotait les granulés. Il était calme. Il ôta ses lunettes, se souvint qu'il s'était fait tondre et eut envie de pleurer. Mais ses yeux étaient secs. Il était près de 23 heures et il retourna devant l'immeuble. Le hall était maintenant plongé dans l'obscurité. C'était comme s'il avait dormi. Il s'approcha de la paroi vitrée et regarda. La fille n'était plus là, une veilleuse plongeait la pièce dans une lumière apaisée. Au regard, le marbre blanc était doux comme de la cire. Rien ne bougeait. Il n'y avait pas d'aquarium, mais au-dessus de la porte de l'ascenseur, les chiffres des étages s'étaient mis à clignoter. Quelqu'un descendait des étages vides de cet immeuble vide. Cette salope blonde lui avait menti, ils avaient dû démonter l'aquarium, enlever les plantes, repeindre. Est-ce qu'il savait de quoi ces types étaient capables ? Quand on peut sortir autant de fric, on peut tout faire. Repeindre, démonter les aquariums, virer les plantes, changer de nom…

Les portes s'ouvrirent. Dans le hall, un Black aux yeux rouges de fatigue marchait sous les néons clignotants. Dans la main droite, il tenait un sac poubelle, dans l'autre il traînait un aspirateur. Le type devait être en train de finir son boulot. Il avait dû nettoyer les bureaux que cette fille prétendait être vides. Hearing songea à frapper contre la vitre, à glisser un billet entre les deux portes, à lui raconter qu'il avait oublié sa sacoche, n'importe quoi, qu'il travaillait pour la Sogitex, mais il n'était pas sûr que le type veuille lui ouvrir. Il était même persuadé du contraire. Il se planqua et attendit. L'autre continua à frotter et à aspirer pendant encore une bonne demi-heure, mais Hearing savait attendre. Maintenant qu'il savait qu'il allait entrer, il pouvait attendre calmement.

Occupé à refermer la porte derrière lui, le Black ne vit rien venir et Hearing le soutint lorsque son corps s'affaissa. Les clefs tintèrent en tombant sur le sol. Il ne pensait pas avoir frappé trop fort et jeta dans les buissons le bras caoutchouté qui servait à l'arrosage automatique. Il tira l'employé par les pieds à l'intérieur du hall et, par sécurité, le ligota avec un fil de lampe. L'ascenseur le déposa au cinquième. Il pensa reconnaître le couloir, mais se dit que tous les couloirs de bureaux devaient se ressembler. Au bout du couloir, il y avait une fontaine à eau et Hearing y passa un long moment sans se soucier d'autre chose. Par la fenêtre il voyait les arbres du square qu'une légère brise faisait balancer mollement et il essaya d'imaginer à quoi cela pouvait bien ressembler la journée. Était-ce bien dans cet immeuble que le type l'avait reçu ? Il allait devenir dingue s'il ne trouvait pas la réponse.

Les bureaux étaient bel et bien vides. Aucune des portes qu'il poussait n'apportait à ses questions le moindre début de réponse. La Sogitex avait déménagé ou ne s'était jamais installée ici. Sans trop savoir pourquoi, l'un des bureaux retenait pourtant son attention. Les stores à lamelles peut-être, la trace laissée sur le mur gauche par l'attache d'un cadre. Il crut se souvenir qu'à cet endroit il avait vu un drôle de petit tableau, mauvaise copie d'une nature morte hollandaise. Lorsque la lumière du contre-jour l'aveuglait trop, il tournait les yeux dans cette direction et il avait regardé plusieurs fois cette toile tout en écoutant le type lui proposer le marché.

Il glissa les doigts sur le mur pour vérifier qu'il ne se trompait pas. L'attache avait laissé un trou discret mais il n'y avait aucun doute. À genoux sur la moquette, Hearing chercha patiemment jusqu'à ce qu'il repère la légère trace laissée par le poids du bureau. La disposition du meuble collait avec le souvenir qu'il en avait gardé. Lentement, ses souvenirs comblaient les vides, s'ajustaient à la mémoire du lieu. Maintenant, il en était presque sûr, il était déjà venu dans ce bureau. C'était ici que toute cette saloperie avait commencé.

Une soufflerie se mit en marche qui vint définitivement le convaincre, un très léger tremblement de la grille qu'il avait noté parce qu'il l'empêchait de se concentrer sur les phrases du type. Un truc minuscule mais agaçant. Il était certain de ne pas se tromper. Autre chose de plus troublant se mêlait pourtant au bruit de la soufflerie. Dans un premier temps, Hearing ne sut pas trop ce que c'était. Quelque chose qui n'était pas le bruit, qui avait à voir avec l'air que soufflait la climatisation. Un souvenir d'un autre ordre, qu'il associait à la souris. Ou plutôt au soir où il était entré dans le laboratoire avec le groupe Éden. Quelque chose qui ne se voyait pas et qui ne

– tout à fait rocambolesque ! dit where.

s'entendait pas. Une trace minuscule que la soufflerie avait réveillée. Soudain il sut. Il sentait une odeur qui n'avait pas de nom, mais qu'il avait déjà sentie, un parfum que sa mémoire avait enregistré malgré lui et qui se rappelait à lui. De ce parfum se dégageait une obscurité profonde et troublante.

Hearing avait fermé les yeux, laissait cette obscurité se déverser à l'intérieur de lui. Il la sentait serpenter dans les méandres compliqués de son cerveau, à la recherche du souvenir qui l'avait reconnue. Il repensa à ce fruit tranché par le milieu qu'il avait regardé dans la cage d'escalier de l'hôtel. À ces veines blanches lovées dans la pulpe rouge et juteuse et qui maintenant se gorgeaient d'encre. Il revoyait les serres, les plantes lourdes de sève sur lesquelles ruisselait l'essence, le couloir qui l'avait mené jusqu'au laboratoire. La lumière fulgurante de l'embrasement explosa à l'intérieur de sa tête. Il allait y retourner. Il fallait que quelqu'un soit venu de là-bas pour laisser cette odeur… Il se souvint des codes qu'on lui avait fournis, de sa main nerveuse composant les chiffres sur les claviers, des portes qui s'ouvraient. Il n'avait pas posé de questions, mais s'était demandé comment ils pouvaient connaître ces codes.

La soufflerie s'arrêta et il sentit que cette dernière trace disparaissait elle aussi. Comme avait disparu la plaque où figurait le nom de la Sogitex, le mobilier de ce bureau où on l'avait reçu, comme disparaîtrait sans doute demain l'hôtesse qui l'avait accueilli aujourd'hui et jusqu'aux marques infimes laissées sur la moquette et sur le mur. Le bureau désert

– dans la banlieue de moscou, parfaitement ! rétorque when, qui n'entend pas

retournait à son silence. Mais il savait maintenant une chose qu'il n'oublierait pas et qu'il saurait retrouver entre mille. Car cette chose habitait à l'intérieur de sa tête.

perdre la face et peut, si nécessaire, agrémenter ses informations de quelques

11

— Charogne d'Adibou, tu vas me dire où est passé Robitoc ! Tu vas cracher, nom de dieu ! ?

À l'écran, le lutin rondouillard était content de son monde tout en couleurs et se foutait bien des hurlements de son nouveau camarade de jeu. Dragulescu n'était plus lui-même. Cela faisait plus de trois heures qu'Adibou, souverain autodécrété ludique et éducatif, avait cessé de le faire rire. Il s'y était mis à peine rentré de Paris, où il avait laissé Sensini, et ce qu'il avait pris au départ pour un jeu d'enfant s'avérait un véritable casse-tête. Sans doute parce que les manipulations informatiques étaient le fait d'un amateur qui avait pris quelque liberté avec les règles de l'art. Preuves matérielles de son extrême concentration, un Big Mac froid et mou reposait en paix à côté du clavier du spécialiste des réseaux.

Il n'y avait rien d'inhabituel au niveau de la programmation, pas de cache intéressante dans les méandres sécurisés de la mémoire, aucune interface douteuse et Dragulescu était persuadé que ce qui était à découvrir se trouvait dans l'espace même du jeu.

inventions. il faut dire que, là où nous nous trouvons, la frontière est étroite

Mais la chasse au trésor dans cet univers insupportable de perfection finissait par le rendre dingue.

— Comme si j'avais que ça à foutre, ronchonna-t-il, en se déplaçant une nouvelle fois dans le jardin d'Adibou.

« Te voici dans le coin des fleurs… L'endroit le plus agréable de la terre ! » La petite créature à casquette rouge dispensait ses commentaires dithyrambiques en exécutant deux ou trois galipettes sur le tapis d'herbe tendre, plus verte que nature. Et Robitoc, le plus farfelu des jardiniers, qui ne reparaissait toujours pas. Dragulescu s'en voulait d'avoir congédié le robot déjanté qui, de sa voix de travelo brésilien, lui recommandait sans cesse la patience avant de récolter le fruit de ses plantations. Comme Dragulescu était bientôt à sec de ce côté-là, il avait cliqué une bonne douzaine de fois sur l'importun qui s'était éclipsé en prévenant qu'on pourrait le trouver dans la serre : « La serre est envahie de mauvaises herbes et quand je dis “mauvaises”, je pense “mauvaises”, “mauvaises” ! » Le prodige roumain, à bout de nerfs, avait sursauté. Depuis lors, il tentait de séduire Robitoc par tous les moyens. Mais rien à faire… La serre demeurait introuvable et le tas de ferraille n'avait pas reparu. Dragulescu enrageait, transpirait, insultait Robitoc une fois encore. Puis l'idée lui vint. Un de ces éclairs qu'un gosse de sept ans aurait eu depuis longtemps déjà.

— « Es-tu sûr de vouloir quitter le jardin pour de bon ? »

— Oui, connard !

— « Et à quoi veux-tu jouer maintenant ? »

— Au terroriste ! Et magne-toi le fion !

entre l'une et l'autre. Parfaitement ! reprend-il, de source bien informée, nous

Dragulescu emprunta le pont des fleurs et se retrouva devant la turne d'Adibou en forme de vieille godasse. Il entra et fila vers la cuisine.

Un clic sur le frigo et le manège de la recette à préparer se mit en marche. Kibouk, une espèce de rat adipeux et fainéant proposait plat ou dessert. Dragulescu choisit dessert puis cliqua sur les bananes, dans la porte du frigo.

— « Tu veux mettre des bananes ? Tu as bien raison, c'est très bon les bananes ! »

Dragulescu l'aurait étranglé. Maudit soit le monde où chaque choix est le bon. Le téléphone sonnait dans son bureau, mais il ne pensa même pas à décrocher.

— « Tu veux mettre des bananes ? Tu as raison, c'est très bon les bananes ! Tu veux mettre des… Mais il n'y a plus de bananes… Il va falloir aller faire ta cueillette à la serre. Robitoc va t'aider ! »

Dragulescu exulta. Il se retrouva dans un kiosque circulaire avec une dizaine de pots ridicules dans lesquels poussaient oranges, citrons et autres fleurs d'ornementation. Robitoc l'attendait avec un air des mauvais jours. Le visiteur passa en revue les fruits à cueillir et les petits sacs potelés qui contenaient les graines. Il fit défiler les différentes variétés et tomba enfin sur ce qu'il cherchait. Trois petites bourses bien rondes créées par les joueurs pour leurs fleurs préférées : « Jardin de Roxane », « Jardin de Juliette », « Jardin d'Éden ».

D'une rage vengeresse et enfin satisfaite, Dragulescu mordit dans son Big Mac froid et dégueulasse. Robitoc avait craché.

⁂

savons que why aurait endossé un temps le rôle d'un ouvrier syndicaliste dans

Deux heures plus tard, la tension de Roman Dragulescu n'était toujours pas revenue à la normale. Son bureau était sens dessus dessous et les secrets de la machine du fuyard Thomas Hearing, activiste écologiste, reposaient imprimés devant lui : listes, manifeste, compte-rendu de réunions et projets d'opérations. Après plusieurs coups de fil passés aux quatre coins de l'Europe, il venait de réussir à joindre Sensini pour lui faire part de son excitation. Et aussi de ses découvertes. Mais l'officier d'Interpol était dans le train. Roman, lui, hurlait dans son bureau.

— … Non je n'ai pas entendu le téléphone… Oui, je viens de trouver… Et comment ! ? Qu'est-ce que je lui ai mis à Robitoc… Trop, trop simple. Dans les graines à planter de la serre… Dans le jeu… Le jeu d'Adibou, vous vous souvenez ?… Je l'avais dit, il y avait un truc pas normal… C'était le coin des graines, un genre de réserve du patron… Jardin d'Éden… Non, je dis : le nom c'était JARDIN D'ÉDEN, le nom qu'il avait donné à son petit coin secret… Ce que j'ai trouvé ? Tout. L'acte de naissance de la bande, le groupe ÉDEN : ÉDEN c'est pour Éden, le jardin quoi, le paradis perdu, vous voyez le genre de trucs… Exactement… Il y a un poème là-dessus… Ouais, super long… Ouais c'est ça, Milton… Bon, mais il y a mieux. Il y a que je ne m'étais pas trompé et que c'était pas loin d'être le grand soir… Je veux dire que ce que j'avais pisté sur le Net, ces mails que j'ai tracés, eh bien j'en ai retrouvé une partie dans ce jardin virtuel… Parmi les fleurs que Hearing avait récoltées… Oui, évidemment, dans le jeu… Vous n'avez jamais joué à Adibou ?… Ça fait un peu peur

une usine pétrochimique ! évidemment aussitôt renvoyé pour agitation au début, mais après on rigole… Alors dans les fleurs, il y en a une, une rose toute noire, si vous l'ouvrez, elle donne un message… Voilà, comme un code… Et le message, c'est la revendication d'un attentat contre les serres de Viktor Naeliev… En Suisse… Un obtenteur de roses, qui a fait fortune en greffant des fleurs… Je vous ai déjà préparé une doc d'enfer et vous l'avez sur votre mail… Pas de quoi, c'est mon boulot. Mais le hic, c'est que j'ai appelé tout le monde dans le bled de Naeliev qui se trouve dans les Alpes, en Suisse, canton d'Appenzell… Ouais, j'ai même appelé des collègues et les pompiers du coin et le hic, c'est qu'il n'y a eu aucune plainte à propos de rien… Et c'est quand même bizarre parce que Hearing a bien envoyé le message à ses correspondants et sur plusieurs forums où l'écoterrorisme est en vogue… En tout cas, j'ai retrouvé des identifiants qui recoupent ceux que j'ai tracés l'autre soir… Qu'est-ce que ça veut dire ? Ça veut dire que d'après lui, le coup a bien eu lieu… Ouais, pas de doute. Et pourtant, on dirait que non. Vous en pensez quoi ?… Je ne sais pas. Franchement, je ne sais pas… Ouais, bien sûr, j'ai aussi appelé la société Naeliev. On m'a répondu que c'était fantaisiste et que ça faisait deux ou trois ans qu'ils recevaient des menaces, mais rien de sérieux… Maintenant ? Je suis en train de veiller les identifiants. S'ils se connectent, s'ils envoient des messages, s'ils se passent le moindre truc, je vais les tracer… Ouais, c'est tout ce que je peux faire… Vous avez toute la doc et vous pourrez vous faire une idée… Et de votre côté ?… O.K., O.K. … Ouais, rentrez bien.

politique ! malheureusement, nous avons, depuis lors, perdu sa trace…

Roman Dragulescu raccrocha. Tout était sombre et silencieux autour de lui. Sa lampe dessinait un mince faisceau qui semblait limiter son monde aux monceaux de papiers et de notes éparpillés sur sa table de travail. Les bureaux d'à côté étaient maintenant déserts. De toute façon, personne à l'étage ne lui prêtait grande attention. La vaste mécanique d'Interpol ignorait la plupart de ses rouages. Dragulescu soupira avant de relancer la conversation qu'il entretenait avec son seul et unique compagnon. Sur le moteur de recherche, il tapa : Milton, paradis perdu. 5 250 réponses étaient proposées. Il avait retrouvé son sourire lorsqu'il cliqua sur la première d'entre elles.

mister which vient de refaire surface. il est écarlate d'avoir retenu sa

12

La gare de Lyon-Perrache était pratiquement déserte lorsque Sensini descendit du train. Un chien roux errait en haletant sur le quai. Le type en jupe écossaise adossé aux distributeurs devait être son maître. Sensini lui laissa son paquet de Wrigley's à la banane parce qu'il n'avait pas de cigarettes et le punk démodé le remercia en soulevant la main. Une sorte de bénédiction. Sensini glissa le ticket du parking dans la fente chromée, fouilla au fond de sa poche et en retira un billet froissé que la machine refusa plusieurs fois avant de l'accepter. À l'intérieur du parking, la température était supportable.

La radio s'alluma d'elle-même lorsqu'il remit le contact et Sensini reconnut la valse de Casse-noisette. La musique accompagna la voiture dans la spirale qui remontait vers la surface, ses phares glissaient sur le béton rayé de traces de peinture. Dehors, quelques passants profitaient de la relative fraîcheur de la nuit et marchaient sur les trottoirs encore chauds. La valse prit fin bien avant qu'il ne soit rentré et il coupa la radio. La climatisation soufflait. Roman était

respiration mais heureux car il vient d'apprendre qu'il a battu son dernier

un chouette type. Et pas seulement parce qu'il l'avait réparée.

Sur la porte de l'ascenseur, une feuille de papier rappelait aux occupants de l'immeuble qu'ils étaient tenus de respecter les numéros des places attribuées et, au bas, on voyait le tampon du gérant de l'hôtel meublé.

Sans doute parce qu'il chercha un peu trop longtemps ses clés avant de les trouver, la porte qui faisait face à la sienne sur le palier s'entrebâilla et Sensini entendit Wadaïeff détacher la chaînette de sécurité.

— Bonsoir, monsieur Sensini. Il fait terriblement chaud, vous ne trouvez pas ?

Il faisait effectivement très chaud dans le couloir sans ventilation et Sensini se dit qu'il aurait dû être plus discret.

— Vous n'êtes pas encore couché, monsieur Wadaïeff ?

— Je n'arrive pas à dormir. On ne peut pas dormir avec cette chaleur, non ?

Le vieux Wadaïeff avait cette habitude de finir la plupart de ses phrases par une question. Sans doute dans l'espoir de ne pas clore trop vite les rares conversations qui venaient distraire la monotonic de ses journées.

Sensini avait poussé sa porte, à l'intérieur il faisail aussi chaud que dans le couloir, plus peut-être.

— J'ai une bonne vodka dans le freezer, je pensais que peut-être on pouvait boire ensemble une vodka, monsieur Sensini…

— Je rentre de voyage, monsieur Wadaïeff, je suis vraiment fatigué. Demain, si vous voulez, je passerai prendre un café. Ça marche comme ça ?

record : six minutes, huit secondes et sept dixièmes. il s'accroche à ce rêve

— C'est que… vous voyez, j'aurais aimé vous dire des choses. Bien sûr, demain on peut prendre un café mais ce soir, c'est mieux, non ? C'est de la bonne vodka et elle est au freezer depuis hier.

— Sincèrement, monsieur Wadaïeff, je ne peux vraiment pas ce soir.

Le ton était un peu plus ferme et Wadaïeff comprit qu'il aurait été désobligeant d'insister. Il insista pourtant.

— Alors vraiment, vous ne voulez pas ?

— Je vous l'ai dit, monsieur Wadaïeff, pas ce soir. Bonne nuit, monsieur Wadaïeff. Bonne nuit.

— Bonne nuit, monsieur Sensini. Dieu veille sur votre sommeil.

Derrière sa porte, Sensini entendit que le vieux Russe refermait lentement la sienne. Très lentement, comme s'il espérait un remords de sa part, et que oui, finalement, il faisait si chaud, pourquoi pas une petite vodka. Que Sensini allait venir s'asseoir dans ce vieux fauteuil qui sentait le chat, écrasé par la gouache plâtreuse des dizaines de toiles accrochées aux murs du minuscule salon et que lui, Wadaïeff, souriant, pourrait sortir les deux verres en cristal taillé rangés en permanence dans le bac à glace du réfrigérateur. Et la bouteille de vodka couverte de givre. Mais Sensini était vraiment trop fatigué et ne buvait presque jamais d'alcool. Est-ce qu'il aurait seulement le courage de poursuivre les recherches sur la société Naeliev comme il l'avait dit à Roman ? Avec cette chaleur, les roses seraient capables de faner sur l'écran de l'ordinateur.

Sensini laissa derrière lui tous les vêtements qu'il enlevait sur le chemin de la douche et ne jugea pas

dérisoire de battre le plongeur qu'il a vu dans un film de luc besson dont il ne

utile de se rhabiller en sortant. À poil, dans sa cuisine, il resta accroupi un moment devant le réfrigérateur ouvert appréciant la fraîcheur et la lumière froide qui éclairait son indécision. Il y avait là un pack de yaourts aromatisés, du lait, un reste de fromage et deux tomates. Il emporta le tout dans le salon et s'écrasa sur le canapé. Il y avait assez de lumière venant de l'extérieur pour qu'il n'allume pas. L'idée de devoir enfiler un vêtement lui déplaisait. Les murs blancs et nus, l'absence de meubles en dehors de ce canapé et de la table basse le reposaient et il mangea calmement tout en vidant un verre de lait très froid. Depuis qu'il avait emménagé dans ce deux-pièces meublé, il n'avait pas jugé bon de changer quoi que ce soit. Wadaïeff lui avait offert une toile, une sorte de violon rouge aux contours un peu raides. Sensini n'aurait pas su dire si la toile lui plaisait ou non. Wadaïeff n'osait plus lui demander pourquoi il ne l'avait toujours pas accrochée. Au moins, il n'avait pas à inventer d'excuses. Faire des pâtes n'aurait pas été une mauvaise chose, mais l'idée d'ingurgiter quelque chose de chaud lui semblait inconcevable. Il remporta le plateau sur la table de la cuisine et se décida à allumer son ordinateur. Le site de la société Naeliev le fit soupirer. Le ventilateur de l'appareil soufflait déjà une haleine tiède qui sentait le plastique. Il retourna au réfrigérateur prendre une autre bouteille de lait qu'il fit rouler sur son torse couvert de sueur avant d'ôter la capsule d'aluminium, puis reprit. Demain, il essaierait de dégotter un ventilateur. Il demanderait ça à Roman.

Sur l'écran, une animation faisait éclore des fleurs couvertes de rosée et le nom des hybrides s'affichait

parvient pas à se rappeler le titre. d'ailleurs, n'ayant pas de rêves à lui, il

en même temps que les prix obtenus par l'obtenteur dans les grands concours internationaux. *Climbing iceberg* et *Green ice* avaient la préférence de Sensini, bien avant *Red Yesterday* ou *Bonfire Night*, mais fondamentalement les roses l'ennuyaient et il se demanda s'il n'aurait pas mieux fait d'aller dormir ou boire une vodka avec Wadaïeff. Derrière le mur il l'entendait arpenter la pièce et il n'avait ni branché sa télé ni allumé la radio. Pas même un air de balalaïka sur son pick-up crachotant. Ça ne devait pas aller très fort. Il marchait comme pour bien montrer à Sensini qu'il n'arrivait pas à dormir. Il ne manquait qu'une porte à cette cloison ou d'être transparente. Passé *Souvenir de St-Anne's*, *Mme Isaac Pereire* et *Königin von Dänemark*, qui comptaient parmi les plus belles réussites de la marque, Sensini consulta l'historique. La société Naeliev, du nom de son fondateur et actuel propriétaire Viktor Naeliev, greffait et vendait des roses rares depuis 1990. Bien que très récemment apparu sur un marché fermé et exigeant, Naeliev avait conquis en quinze ans une des toutes premières places aux côtés d'Austin et de Meilhand, profitant à plein de l'explosion verte du jardinage familial, l'un des rares secteurs où l'on enregistrait une croissance à deux chiffres. Face à la mondialisation débordante, l'humain cherchait à reprendre racine.

Sensini bâilla, vérifiant tout de même le nombre impressionnant de zéros déroulés au titre du chiffre d'affaires de l'année écoulée. Il avait beau tenter de se convaincre de l'intérêt de la chose, l'écran lui piquait les yeux. La famille de Naeliev était bulgare. Au dire du texte de présentation, la Bulgarie était l'une des patries où l'art de l'obtention, cette alchimie

en emprunte à d'autres, et parfois au cinéma. ici comme là-bas, il est difficile

de haute patience capable d'arracher à l'ordre naturel des teintes, des parfums et des formes de fleurs devant lesquels le créateur de toute chose avait lui-même échoué, était parvenu à des sommets. La réussite exemplaire de cet immigré installé en Suisse et aujourd'hui confortablement établi confirmait la chose. Naeliev père était lui-même horticulteur et avant lui son père et ainsi de suite jusqu'à ce que la généalogie ne se perde dans les serres du prince Alexandre de Battenberg en 1883. À l'évidence, et malgré ses indéniables références en matière florale, Naeliev avait dû bénéficier de solides recommandations pour que l'on accepte de le voir s'installer au cœur de la Suisse. À en croire Roman, ce que pouvait la passion d'un collectionneur n'avait pas de limites et celle que suscitait l'amour des roses l'emportait sur toutes. Qu'un ambassadeur ou un ex-ministre joue du sécateur dans son embaumée retraite et il ne fallait pas chercher plus loin. Une autorisation de résidence s'obtenait plus facilement que le croisement d'une *Damas d'Automne* et d'une *Rosa Gallica*, mariage insensé qui avait pourtant donné naissance aux hybrides perpétuels. Sensini releva la tête. De l'autre côté du mur, la danse avait repris. Soit Wadaïeff nourrissait à l'encontre des Bulgares une haine farouche – les Russes n'avaient-ils pas été à l'origine de la démission du prince de Battenberg ? –, soit il s'était consolé en vidant seul la bouteille de vodka. Il n'aurait pu le jurer, mais il lui semblait que Wadaïeff était en train de se livrer à un véritable déménagement. Au jugé, ce devait être son énorme buffet qu'il traînait dans la pièce. Sensini hésita un instant, mais

de vivre sans rêve. mais il déteste qu'on lui rappelle ses petits emprunts et ne

s'imagina mal revoir l'agencement de l'appartement du vieux à près de 2 heures du matin.

Dans cet immeuble qui hésitait entre l'hôtel meublé et l'appartement de transition loué à la semaine ou au mois, Wadaïeff était le seul occupant à n'avoir pas déménagé depuis au moins vingt ans. Son appartement était d'autant plus rempli que les autres restaient vides. Comme s'il avait choisi d'être la mémoire de tous ces passages, il tenait une collection disparate du monde en transit et de son incapacité à tenir en place. Mille objets laissés par les uns, offerts par les autres ou récupérés par Wadaïeff dans le local à poubelle étaient venus enrichir son patrimoine de vieux Russe immigré. Le samovar côtoyait une gondole de Venise en plastique rose et noir ourlée de passementeries lumineuses, un plat arabe à la calligraphie compliquée, une famille de matriochkas poussiéreuse, un tapis du Caucase, une descente de lit en fausse tapisserie d'Aubusson. L'appartement de Wadaïeff était un antre du peu et du dérisoire, la caverne d'Ali Baba d'un voleur fétichiste. Seul Wadaïeff était en son entier authentiquement russe. À ses heures il peignait et son inspiration ne s'interdisait aucun siècle, parcourait tous les horizons du monde et tous les styles. Sa collection de cartes postales était immense, rangée par thème plutôt que par peintre, ce qui lui avait permis de présenter Titien à Malevitch et les primitifs italiens à Jackson Pollock. À ces morts près, Wadaïeff vivait seul, tout comme Sensini.

L'économiseur d'écran plongea la pièce dans l'obscurité. Sensini constata que le lait était devenu tiède. Il avait passé suffisamment de temps devant la vitrine et l'image de réussite exemplaire affichée par

supporterait pas qu'on se souvienne à sa place du titre de ce film.

la société. Assez en tout cas pour avoir envie de visiter les serres interdites au public.

Les codes étaient nombreux et les confirmations incessantes qui lui permirent de consulter, sur le central d'Interpol, les informations complémentaires qu'il cherchait. De prime abord, rien ne différait fondamentalement de l'image officielle distillée par la firme, à ce jour aucun différend avec les services fiscaux, aucun problème avec la justice, à l'exception d'une affaire, gagnée par Naeliev, concernant la commercialisation illicite de l'hybride de thé *Virgo* – une fleur d'une blancheur immaculée née sous ses doigts experts –, par un concurrent peu scrupuleux. Biologiste de formation, Naeliev avait quitté la Bulgarie pour la Roumanie comme professeur invité par l'université de Bucarest. C'était au milieu des années 70, peu avant la naissance de sa fille, Ulthémia, en 1976. Mirela Constantinescu, la mère, devenue madame Naeliev en 1968, était décédée dix années plus tard dans un accident. À l'évidence, tout n'avait pas été rose dans la vie de Naeliev. La fiche proposait un lien vers une autre page. Sensini cliqua et son code d'accès lui fut à nouveau demandé. Il était clair que le traçage Interpol fonctionnait dans les deux sens. À tout moment, le serveur pouvait identifier les requêtes et savoir qui avait consulté une fiche. La demande lui sembla pourtant assez inattendue au vu du peu d'intérêt stratégique que le dossier Naeliev semblait comporter. La hiérarchie informatique n'était pas du même avis et Sensini vit apparaître sur son écran un message qu'il connaissait pour s'y être déjà cassé les dents. « Votre code n'a pas le niveau de priorité requis pour accéder à cette page. Une requête

– rien, absolument rien ! j'ai fouillé la moindre grotte sous-marine et la

spécifique et motivée doit être effectuée préalablement. » La dernière affaire à laquelle il avait été confronté et qui l'avait envoyé au placard des organismes génétiquement modifiés avait débuté par un message du même genre. Il avait eu la mauvaise idée d'insister.

Ce qui mettait Sensini hors de lui était l'absence de motifs explicites justifiant que telle ou telle information soit classée sensible. Qui connaissait vraiment le visage de ceux qui hiérarchisaient ces données ? Il était arrivé à la conclusion provisoire que les censeurs n'avaient pas de visage, se confondaient avec une logique anonyme qui dépassait chacun tout en l'incluant. Une mathématique compliquée gérée par le central de calcul, multipliant sans état d'âme des coefficients émanant de l'ensemble des utilisateurs. Intérêts politiques, militaires ou industriels s'y aggloméraient dans un jeu où chacun détenait sur l'autre une information potentiellement compromettante ou paranoïaquement supposée telle. Le principe de précaution s'appliquait ici à son plus haut niveau. Le moindre défaut de ce genre de secrets était de forcer l'imagination, tant il est vrai qu'on voit toujours plus au travers d'une fenêtre fermée qu'au travers d'une fenêtre ouverte.

L'installation en Suisse, peu après l'effondrement du bloc de l'Est, d'un ressortissant bulgare qui avait fait une grande partie de sa carrière en Roumanie, la disparition de sa femme, le trop sage parfum de fleurs qui se dégageait des activités de la firme et l'énigmatique revendication d'une action qui n'avait laissé aucune trace par le non moins inexistant groupe Éden, tout cela galopait maintenant dans la tête de Sensini

moindre épave ! pas de why ! c'est assez décourageant.

au rythme de ses doigts tapotant sur la table. Le massacre imputé à Hearing et la précipitation avec laquelle Klein forçait l'allure de l'enquête constituaient la cerise sanglante qui manquait à ce gâteau déjà fort peu digeste.

Sensini se leva pour prendre un chewing-gum, mais se souvint qu'il avait donné son paquet au zonard de la gare. Il alla jusqu'à la fenêtre, regarda dans la nuit la façade des immeubles où ne brillaient plus que de rares fenêtres. La ville dormait et Wadaïeff semblait en avoir terminé avec ses grandes manœuvres. C'était mal connaître l'opiniâtreté du vieillard et Sensini s'en voulut longtemps de ne pas avoir envisagé plus tôt combien l'ennui pouvait être mortel.

Le fracas d'un vase s'effondrant sur le sol et d'un meuble renversé dans la pièce voisine venait de briser le silence obsédant contre lequel Sensini appuyait son front. Le râle qui suivit immédiatement lui fit enfiler en quelques secondes un pantalon et se jeter dans le couloir. Il devinait ce qui était en train de se passer de l'autre côté de cette porte. Elle n'était pas fermée à clé et Sensini se précipita. Le corps suspendu de Wadaïeff, tentant de retenir de ses deux mains débiles la cordelette qui l'étouffait, confirmait son pressentiment. Le buffet dont il avait sans doute eu besoin pour se hisser jusqu'à l'anneau de fixation du plafonnier avait été poussé au beau milieu de la pièce, la chaise qu'il avait ensuite fait basculer expliquait la suite.

Entre ses bras, Sensini sentait le corps de Wadaïeff se raidir pour tenter de soulager son poids et il le voyait desserrer nerveusement le mauvais nœud coulant qu'il avait glissé autour de son cou. La ficelle avait maintenant passé le menton et Sensini récupéra

mister what hoche la tête et soupire, ce qui est pour lui le moyen de signifier que

le vieil homme sur ses épaules, qui tremblait en haletant. Il le coucha dans sa chambre, inspecta rapidement la légère brûlure que la cordelette avait laissée à la base du cou. Sans doute n'y avait-il pas de professionnels du suicide, mais Wadaïeff avait tout d'un amateur. Le crochet du plafond, déjà en partie descellé, aurait sans doute lâché avant que le cordon ne fasse son œuvre. Le vieux but un peu trop rapidement le verre d'eau que lui tendait Sensini et toussa longtemps, reprenant petit à petit sa respiration, les yeux rouges, exorbités et hagards. Au-dessus de lui, assis sur le rebord du lit, Sensini l'éventait avec un calendrier des postes. Le chat allait et venait dans son panier d'osier.

— Ça va aller, monsieur Wadaïeff, ça va aller. Buvez lentement…

Le vieux ne répondait rien, le regardait fixement puis baissait les yeux comme un gosse. Il lui serrait l'avant-bras et Sensini sentait qu'il tremblait.

— Excusez-moi, monsieur Sensini… Dieu me pardonne, monsieur Sensini…

Puis il se mit à sangloter. Sensini se contentait de lui dire que tout allait bien, que demain tout irait mieux et qu'ils en parleraient calmement. Est-ce que ça irait, est-ce qu'il voulait qu'il appelle un médecin ?

— Pas de médecin, monsieur Sensini. Dieu me protège ! Pas de médecin, s'il vous plaît. On ne me garderait pas ici si on apprenait que… S'il vous plaît, je ne veux pas partir d'ici. Je vais dormir. Je vous assure que ça va aller. Vous m'en voulez, monsieur Sensini ?

— Qui croyez-vous que je sois, monsieur Wadaïeff, pour me permettre de vous juger ? J'aurais dû

tous ces enfantillages l'exaspèrent.

comprendre tout à l'heure lorsque vous m'avez demandé…

— Ne dites pas ça, monsieur Sensini. Vous devriez vous moquer de cette vieille bête de Wadaïeff qui ne sait rien que causer des tracas. Vous n'auriez pas dû m'aider. Ma vie ne tient à rien, si vous saviez comme ma vie ne tient à rien…

— Vous êtes fatigué, monsieur Wadaïeff. Je pense que ça va aller mais il faut vous calmer. Je vais rester ici ce soir. Je vais m'allonger dans le salon, sur le canapé. C'est entendu ?

Wadaïeff avait fermé ses gros yeux rouges et gonflés. Sensini l'entendait murmurer des phrases indistinctes. Cela dura un moment puis il sentit que sa main relâchait son étreinte. Il se mit à ronfler bruyamment, ce qui fit sourire Sensini.

— Car il ne t'appartient pas de reprendre avant son terme ce qui t'a été confié…

La phrase avait glissé hors de ses lèvres malgré lui. Elle lui sembla vide de sens. Sensini retourna chez lui chercher un drap et, comme il l'avait promis, s'allongea sur le divan de Wadaïeff en contemplant l'étoile mal accrochée du lustre qui pendait au plafond. Il s'endormit beaucoup plus tard.

– why a toujours été un trouble-fête. pourquoi ceci, pourquoi cela, pourquoi pas

13

Le mainate de Jörg Storensen n'aimait pas le téléphone. Détestait cette sonnerie qui lui faisait concurrence. Parfois, il s'excitait et répétait sans cesse : « Téléphone ! Téléphone ! » très vite et très fort. « Téléphone ! Téléphone ! » Avec cette voix étrange et très haut perchée qu'ont aussi les perroquets. Depuis ce matin, l'appareil avait bien dû sonner une dizaine de fois et il était épuisé d'avoir répété sans cesse son message sans que personne ne décroche. Aussi de n'avoir rien bu ni mangé depuis deux jours, incapable désormais de voler jusqu'au juchoir où se trouvait sa nourriture. Le beau soleil qui pénétrait dans la pièce faisait briller les bandes de Scotch avec lesquelles on lui avait attaché les ailes, ce qui le contraignait à une motricité semblable à celle d'une poule.

Ayant peu mangé et peu bu, il avait peu chié sur la moquette et se contentait d'arpenter la pièce sans relâche tout en épuisant son maigre vocabulaire. Ses belles plumes noires et brillantes semblaient ternes sous les nombreuses couches de ruban transparent. Sans doute n'aurait-il plus à souffrir très longtemps

ceci, pourquoi pas cela ? toutes ses questions nous ont empoisonné l'existence car un oiseau exotique survit difficilement plus de quelques jours en captivité si on ne lui donne ni à boire ni à manger. Si le peu d'humain qui se cachait en lui avait dépassé sa capacité à répéter des phrases vides de sens, il aurait sans doute regretté la cage de la boutique dont on l'avait retiré par une claire nuit d'hiver avec tous ses autres congénères quelques semaines auparavant. Les lapins nains, les hamsters, les rats, jusqu'aux poissons rouges, tous avaient été libérés par un groupe de défense des animaux auquel appartenait son nouveau maître. Mais la liberté forcée peut avoir de ces inconvénients.

Les murs de sa nouvelle prison étaient couverts d'affiches punaisées. Dans son œil pâle à la paupière bleutée se reflétaient, déformées et tête en bas, les images colorées qui décoraient la pièce. L'oiseau préférait-il celle-ci, où le dessinateur avait tronçonné au niveau du coude un bras qui prenait racine et levait le poing, arbre vert sur fond rouge sang, ou cette autre, qui hurlait en lettres végétales ses slogans écolo-gauchistes ? Il s'attardait souvent devant une photographie aérienne de la forêt amazonienne décorée d'un cœur taillé à la tronçonneuse. De la poule il devait aussi avoir l'intelligence. À moins qu'il n'ait été nostalgique. Les photos de singes, alignements cliniques de chimpanzés au regard encore vif dans les crânes desquels on avait planté des électrodes sans plus d'états d'âme que des fourchettes dans la chair d'une pomme, le laissaient aussi indifférent que le drapeau Greenpeace ou le poncho péruvien. Dans un pot, un plant de cannabis séchait en silence. Il y avait aussi une gravure figurant un dodo, oiseau

depuis les origines du complex. attention, je ne dis pas que sa contribution,

disparu en 1856, au-dessous duquel une légende disait : « Call the future if you ever meet it ! »

Le téléphone dérangea à nouveau la quiétude de la pièce déserte et le mainate recommença son manège, répétant de moins en moins fort le nom de l'appareil qui s'obstinait à sonner. Devant tant d'indifférence, il se résolut peut-être à agir, se frayant un chemin dans le désordre du studio, escaladant avec difficulté les meubles renversés et les amas de plumes que vomissaient les coussins éventrés. L'ampoule du couloir était restée allumée, tout comme la porte de la salle de bains était restée ouverte. L'oiseau sautilla un peu sur le carrelage glissant, tentant en vain de picorer un peu de cette substance gluante et odorante qui séchait sur la faïence froide puis repartit, signalant sur la moquette claire le trajet qu'il avait effectué en laissant derrière lui de petites étoiles rouges.

La baignoire dégageait une odeur forte qui se mêlait au parfum de laurier du savon d'Alep. Sur les côtés du savon artisanalement moulé, on devinait encore des caractères arabes qui prouvaient son authentique origine. Le mort détestait les savons aux parfums artificiels. Le dévidoir du rouleau de Scotch était resté posé sur le rebord de la baignoire. Vide.

Car le couple de tueurs qui s'étaient occupés de lui ne manquaient jamais d'imagination. Le mort avait tenté d'intervenir lorsque le type avait commencé à martyriser l'oiseau, mais la fille l'en avait rapidement dissuadé. Il avait laissé le volatile tranquille et s'était consolé avec l'ami des bêtes.

La tête du gros Jörg Storensen se laissait maintenant difficilement reconnaître, bleue et gonflée par l'étouffement. Sous le ruban, les cheveux n'étaient

au début de notre partnering, n'a pas été importante. mais toute cette histoire

pas moins ternes que les plumes du mainate. Le supplice avait dû faire l'objet d'une attention méticuleuse, emballant la proie avec méthode. De haut en bas pour laisser à la bouche l'ultime possibilité de dire ce qu'elle n'avait pas su dire. Fermant d'abord les yeux, emprisonnant les cils, puis le nez, rendant la respiration plus difficile. Il avait cherché ses mots et les larmes emprisonnées sous le scotch n'avaient coulé qu'avec peine.

Tout ce qu'il savait, il l'avait dit : le nom des autres membres du groupe Éden, leurs coordonnées, mais il y avait une chose que Jörg Storensen ne savait pas et c'était précisément cette chose que les tueurs voulaient à tout prix savoir. Lorsque le type marquait une pause dans la torture, il entendait chantonner la fille, qui zappait sur MTV dans la pièce voisine. Le gros avait cherché, essayé de mentir pour que le Scotch s'arrête à la première lèvre. Dans l'affolement et la peur panique de mourir, il avait dit que l'opération était une idée de Thomas Hearing. Son bourreau avait marqué une pause. Jörg avait repris une dernière fois son souffle puis la main avait scellé ses mâchoires et le couvercle transparent de son cercueil s'était refermé sur sa bouche, son menton, son cou.

Sans doute avait-il accueilli la balle qu'on lui avait logée dans le front avec soulagement mais le type ne l'avait fait que par conscience professionnelle. Nullement dans un but humanitaire. À l'évidence, ce Jörg Storensen en savait à peine plus que son connard d'oiseau.

n'est-elle pas assez compliquée à faire tourner sans que l'on ait à s'interroger

14

Iva Neves raccrocha l'appareil, vérifia pour la cinquième fois dans son agenda le numéro de Jörg Storensen. Le Suédois s'acharnait à ne pas répondre. Elle l'avait tout d'abord imaginé plongé dans la mousse jusqu'au cou, refusant de soulever la grosse otarie de ses presque cent kilos pour aller ruisselant jusqu'à l'appareil, ou ramenant l'oreiller sur sa tête jusqu'à étouffer plutôt que d'abandonner sa couette et accepter d'être réveillé. Finalement elle s'était résolue à admettre qu'il était tout simplement absent. Elle fouilla nerveusement dans ses tiroirs et finit par retrouver ce paquet de cigarettes qu'elle avait planqué deux ans plus tôt lorsqu'elle avait décidé d'arrêter de fumer. Sur le paquet blanc et souple la cible rouge cernée de vert et le célèbre *it's toasted* lui firent douter de sa chance. Elle alluma la cigarette sur le feu de la gazinière. Le tabac était sec comme du foin. Sur la table de la cuisine, un journal était déplié. Les trop nombreuses tasses de café qu'elle avait bues depuis ce matin avaient laissé des cercles bruns sur le papier. C'était écrit noir sur blanc : la femme et les deux gosses. Mortes.

toute la journée sur les raisons pour lesquelles cela tourne ! ? un calcul

Au premier café, le titre racoleur l'avait agacée et, une fois de plus, elle s'était dit qu'il faudrait bien qu'elle arrête d'acheter ce canard merdique sous prétexte que, trente ans auparavant, ses fondateurs avaient pensé autrement. Les faits divers y tiendraient bientôt plus de place que l'actualité internationale. Elle avait tourné la page. Mais la radio avait remis ça et le nom de la femme lui avait fait monter le son. Claudine, Nadine, elle ne savait plus très bien, mais le nom de famille l'avait frappée. Carbona. Peut-être parce qu'elle s'appelait Neves et que cela l'avait amusée lorsqu'elle avait copié l'adresse, Thomas Hearing chez Nadine Carbona. En blanc sur noir.

Le journal en disait à peine plus que le flash radio. Le journaliste avait dilué les trois phrases qu'il avait péniblement obtenues du flic de service pour faire deux colonnes, mais la photo du pavillon aux volets clos disait toute l'horreur de ce qu'on y avait découvert. Sur Hearing, rien et tout. Le compagnon de la jeune femme était pour l'heure introuvable, mais on comprenait aisément que l'on attendait de son imminente interpellation beaucoup plus qu'un complément d'information. En marge et en lettres grasses, un semblant d'éditorial sur les chiffres du chômage et la misère sexuelle de nos concitoyens tartinait un ketchup exhausteur de goût qui tenait lieu d'analyse sociologique du crime et fournissait un alibi au voyeurisme de la presse. Iva avait pensé qu'il fallait immédiatement prévenir les autres. Il ne pouvait pas y avoir de rapports entre ce massacre et la première opération du groupe Éden, mais les flics allaient sans doute mettre leur nez dans les activités militantes de

d'intérêts bien compris, voilà la seule ligne de conduite qui vaille. est-ce que

Hearing. De là à ce qu'ils débarquent chez elle, il n'y avait qu'un pas.

Iva alluma une troisième cigarette. Elle tenta à nouveau de joindre Jörg, mais le téléphone sonnait encore dans le vide. Elle se versa du café, le laissa refroidir dans la tasse, se leva pour regarder par la fenêtre. Il faisait déjà une chaleur à crever et les cigarettes l'écœuraient. Il était impossible que Hearing ait pu faire une chose pareille. Il fallait que ce soit impossible. Même s'il était convenu qu'Éden ne reprendrait pas contact avant la date fixée, elle devait informer Jörg et Glafkos de ce qui venait d'arriver. Elle n'aurait pas dû essayer de joindre Jörg de cette façon. Elle avait paniqué, voilà tout. Elle n'avait pas envoyé de mail et aucun répondeur n'avait enregistré ses appels. Elle pouvait encore faire ce qui était prévu en cas d'urgence absolue. Elle se dirigea vers sa bibliothèque, retira de l'étagère un exemplaire corné et annoté du *Paradis perdu* de Milton et connecta son ordinateur.

Le forum de discussion Green Point débordait déjà de réactions suscitées par une récente déclaration de Jidabelioubouche, persévérant dans son refus de signer le protocole sur la limitation des gaz à effet de serre, pas mal de comptes rendus sur le dernier forum altermondialiste. Les mêmes d'une année sur l'autre. L'habituelle logorrhée velléitaire et alarmiste qui serait bientôt récupérée par le système et dont les slogans les plus radicalement créatifs finiraient imprimés sur des tee-shirts ou des robes de soirée par Dolce & Gabbana ou Versace. En fait, ce à quoi elle croyait n'avait pas grand-chose à voir avec tous ces gens en keffiehs et ponchos, avec ces filles qui

cela ne suffit pas pour forer des puits et construire des buildings ? établir des refusaient de se raser sous les bras sous prétexte de laisser la nature prendre la place qui lui revenait de droit. Qu'importe ! Ce foutoir verdâtre servirait de camouflage à la prose de Milton. Glafkos, Jörg et peut-être Hearing repéreraient facilement le signal.

« La première désobéissance de l'homme et le fruit de cet arbre défendu… »

Ils sauraient compléter. Hearing allait-il lui aussi se manifester ? Iva Neves ne pouvait pas rester comme ça à attendre dans cet appartement surchauffé. Elle irait nager et cela la calmerait peut-être. Elle fourra son maillot dans un sac, effaça par mesure de sécurité le message qu'elle venait d'envoyer sur le forum. Ferma sa porte. La rouvrit pour prendre le paquet de cigarettes et inspira profondément l'air tiède de la cage d'escalier. Sa gorge était sèche et elle se dit qu'il ne fallait pas qu'elle recommence à fumer. La tête lui tournait un peu. Sans trop savoir pourquoi, elle se pencha au-dessus de la rampe et vérifia que personne n'était là à attendre. Elle se trouva idiote mais recommença pourtant deux étages plus bas.

La lumière effaçait les ombres, mais la rue n'était pas rassurante. Iva marchait d'un pas rapide et ne prit pas le même chemin qu'à l'ordinaire. Il y avait encore quelques passants, mais bientôt la ville se refermerait et les rues seraient désertes. Passé 11 heures, il n'y aurait plus que les arbres et les chiens.

Il y avait une file d'attente devant la caisse de la piscine. Les gens patientaient dans l'odeur de chlore et s'irritaient de ce que cela n'aille pas plus vite. Tous étaient ruisselants et s'épongeaient le front. Les gosses étaient excités et, à l'intérieur, on entendait les cris résonner avec cette réverbération cotonneuse qui

comptoirs et affréter des navires ? faire voler des avions et jouer au golf ?

règne au bord des bassins. Elle faillit repartir mais, derrière elle, un type la regardait, détournait les yeux dès qu'elle se retournait. Un homme qu'elle ne connaissait pas. Là aussi, elle se dit qu'elle était idiote. Son physique la livrait déjà d'ordinaire et plus souvent qu'une autre à la convoitise des regards. La chaleur n'allait sûrement pas arranger ça. L'article de ce matin disait que les statistiques de criminalité explosaient depuis le début de la canicule, disait aussi que le sexe et le sang allaient de pair. Elle revoyait l'image de ce pavillon aveugle et ne pouvait empêcher son imagination de pousser la porte. Hearing lui apparaissait étrangement calme et détendu, un revolver à la main. Dans son dos, elle devinait un canapé et sur ce canapé, sagement assises et baignant dans leur sang, les deux fillettes et la mère. Elle chassa l'image de sa tête et passa le bracelet de la consigne autour de sa cheville. Plusieurs fois, elle avait vérifié que personne ne la regardait se changer par-dessus les murs de la cabine.

L'eau était fraîche et la longueur qu'elle fit sous l'eau, le corps glissant contre le carrelage bleuté, lui remit les idées en place. À chaque mouvement, elle abandonnait derrière elle un peu de l'angoisse qui l'oppressait lorsqu'elle était arrivée. Une masse confuse de cris de gosses et de paroles résonnaient au fond de l'eau mais cela ne la dérangeait plus. Le mouvement régulier de son crawl remettait tout ce désordre en place, calmait le temps et contraignait son souffle à battre la mesure exacte de l'effort.

Ses pensées revenaient sans cesse à ces premières rencontres où s'était constitué le groupe Éden, dans un petit bar créole de la rue de Seine. Comment Glafkos

réaliser des plus-values et organiser des coups d'état ? faire la révolution et

leur avait proposé de baptiser leur rêve du beau nom d'Éden parce qu'il était fou du poète Milton, comment Thomas avait eu cette idée d'incendier les serres Naeliev, son acharnement à les convaincre du caractère symboliquement très fort de commencer la lutte en détruisant des fleurs génétiquement modifiées. Ce soir indécis où ils s'étaient retrouvés chez elle pour essayer leurs cagoules, comment ils s'étaient amusés de Jörg dans sa combinaison moulante. Puis soudain, nuage de sang dans l'eau bleutée du bassin, la violence des quelques lignes qui annonçaient la mort des deux gosses et de la compagne de Hearing.

Elle nagea une bonne demi-heure dans la ligne d'eau réservée aux nageurs émérites. Lorsqu'elle ôta ses lunettes, une main sur l'échelle, l'homme de la file d'attente était là. Juste là, debout sur le bord du bassin, juste au-dessus d'elle.

— J'ai observé votre crawl et je dois dire que c'était un bonheur à regarder. Vous faites de la compétition ?

Son angoisse remonta à la surface aussitôt et les paroles du type lui firent l'effet d'une main qui se serait resserrée sur sa cheville pour l'entraîner vers le fond. Elle remonta l'échelle sans répondre et fila vers le vestiaire. Derrière elle, elle voyait le type qui la suivait et elle l'entendait dire :

— Mademoiselle, ne partez pas comme ça. Mademoiselle… Vous avez bien le temps de prendre un verre…

Elle traversa le bain de pieds si vite qu'elle en heurta le rebord et faillit tomber. Sur le carrelage, elle vit qu'elle s'était blessée. Un ongle saignait. Cela commençait à lui faire mal, mais elle n'osait pas regarder de peur que la vue du sang ne fasse revenir les images de tout à l'heure. Elle prit à peine le temps de se sécher et fila en boitillant dans la rue déserte. Il était près de midi et il n'y avait plus que les arbres et les chiens à errer sous le soleil brûlant. Iva Neves avait peur. Des hommes, des arbres, des chiens. Bientôt, elle saurait pourquoi.

parmi nous, on avance ! et n'est-ce pas l'essentiel ? je vous le demande. n'est-ce

15

Roulé dans la main de Renzo Sensini, le dossier de demande d'accès avait pris la forme d'une matraque qu'il faisait rebondir avec obstination sur le bureau du responsable des Codes Serveur, Unité 2, Division 4B, 1er sous-sol du bâtiment Heuss. Trois quarts d'heure qu'il faisait face à l'officier manager Witold Lelonek et refusait de quitter son bureau…

— … Tant que vous ne m'aurez pas expliqué pourquoi on me refuse l'accès à ce dossier !

Lelonek était un Polonais plutôt paisible qui, à vrai dire, en avait vu d'autres. Un fonctionnaire né au pays des fonctionnaires.

— Je n'ai pas d'explication à vous donner, Sensini, vous le savez très bien. Et même si je souhaitais enfreindre le règlement et vous en donner une, je ne le pourrais pas, vu que ce n'est pas moi qui diffuse les niveaux de priorité et ordonne les codes d'accès. Je ne suis que le gestionnaire du système…

— Alors dirigez-moi vers l'officier responsable, Lelonek, faites votre boulot…

— Sensini, je vous rappelle que vous parlez à un supérieur et que je n'ai fait aucune demande officielle

pas plus important que de se poser sans cesse des questions auxquelles on finit

pour bénéficier de vos lumières quant à l'appréciation de mon travail.

Interpol était un pays où la langue pratiquée était exclusivement de bois. Au bout de sept ans, Sensini avait toujours du mal à maîtriser l'idiome et supportait difficilement les accents particulièrement savants qu'il prenait chez l'un ou l'autre.

— Votre travail, à vrai dire, je m'en fous, Lelonek. Je veux savoir pourquoi je n'ai pas un droit d'accès au dossier d'un obtenteur de rose bulgare naturalisé suisse, qui vit au fin fond des Alpes tout ce qu'il y a de plus officiellement vu que je lui ai parlé hier et que je vais le voir demain.

— Je ne suis pas habilité à…

— … À moins que les vieilles amitiés du Pacte de Varsovie ne soient plus solides que la ferraille du Rideau !

— Que voulez-vous insinuer, Sensini ?

Les bras tendus en appui sur le bureau, la face tranquille de Lelonek à quelques dizaines de centimètres devant lui, Sensini aurait pu soutenir son regard et même lui balancer sa demande en travers de la figure. Et pourquoi pas soulever aussi son bureau. Et puis prendre la porte. Une bonne fois pour toutes. Il travaillait dans une centrale d'informations, il avait besoin d'informations et on lui refusait l'accès aux informations. Quelque chose dans ce cirque ne tournait pas rond. Mais quoi ?

Le vibreur du bip qu'il avait épinglé au revers d'une poche intérieure de costume lui fit aussi peur que si ça avait été la ligne directe de Big Brother. Pourtant ce n'était que le numéro de poste de Dragulescu qui s'affichait sur l'écran digital. Sensini fit un

toujours par répondre. parce qu'il le faut bien. parce que c'est ainsi lorsqu'on

geste en direction d'un des téléphones sur le bureau de Lelonek.

— Permettez que j'appelle ?

— En interne ?

— C'est mon assistant…

— Le Roumain ?

— Dragulescu.

— Méfiez-vous, Sensini, j'avance cela sans preuve, mais ce Roumain est peut-être un espion membre du grand complot de l'Est dont l'objectif suprême est de vous faire la peau…

C'était curieux de surprendre la gueule d'un fonctionnaire en flagrant délit d'humour. Désagréable même. Sensini baissa les yeux sur le clavier du téléphone que Lelonek avait retourné vers lui et composa le numéro de Dragulescu, qui n'avait plus quitté son bureau depuis au moins quarante-huit heures. Ça n'avait même pas sonné. La voix du préposé à la veille Internet regorgeait d'excitation.

— Le deuxième vers de Milton a été balancé… Je vous l'avais dit…

— J'arrive.

Sensini raccrocha. Regarda Lelonek qui se foutait de sa gueule, le cul bien à l'aise dans son fauteuil. Choisit une voix calme et détendue.

— Écoutez, Lelonek, je voudrais remplir une demande de justification pour le refus d'accès.

— Vous en avez le droit, Sensini. Vous trouverez d'ailleurs le formulaire dans votre boîte.

— Déjà ?

— À me retourner une fois rempli. Je vous connais, Sensini, et je savais que vous réclameriez des explications.

avance. non, franchement, et vous voudriez que je le regrette ?

— Je les aurai ?

— Vous n'aurez pas les informations, mais on vous permettra peut-être de comprendre pourquoi on ne peut pas vous les confier.

— Le meilleur des mondes…

— Ne jouez pas au pur et dur, Sensini, vous avez déjà assez d'ennuis comme ça… D'ailleurs, pour ce qui est du Rideau de fer, je crois que je n'ai pas compris le sens de votre allusion. Je vais y réfléchir, mais ça m'étonnerait que je trouve.

— … Laissez tomber, Lelonek.

— Vous aussi, Sensini. À moins que votre placard ne vous semble déjà trop grand.

— C'est une menace ?

— Si vous étiez un tout petit peu moins susceptible, Sensini, vous auriez compris qu'il s'agit d'un conseil. Un simple conseil.

Sensini sortit du bureau et laissa la porte grande ouverte. Il faudrait au moins que ce con se lève pour la fermer.

⁂

Le labyrinthe des couloirs éclairés de jour comme de nuit engloutissait le fil de ses pensées. L'accès refusé, l'assurance de Lelonek, sa colère, la saga Naeliev… Arrivé au niveau zéro, il repassa dans le bâtiment central et présenta son badge là où on le lui demandait. Et Dragulescu… Seule l'énergie que son jeune assistant déployait semblait le tirer hors de cette atmosphère cotonneuse où rien ne répondait à rien. Une revendication sans attentat, un triple meurtre sans mobile… Tout cela ressemblait à un jeu virtuel inventé pour le seul plaisir d'un réseau d'amateurs.

Deuxième étage. Le service Surveillance et Environnement était coincé entre l'escalier de secours et l'espace fumeurs de l'équipe Protection et Finances. Trois bureaux. Celui de Dragulescu, le sien et le dernier resté vide. La secrétaire-documentaliste n'avait jamais été recrutée, question de budget. La porte de Roman était toujours ouverte, manière sans doute de conjurer sa solitude. Il était debout, sautillant, et jouait toujours du clavier.

— J'étais sûr que ça marcherait, nom de Dieu, je le sentais… La deuxième phrase vient d'être balancée sur le site…

— *Le Paradis perdu* ?

— Tout juste. Milton. Vous vous souvenez de la première phrase du *Paradis perdu* qui a été balancée hier par le pseudo « Fin du monde » ? Vous vous rappelez ? « La première désobéissance de l'homme et le fruit de cet arbre défendu… » Et puis plus rien. Jusqu'à ce que « Planète mer » débarque en direct, sous mon nez. Le même identifiant que j'ai repéré avant que toute cette histoire ne démarre. Et surtout, et surtout… La deuxième phrase de Milton… Là, regardez…

Sensini prit place sur le siège de Dragulescu. Instable et fatigué lui aussi. Des messages clignotaient un peu partout sur les deux écrans qui émergeaient au milieu de son foutoir. Le doigt de Roman lui désigna une page qu'il avait baptisée ÉDEN-PARTY… Son ongle était copieusement rongé et il avait déjà attaqué la peau.

personne ne le contrarie et l'on se réjouit de voir qu'il est l'heure du thé.

Parmi les lignes qui s'inscrivaient sans cesse, à chaque fois précédées d'un nombre respectable de chiffres et de lettres étranges, l'une d'elles était surlignée de vert. Délicate attention du poète de la Toile. Sensini lut à voix haute :

— « … dont le mortel goût apporta la mort dans le monde… »

— Voilà, voilà…

— « La première désobéissance de l'homme et le fruit de cet arbre défendu… », « … dont le mortel goût apporta la mort dans le monde… »

— Fin du monde et Planète mer sont dans un bateau… Et vous savez qui va se foutre à l'eau ?

— Nous.

— Ouais.

Dragulescu s'amusait comme un gosse. Et il trouvait ça chouette d'avoir désormais un compagnon de jeu.

— Il faut balancer le troisième vers avec l'identifiant que vous avez trouvé dans l'ordinateur de Hearing…

— Pas le troisième, boss, le dernier.

— Ne m'appelez pas « boss », Dragulescu. Je ne suis pas chef d'entreprise.

— O.K., O.K. ! C'est juste que c'est moins coincé que « chef ».

— Ouais, et tout aussi con. Pourquoi le dernier ?

— C'est celui qui est codé dans le petit sac ÉDEN d'Adibou. Hearing, ce n'est pas un intellectuel et je parie que l'idée du poème n'est pas de lui. On lui a transmis la copie et il n'a pas ouvert une seule fois le fichier. Hearing, j'en suis sûr, c'est le genre à vous dire que Milton est une vedette de la NBA.

walter, le majordome - c'est pour son prénom et en partie pour son éducation

— Comment vous savez tout ça, Dragulescu ?

— Vous ne pouvez pas vous faire une idée comme c'est bavard, un ordinateur… Et moi, j'adore leur conversation.

— Alors balancez le dernier vers. Si le troisième ne vient pas c'est qu'il y en a un qui a des problèmes. Et de toute façon, je n'aime pas la poésie…

— Ah bon ! Je n'aurais pas pensé ça…

— Pourquoi ?

— Je ne sais pas. Je vous voyais bien en train de lire un peu de poésie le soir, vous voyez, le genre ascète…

— Désolé de vous décevoir, Dragulescu. Est-ce qu'il y a d'autres choses que vous savez de moi et que vous aimeriez confirmer ?

— Le prenez pas mal, je pensais juste que vous étiez plutôt du genre à lire qu'à aller en disco…

— Pas de poésie, Dragulescu. Désolé. En revanche, je n'aurais rien contre le fait que vous vous dépêchiez de balancer ce vers sur Internet et qu'on vérifie enfin si le film que vous vous êtes fait s'approche un tout petit peu de la réalité…

— O.K., O.K., mais je vois que vous le prenez mal, il faut pas…

Sensini soupira mais demeura silencieux, regardant les petites lettres que son assistant assemblait pour former les mots de Milton : « jusqu'à ce qu'un homme plus grand nous rétablît et reconquît le séjour bienheureux, chante, Muse Céleste ! »

— C'est bon, je dois coder tout ça et en route mauvaise troupe…

— Vous avez la phrase en entier, Dragulescu ?

anglaise qu'il a été retenu -, se racle la gorge pour signaler qu'il vient de

— Oui, pourquoi ?

— Vous pouvez me la lire ?

— Je croyais que ça ne vous intéressait pas…

— Je croyais que vous étiez mon assistant, Dragulescu.

— O.K., O.K., je vous la lis.

Dragulescu essaya d'avoir le ton inspiré, ce qui lui réussissait assez mal, mais Sensini n'était pas d'humeur lyrique.

— « La première désobéissance de l'homme et le fruit de cet arbre défendu, dont le mortel goût apporta la mort dans le monde, et tous nos malheurs avec la perte d'Éden, jusqu'à ce qu'un homme plus grand nous rétablît et reconquît le séjour bienheureux, chante, Muse Celeste ! »

Dragulescu marqua un temps. Magistral.

— Qu'est-ce que vous en pensez, chef ?

— Que si Milton avait commencé sa phrase à l'envers, en commençant par « Chante, Muse Celeste » au lieu de balancer ça à la fin de ce qu'elle devait chanter, la phrase aurait été un peu plus claire…

Sensini se leva pour regagner son bureau, essayant de ne pas piétiner les piles de documents et les boîtes de beignets chinois qui décoraient un peu partout le merdier de son assistant.

— Il n'y a plus qu'à attendre, Dragulescu. Espérer qu'on nous fixe un rendez-vous, et voir à quoi ressemble le paradis. Tant pis pour nous s'il est perdu.

faire son apparition. il pousse devant lui une élégante desserte victorienne en

16

Lorsqu'il ouvrit les yeux, Hearing pensa que c'était sans doute bon signe d'avoir faim. Cela faisait si longtemps. Deux jours au moins, trois peut-être. Il se rappelait avoir grignoté quelque chose le soir de la fête, en attendant Nadine. Et puis, il avait beau essayer, il ne se souvenait plus de rien. La souris, la cage, le feu et les petites qui dansaient autour de lui, un ensemble de voix confuses qui remontaient à peine du puits froid et profond de sa mémoire. Son sommeil ne l'aidait pas, engloutissait les heures avec tout ce qu'elles avaient contenu de pensées et de vie. Maintenant, il était tard. Les échos lumineux de la nuit rebondissaient sans cesse aux quatre coins du plafond de sa chambre d'hôtel, agençaient des motifs compliqués de phares et d'enseignes pour les défaire aussitôt. Le regard fixe, Hearing cherchait un sens à cette éphémère géométrie, un enchaînement, une répétition, une base. Quelque chose à quoi se raccrocher. Il ne trouvait pas mais s'obstinait encore comme un enfant qui aurait vu dans ce succès la promesse d'une victoire future ou d'un souhait enfin réalisé. Puis

acajou où reluit l'argenterie dans laquelle se reflètent tasses de porcelaine

abandonna en pensant qu'il avait faim et qu'il n'était pas un gosse.

Il se leva, entendit la souris faire quelques pas dans sa boîte, comme si elle aussi se levait lorsqu'il se levait, marchait lorsqu'il marchait, avait faim lorsqu'il avait faim. Il ouvrit grand l'unique fenêtre et sentit la chaleur exsuder de la pierre des immeubles comme une mauvaise fièvre. Il n'y avait pas un souffle d'air dans la ville mais cela ne le gênait pas. Il n'avait toujours pas chaud. Il était nu et ne transpirait pas. Seule une odeur étrange l'accompagnait. Un relent de terre. Peut-être émanait-il de sa blessure qu'il n'avait pas correctement désinfectée. La plaie semblait profonde et maintenant qu'il se sentait mieux, maintenant qu'il ne paniquait plus, peut-être pourrait-il aller voir un médecin. Calmement. Tranquillement. Comme quelqu'un qui s'est coupé avec quelque chose et que l'on conduit aux urgences pour s'assurer que le nerf n'est pas touché. Le nerf ou autre chose.

Il pensa que la nuit, aux urgences, on ne l'interrogerait pas ou pas trop, qu'il y aurait moins de monde, que les services seraient un peu endormis et qu'on ne chercherait pas forcément à savoir. Il n'avait pas mal mais il se disait qu'un type normal comme ce Sylvain Grenier qu'il était devenu aurait sûrement fait ça, oui, c'est ce qu'il aurait fait s'il avait été blessé comme lui l'était. Il aurait consulté un médecin avant d'aller manger quelque chose. Calmement. Tranquillement.

⁂

armoriée et macarons de couleurs. par ce signe discret, il appelle les partners

Les urgences de Saint-Antoine veillaient seules dans la nuit noire de la ville et de ses souffrances. Passé le grand porche où ses pas avaient résonné sans attirer l'attention des gardiens, un ridicule panonceau électrique aux lettres rouges lui indiqua la direction à suivre, une voie suffisamment large pour les ambulances qui longeait, disséminés dans le parc, des pavillons auxquels on avait attribué des noms d'arbres. Cyprès, Séquoias, Chênes, Tamaris, Platanes, Cèdres…, autant de maladies et d'organes tous plus ou moins mortellement touchés grossièrement camouflés en symboles de vie et de longévité. Là toute la jalousie de l'homme pour la force et la grandeur des arbres, pensa Hearing, et cette manière bien à lui de ne jamais prendre la nature pour ce qu'elle est, mais pour ce qu'elle laisse deviner de celui qui l'observe et prétend la dominer.

Tout en marchant, Hearing se sentait avec ces arbres enchaînés aux méprisables pathologies humaines un destin de frère. Il ressentait quelque chose qui le dépassait et le rendait fort, le rassérénait dans la voie de combattant pour l'environnement qu'il s'était choisie, tout en transformant sa foi naïve, édifiée à grands coups de lectures, de meetings et d'idéologie, en une intuition plus pure et plus juste, plus authentiquc, plus vraie. Hearing sourit aux branches immobiles des arbres, bien réels ceux-ci, dont il avait maintenant le sentiment qu'ils l'accompagnaient, qu'ils étaient avec lui, ensemble, dans la touffeur de la nuit.

Le pavillon des urgences était le dernier mais ne portait pas de nom. Hearing pensa que Sapin aurait été le plus juste, mais qu'on n'avait sans doute pas osé. Il

à une plus grande modération ou du moins à une plus grande discrétion en sa souriait encore lorsqu'il fut devant l'accueil. Calme. Tranquille. L'infirmière, une vigoureuse Antillaise aux vingt ans de métier, en avait déjà vu d'autres des types dans son genre, le crâne rasé, le teint livide, à se balader au milieu de la nuit avec des lunettes de soleil. Aussi s'adressa-t-elle à lui de cette voix forte et appliquée qu'ont les infirmières lorsqu'elles sont en service, de jour comme de nuit. Hearing se demanda si elle gueulait aussi fort à la maison. Puis il déclina son nom : Grenier ; son prénom : Sylvain ; sa date de naissance : 13/11/1964 ; son adresse : sans domicile fixe et les raisons de sa présence ici : blessure à la main.

— C'est profond ?

— Assez. Je me suis demandé s'il y avait pas un nerf de touché. Un nerf ou autre chose.

— Faites voir ça.

— Je voudrais voir un médecin. Je suis tranquille, j'ai le temps…

— Vous aurez tout le temps d'attendre le médecin, monsieur Grenier. En attendant, laissez-moi voir.

Hearing n'avait plus envie qu'elle hurle aussi près de son oreille ni qu'elle lui parle comme s'il venait à peine de sortir de l'asile. Il tendit sa main qu'il avait recouverte d'un pansement et d'un bandage douteux.

— Ça ne sent pas bon.

Ce fut son seul commentaire. Ensuite, elle remit précautionneusement en place le pansement, fit deux ou trois tours de son poignet avec la bande, sortit de derrière le guichet et lui demanda de l'accompagner, qu'elle allait le conduire immédiatement pour qu'il soit examiné par un médecin. Elle parlait bien moins fort et Hearing se sentit rassuré lorsqu'elle le fit

présence. car lui n'est pas un partner et, en aucun cas, il ne voudrait qu'on le

allonger sur un lit d'examen, dans une petite salle d'observation que les néons éclairaient cruellement. Il aurait très bien pu s'assoupir de nouveau tant le sommeil était à tout instant prêt à le reprendre, mais un jeune type en blouse et pantalon blancs fit son apparition, aussitôt suivi de celle qui l'avait accueilli mais ne disait plus rien. Hearing remarqua qu'elle avait l'air de quelqu'un qui ne veut pas avoir l'air de se trouver dans l'état dans lequel il se trouve.

— Pourquoi souriez-vous ? lui demanda le jeune type, souriant lui aussi.

— Pour rien.

— Monsieur Grenier, je suis le docteur Cabral. Comment vous sentez-vous ?

— Calme. Tranquille.

— Je vous demande pardon ?

— Ça va. Je me sens bien.

— Parfait. Vous avez une blessure à la main, je crois. Je vais d'abord prendre votre tension et vous examiner. Racontez-moi comment c'est arrivé…

Ce n'étaient pas les questions qui dérangeaient Hearing, à cela il s'était préparé. Mais il lui semblait que le docteur Cabral avait les mains brûlantes et moites lorsqu'elles touchaient sa peau.

— Vous avez froid, monsieur Grenier ?

— Non, pas du tout.

— Vous paraissez gelé… Mais racontez-moi donc comment vous vous êtes blessé.

— Avec une sorte de flacon. Il m'a échappé, j'ai essayé de le rattraper et il s'est cassé dans ma main. Ça a fait une sorte de brûlure.

— Et qu'est-ce qu'il y avait dans ce flacon ?

— Un truc chimique… n'sais pas vraiment…

soupçonne d'écouter ce qui ne le concerne pas. c'est une bonne place que celle de

— Bon, on va voir ça.

Le docteur Cabral se retourna vers l'infirmière qui n'avait pas bougé et lui demanda un autre tensiomètre parce que celui qu'il avait trouvé près du lit d'examen fonctionnait mal. Hearing trouva étrange qu'un hôpital comme celui-ci possède du matériel défectueux. Il y eut les pas de l'infirmière, un long silence pendant lequel il ferma les yeux, puis un brassard gonflable se serra de nouveau autour de son bras. Hearing regarda le médecin tout proche de lui et vit son flegme s'envoler au même rythme que l'air s'échappait maintenant du brassard. Le médecin l'observa avec beaucoup d'étonnement. D'inquiétude plutôt.

— Avez-vous pris des drogues au cours des dernières heures ?

— Non, aucune.

— Une grande quantité d'alcool peut-être.

— Non plus.

— Si vous ne me dites pas la vérité, monsieur Grenier, je ne pourrai pas vous soigner.

Il s'était levé et lui parlait très distinctement, comme s'il était débile mental. Ou junkie. Hearing s'assombrit. Il était venu ici pour qu'on examine sa main. Ce connard ne l'avait même pas regardée et s'adressait à lui comme une bonne sœur.

— Foutez-moi la paix, je ne bois pas et je me drogue pas. J'ai dû fumer mon dernier pétard devant la centrale de Creys-Malville. C'était dans les années 80.

— Bon d'accord, calmez-vous, monsieur Grenier. Est-ce que vous avez eu des étourdissements ou des évanouissements ?

— Non.

— Une forte douleur au niveau de la poitrine ?

— Non plus. Pourquoi ?

— Votre tension est très basse, monsieur Grenier. Anormalement basse.

— J'ai juste sommeil. J'ai l'impression que je dors beaucoup.

Le docteur Cabral soupira comme si la réponse ne le satisfaisait pas du tout. Hearing l'observait. Ses yeux surtout trahissaient une nervosité grandissante.

— Je vais examiner votre blessure. Est-il possible que vous ayez perdu beaucoup de sang lors de l'accident ?

— Non. Ça n'a presque pas saigné.

— Vous en êtes sûr ?

— Je vous le dis. C'est devenu tout de suite sec et puis noir.

— Noir ?

— Oui, cette espèce de croûte, comme une cicatrice, vous allez voir, je crois que ça s'étend peu à peu.

— Quand est-ce arrivé ?

Hearing tenta de réfléchir, de plonger en arrière dans ces derniers jours chaotiques. Il avait dormi, il y avait eu un jour passé à la recherche de la Sogitex, encore beaucoup dormi, les rues et l'hôtel, la soirée de fête et deux ou trois jours de plus après l'opération Éden.

— Cinq ou six jours peut-être.

Le docteur Cabral secoua la tête en silence puis commença à défaire le pansement.

— Ça ne sent pas très bon. Avez-vous appliqué une pommade sur votre blessure ?

– ces misters prendront-ils une part de cheese-cake ?

— Non. J'ai juste désinfecté le premier jour.

— Rien d'autre ?

— J'ai pas eu le temps.

— Il vaut peut-être mieux que vous ne regardiez pas, monsieur Grenier…

— Pourquoi ?

— Parce que votre blessure est assez sérieuse et ça semble très infecté…

Hearing regardait toujours le jeune médecin qui s'était levé.

— … Vous pourriez vous trouver mal…

Et pensa avec mauvaise humeur que c'était plutôt pour lui-même qu'il parlait. D'ailleurs il était beaucoup plus pâle maintenant et fouillait dans les poches de sa blouse sans trouver ce qu'il cherchait.

— Nous allons vous garder un moment en observation, monsieur Grenier, vous êtes en état d'hypotension artérielle. C'est étrange mais vous ne devriez même pas pouvoir vous lever… Vous resterez ici même, dans cette salle, et je vais biper un collègue, le docteur Marchand, c'est un traumatologue, un spécialiste, il va vous examiner… Surtout ne bougez pas.

Il s'adressa à l'infirmière en lui demandant de rester auprès du patient en attendant qu'il revienne avec l'autre docteur. Hearing n'aimait pas cela, trouvait qu'on prenait son cas un peu trop au sérieux.

— Vous pensez que le nerf est touché, demanda-t-il aimablement à l'infirmière, le nerf ou autre chose ?

— On ne peut pas vous le dire pour l'instant, monsieur Grenier, mais le docteur Marchand va venir et vous examiner.

— Et ma tension ? J'ai combien de tension ?

on ne lui répond pas, mais il en a l'habitude. en revanche, du bord de la plage,

— Je ne peux pas vous le dire pour l'instant, monsieur Grenier, il faudra voir avec le docteur…

Hearing s'impatienta de cette infirmière qui ne pouvait rien lui dire, de ce médecin qui était parti sans rien dire non plus et de ces urgences où on le faisait attendre. Il s'assit doucement, regarda autour de lui, se sentit bien et se leva. C'est à ce moment-là que l'infirmière se remit à lui parler très fort en forçant son articulation. Comme s'il était un gosse et venait de se pisser dessus. Hearing plaignit les siens, la repoussa assez vigoureusement lorsqu'elle tenta de le prendre gentiment mais fermement par l'épaule pour le raccompagner vers le lit. Il y eut pas mal de bruit quand elle renversa le matériel de perfusion en s'affalant sur le sol, mais c'était la nuit et personne ne vint pour retenir Hearing, qui marchait vite dans le couloir maintenant et se moquait des cris de l'infirmière. Seuls quelques patients occupaient encore le hall d'entrée. Il les salua, n'obtint pas de réponse et sortit, se sentant calme et tranquille à l'idée de manger quelque chose, un kebab peut-être, car il avait toujours aimé ces sandwichs turcs préparés avec une sauce au yaourt et beaucoup d'oignons.

⁂

Il était presque 6 heures du matin à l'horloge fatiguée de la station-service et Hearing avalait son hot-dog au comptoir, en regardant les plans de la vidéosurveillance se succéder sur le vide du bitume taché d'huile et de gas-oil. Calme. Tranquille. Deux heures d'errance dans les rues avaient fini par le convaincre que les restaurants turcs n'ouvraient pas la

quelqu'un s'adresse à lui. c'est wealth, auquel nous n'avons pas encore été

nuit. L'espoir d'un kebab l'avait quitté avec les premiers rayons du soleil, qui commençait son travail de sape de plus en plus tôt et ne laissait plus le temps à la nuit d'apaiser les chaleurs de la ville. Depuis un moment, le tout jeune pompiste fatigué par son service nocturne le regardait boire de grandes quantités d'eau et mâcher avec bonheur l'ignoble saucisse rouge et moutardée qu'il avait préparée de ses mains poisseuses.

— Fait soif !

Hearing reposa la bouteille vide devant lui, aux côtés des deux autres, et répondit d'une voix monocorde que oui, il faisait soif.

S'il en avait eu la force et s'il n'avait pas déjà fait si chaud, le pompiste aurait peut-être entamé la conversation avec ce client qui le regardait derrière ses Ray-Ban et avait bu quatre litres et demi de flotte comme on descend une bière. D'un côté, il aurait bien aimé savoir d'où sortait ce phénomène de foire qui devait pisser des barriques mais de l'autre, 6 heures approchaient et avec elles la relève qui allait le libérer de son job. Il espérait que son collègue n'aurait pas de retard comme la veille à cause des journaux qui n'avaient pas été préparés. Putains de journaux.

Dix minutes passèrent, accompagnées d'un type qui ne voulait pas payer avant de se servir mais qui, à force d'obstination, avait tout de même fini par obtempérer. Hearing avait redemandé un hot-dog et une autre bouteille d'eau. Il aimait le goût indéfinissable et artificiel de cette saucisse caoutchouteuse et celui de la vieille baguette produite exclusivement par la grande industrie. Une contradiction flagrante avec son horizon idéologique qu'il n'était jamais

présentés. wash, évidemment, est à ses côtés.

parvenu à résoudre. Il s'en foutait un peu plus encore aujourd'hui. Comme si tout cela ne le concernait plus tout à fait. Drôle d'état que celui dans lequel il se sentait. Une sorte de palpitation intérieure qui ne se calmait pas et plongeait l'ensemble de ses perceptions dans un brouillard épais d'où émanait parfois, comme une crise, un accès de sensibilité à l'un ou l'autre phénomène extérieur. Hearing noya ses tentatives d'analyse dans un nouveau raz-de-marée d'eau minérale. Il avait beau boire des litres, il n'arrivait toujours pas à transpirer. Ni à pisser d'ailleurs. Il réfléchit un instant. Pensa qu'il n'avait pas uriné une seule fois dans sa chambre d'hôtel. C'est-à-dire pas une goutte depuis pas loin de quarante-huit heures. Il sourit et se dit que c'était peut-être son truc à Sylvain Grenier.

Un type entra dans la boutique de la station chargé d'une montagne de journaux boudinés par des ficelles. Un jeune avec la même salopette rouge que l'autre. Il vit Hearing qui se marrait et lui adressa un joyeux bonjour. Sur son badge jaune en forme de coquillage était écrit Frank. Il parlait fort et se moquait de son collègue à moitié endormi. Il criait « Fraîches, les nouvelles ! Qui veut des nouvelles fraîches ? ! » avec une voix de vendeur de chichis sur les plages. L'autre s'énervait et lui montrait l'horloge, en forme de coquillage elle aussi. Il voulait rentrer chez lui. Hearing aussi. Il se dit que ce serait bien de rentrer et de revoir Nadine. Qu'il ne voulait pas la mêler à toute cette histoire et qu'il valait mieux s'éloigner quelque temps. Il allait retourner à l'hôtel et essayer de l'appeler. Et retrouver ces types de la Sogitex. Mais comment faire ? Ils n'étaient plus square Nelson

— walter, les journaux sont-ils arrivés ? demande wealth.

et ne lui avaient pas laissé de numéro pour les joindre. Eux pouvaient le contacter à tout moment, c'est ce qu'ils avaient dit. Mais il s'était barré sans portable. Les gamines avaient ouvert la porte de la cage et tout avait foiré. Il entendit le cri de Nadine surgir du tréfonds de son crâne et aussi le bruit de ses pas quand il s'était précipité dans les escaliers de la cave. C'était douloureux et profond comme l'est seulement un souvenir cuisant de l'enfance. Hearing se leva pour que cela lui fasse moins mal et tourna autour du portant, où le gars venait de placer les journaux. La presse nationale, régionale ou sportive charriait son lot de gros titres censés faire rire ou frémir. Par terre, les quotidiens de la veille attendaient leur recyclage. Il se pencha. Eux aussi, un jour, avaient été du jour. Tout comme la petite photo qui ornait un encadré modeste en première page du quotidien. La photo de Thomas Hearing. Sans Ray-Ban et avec des cheveux, mais ressemblante. De ses yeux de papier aux couleurs grossières, Thomas Hearing regardait Sylvain Grenier comme un vieux frère perdu de vue depuis longtemps, un convalescent pâle et amaigri.

Le type de la nuit était sur le pas de la porte et faisait à l'autre ses dernières recommandations, pour le fond de caisse et les deux hot-dogs qu'il n'avait pas encaissés, lorsque le client lui arriva dessus, comme un dingue, un morceau de journal déchiré à la main. Il eut à peine le temps de gueuler que Hearing l'éjecta avec violence dans une tête de gondole où l'huile de moteur était en promotion. Le fracas des bidons ne couvrit pas tout à fait les cris de son collègue, qui voulait courser le resquilleur mais dut d'abord faire le tour du comptoir et perdit quelques précieuses

– l'*asahi shinbum* et le *corean news*, monsieur. il y a quelques instants.

secondes. Lorsqu'il fut dehors, près des pompes où quelques automobilistes étonnés étaient en train de se servir, il vit le type qui courait à fond au milieu des bagnoles en direction du périphérique. Ça klaxonnait dans tous les sens. Il n'insista pas. Se dit que le monde allait mal et qu'il fallait avoir la rage pour foutre une panique pareille pour deux malheureux hot-dogs.

– le *f. t.* ne devrait pas tarder, ajoute wash.

17

Sensini n'aimait pas l'odeur du cuir neuf qui contrariait le parfum de ses Wrigley's à la banane. En un sens, se disait-il, le cuir neuf doit sentir plus fort que l'odeur de la peau de vache morte. Comme l'argent blanchi doit être capable de sentir plus fort que l'argent sale. Au sommet des mâts, la croix helvétique était en berne parce qu'il n'y avait pas de vent. La fille de l'agence de location était souriante, il n'allait tout de même pas l'emmerder avec cette histoire de cuir neuf et de chewing-gum. Il quitta l'aéroport de Zurich toutes vitres ouvertes et roula longtemps. Il ne retrouva le sourire que lorsque le parfum puissant des sapins de l'Appenzell eut dissipé cette odeur de lessive et dc parfums trop coûteux qui l'empêchait de trouver la balade agréable.

L'Appenzell était le pays des Rolex en bois, l'un des coins les plus perdus de Suisse. Sensini roula près de trois heures avant d'arriver. Sur la carte, Roman avait tracé une croix plus large que le village de Teuffen. Quelques kilomètres plus loin, il trouverait une auberge. La Mercedes noire se balançait mollement. Parfois, une pierre tapait contre la caisse et il

– si ces messieurs le désirent, je peux leur communiquer les dernières tendances

ralentissait encore un peu plus. Il ne pouvait guère dépasser les trente à l'heure sur ce chemin. Il se trompa plusieurs fois. Revint sur ses pas, repartit.

Ici, le jour disparaissait plus tôt. Les montagnes étaient proches et Sensini aurait pu tendre la main pour les toucher. Au sommet il y avait encore un peu de soleil. Lorsque enfin il s'arrêta, il fut lui-même surpris d'être arrivé. L'auberge était une imposante maison de pays aux fenêtres étroites. Au plus profond de l'Appenzell, disait le texte du guide. C'était un guide honnête. Sensini avait garé la voiture derrière le bâtiment et il prit conscience qu'il serait le seul hôte à s'y arrêter ce soir. Au travers des fenêtres, il devinait pourtant des rideaux ouvragés et piqués de roses. Le chalet était adossé à un torrent que l'on entendait distinctement. Le soleil s'attarda un instant encore, traça un trait brûlant sur la plus haute des cheminées puis la lumière bascula derrière la montagne. Les roses devinrent noires sur les rideaux brodés, comme soudainement fanées. Le ruisseau se mit à chuchoter d'autres histoires, plus anciennes, plus secrètes. Des histoires où l'on s'égarait sur des sentiers incertains. Sensini retira son bagage du coffre, jeta un regard en direction des bois de sapins et poussa la porte de l'auberge. La salle était vaste et austère, les murs blanchis à la chaux, le plafond bas et noirci par les fumées. Quelques tables, lourdes et vides, longues et huilées, flottaient dans cette salle trop vaste.

D'une pièce voisine, il entendit des pas s'avancer en soupirant. Tout en traînant son âge, la vieille gardait la bouche ouverte et respirait bruyamment. Elle regarda un instant Sensini sans rien dire, s'attardant sur sa valise. Regardant par la fenêtre, elle dut s'apercevoir que la nuit était tombée et se dirigea vers la porte. Elle ferma à double tour puis revint vers lui.

— Parfois, j'oublie. On pourrait m'assassiner, non ?

Puis elle grimaça ce que Sensini interpréta comme un sourire.

— C'est à vous cette voiture ? C'est une belle voiture.

— De location, j'arrive de Zurich.

— Ah, bon, une voiture de location. Et vous allez rester longtemps ?

— Une nuit.

— Vous devriez rester plus longtemps. C'est une belle région, vous savez. Même si depuis que les Russes sont arrivés, on a moins de visiteurs à l'auberge. À cause de la nouvelle route. Ça n'a pas dû être facile pour arriver, plus personne ne passe par ici aujourd'hui. C'est pour les Russes que vous êtes là ?

— J'ai rendez-vous demain matin chez M. Naeliev, ce sont eux que vous appelez les Russes ?

— Et comment voulez-vous qu'on les appelle ? Enfin, ça ne me regarde pas. Ceux qui vont là-haut…

— Oui ?

— Non, rien, vous savez comment sont les gens. Ils parlent tout le temps et posent des tas de questions. Ils feraient mieux de se taire. Il n'y a qu'une chambre de faite, au bout du couloir à l'étage. Vous ne pouvez pas vous tromper, c'est la seule porte ouverte.

Sensini s'engagea dans l'escalier. La voix de la vieille l'arrêta à la première marche.

— Vous mangerez ici ?

— Si c'est possible, oui.

— De toute façon, vous n'avez pas le choix. Le dernier restaurant du village a fermé il y a plus de deux ans. Je vous ferai des truites.

La chambre était tout à fait correcte, le ruisseau chuchotait en contrebas et dans l'ampoule de verre dépoli la lumière était un peu triste. Sensini s'allongea un moment sur le lit, veillant à ce que ses chaussures ne touchent pas la courtepointe qu'ornait, tout comme les rideaux, un même liseré de roses entrelacées et finement brodées.

La vieille n'avait pas l'air d'avoir toute sa tête. Tout en repensant à l'accueil qu'elle lui avait réservé, Sensini sourit dans le silence de sa chambre. Bien qu'il sache qu'il allait repartir dès le lendemain matin, il rangea ses affaires à l'intérieur de l'armoire qui sentait l'odeur passée du papier d'Arménie. Sur le rebord du lavabo, il déposa sa brosse à dents et sortit le tube de pâte dentifrice de sa trousse de toilette. Blanc sur la faïence blanche. Il lut quelques pages d'une revue jaunie oubliée là depuis plusieurs années puis se résolut à descendre parce qu'il avait faim. Il n'aimait pas les truites mais il ferait un effort.

La table était déjà dressée. Sous le couvercle du plat de service qui l'attendait, un poisson au ventre blanc, tacheté de points bleus et roses, le regardait fixement. Au travers de la porte vitrée qui donnait sur la cuisine, il entendait le son d'une radio. Une lampe était allumée qui blanchissait un abat-jour de porcelaine. La chair était grasse et un peu fade. Sensini livrait bataille à la forêt d'arêtes.

Lorsque la porte s'ouvrit, la vieille avait changé. Quarante années tout au plus. La jeune femme portait une robe légère et fleurie. Un modèle qui n'était sans doute pas très à la mode à Zurich mais qui lui allait bien, dessinait agréablement sa taille et la révélait menue. Ses lèvres étaient colorées et sans en être tout à fait sûr, Sensini pensa qu'elle y avait mis du rouge. Elle avança jusqu'à la table où Sensini était assis, presque amusée par la surprise qu'elle avait lue sur son visage.

— Bonsoir, excusez-moi de vous déranger dans votre repas. C'est ma mère que vous avez vue tout à l'heure. Je suis désolée de ne pas avoir été là pour vous accueillir mais normalement l'hôtel est fermé.

— Fermé ?

— Rassurez-vous, il n'y a aucun souci pour ce soir. Ma mère a parfois quelques absences, j'étais au village, sinon, je vous l'aurais dit. Ce n'est pas très grave et puis cela nous changera un peu d'avoir de la visite. Le poisson vous plaît ? J'ai fait ce que j'ai pu. Je ne suis pas très bonne cuisinière, mais ma mère était un peu fatiguée, elle a dû aller se reposer. Elle m'a dit que vous aviez rendez-vous chez Naeliev demain matin. Il faudra que vous repassiez par le village. Votre carte doit être ancienne. Il y avait bien autrefois un chemin d'accès qui passait par là mais il n'est plus entretenu. Votre voiture ne passera pas.

— Je suis vraiment désolé, je ne voulais pas…

— Je vous assure, ce n'est pas un problème. En fait, nous sommes obligés… Enfin, nous souhaitons vendre assez rapidement. Depuis la fermeture de la forge, il n'y a plus de pensionnaires, la société d'horticulture a repris les terrains et le bâtiment. Je n'ai gardé cette maison que parce que ma mère y était attachée, mais je ne peux plus la laisser seule toute la journée.

particule. bien que les membres du complex rechignent à encombrer leur mémoire de

— La société Naeliev ne vous amène pas de clients ?

— Au début, j'avais pensé ça, mais en fait, c'est un domaine très… Comment dire… Très fermé. Il y a des dizaines d'hectares de bois tout autour des serres et je crois qu'il n'y a pas vraiment de visiteurs. On nous a proposé une grosse somme pour la maison, je crois que je vais accepter.

— On… ?

— La société horticole justement. Enfin, je vous empêche de dîner, votre poisson doit déjà être froid. Je suis aussi bavarde que ma mère !

La fille n'était pas seulement bavarde. Sensini lui trouvait aussi l'air un peu nerveux. Sa conversation était déliée, mais elle avait une façon de trop parler qui n'était pas naturelle. Tout ici semblait tenir à la fois de l'endroit et de l'envers des choses. Comme la montagne avait son adret et son ubac, les occupants de cette maison présentaient un profil insaisissable et la lumière qu'ils recevaient ou refusaient les rendait inquiétants ou paisibles. Comme si l'on avait été en mesure de lire dans ses pensées, l'obscurité se fit soudainement dans la pièce. La fille ne put s'empêcher de crier. Sa voix reprit précipitamment.

— Ne bougez pas, ce n'est rien. Je vais allumer une autre lampe.

Il l'entendit s'éloigner, ouvrir un tiroir. Elle craqua une allumette et dut s'y reprendre à plusieurs fois pour parvenir à enflammer la mèche d'une lampe à pétrole. La flamme vacilla un temps puis redevint paisible. Sa lumière jaune donnait à la scène une dimension troublante.

chiffres et plus généralement de toute considération qui les ferait ressembler

— On est toujours surpris mais ce n'est rien. Cela devrait revenir assez vite.

— Cela arrive souvent ?

— Depuis quelque temps, oui. J'ai demandé à ce qu'on vienne voir mais, apparemment, il n'y a pas grand-chose à faire. Les ouvriers ne savaient pas très bien. Avant c'était l'eau, et puis…

Elle avait suspendu sa phrase. Sensini suivit son regard qui s'attardait sur les fenêtres sombres et étroites.

— C'est une vieille maison, vous savez. Nous sommes déjà restées beaucoup trop longtemps ici. À la fin tout finit par tomber en panne. Mais il se fait tard et je dois aller voir si ma mère n'a besoin de rien… Je vais vous donner une lampe électrique. Bonne nuit.

À la lumière de la lampe à pétrole, Sensini découpa consciencieusement une pomme en quartiers, s'attardant un moment dans cette pièce silencieuse. La chair du fruit était juteuse et sucrée. Puis il regagna sa chambre. Le faisceau de la torche le précédait, rond et blanc comme l'était tout à l'heure l'œil du poisson qui le regardait dans l'assiette. La jeune femme avait sans doute raison, dans les vieilles maisons, tout finissait par tomber en panne. Ce genre de choses aussi pouvait faire peur.

⁂

Lorsque Sensini se leva, le lendemain matin, il y avait sur la table du pain et du café. Il avait peu et mal dormi. La maison était déserte, le courant était revenu. Un plan était posé à côté de sa tasse qui indiquait le chemin à suivre pour arriver chez Naeliev par la route nouvelle. Il se servit une tasse de café en regardant le soleil pénétrer dans la grande pièce sombre, chaud et brillant. Il ne chercha pas à croiser quiconque, laissa sur la table ce que la fiche accrochée derrière la porte indiquait pour une nuit en demi-pension. Peut-être était-elle déjà descendue au village car il n'y avait que sa voiture derrière l'auberge. Lorsqu'il déposa sa valise dans le coffre, il ne vit pas que, derrière l'un des rideaux brodés de roses de l'étage, quelqu'un l'observait.

ceux-ci tiennent à chaque instant une comptabilité rigoureuse des sommes

18

Vingt bonnes minutes que Renzo Sensini roulait en compagnie de l'imposant grillage, sur cette route qui ne menait nulle part. Le domaine semblait immense, se perdant dans les alpages à perte de vue. Aucune borne, aucune indication ne donnait à ce chemin la réalité que la carte elle-même se refusait à tracer. Officiellement, la voie de circulation sur laquelle il se trouvait n'existait pas. Et pourtant, elle était assez large et fraîchement goudronnée. Loin, beaucoup plus haut, il distinguait un petit groupe de maisons et le trait rouge et blanc d'une barrière. Plusieurs kilomètres de lacets encore avant d'y parvenir. L'air vif des sommets pénétrait par la vitre largement ouverte, fouettant le visage de Sensini, encore à moitié pris par le mauvais sommeil de sa nuit. Teuffen et son auberge lui revenaient sans cesse en mémoire. La présence étrange de cette femme au sourire nerveux, qui parlait trop et trop vite, sa mère, ses regards inquiets, la façon étrange avec laquelle elle disait « les Russes », le sentiment qui était resté à Sensini d'une demeure et d'une vie à l'abandon. À l'intérieur de sa tête, rien de tout cela ne voulait rejoindre la paix

astronomiques générées, capitalisées, investies, déplacées, encaissées par le

anonyme des visages et des choses que l'on croise sans cesse. Il avait senti l'odeur de la détresse et, même s'il s'en voulait parfois de son flair, ce flair qui n'était pas seulement celui d'un flic, il ne parvenait jamais tout à fait à l'ignorer.

L'entrée du domaine Naeliev était précédée d'une barrière près de laquelle se tenaient deux hommes, qui ressemblaient à des garde-chasse. Le plus jeune des deux s'avança et salua Sensini dans un dialecte qu'il ne parvint pas à identifier. Lorsque le visiteur sortit sa carte d'identification Interpol, le vigile, manifestement averti de sa visite, fit un signe puis le laissa passer. Sensini longea un petit chalet de bois sombre sur lequel trônait, aux côtés du drapeau helvétique, une autre bannière rouge sang frappée en son centre d'une effigie noire qui ressemblait à une rose. L'étendard de la réussite version Naeliev. Il roulait au pas sur les terres du domaine Naeliev, cherchant dans les reliefs les serres, roseraies et plantations qu'il s'était attendu à voir. Pourtant rien ne distinguait ces alpages-là de ceux qu'il avait parcourus quelques minutes auparavant.

La demeure des Naeliev surgit derrière une rangée de sapins très hauts et très noirs. Telle une apparition, mais beaucoup plus vaste encore que Sensini ne l'avait imaginée, elle hésitait entre le palais de Sissi et le château de Vlad l'empaleur, qu'on aurait déplacé des sommets des Carpates à ceux des Alpes. Massif, riche d'ornements, ouvert par un monumental escalier de pierre grise et austère, l'édifice semblait avoir été transporté là, dans ce décor tellement inapproprié, par la seule volonté d'un roi tout-puissant. Tout-puissant ou malade. Sensini laissa sa voiture à côté d'un imposant 4 × 4 noir aux vitres fumées et fut accueilli par un domestique, qui aurait pu être un garde du corps, sur le perron vaste comme la place d'un village. L'homme ne lui posa aucune question, le précéda dans le hall gigantesque puis dans une longue galerie de parquets sombres et grinçants couverte de toiles où ne figuraient que des motifs floraux, images de bouquets et de natures printanières déclinées au travers des modes et des siècles. Plusieurs trésors sans doute et d'autres moins précieuses, des roses surtout, blanches ou rouges, roses parfois, petits points flous de peinture noyés dans des extérieurs tourmentés, dessins précis, contours soignés, études multiples, encres ou crayons, travaux de broderies rares également, d'allure très ancienne, toutes ces tentatives de reproduction accrochées dans un ordre sauvage ou tout au moins mystérieux aux yeux de Sensini, qui tentait, au milieu de la profusion chaotique, de retenir quelques vues en passant.

À l'autre bout de la galerie, se découpait dans l'encadrement de la porte à deux battants largement ouverts la silhouette haute et très droite d'un homme aux cheveux blancs. Parcourant les quelques pas qui le séparaient encore du maître des lieux, visage d'aigle impassible sur un corps sec et tout en longueur, Sensini eut le sentiment d'être attendu par quelque vieux prince des Balkans vivant là, en exil, à la suite d'une de ces contorsions politiques dont l'histoire de la région a le secret. Alors que le visiteur s'avançait pour le saluer, l'homme ne lui tendit pas la main et s'inclina très rapidement devant lui, d'un mouvement raide et plein de dignité. Sensini se sentit ridicule, retenant maladroitement sa main et tentant à

naturel inquiet. car ce qu'ils perdent d'un côté, ils le retrouvent de l'autre.

son tour de se plier dans un geste de déférence que son corps avait oublié depuis longtemps. La voix sonore et gutturale de son hôte chassa aussitôt son embarras.

— Monsieur l'officier, vous ne savez pas à quel point je me réjouis de constater qu'Interpol, ce fleuron de la police internationale, s'intéresse d'aussi près à la floriculture…

Son français était parfait jusque dans l'ironie, teinté cependant d'un accent vénérable venu des grandes plaines de l'Est. Lorsqu'il fit demi-tour pour l'inviter à découvrir son cabinet de travail, Sensini remarqua que Naeliev s'aidait d'une canne et que ses jambes semblaient ne pas lui obéir tout à fait, donnant à sa démarche une allure hésitante et saccadée. Le pas d'un homme malade.

— Il vous faudra faire la visite à mon rythme, monsieur Sensini. C'est le privilège des anciens, savez-vous, que de savoir imposer leur marche, quand il le faut, au monde qui les entoure.

Sensini se perdit dans une réplique sans suite en essayant de sourire, mais l'autre, de toute façon, ne l'écoutait pas et progressait lentement en direction d'une sorte d'immense terrasse couverte qui s'ouvrait, panoramique, sur le paysage grandiose de la vallée. Les livres couvraient le bureau et débordaient à terre, certains ouverts, d'autres en piles, puis remontaient le long des murs dans des rayons surchargés qui s'étageaient très haut jusqu'au plafond couvert d'une fresque monumentale aux couleurs agressives. Avec ses luxuriants massifs de fleurs, ses branches d'arbres lourdes de fruits, sa rivière à quatre bras, ce paradis en trompe l'œil dévorait littéralement l'espace et le regard de Sensini ne parvenait pas à s'en détacher.

— Vous n'avez jamais été aussi près de l'éden, n'est-ce pas monsieur Sensini ?

— Ou aussi loin…

Naeliev interrompit un instant sa marche, leva la tête doucement et sourit. Sensini ne sut dire si c'était à sa remarque ou à cet idyllique paysage d'avant la chute de l'homme.

— J'aime travailler et réfléchir sous ce ciel-là. Il m'inspire. Et vous, monsieur Sensini, que vous inspire-t-il ?

— Qu'il y a certainement dû avoir des temps meilleurs que ceux que nous traversons, monsieur Naeliev et que, malheureusement, il ne m'a pas été donné de les connaître.

— Je vois que le métier que vous faites ne vous porte guère à l'enchantement, monsieur Sensini. En avez-vous jamais connu d'autre ?

— À vrai dire, je ne m'en souviens plus. Mais parlons plutôt du vôtre, si vous le permettez. Je n'ai pas énormément de temps et votre entreprise m'intéresse.

Appuyé sur sa canne, Naeliev se remit péniblement en marche, indifférent au changement de ton de son visiteur.

— Je vous comprends, monsieur Sensini, et vous n'êtes pas le seul car mon métier, voyez-vous, a cela d'unique qu'il fait le lien entre la connaissance et l'enchantement. Je crée des fleurs, monsieur Sensini, ou plus exactement, je les mets au monde.

pile, disent-ils, n'a été inventé que pour permettre de faire des paris et donner

— Sans vouloir être désagréable, monsieur Naeliev, et avec tout le respect que je porte à votre profession, le paradis dans lequel vous vivez semble bien protégé.

— C'est que l'éden suscite des convoitises, mon cher. Et plus le créateur est entreprenant, plus il ose, plus il est observé, envié et jalousé.

— Espionné, vous voulez dire ?

— C'est un bien vilain mot, monsieur Sensini, et je ne l'aime guère. Mais outre l'enchantement, je ne peux vous cacher que de gros intérêts sont en jeu. Je ne m'occupe pas de ce versant-là de l'aventure, il ne m'intéresse pas et ne m'a jamais intéressé. Mais il semble que, dans notre monde, l'image de la pureté possède un coût inestimable.

— Et pensez-vous que quelques variétés de roses suffiraient à attirer sur vous les foudres d'une bande d'illuminés défenseurs de la nature ?

L'espace d'une seconde, Naeliev sembla accuser le coup. Mais ce n'était pas pour les raisons que Sensini avait un instant envisagées.

— Quelques variétés de roses, dites-vous. Comme vous prononcez ce mot à la légère, monsieur Sensini. Il ne faut pas. La rose… C'est une fleur à part. Son histoire fait partie de celle des hommes depuis l'Antiquité, ne l'oubliez pas. C'est un emblème, un symbole, un mythe, plus encore, une quête jamais achevée. Et quelles que soient la forme et la couleur qu'on s'emploie à lui donner, elle est *la* rose. Regardez, monsieur Sensini…

Immobile, le vieil homme avait retrouvé la dignité de son maintien. D'un geste théâtral, il ouvrait au pied de la terrasse la perspective impressionnante d'une roseraie qu'on avait isolée des rigueurs climatiques du

l'illusion qu'on pouvait tenter sa chance. ils parlent au quotidien un sabir lieu par une immense structure de bois et de verre. Des centaines de rosiers, des milliers peut-être, petits massifs réguliers ou arbustes, bosquets, murs et treillages, rosiers lianes et variétés miniatures, immenses grimpants forestiers et buissons fournis, couvre-sol et plantes en pot, la fleur se trouvait déclinée là, sous le regard tranquille du rosomane Naeliev, dans d'innombrables variétés et d'innombrables teintes.

— Je vous sens presque impressionné, monsieur Sensini. Je prends votre silence pour un compliment.

— Vous pouvez. Mais est-ce vraiment cela la nature ?

— Je ne vous avais pas mis au rang des naïfs, monsieur Sensini. Ou êtes-vous l'un de ces vieux rousseauistes contrariés par le moteur à explosion et la vitesse du monde ? Vous n'y ressemblez pas. Il faut résister à la nature pour la comprendre, monsieur Sensini, la dépasser de beaucoup pour entendre ce qu'elle a à nous dire.

— L'enchantement par la connaissance…

— Vous voyez que vous y venez ! « Le génie et la nature ont conclu une alliance éternelle : ce que le premier promet, la seconde l'accomplit certainement. » C'est une phrase de Schiller que j'aime à citer de temps à autre. Il va sans dire que le génie n'est pas le mien, mais celui de tous les hommes. Je suis fou de ces fleurs, monsieur Sensini, vous l'aurez compris. Mais pas au point de perdre la raison. Pas tout à fait du moins.

La plaisanterie fit sourire le vieux Naeliev, suffisamment pour que Sensini aperçoive deux rangées de dents blanches et bien ordonnées. Fausses sans doute.

— Souhaiteriez-vous visiter mon terrain de jeu, monsieur Sensini ? Je vous promets qu'il n'en est pas de plus beau sur le vieux continent. Ce diable de Duncan, peut-être, à Adelaïde… Sa collection privée est respectable. Mais je crois que celle-ci la vaut largement. Voulez-vous ?

Il montrait de sa canne l'étroite cabine de verre qui se trouvait à l'extrémité de la terrasse et permettait de descendre au niveau de la roseraie sans passer par l'extérieur. En vérité, Renzo Sensini se foutait pas mal des roses et de leur culture, mais il sentait chez Naeliev une puissance peu commune et les signes d'une volonté implacable qui l'intriguait. Ils s'engagèrent tous deux dans l'ascenseur accroché à la paroi extérieure du bâtiment. Naeliev, vieux mage ou illusionniste mesurant ses effets, s'était contenté d'avancer la main pour que les portes coulissent en silence. La descente débuta, précise et lente, à la façon de ces machineries de théâtre anciennes qui portaient sur la scène un roi en majesté ou un soleil d'opérette.

— Vous avez de la chance, monsieur Sensini, car vous allez commencer cette visite par la plus surprenante de mes fleurs…

Le ton factice de Naeliev s'accordait habilement aux toiles peintes de ce paradis artificiel. Renzo Sensini s'essayait à comprendre le sens des paroles de son hôte lorsque les portes s'ouvrirent. Un air lourd et saturé de parfum capiteux montait de la terre humide.

Dans les allées sinueuses qui dessinaient le jardin de Naeliev, une jeune fille, à en juger par la finesse de sa taille et la transparence de ses poignets, leur tournait le dos, plongée dans l'extatique contemplation de la fleur qu'elle retenait entre ses doigts.

jargon dans lequel ils comptent, usant d'un alphabet de neuf signes qu'on dit

— Inspecteur, je vous abandonne à la délicate mais exquise mission de réveiller ma fille Ulthémia au sortir de ses bois dormants ! Prenez cela comme un cadeau de bienvenue, si vous voulez bien l'accepter. Vous m'excuserez, mais je me sens un peu las. Rassurez-vous, vous ne le regretterez pas, j'en suis sûr, car c'est avec la plus merveilleuse des roses que vous ferez la visite. Ulthémia, ma fille…

L'emphase précieuse de Naeliev était tout à la fois ridicule et inquiétante. Ce cadeau, ainsi que Naeliev venait de le nommer, Sensini le pressentait comme un piège dans lequel on l'invitait à se faire prendre. Lorsqu'il vit les portes transparentes coulisser de nouveau, il eut le sentiment qu'on lui enlevait un peu d'air. Souriant, Naeliev lui fit un petit signe de la main et semblait déjà glisser vers des cieux inaccessibles. Sensini se retourna. Comme un oiseau qu'un souffle suffit à effrayer, la fille de Naeliev le regardait maintenant, de ses grands yeux de jais. Elle était merveilleuse, grande et très pâle. Son beau visage n'était mangé qu'à moitié par une tache sombre.

arabe, est le seul qui soit véritablement universel. ils en tirent un grand sujet

19

Bien que surprise, la jeune femme venait à sa rencontre, un doigt posé sur ses lèvres dans l'attitude de celle qui cherchait à se souvenir d'un visage qu'elle aurait dû reconnaître mais auquel elle ne parvenait à donner un nom. Ses pas glissaient sur l'herbe et sa marche était si lente qu'elle semblait jalonner son chemin des secondes qu'elle jetait derrière elle. La jeune femme – il savait qu'elle avait trente ans mais elle n'en paraissait pas plus de vingt – portait une robe blanche à gros boutons de nacre comme Courrèges en avait dessiné dans les années 70, qui mêlait à son ingénuité quelque chose de troublant qui hésitait à dévoiler plus que ses genoux. Elle avait le regard un peu perdu de ceux qui voient le monde dans une brume floue et estompent ses contours par un détachement qui les en protège.

Elle marqua un temps silencieux devant Sensini avant de lui demander en souriant s'il avait fait bon voyage et, sans attendre sa réponse, avec une impatience d'enfant, s'il lui avait enfin rapporté cette fleur rare qu'il lui promettait depuis si longtemps.

— Je crains que vous ne fassiez erreur, mademoiselle, je me nomme Renzo Sensini, je suis inspecteur, votre père…

— Mon père ? Vous êtes un ami de mon père alors, n'est-ce pas ?

— Non, nous nous voyons pour la première fois. Je suis venu…

Sensini hésitait à prononcer des mots qui lui semblaient ici d'une banalité déconcertante et ne savait trop comment gérer l'incongruité de la situation. Regarder vraiment la fille de Naeliev lui était douloureux. La cruauté indifférente de la nature rongeait le visage de cette belle à laquelle il suffisait de tourner la tête pour se transformer en bête.

— Il vous a parlé de moi, n'est-ce pas ? Il adore parler de moi en mon absence. Est-ce que je ne suis pas la fleur la plus surprenante de son jardin ? Il vous a dit cela n'est-ce pas ?

— Je ne pense pas que…

— Vous a-t-il dit cela ? Il ne vous l'a pas dit ? Qu'en pensez-vous ? Il vous a dit qu'il fallait me parler doucement, que j'étais fragile, une jeune fille sensible, une fleur délicate, qu'il fallait prendre garde à ne pas trop regarder…

Sensini dut se faire violence pour l'interrompre et l'empêcher de glisser plus avant dans sa phrase.

— Je crois que je vais remonter, je ne voudrais pas vous déranger plus longuement.

— Vous aussi, vous ne parvenez pas à me regarder ? Vous aussi vous trouvez cela affreux. Dès que je vous ai aperçu, j'ai su que vous ne parviendriez jamais à voir en moi autre chose que… comment diriez-vous ? Une tache ? Une marque ? Savez-vous,

et pourcentages et sont capables d'additionner, de multiplier, de soustraire ou de

enfant j'aimais raconter qu'il s'agissait d'un signe d'élection et qu'un jour on me reconnaîtrait à cela et que je serais princesse. Adolescente, j'aimais dire que c'était une brûlure atroce, que ma mère et moi avions eu un terrible accident et que moi seule avais survécu. Que ce que l'on pouvait voir sur mon visage était ma punition pour être restée vivante. C'est amusant, vous ne trouvez pas, tout ce que l'on peut inventer lorsqu'on est enfant ?

Sous le coton léger, Sensini voyait palpiter le cœur de la jeune fille. Elle reprenait à peine sa respiration de peur qu'il ne l'interrompe avant qu'elle n'ait dit tout ce qu'elle entendait dire. Il aurait aimé trouver une parole pour la convaincre que ce qui lui avait échu de beauté l'emportait sur cette obscurité, qu'elle ne pouvait qu'en souligner l'éclat, lui dire, peut-être, le trouble qu'elle lui inspirait, mais il percevait aussi combien la situation et tout ce qu'il était le lui interdisaient.

Le bruit était à peine perceptible, mais elle avait levé la tête vers la passerelle vitrée qui surplombait les serres. Naeliev était là, qui semblait n'être jamais parti de cet indiscret belvédère. Il avait doucement cogné à la vitre et sa fille avait reconnu cet appel familier. Il regardait sa fille, semblait ne voir qu'elle au cœur de cet incendie de couleurs, et se contenta de lui faire un petit signe de la main, l'un de ceux que l'on adresse aux enfants lorsqu'ils sont trop loin pour vous entendre, un tout petit signe de la main pour témoigner de l'immensité dévorante de son amour. Ulthémia lui sourit puis revint à Sensini. Son visage était redevenu calme, sa voix aimable et chantante.

diviser, indifféremment, missiles stinger et kalaschnikovs, ours en peluche et

— Veuillez m'excuser, je n'ai pas même pris la peine de me présenter…

Et tout en lui tendant la main, elle prononça d'une voix douce :

— Ulthémia Naeliev. Papa m'a demandé d'être votre guide dans ce merveilleux jardin. C'est avec plaisir que je répondrai à vos questions.

La volte-face était à ce point surprenante que Sensini se demandait si celle qui venait de se placer pour ne plus lui présenter qu'un profil d'une blancheur de soie était bien la même qui, quelques minutes auparavant, aurait pu tenter de lui arracher le cœur avec les dents. Dans les propos qui allaient suivre, tous prononcés d'une voix que seule la passion des fleurs et le désir de lui être agréable semblaient colorer, il continua à lire ce qu'il était venu chercher. Il fallait bien que quelque chose se donne à entendre ici puisqu'il existait, à ce qu'en disaient les manuels de bonnes manières à l'usage des jeunes filles, un langage des fleurs. Le roman dont la fille de Naeliev allait tourner les pages à son intention ne manquait pas d'intérêt.

— Inspecteur, c'est bien ce que vous m'avez dit, n'est-ce pas ?

— À Interpol, oui. Je m'occupe essentiellement de tout ce qui touche de près ou de loin à… comment dire… les questions d'environnement… Enfin, tout cela est assez nouveau pour moi…

— Et en quoi les plantes et les fleurs peuvent-elles intéresser la police, inspecteur…

— … Sensini, Renzo Sensini.

— Renzo Sensini… Je suis désolée, nous recevons si peu de visites qu'en dehors des noms latins qu'on

barils de pétrole, satellites et informations, cocaïne et chocolat. leur odorat

donne aux roses, j'en viens à oublier que les hommes… les humains, j'entends… portent aussi des noms dont il faut se souvenir. C'est étrange, vous ne trouvez pas, de retenir le nom des fleurs et d'oublier celui des hommes ?

— Je ne sais pas. Je ne suis pas sûr d'avoir moi-même une mémoire très sûre. Mais votre prénom est sans doute de ceux que l'on oublie difficilement.

— Parce que c'est un nom de fleur, monsieur Sensini. Ou plus exactement celui d'une des quatre familles de roses sauvages qui sont à l'origine de toutes celles que vous trouverez ici. Vous pouvez entendre cela comme un conte, inspecteur. Papa aime les roses plus que tout au monde, vous savez, c'est un grand témoignage d'amour que de m'avoir choisi un tel prénom. Il aurait été une fois quatre sœurs, la première se serait nommée Ulthémia, la seconde, Eurosa, Hespérhodos la troisième et Platyrhodon la dernière. Voyez quelle chance j'ai eue d'être la première ! Ulthémia, c'est tout de même beaucoup plus féminin, non ?

Sensini percevait dans le ton apparemment détaché avec lequel elle lui racontait cette botanique enchantée une ironie acide, plus conforme à ce qui lui était apparu d'elle au premier abord. Sous la poudre des convenances que son père lui imposait, l'écorchée vive ne pouvait disparaître.

— Vos sœurs portent ces prénoms ?

— Non, c'est un conte, je vous l'ai dit il y a un instant. Les pauvres filles ! Pour rien au monde je ne leur aurais souhaité un tel baptême ! Je suis fille unique, inspecteur. Mais ainsi qu'il aime à le répéter, papa aurait-il pu obtenir une fleur plus parfaite ?

est quasiment nul et ils sont presque aveugles. ce sont en quelque sorte les

Son sourire n'avait pas moins d'épine que la rose sublime qu'elle caressait du revers de la main tout en lui parlant.

— Mais je m'égare. Vous n'avez pas répondu à la question que je vous ai posée…

— Les raisons de ma venue ?

— Oui, pas seulement l'amour des roses, je suppose ?

— Une revendication terroriste concernant un incendie qui aurait eu lieu ici. Mais votre père m'a dit qu'il n'en était rien.

— Ce serait une chose très injuste et très cruelle que de brûler toutes ces innocentes. Quelque chose comme le massacre des onze mille vierges dont parle la *Légende dorée*, vous avez lu cette terrible histoire ?

— Oui, autrefois. Vous vous intéressez aux textes anciens ?

— Et aux plus contemporains également, monsieur Sensini… J'aime beaucoup Apollinaire, par exemple.

Sensini connaissait ce que le poète avait fait du récit de Jacques de Voragine, devenu, sous le titre évocateur des *Onze mille verges*, l'un des classiques de la littérature érotique.

— Que voulez-vous, il faut bien tromper l'ennui, monsieur Sensini. Les roses en bouton ne peuvent suffire à consoler toutes les solitudes.

Cette fille n'avait pas froid aux yeux. Sous ses allures d'enfant de bonne famille, elle abritait un art de l'allusion qui aurait pu faire baisser les yeux à de moins prudes. Sensini préféra feindre de n'avoir pas compris. Sans doute n'était-elle pas encore allée au bout de ce qu'elle avait à lui dire.

soutiers du complex et ils ne sont pas de véritables partners. ils n'ont d'ailleurs

— Voyez-vous, la vie des fleurs est assez semblable à la nôtre pour peu qu'on sache l'observer. Regardez cette magnifique Omar Khayyam. Elle porte le nom d'un poète arabe qui autrefois sut chanter les louanges du plaisir et du vin. Ne la croirait-on pas un peu ivre avec ses pétales décoiffés et cette amusante façon de relever ses jupes en se roulant dans le feuillage ? C'est ce que l'on appelle une rose de Damas, un croisement ancien de *Rosa gallica* et de *phoenicea*, les premiers vrais hybrides cultivés. La culture des roses remonte à la civilisation sumérienne, inspecteur. Il y a plus de deux mille ans, à l'emplacement de l'actuel Irak, on cultivait déjà les roses pour leur parfum et les huiles essentielles qu'on en tirait. Vous marchez ici au cœur d'un des plus beaux harems que l'homme ait su s'offrir. Tant de beautés parfumées… Un plaisir de roi, monsieur Sensini. Admirez le bijou rose et sombre de cette *Ispahan*, voyez ces grandes jumelles un peu farouches qu'on nomme *York and Lancaster*, blanches aux reflets si tendres. Elles ont été greffées bien avant le milieu du XVIe siècle et ceux qui se sont entretués pour elles ne sont aujourd'hui plus qu'ossements et poussière… Celle-ci est une *Gallica*, des chevaliers couverts de sang ont ramené ces captives au retour des croisades au XIIIe siècle. Et cette *Complicata* ! En dépit de son nom, je n'en connais pas de plus naïve. Une grande fleur simple rose pur à cœur blanc. Mais peut-on vraiment se fier ici-bas aux apparences ?

— Mon métier enseigne aussi ce type de sagesse.

Le regard d'Ulthémia Naeliev présentait un mélange pervers d'ingénuité et de piquant qu'elle avait appris de ses parfumées compagnes et dont elle usait avec une science douloureusement exquise.

pas droit au titre de mister que portent les autres énigmes de ce monde.

Sensini se souvenait avoir lu que l'Église s'était jadis méfiée de la rose, diabolisée au début de l'ère chrétienne parce que les Romains en faisaient venir par bateau depuis l'Égypte pour parfumer leurs grandes fêtes païennes. La fleur de l'érotisme et de l'amour avait malgré tout fini par l'emporter. Dès le IVe siècle, l'Église avait su détourner cette passion qui sentait le soufre vers un visage plus conforme, celui de la Vierge Marie, les deux fleurs confondues dans un même symbole de pureté et de perfection. Le chapelet en bois de rose que Sensini sentait rouler au fond de sa poche racontait cela à sa manière.

Comme si la fille avait perçu les vibrations secrètes des pensées à l'évidence plus chastes que les siennes, elle reprit la conversation de façon plus explicite :

— La tête tourne n'est-ce pas, à sentir ainsi tous ces parfums qui ne cherchent qu'à vous attirer dans le repli secret de leurs dentelles compliquées. Il y a les sauvageonnes qui ne se laissent approcher qu'en griffant, les geishas asiatiques au port délicat et réservé, les roses cent-feuilles qui savent impatienter qui les déshabille… Passeriez-vous mille et une nuits en ma compagnie que je ne parviendrais pas à vous présenter toutes mes compagnes, monsieur Sensini…

— J'ose espérer que vous êtes plus libre de vos mouvements et de vos plaisirs que la Shéhérazade du conte, mademoiselle Naeliev.

— Pour tout dire, le monde qui s'étend au-delà de ces serres m'effraie un peu. Papa m'offre tout ce dont je peux rêver et les grands couturiers de Paris et de Milan me voient toujours fréquenter leurs boutiques avec plaisir. Mais tous ces regards, vous comprenez, tous ces regards… La véritable beauté est peut-être aveugle, je me suis souvent dit cela en parcourant ces allées. Cela ne veut pas dire que ces fleurs ignorent leur pouvoir de séduction. En un sens, je crois qu'elles ne sont même que séduction. Séduction et manipulation, cela pourrait se résumer ainsi. C'est un programme tout à fait passionnant, vous ne croyez pas ?

Un insecte, dont les ailes vibraient dans le halo coloré des fleurs, illustrait à point nommé le propos qu'Ulthémia venait de tenir. Un sourire amusé était apparu sur ses lèvres.

— Regardez cet insecte, inspecteur. Sait-il seulement ce que l'on attend de lui ? Il croit ne poursuivre que son seul plaisir, s'enivre de suc et de parfum. Mais cette chaste *Lady Mary Fitzwilliam*, une merveille de rosier thé, ne le laissera pas repartir sans qu'il emporte avec lui le pollen qui permettra la fécondation d'une rose voisine. *A priori*, les roses pourraient se débrouiller seules puisque pistils et étamines ne sont parfois situés qu'à quelques millimètres l'un de l'autre. Mais nos peurs sont aussi les leurs. Chez elles aussi, l'inceste est interdit, tout comme nous elles redoutent la consanguinité et la dégénérescence de l'espèce.

Instinctivement et dans le même temps qu'elle achevait cette dernière phrase, Sensini vit son interlocutrice lever les yeux vers le promenoir vitré où Naeliev était apparu tout à l'heure. Le soleil aveuglant qui se reflétait dans la baie à cet endroit ne permettait pas de savoir si Naeliev était encore là, à observer ce tête-à-tête déroutant.

— Tout cela est en effet assez troublant.

fanzine circulant sous le manteau, l'un appliqué à blanchir dans une bassine les

— Et cruel, inspecteur ! Les épines des roses ne sont rien au regard de leurs consœurs du monde végétal. Les pinces avec lesquelles les asclépiadacées retiennent les insectes sont tout à fait effrayantes. Quant à l'arum, elle enferme ses visiteurs au plus profond de sa chambre nuptiale jusqu'à ce qu'ils y meurent. Savoir que c'est l'une des fleurs préférées des bouquets de mariage m'amusera toujours autant !

L'insecte que tous deux observaient – Sensini avec une attention qui lui était nouvelle – s'acharnait à pénétrer au cœur de la fleur. Les pétales, hypocrisie suprême, semblaient défendre le saint des saints. Comme une porte que l'on ne retient que dans l'espoir de voir celui qui la pousse entrer au plus profond du piège lorsqu'elle sera brusquement relâchée. Sensini pensa que la pruderie et la résistance avaient de ces effets sur la naïveté des mâles qui croient enfin voir la belle, pourtant consentante dès le premier instant, céder à la cour patiente et acharnée qu'ils ont cru devoir mener. La psychologie de l'humain lui semblait parfois une mécanique consternante.

— Les fleurs ont développé leur capacité de séduction à un niveau que vous ne pouvez pas soupçonner, monsieur Sensini. Les femmes ne leur empruntent pas leur parfum par hasard.

Sensini imagina un instant que la chair de celle qui le guidait au travers de ces sentiers étroits et festonnés d'épines devait être imprégnée de tous ces parfums musqués. La chaleur qui s'installait dans le jardin les exhalait avec une puissance presque inquiétante. Que sa peau devait porter ces fragrances sans qu'elle n'ait jamais besoin de s'en parfumer. Mais le souvenir de

billets crasseux que l'autre comptait, louchant derrière son pince-nez. on l'insecte restait trop présent à son esprit pour qu'il ne soit pas prévenu des risques encourus à s'approcher de ce type de fleurs.

— Votre père ne m'avait pas menti, votre collection est tout à fait exceptionnelle. Mais je comprends d'autant moins les raisons qui auraient pu pousser des militants écologistes à détruire un tel paradis.

Sensini avait décidé de reprendre l'avantage. La fille avait assez joué. Il observa sa réaction avec la même attention qu'il avait tout à l'heure portée à l'insecte manipulé.

— Et pourquoi voudriez-vous que mon père vous ait menti ? Le nom de Naeliev est associé, dans le monde entier, aux prix les plus prestigieux. Cela étant, je ne partage pas votre point de vue. La rançon de cette gloire est que tous nous envient. Je ne connais pas de plus puissant moteur au désir de nuire que celui-ci. D'autant que l'image de ce paradis n'est pas celui que les prétendus amoureux de la nature espèrent. Rien de ce que vous voyez ici n'a été obtenu sans que l'homme n'y mette ses propres désirs et sa capacité illimitée à contraindre l'ordre naturel des choses. Des quatre souches initiales, il a su créer des milliers d'espèces différentes. À celle-ci il a volé son parfum, à cette autre sa couleur, à cette dernière les étamines dorées de son cœur. Il a contraint les unes à s'accoupler avec les autres, rien de ce qu'il avait souhaité, il n'a pu l'obtenir sans manipulations. Les derniers obstacles tombent. La rose bleue est née l'an passé. Les contes iront inventer d'autres trésors car ceux-ci n'ont plus de secrets. Suivez-moi, inspecteur, je vais vous montrer une fleur que peu ont vue à ce jour.

comprend aisément que c'est un humour qu'ils ne goûtent guère. on ne les trouve

À l'autre extrémité de la roseraie, une cage qui semblait une volière vitrée abritait un seul rosier. Transparente à force d'être blanche, d'une transparence sous laquelle on aurait pu s'attendre à voir affleurer des veines.

— Si vous la coupiez, peut-être saignerait-elle… C'est là le présent que mon père m'a offert pour mes vingt ans. Jamais il n'en a conçu de plus blanche ni de plus parfumée. Son feuillage est vert à en devenir noir et sur chacune de ses fleurs, un unique pétale se tache de ce rouge sang qui en fait toute la beauté. Ce sont ses mots, bien sûr. Ne trouvez-vous pas l'attention délicate ?

La fille de Naeliev lui faisait face et le fixait sans baisser les yeux. La tache qui couvrait la moitié de son visage était maintenant d'un rouge intense, sombre et sublime. Une manière d'émail serti dans la porcelaine immobile de son visage.

— Puisqu'il me revenait de la nommer, je l'ai baptisée *Impératrice T'seu Hi*. Je me plais à imaginer que cette tache qui vient maculer la blancheur de sa robe est celle du sang des amants que chaque soir elle prenait et qu'un fidèle eunuque égorgeait sur son corps dans le même temps qu'elle connaissait le plaisir.

Sa voix était froide, distante et presque rêveuse. Elle ne semblait attendre aucune réaction de Sensini et resta ainsi, immobile et silencieuse dans la contemplation de cette fleur que Sensini aurait pu croire vivante. Sous la chair des pétales, la tache rouge battait comme un cœur sanglant.

que rarement à la mer ou au bord de la piscine, parfois dans les quelques heures

⁂

La fille de Naeliev était retournée à son bois dormant, interrogeant dans ce miroir végétal l'image qu'elle offrait au monde. Sensini ne sut d'abord que faire, puis il ressortit silencieusement de cette volière trop intime et hâta le pas dans les allées. Au sortir de l'ascenseur, la coursive était déserte, mais il n'était pas possible d'emprunter d'autre chemin pour gagner la sortie que celui qui s'ouvrait devant lui. L'air conditionné le fit frissonner. De couloir en couloir, il sentait de discrètes mais néanmoins très présentes caméras de surveillance l'accompagner de leur œil mobile. Les portes s'ouvraient devant lui automatiquement et se refermaient de même après son passage. Il se sentait presser le pas. Il marqua une pause. Le pourtour de la bouche du climatiseur était couvert d'une fine poussière noire et, sans qu'il puisse le jurer, cela ressemblait à de la suie. La caméra qui l'observait n'avait pas l'air de comprendre ce qui pouvait bien le retenir ici et la porte située devant lui s'ouvrit et se referma plusieurs fois pour l'inviter à poursuivre son chemin. La lumière baissa d'intensité et Sensini comprit qu'on ne souhaitait pas qu'il s'éternise. Le couloir débouchait sur le salon d'apparat et les fleurs peintes lui semblèrent maintenant terriblement plus mortes et plus perverses qu'à son arrivée. Le secrétaire de Naeliev l'attendait, excusant monsieur auprès de son hôte et lui souhaitant un retour agréable.

Sensini se dit que Naeliev aurait voulu le mettre à la porte qu'il ne s'y serait pas pris différemment. Il remercia et ne s'attarda pas. Il entendit les graviers

qui séparent la fermeture de la bourse de frankfurt et l'ouverture de celle de

chasser sous ses pneus et regarda, non sans soulagement, l'image inquiétante de la demeure de Naeliev qui rétrécissait dans le rétroviseur de la Mercedes. La voiture de location sentait bon le cuir neuf.

tokyo. pour tout dire, ils ne sont pas très drôles et leur costume noir leur donne

20

— J'ai bien menti, n'est-ce pas ?

Ulthémia se tenait dos contre la porte du bureau de son père, qu'elle avait ouverte puis refermée derrière elle sans même qu'il ne s'en aperçoive. Un jeu d'adresse et de silence auquel elle jouait avec passion depuis ses toutes premières années. Un jeu d'espion. De l'autre côté du bureau, Naeliev père se détourna de l'écran d'ordinateur pour regarder sa fille. La tension des dernières heures accumulée sur ses traits de vieil homme se relâcha en un instant, fit place à un sourire très tendre.

— Mais ce n'est pas un mensonge, mon trésor ! Rassure-toi, ce n'est pas un mensonge…

Ulthémia eut une petite moue de déception. Et puis un sourire elle aussi, un sourire déçu qui lui allait très bien et lui enlevait encore quelques années.

— Allons, allons… Sinon je ne t'aurais jamais laissée dire une chose pareille… Ce qui se passe ici ne regarde personne d'autre que nous, mon trésor. Personne d'autre.

Combien de fois lui avait-il déjà dit cela ? « Personne d'autre que nous. » Sûrement tant de fois

un air de croque-mort, qui s'accorde mal aux tenues estivales que portent à tout

qu'elle avait fini par croire que c'était elle ce « nous ». Qu'elle n'était rien sans lui. Mais aujourd'hui, s'avançant lentement vers son père, de sa démarche de princesse sensible et menue, aujourd'hui que son père ne parvenait pas à escamoter complètement le souci de son front, elle se demandait ce que ce « nous » serait sans elle. Personne d'autre que toi, se disait-elle. Personne d'autre que moi…

— À quoi songes-tu, ma petite fleur ? Tu sembles préoccupée maintenant. Viens par ici…

Il lui fit un signe, un petit signe de la main. Une invitation familière à le rejoindre.

— Je n'aime pas cela, de te savoir contrariée. J'ai eu tort sans doute de te laisser conduire cette visite, mais j'avais à faire. Et puis cet homme semblait bien élevé. Il l'était, je crois. A-t-il été déplaisant avec toi ?

— Renzo Sensini ?

— C'est bien son nom. Comment se fait-il que tu t'en souviennes ? Je croyais que seuls les noms de roses trouvaient une place dans cette jolie petite tête…

— C'est un nom italien, n'est-ce pas ?

— Sans doute. Mais pourquoi cela t'intéresse-t-il, mon trésor ?

— Pour rien. Il est de la police…

Elle avait laissé glisser longuement la dernière syllabe de ce vilain mot tout au bout de sa langue, comme un petit serpent. C'était une sorte de défi et elle vit que cela irritait son père.

— Je le sais, Ulthémia.

Elle était tout près de lui maintenant. Mais de sa main tendue, il ne parvenait toujours pas à attraper la sienne qu'elle gardait serrée le long de son corps, obstinément serrée.

moment les autres partners. on ne leur en tient cependant pas trop rigueur car

— Pourtant, reprit-elle en fixant un point de la fresque paradisiaque qui recouvrait le plafond, il n'avait pas l'air d'un policier.

Lorsqu'elle était absorbée par une pensée quelconque, Ulthémia laissait chacune de ses phrases en suspens, comme si elle devait la reprendre, dans un instant ou beaucoup plus tard. Son père, lui, savait que rien ne viendrait ensuite.

— Quelle importance, ma petite fille ? Viens ici, viens voir ton vieux père fatigué et cesse de l'importuner avec ce policier. Tu sais qu'il est extrêmement jaloux des pensées de sa petite fleur… Tu le sais, n'est-ce pas ?

Elle ne répondit pas et se laissa saisir la main comme une chose morte. Voyant qu'elle s'absentait ainsi, Naeliev l'attira vers lui et déposa un long baiser sur sa joue tachée. Sa préférée. Il aurait aimé la faire asseoir sur ses genoux comme il le faisait toujours auparavant, mais sa jambe le faisait souffrir depuis quelques jours. Et plus il s'inquiétait de l'incendie et de ses conséquences et plus ses douleurs étaient fortes. Ses pensées tournaient en rond et il avait du mal à se concentrer à cause de ce flic d'Interpol qui avait semé le trouble dans son esprit. Ce n'avait pas été difficile de lui cacher ce qui était arrivé. Ni à lui ni à personne d'autre. Le domaine était suffisamment vaste et isolé, suffisamment bien équipé. Mais sa visite redonnait brusquement du poids à l'hypothèse de l'attentat perpétré par des cinglés écologistes. Et cette hypothèse ne plaisait pas à Naeliev. Trop simple. Trop élémentaire. Trop hasardeuse. À moins que. À moins que la manipulation ait été

leur utilité est avérée.

tellement bien montée qu'Interpol aussi en fasse partie. À moins que la police d'Interpol ne soit elle-même manipulée. À moins que. Naeliev savait que la vérité pouvait se glisser là où personne ne l'attendait, dans le plus petit espace séparant les apparences. Il sentait pour l'instant l'échec de son intelligence et le supportait mal. Quant à son sens aigu de la paranoïa, élevé de l'autre côté du Rideau de fer, il s'en donnait à cœur joie.

Sortant d'un de ces songes qui l'absorbaient régulièrement, Ulthémia sentit sur sa joue les lèvres de son père, à cet endroit précis, elle le savait, où personne sauf lui ne l'avait jamais embrassée. Compagne aventureuse, la main du vieil homme se perdait doucement dans la masse fine et soyeuse des cheveux d'Ulthémia, jouait à saisir puis relâcher cette eau claire et parfumée. Elle observait l'inquiétude faire son chemin sur le front de Naeliev, qui sursauta en entendant le bip téléphonique du réseau interne. Il n'eut que quelques mots, prononcés d'une voix froide et méprisante. À ce ton, à ce timbre nouveau dont il usait, elle sut que c'était Andreï et que les choses ne s'arrangeaient pas. Quand son père raccrocha, au bout de quelques secondes, la contrariété perçait un peu partout dans ses propos et elle était telle qu'il ne prêta aucune attention à son impertinent sourire.

— Tu dois me laisser maintenant, Ulthémia. J'ai à faire.

Mais la fille ne voulait pas qu'il se lève, ne le laissait pas faire. S'approchait plus près de lui, l'agaçait un peu.

— Tu vas aller à la serre ?

— Oui, laisse-moi maintenant. C'est urgent. Andreï m'attend là-bas. Ils ont commencé les travaux de dégagement. Appelle Mircea qu'il m'accompagne.

Elle ne bougeait pas, se penchait sur lui et l'empêchait de prendre appui pour se mettre debout sur ses jambes. Elle souriait toujours, avait une voix d'enfant capricieuse.

— Non, mon petit papa, c'est moi qui t'accompagne… Tu me laisseras conduire et je t'emmènerai…

Lui restait calme, mais la repoussait gentiment. Depuis toujours, il savait imposer sa volonté sans brusquer sa fille. Question de regard et d'intensité dans la voix.

— Je ne crois pas que ce soit un spectacle pour toi, Ulthémia. Ma petite fleur, cela risque de te bouleverser.

Ulthémia détestait ces mots gentils prononcés sur un ton sans appel. Dans ces moments, elle aurait pu dire n'importe quoi pour l'atteindre, retenir son attention ou essayer de le blesser.

— Alors pourquoi lui parles-tu si mal, dis-moi, pourquoi parles-tu comme cela à Andreï ?

Naeliev ne l'écoutait plus, s'adressait à Mircea par l'interphone, lui demandait de se tenir prêt.

— Dis-moi, qu'a-t-il fait de mal ? Est-ce qu'il t'a trahi ?

À ce mot de trahison, Naeliev la regarda enfin. Il était très pâle, débordait d'une rage qu'il ne savait pas encore contre qui diriger.

— La trahison n'est qu'une question de temps, ma chérie. Il suffit donc de la prévoir. J'ai grandi dans un monde où cette activité était la principale condition pour survivre. Presque un art. Alors ne t'inquiète pas pour cela, mon trésor.

Naeliev fit quelques pas puis, théâtral, se tourna encore vers Ulthémia avant de sortir :

— On ne me trahit pas, Ulthémia. Jamais.

ici, le décor a changé tout en restant le même. certains des partners ont disparu,

21

Ulthémia avait laissé partir son père sûr de lui et dominateur. Mais elle ne s'y trompait pas, les événements avaient rendu son teint un peu plus cireux et ses mains un peu plus nerveuses. Lorsque, sur l'un des nombreux écrans de surveillance, elle le vit descendre du 4 × 4, aidé par le chauffeur, il ressemblait à un vieil homme. Elle eut un petit rire tendre et se jeta dans le fauteuil de commande, là où Naeliev père passait une partie de son temps. Un petit poste de contrôle qu'il avait fait aménager dans une pièce contiguë à son immense bureau. Là où, disait-il, il parvenait le mieux à réfléchir, comme si le mur d'écrans qu'on avait monté lui assurait une maîtrise infaillible de l'espace et permettait à son esprit de se glisser et d'agir partout où il ne se trouvait pas. Ulthémia aussi aimait cet endroit tout comme les indiscrétions qu'il permettait et c'est son père lui-même qui lui en avait donné le goût, l'initiant à la manœuvre des caméras numériques et aux performances exceptionnelles des nouveaux capteurs sonores. Une merveille de la technologie nippone optimisée par des ingénieurs russes dont le savoir-faire, en matière de réseau de surveillance, avait pu se maintenir au plus haut niveau mondial grâce à l'homme fort de ce grand et beau pays.

Intriguée et souriante, Ulthémia s'avança vers le clavier et programma un zoom optimal sur la scène qui l'intéressait. Quatre écrans proposèrent aussitôt des vues synthétisées à partir d'angles que les caméras les mieux placées avaient elles-mêmes choisis. Le père, les décombres de la serre, le père à nouveau, son profil sévère et énigmatique, puis Andreï, qui sortait des ruines avec un homme beaucoup plus grand que lui, sans doute le responsable des travaux mais elle ne se rappelait pas l'avoir croisé. Ulthémia supprima la vue sur ce qui restait de la serre, un sinistre carnage de métal et de terre calcinés au milieu duquel hommes et machines, de jour comme de nuit, tentaient de rétablir un ordre qui lui paraissait vain. L'image de l'immense carcasse distordue s'évanouit instantanément et Ulthémia soupira. Elle avait mal au cœur de penser que toutes ces roses étaient mortes dans les flammes, et parmi elles quelques spécimens rares auxquels elle avait encore rendu visite la veille, comme on va voir quelque vieille parente éloignée lors d'un dimanche à la campagne. Elle avait longuement parlé à *Miss Charles* et à *Princesse Albertine*, les avait aussi écoutées. Une sorte d'adieu. Sur l'écran, le paysage ravagé des rêves de Naeliev fut remplacé par celui du visage d'Andreï. Ulthémia demanda un zoom numérique sur un cinquième écran et l'obtint instantanément. Elle aimait cela, qu'on lui obéisse sans délai, sans rien exiger d'elle sinon un nouveau caprice.

L'image se figea sur un portrait en très gros plan, celui d'un homme à la triste figure à peine pixelisée.

ou une petite sauterie chez des rois du pétrole. ce n'est pas qu'on s'y amuse

Des gouttes de sueur dessinaient de petites taches de lumière sur son front et d'autres brillaient encore tout autour de ses tempes. Plusieurs mèches de ses cheveux, où le gris dominait le brun, semblaient coller contre sa joue au rasage imparfait. Collées par le vent ou par la peur. Ulthémia s'approcha plus près de l'écran, tout près. Andreï avait-il vraiment peur ? Elle savait que les travaux n'avançaient pas comme le souhaitait son père et que, malgré les efforts incessants de toute l'équipe, le grand laboratoire, sous la serre, était toujours hors d'atteinte. Elle savait aussi que Makartsev avait disparu. Personne ne pouvait dire s'il avait quitté le domaine ou s'il était mort dans l'incendie. Makartsev, c'était le responsable de la sécurité et la principale raison de la mauvaise humeur de papa.

Ulthémia posa sa main sur la joue d'Andreï, toujours immobile sur cet écran alors que, sur les autres, il marchait avec Naeliev, se tenait à sa droite, toujours à sa droite, et s'appliquait à rester à son rythme pour faire son rapport sur l'avancée des travaux de dégagement. Une image qu'elle pouvait retrouver sans effort dans ses plus lointains souvenirs, bien avant qu'ils soient installés ici, dans cette maison où, malgré son inaptitude à grandir, elle avait tout de même fini par devenir une jeune femme. Le maître et son double. Le double du maître. Mais où sa mère se tenait-elle lorsqu'ils marchaient ainsi pour parler ensemble de l'avancée de leurs recherches ? Elle ne se souvenait pas, ne parvenait pas à se souvenir.

D'un geste sec, elle congédia Andreï et son portrait envahissant pour mettre en alerte l'ensemble des capacités du système autour de ce couple vieillissant qui

tellement car, la plupart du temps, les maîtres de l'or noir sont de vieux

tenait de leur ancien monde – celui aujourd'hui disparu où ils étaient devenus des hommes –, cette habitude de parler en marchant. Toujours en marchant. Le son ne serait pas de bonne qualité, mais Ulthémia savait que la surveillance et le réseau des détecteurs avaient été les premiers rétablis après l'incendie. En ajustant son casque, elle remercia son père d'avoir eu cette exigence. La synthèse des sources sonores apparut sur l'ordinateur. Ulthémia savait quelle sélection opérer pour permettre à la machine de traiter en temps réel la pluralité des sons et n'en retenir que l'algorithme des voix. C'était un jeu merveilleux que d'entendre ainsi brusquement s'éloigner ce que l'on ne souhaitait plus entendre et se préciser d'autant les échos des paroles ou des bruits qu'on avait élus parmi tous, un peu comme si, dans la vie, on pouvait spontanément et pour toujours oublier ce qu'on ne souhaitait pas retenir. Ulthémia n'était plus assise dans ce fauteuil trop grand pour elle, elle marchait dans une forêt profonde et devant elle s'écartaient les branches qui l'empêchaient de voir.

— … vous de ma devise, Andreï… Dans le doute, ne t'abstiens jamais…

La voix de Naeliev était à peine reconnaissable tant les conditions étaient extrêmes et fortes les distorsions de la transmission. L'image hésitait beaucoup moins que le son, qui ne parvenait pas à la suivre. Mais Ulthémia eut tout de même un sourire éclatant lorsqu'elle entendit la voix d'Andreï, plus faible encore que celle de son père, déchirée par des craquements dus au bruit des pas que les capteurs, malgré

fossiles qui s'épuisent bien plus vite encore que leurs réserves. mais l'on y

tous les efforts des processeurs, ne parvenaient pas à dissocier.

— … pas des moyens nécessaires… la dalle s'est écroulée… l'étage inférieur… il est difficile… du temps…

Les derniers mots d'Andreï avaient été prononcés avec davantage de force et sur un ton si vif que Naeliev s'arrêta pour se tourner vers son assistant. La transmission fut alors quasi parfaite.

— Nous n'avons pas de temps, Andreï, et il n'y a pas de hasard. Il est possible que ce groupe Éden existe. C'est même probable et j'ai déjà ma petite idée sur cette mise en scène. Mais il est possible aussi qu'il ait été téléguidé. Pourquoi précisément cette serre, Andreï ? Pourquoi ? Pourquoi le système de surveillance du laboratoire a-t-il failli, Andreï ? Pourquoi avons-nous les images de ces hommes à l'extérieur et pas à l'intérieur, Andreï ? Pourquoi ? Pourquoi Makartsev a-t-il disparu ? Et pourquoi ai-je l'impression que ces travaux de dégagement n'avancent pas, Andreï ? Peut-être allez-vous me dire pourquoi ?

Il n'y eut tout à coup plus qu'un souffle, glissant paisiblement jusque dans l'oreille d'Ulthémia qui, de partager avec Andreï et son père ce petit moment d'intimité, se sentit très excitée. Un souffle pollué de milliers ou de millions de petits bruissements, frottements, bourdonnements, autant de voix minuscules s'échappant de la nature que l'ordinateur ne maîtrisait qu'à grand-peine. Dans ce silence qu'emplissaient sans cesse ces chuchotements de complot, la jeune fille attendait la réponse de l'homme dont la silhouette s'était courbée à chaque fois un peu plus

va par habitude car c'est l'occasion de prendre la température. celle du baril

sous les reproches qui lui étaient faits à travers toutes ces questions.

— Je ne comprends pas moi non plus.

C'est tout ce que répondit Andreï. Ulthémia était déçue. Très déçue. Au simple écho de son soupir, elle sut que cela n'allait pas plaire à son père.

— Je ne m'intéresse pas à ce que vous comprenez ou non, Andreï. Je veux savoir une seule chose : est-ce que les échantillons sont toujours à leur place ? C'est cela que vous devez comprendre, Andreï, rien d'autre. Est-ce que le système de sécurité du laboratoire a fonctionné correctement et est-ce que les échantillons sont toujours là ?

— Mais, monsieur, personne n'aurait pu entrer dans le laboratoire sans les codes et…

— … C'est très juste, Andreï. Ils n'auraient pas pu. Il ne faut donc pas qu'ils aient pu… Sinon, cela serait très embarrassant pour Makartsev.

Naeliev fit une pause, comme s'il avait fini sa phrase, puis reprit :

— Ou pour vous, Andreï.

Comme sa voix savait être glaciale… Ulthémia, bien à l'abri pourtant, en frissonnait. Elle avait tantôt envie de rabrouer son père, tantôt le désir de rassurer Andreï, mais dans un cas comme dans l'autre elle s'amusait beaucoup de cette scène dramatique et ne regrettait pas sa petite indiscrétion.

— Si quelqu'un a mis un seul pied dans le laboratoire, je ne vous souhaite pas que nous retrouvions Makartsev au fond de ce trou, Andreï. Non, je ne vous le souhaite vraiment pas.

L'assistant releva la tête. Il était blême.

— Comment pouvez-vous douter de moi ?

de brut est d'ailleurs de plus en plus élevée. cela n'inquiète personne, fort

Naeliev fixa longuement Andreï avec, au coin de la lèvre, un petit sourire qu'Ulthémia ne connaissait que trop bien.

— C'est vous qui me faites douter de vous-même, Andreï. Je vous trouve nerveux et fuyant. Votre tête est ailleurs et vous ne semblez pas comprendre qu'il y va peut-être de l'avenir de Mandragore.

Puis il fit demi-tour, sans égard pour Andreï qui ne bougeait pas, semblait pétrifié. Aucune caméra ne permettait de faire à nouveau un gros plan sur son visage et Ulthémia s'en agaça un peu, effectua des demandes répétées que le système se refusait à prendre en compte. Naeliev marchait de nouveau en direction de sa voiture, mais l'écho de ses pas, que les correcteurs n'arrivaient pas à niveler, montait beaucoup trop fort dans le casque de sa fille, qui l'épiait à quelques kilomètres de là. Malgré ces violentes distorsions sonores, Ulthémia sentait que la voix de son père était devenue beaucoup plus légère, comme si, dans ses tout derniers mots, elle venait de déposer ce qui, jusque-là, l'avait rendue sombre et menaçante.

— … Remarqué qu'avec… douceur particulière… végétation anormale…

Ulthémia fut choquée d'entendre son père s'égarer brusquement dans des remarques anodines sur les caprices de la météo, choquée de voir Andreï le suivre sans rien dire, s'apprêter docilement à retourner à son travail de taupe. Elle arracha son casque, laissa le système de surveillance se remettre en veille, se leva et fut de nouveau dans le bureau, ses joues brûlantes marquées par l'émotion. Devant les baies vitrées, elle observa l'immense serre, respira les senteurs dont rien ne passait à travers le carreau, retrouvant peu à peu

heureusement. seul mister when, qui ne cesse de ressasser des exemples de crises

son calme. Mandragore. Quelque chose la ramenait loin, très loin en arrière jusqu'au noir tunnel de l'enfance. Elle ferma les yeux car elle n'avait pas envie de savoir. Pas maintenant. Seule lui importait la trahison de son père, qui n'avait pas eu un mot, pas un seul, pour toutes ces roses disparues dans l'incendie.

qu'on a connues là-bas, a récemment demandé à wealth & wash de fixer

22

— Ça pue, ton truc.

La voix d'Alena n'était pas aimable. Mais Chitchine avait la parade :

— C'est à toi ce truc qui pue… Je l'ai trouvé dans ton sac à main. Moi j'aime l'odeur, ça me rappelle la colle à rustines. Tu t'es déjà shootée à la colle à rustines ?

— J'aime pas que tu fouilles dans mes affaires.

— Ouais, mais j'en avais besoin. C'est à cause de la colle du Scotch… J'en ai plein les doigts et avec ton truc ça devrait partir.

— C'est pour les ongles, pas pour la colle du Scotch. Pour le vernis.

— Pareil.

Dans la voiture, l'odeur d'acétone était forte. Sur le parking, le soleil lustrait les chromes de la 2002. Chitchine avait déniché la petite BMW de collection en arrivant à Paris. Ça l'ennuyait de savoir qu'il allait bientôt devoir la laisser dans une rue ou dans une autre. Pas moyen de garder une caisse plus de quelques jours. Alena s'en foutait, elle n'avait jamais aimé les bagnoles. Son seul amour, c'était Chitchine.

arbitrairement et en dollars le montant maximum supportable ainsi que la date à

Quand il était jeune, il avait gagné le premier prix de danse disco au concours international de Sofia. Ce soir, ils pourraient peut-être aller au King pour prendre du bon temps. Une de ses copines lui avait dit que le King, c'était super. Pour le moment elle regardait dans les jumelles.

— Tu vois quoi, Alena ?

— Des viocs et des bourgeoises avec des paniers. Des fleurs qui puent.

— Et le Grec, il bouge le Grec ?

— Chypriote, pas Grec.

— Il bouge ou il bouge pas ?

— Au café, toujours. Juste allé pisser mais toujours à la même table.

— Al, Pourquoi on le butte pas tout de suite au lieu de lui filer le train depuis hier sans rien faire ?

— Il est pas venu jusqu'ici pour faire du tourisme. Il va forcément reprendre contact avec les autres. Tu vas pas toujours recommencer la même connerie. Si t'avais pas noyé le gros si vite avec son Scotch, on en aurait peut-être appris plus. T'as pas de méthode, Chitchine.

— Tu t'en démerderas la prochaine fois. T'avais qu'à m'aider au lieu de mater MTV…

Chitchine en avait fini avec l'acétone. Il balança les Kleenex roses et maculés de chiures de colle par la fenêtre et fit un doigt à une vieille à laquelle ça n'avait pas l'air de convenir. Il regarda ses mains et en parut satisfait. Il épousseta sa veste en satin avec une bande blanche qui prenait la manche en enfilade. Aussi cool qu'un survêt, mais vraiment la classe. Sur la poche, il avait collé un écusson brodé où on lisait « Fuckin

laquelle il devrait être atteint. tous les partners attendent sans trop

Freezing » et un autre, plus gros avec des couleurs, marqué « Mountain keeping hot ». C'étaient vraiment de chouettes écussons.

— Passe-moi les jumelles. Je veux voir.

Alena obtempéra et se tourna vers lui.

— T'as pas faim, Chitchine ?

— Ouais, j'ai faim. Tu nous trouves des hot-dogs, je sens l'odeur. Il doit y avoir des hot-dogs. Des frites aussi.

Chitchine écoutait son ventre qui gargouillait parce qu'il était presque midi et observait dans les jumelles. Le Grec regardait sa montre assis devant un café. Il buvait trop de café, ce Grec, et il regardait trop souvent sa montre. De l'autre côté de la rue, des tentes en plastique, blanches, étaient installées derrière les grilles du Parc.

Floralior
28e ÉDITION
24 au 28 juillet

Avec une fleur plantée dans le « O » de Floralior. Ce Grec, pensait Chitchine, avait de la chance. Il y a longtemps qu'il aurait pu l'empêcher de boire autant de café. Voir ou tuer, c'est pareil. À cette distance, même pas la peine de descendre de bagnole. Mais il avait trop vite noyé le gros, Alena avait raison. Le seul dont la vidéo du système de surveillance avait fixé le visage. Parce qu'il était gros, qu'il avait trop chaud et qu'il avait enlevé sa cagoule. Et il l'avait troué un peu vite. Sans avoir les adresses du reste de la bande. Alena avait raison, mais il ne voulait pas le reconnaître. Il s'était énervé parce que ce Storensen s'était

d'impatience le résultat de leurs calculs. en attendant, et maintenant que le

pris pour un héros… On ne pouvait plus avoir confiance. Ils avaient ensuite perdu un temps considérable avant de mettre la main sur son foutu carnet et de réussir à déchiffrer son écriture de gros. Une journée pour faire Oslo-Nicosie et apprendre que le Chypriote avait mis les bouts pour Paris. Beaucoup moins pour convaincre sa sœur de donner l'adresse du foyer communautaire où se retrouvaient les sympathisants de la cause altermondialiste et récupérer une photographie récente de son frère. Alena savait y faire avec les filles. Chitchine avait trouvé la sœur sexy et ça l'avait rendue folle de jalousie. À l'aéroport, il lui avait offert une nouvelle Game-boy et Alena lui avait pardonné. Un jeu sympa où il fallait livrer des pizzas avant qu'elles refroidissent et des tas de trucs vous empêchaient de faire ça correctement. Rien que d'avoir repensé à ça, son estomac se remit à geindre. Depuis hier, ils filaient le train de Glafkos Dimitriadis, bouffaient et dormaient dans la voiture. La sœur du Grec avait bavé entre deux caillots : il avait rendez-vous avec d'autres à Paris. Alena avait un peu insisté mais « les autres » étaient restés des autres. De l'avis de Chitchine, elle s'était acharnée par pure jalousie. Quand la boîte est vide, la boîte est vide.

— J'ai pris ketchup et moutarde mélangés. Ça te va ?

— Et les frites, t'en as trouvé ?

— Des chips.

— Nase.

Première bouchée et la tache avait frappé la chemise de Chitchine en plein jabot. Ketchup et

décor est prêt, découvrons mister which qui, hormis la plongée en apnée, a un

moutarde mélangés. Et ils s'engueulèrent parce qu'elle n'avait pas pris de serviettes en papier et qu'elle avait de la chance que ça ne soit pas tombé sur sa veste. Alena lui colla la main entre les cuisses et ça le calma dix secondes jusqu'à ce qu'il ait envie d'aller éclater la gueule du connard des hot-dogs qui ne savait pas faire correctement son boulot. Elle lui promit monts et merveilles pour l'adoucir et il lui dit qu'elle avait intérêt à ne pas lui laisser de traces de rouge à lèvres sur son nouveau Rica-Lewis. Elle commença par la tache de ketchup.

⁂

Sensini jeta dans la poubelle le papier qui avait plus ou moins bien contenu la mayonnaise de son poulet-crudités, puis se dirigea, les doigts graisseux dans le soleil d'été, vers le salon floral. D'après Dragulescu, qui lui avait à peine laissé le temps de rentrer de sa visite chez Naeliev, le lieu du rendez-vous ne faisait aucun doute. Il avait vérifié dans les petits secrets de Hearing ce que le protocole d'urgence établi par le groupe prévoyait en cas de coup dur. Le reste n'avait été qu'affaire de recoupements. Un nouveau cultivar répondant au nom de *Lost Paradise* serait bel et bien présenté à l'occasion du 28e Floralior, le salon annuel de l'association française des obtenteurs de roses, qui se tenait à Paris et débutait aujourd'hui. Sensini, sceptique et moins enclin à jardiner avec Adibou que son assistant, s'en était cependant remis à ses déductions.

Roman, en chemisette de camouflage, tout hibiscus rouge sur fond bleu, sirotait à la paille un Coca déjà

faible pour la pêche au gros. ainsi, mister whose et lui-même se sont levés aux

tiède. Deux secondes avant de poser sa question à la fille de l'accueil, Sensini hésitait encore. Dragulescu pouvait-il bien s'y connaître à la fois en informatique, en climatiseur, en poésie et en botanique ? Sans même marquer un signe d'hésitation, la jeune femme se plongea dans un répertoire spiralé et alphabétique. Sensini voyait maintenant son doigt verni parcourir les listes des fleurs et plantes présentées au salon, trajet rapide et expert qui prit fin en marge du nom *Lost Paradise*.

— Allée C, monsieur, stand 8.

— *Rosa rugosa Lost Paradise* ?

— C'est bien ce que vous m'avez demandé, non ?

— Oui, oui… Je vous remercie.

Roman haussa les épaules, déçu de ce que Sensini puisse persévérer dans son incrédulité face à l'évidence de la réponse que la jeune femme venait de leur donner. Il gratifia l'hôtesse d'un sourire large et reconnaissant, puis, grand prince, invita Sensini à le précéder dans l'allée centrale.

— C'est bon, Roman. Je verrai ce que je peux faire pour vous obtenir la médaille du Mérite agricole. La rosette serait du meilleur effet à la boutonnière de votre chemise.

Autour d'eux, le petit royaume des jardiniers butinait parmi les potées fleuries et les étiquettes savantes, qui tentaient de nommer un règne végétal malmené par les apprentis-sorciers en salopettes et chapeaux de paille. Des couples endimanchés, élevant avec plus de facilité leurs bégonias que leurs adolescents gothiques, goûtaient au plaisir dominateur de l'art des jardins, œuvraient à la construction d'un éden à leur

aurores pour apprécier ce lever de soleil inoubliable, même s'il est chaque

mesure, pavé d'allées proprettes, ailleurs proche dont ils détiendraient la clef, à quelques heures de la grande cité qu'ils ne supportaient plus mais ne quitteraient jamais.

Sensini se rappela qu'il n'avait chez lui ni plante ni animaux et que le seul végétal qui ait jamais franchi la porte de son appartement, des petits pois, l'avait fait dans une boîte de fer-blanc. Comprendre comment il avait fini par échouer dans ce département d'Interpol le laissait perplexe.

Sensini avançait entre les différents stands, abandonnant son regard aux couleurs affolantes de ce monde végétal que l'homme se donnait l'illusion d'avoir domestiqué, mais qui toujours finirait par défier l'ordre qu'on tentait de lui imposer. Qu'on laisse la ville déserte ne serait-ce que dix années et ces serres tropicales feraient éclater leurs verrières pour gagner les berges humides, les parcs déborderaient leurs grilles pour coloniser les avenues, les ronces et les lierres monteraient à l'assaut des façades. Le bel ordonnancement d'asphalte serait rongé d'herbes folles faisant éclater le sol. En quelques années, la nature saurait réaffirmer que le passage de l'espèce humaine n'était que de courte durée et que ce monde végétal poursuivrait sans elle sa marche paisible, témoin sans mémoire d'un monde aux vanités dérisoires. Sensini repensait à la fille de Naeliev lui expliquant le désarroi du missionnaire Las Casas face aux Indiens d'Amazonie rétifs à l'évangélisation, face à cette montée de sève végétale qui contaminait les âmes, cet élan sexuel du vivant que rien ne parvenait à endiguer, refermant en quelques jours les chemins

matin rigoureusement identique à celui du jour précédent. d'ailleurs, peut-être qu'on ouvrait, étouffant les parcelles qu'on avait mis des semaines à défricher, cette végétation de plantes aux feuilles lourdes et ruisselantes d'humidité, aux parfums suaves et entêtants.

Les incroyables variations sonores que Dragulescu parvenait à tirer d'une canette de Coca avec l'aide d'une simple paille le ramenèrent à une autre réalité. De quelle énergie Roman n'était-il pas capable dans l'espoir de récupérer les dernières gouttes du précieux nectar ?

⁂

Alena faisait de chouettes petits bruits avec sa bouche, tout en s'appliquant à ne pas coller du rouge intense de chez Dior sur le Rica Lewis de Chitchine. Tout en contemplant sa nuque mouvante, Chitchine se disait qu'il l'aurait bien baisée dans la bagnole, mais le Grec allait en profiter pour se casser et ils avaient déjà perdu pas mal de temps. Ça serait pour plus tard. C'était déjà pas mal comme ça et ça le détendait pendant qu'il continuait à mater dans les jumelles.

Une fille était en train d'acheter un ticket à l'entrée du salon Floramerde et il vit le Grec se lever précipitamment. Dans sa hâte, il avait accroché le bord de la table et la tasse était tombée sur le carrelage. Chitchine n'avait pas le son, mais il voyait que la patronne du bar gueulait. Le Grec s'en foutait. Il avait déjà filé. La fille avait disparu à l'intérieur du salon, mais Chitchine était maintenant sûr d'une chose : cette gonzesse collait tout à fait avec le souvenir qu'il avait gardé de la vidéo de surveillance que leur avait transmise Naeliev.

La perspective imminente de l'action stimula sa production d'adrénaline. Il mit un peu du sien pour gagner du temps et Alena comprit que ça urgeait. Le spasme parcourut l'échine du Rica Lewis et Chitchine serra un peu plus fort la paire de jumelles.

Lorsque Alena releva la tête, il souriait. Il n'avait plus l'air de lui en vouloir pour la tache. Une excitation nouvelle combattait pourtant déjà la mollesse béate de son corps satisfait.

— Laisse tomber les finitions, Al, le Grec est en train de filer le train à une fille à l'intérieur du salon. Faut speeder.

Alena détestait bâcler.

— Tu m'emmèneras au King ce soir ?

— On torche ça rapide et après on va où tu veux.

Cette fille, il ne pouvait jamais rien lui refuser. Quand elle marchait à côté de lui et qu'il voyait le chrome de son flingue qui brillait dans son sac à main, il se sentait vraiment cool. Elle avait une chouette minijupe écossaise et des mi-bas résilles. La même paire de pompes que Uma Thurman dans *Kill Bill* et un piercing dans le sourcil droit. Les cheveux plus courts que les siens, presque blancs. Cette fille avait vraiment la classe.

La vieille des tickets leur jeta un regard étonné et fit la grimace devant la grosse coupure que Chitchine posa sur la planche de la guérite. Il l'obligea à répéter deux fois son truc sur les réductions étudiants et Alena se marra. Chitchine lui fit deux doigts et la vieille comprit qu'ils voulaient deux tickets.

apercevez à bord de leur yacht, sur cette carte postale qu'un ami vous a récemment

À l'intérieur, c'était plein de fleurs puantes. Chitchine trouvait que la jupe d'Alena s'accordait mal aux couleurs poisseuses qui lui collaient à la rétine. Toute cette nature lui donnait envie de gerber et il sentait au fond de sa gorge l'acidité de la moutarde qui se mêlait au sucre rose du ketchup. Ce hot-dog était vraiment dégueulasse. Glissé sous sa ceinture, l'Uzi le contraignait à se tenir droit et c'était assez bon de sentir ça au milieu de toute cette guimauve molle et verdasse. Il réajusta ses lunettes de soleil lorsqu'il repéra le Grec et enfila à la main gauche un gant de cuir fin et fauve. Une seule main. Dans sa tête, ça swinguait *I love you Baby*, pareil que dans le film de Cimino, quand Johnny et ses potes jouent au snooker et boivent de la bière avec les filles parce qu'ils vont partir en vacances au Viêtnam. Dans le regard d'Alena ça disait « Cool, mon Chitchine, on doit récupérer ce type et son rencard ». « Cool, Baby » et aussi *I love you*, mais Chitchine se déliait les doigts et elle voyait bien que ce n'était pas le moment de lui faire la morale. Ça agaçait Chitchine toute cette morale à la con. Ce Grec aussi l'agaçait avec ses auréoles qui puaient la trouille et ses binocles d'intello communiste. Il remontait rapide et souple dans le sillage que Glafkos creusait au milieu de la foule. Alena était à deux pas de lui et ses yeux brillaient de voir la démarche élégante de Chitchine qui avait déjà l'air de danser rien qu'en marchant. Elle le vit coller au dos du colosse et savait que déjà il lui susurrait à l'oreille une petite phrase douce. Au creux de ses reins, le Grec avait déjà compris qu'il fallait éviter de faire des gestes brusques. Il n'essaya même pas de se retourner.

envoyée de saint-domingue, des îles grecques ou de miami. cette jolie carte que

Alena voyait son regard affolé chercher en vain une aide dans ces visages lisses et heureux que seuls passionnaient les dégueulis orangés des bégonias pendula.

— Les serres Naeliev, Zorba, ça doit sûrement te dire quelque chose, non ? Alors on va tranquillement retrouver ton rencard et on ira discuter de tout ça là où il y a un peu moins de passage. C'est pas une belle idée ça, Zorba ?

Et du bout de son flingue, Chitchine dessinait au bas du dos du Chypriote les points d'interrogation qui ponctuaient ses phrases. Glafkos entendit sa propre voix dire des trucs idiots : que si ce type était de la police, il voulait voir sa carte, qu'il ne savait pas ce qu'on lui voulait, qu'il n'avait rendez-vous avec personne. Il sentait le flingue frotter contre ses vertèbres. Devant lui, une fille en jupe écossaise le matait en mâchant du chewing-gum. Glafkos se dit qu'elle devait sentir que quelque chose se passait. Des yeux – mais comment dire avec les yeux un truc pareil ? –, il tenta de lui montrer qu'il avait besoin d'aide. Mais la fille se contenta de le regarder en mâchant son chewing-gum tout en approchant de plus en plus près de son visage. Cette conne était foutue de lui demander l'heure sans même se rendre compte de la situation.

— Y a quelque chose qui va pas, m'sieur ?

Et de son chewing-gum, elle fit une grosse bulle rose qu'elle aspira vivement avant quelle n'éclate. Glafkos ferma les yeux. Personne ne lui avait jamais dit comment on pouvait répondre à ce genre de questions dans la situation qui était la sienne. La sueur

vous avez accrochée contre la porte de votre réfrigérateur avec un magnet en forme couronnait son front de Christ aux outrages, sa chemise devenait transparente, les images tournaient manège. Derrière lui, il entendait le type ricaner et ses gloussements faisaient trembloter le revolver.

— Je crois que vous devriez arrêter de bouger comme ça avec les yeux, m'sieur, parce que quelqu'un pourrait croire que quelqu'un est sur le point de vous éclater le bas de la colonne vertébrale avec un trente-huit. Vrai, m'sieur, c'est tout à fait ce qu'on dirait.

Tout autour d'eux, avides de bulbes charnus et de boutures fraîches, les visiteurs passaient et les fleurs aux couleurs vives éclataient dans un silence transparent. Aux oreilles de Glafkos ne parvenait plus qu'une rumeur ouatée, un chuchotement de foule indifférente.

— Qu'est-ce que vous me voulez ?

— Cool, Zorba ! Cool ! Tu veux voir ma carte, c'est ça ? Fais lui voir ma carte, Al, fais lui voir. Il ira mieux quand il aura vu ma carte.

— Ta carte ?

— Ma carte, Al ! Dans mon portefeuille, montre-lui…

Sous le Rhodoïd transparent, on voyait une carte de membre d'honneur du Gogo's bar de Miami et un Polaroid déteint d'Alena à poil, debout sur un comptoir de bar.

— T'es rassuré, maintenant, Zorba ? Tu vois bien qu'on n'est pas de la police ! On veut juste récupérer un petit truc que tes copains et toi avez embarqué sans bien vous rendre compte que c'était important. Après ça, tu nous oublies, on oublie que vous avez joué avec

de bouteille de coca-cola. si vous tendiez l'oreille vous pourriez peut-être

des allumettes et tu peux sagement retourner à ton jardinage.

— Vous êtes complètement dingues… Je ne sais rien de tout ça.

— Il est assez con, ce type, non ? Explique-lui, Al, que s'il ne sait rien, il a aucun intérêt et que s'il a aucun intérêt je vais lui faire des trous partout, juste parce que je supporte pas ses lunettes de connard d'intello bio-merdique et son front de chauve trop large. Tu crois qu'il peut comprendre un truc simple comme ça, ce connard de Grec ? Dis-lui, ça, Al. Tu veux bien, mon sucre, lui traduire ?

Alena, adorait quand il l'appelait mon sucre.

— Eh, connard ! ? Mon copain dit que si tu craches pas rapide, tu vas aller *illico* voir les fleurs pousser par en dessous. Tu comprends, ça ? Magne-toi, mec, j'aimerais bien me reposer un peu avant d'aller danser…

Glafkos ne comprenait rien sauf que ces dingues savaient pour les serres Naeliev et qu'ils avaient l'air suffisamment allumés pour le descendre au beau milieu du salon floral. Peut-être prendraient-ils même le temps d'acheter un bouquet avant de se casser. Le flingue lui entrait dans les côtes et la fille continuait à mâcher son bubble-gum. Il fallait qu'il trouve quelque chose pour gagner un peu de temps. Au moins ça. Iva Neves devait l'attendre devant le stand C8 et si elle ne le voyait pas, elle partirait. C'était mieux comme ça. Pour Iva.

— J'ai pas ça ici.

— Pas quoi ?

— Ce que vous cherchez. Ce qu'on a embarqué.

— T'es pas clair, Zorba. On dirait pas que t'as ce qu'on cherche.

— Déconnez pas. Je vais vous le donner. Il suffit de retourner au foyer.

— Et ta copine ? Tu vas quand même pas poser un lapin à la fille que t'as suivie dans le salon sous prétexte que t'as trouvé deux vieux potes en chemin ? Elle aussi ça lui ferait plaisir de nous rencontrer, pas vrai Al ? On ira tous ensemble boire un coup là où tu crèches. C'est plus cool comme ça, Zorba, non ?

La fille au piercing avait l'air de s'ennuyer. Elle avait attrapé un œillet de poète rose vif qu'elle martyrisait du bout des ongles qu'elle avait nacrés, brillant de paillettes bleues.

— On se fait chier avec ce nase, Chitchine. Fais quelque chose, on va pas passer la journée là…

Pour faire plaisir à son sucre, Chitchine commença à compter. Tout doucement, du bout des lèvres tout contre l'oreille du Grec. Il ne savait pas très bien s'il irait jusqu'à dix. Peut-être seulement jusqu'à cinq, même s'il savait compter jusqu'à beaucoup plus que ça. C'était un chouette chiffre, cinq.

Il en était à quatre lorsque Iva Neves apparut par-dessus la marée de têtes que Glafkos dominait de sa haute taille. Du bout de l'allée, il la voyait se diriger droit vers eux. Elle ne l'avait pas encore vu car une grosse femme en robe blanche faisait écran. Pour quelques secondes encore.

⁂

tonifiante. bien qu'ils aient tous deux dépassé l'équivalent de la soixantaine, ils

Sensini avait attendu un moment sur le stand C8. Avait lu attentivement, pour se donner une contenance, les fiches des différents cultivars présentés, au milieu desquels la *Lost Paradise*, une rose anglaise d'une blancheur transparente et d'un parfum farouche, occupait une place de choix. Croiser une *Rugosa Hansa* et un *Hybride Anglica* avait demandé à Edmond Goudier, obtenteur obstiné et patient, de nombreuses années de travail.

— Un ouvrage, longtemps mal récompensé, cher monsieur, car la nature était rétive à ce mariage d'une vierge blanche et d'un chasseur au parfum de musc giboyeux. Mais, comme vous pouvez le voir, le résultat a aujourd'hui dépassé toutes mes attentes !

Roman avait l'air vivement intéressé par les exploits du type à l'œil égrillard. Il écoutait les aventures de la vierge et du chasseur avec un bonheur d'enfant devant Boucles d'Or. Il avait l'air d'ignorer, dans son innocence d'éternel gamin, le spectacle que la pucelle aux jupons troussés offrait aux visiteurs, sa fleur ouverte présentant une corolle soyeuse et suave.

Sensini ne put s'empêcher de penser qu'une tache posée sur les lèvres de la belle n'en aurait que rehaussé l'éclat. Mais il détourna rapidement de lui cette idée qui, insensiblement, l'avait ramené dans les allées tortueuses des serres Naeliev et de son énigmatique maîtresse.

— Cela devait être comme ça, jeune homme, le paradis d'avant la chute ! Des fleurs éternellement jeunes que la flétrissure ne touchait jamais, des forêts de fleurs blanches et fraîches que la nudité n'effrayait

ont toujours veillé à garder une forme et un physique de jeune premier. le ventre

pas et qui ne demandaient qu'à s'offrir ! Vous ne croyez pas, jeune homme, que les fleurs de l'Éden devaient ressembler à ma *Lost Paradise* ?

Pendant que Roman réfléchissait sincèrement à la réponse à apporter à une aussi déroutante question, Sensini suivait du regard – tout en feuilletant un catalogue présentant les plus belles réussites d'Edmond Goudier –, une jolie fille d'une trentaine d'années qui tournait à proximité du stand avec un air qui ne trompait pas. Au milieu de ce public badaud, sa nervosité et ses lunettes noires faisaient tache. La montre qu'elle ne cessait de consulter l'intéressait à l'évidence beaucoup plus que les roses présentées. Une dizaine de minutes s'écoulèrent avant que la fille, manifestement troublée par sa présence, ne se décide à s'éloigner.

Discrètement, Sensini lui emboîta le pas, plantant là un Roman embarrassé et préoccupé par la métaphysique d'Épinal, troublé par l'imagination fertile de l'obtenteur.

Le grand nombre de visiteurs rendait sa filature aisée, mais malgré tout, il n'était pas tout à fait sûr que la fille ne l'avait pas repéré. Elle s'était retournée à plusieurs reprises et sa nervosité devenait plus visible encore. Elle semblait tout à la fois chercher et redouter quelque chose ou quelqu'un. Elle remontait l'allée centrale d'un pas rapide que les visiteurs ivres et titubant de parfums et de couleurs contrariaient par des démarches que seuls guidaient le plaisir et la curiosité, lorsque Sensini la vit s'arrêter brusquement, dans le même temps qu'un hurlement de géant déchirait le corps dolent du salon floral. À l'autre

surtout. ils ont toutes les raisons d'être satisfaits mais parfois, sous ce soleil de

extrémité de l'allée, une tête que la marée des visiteurs portait au-dessus d'eux comme au bout d'une pique ouvrait une bouche immense, gueulant un « Tire-toi Iva ! » que la fille reçut comme une pierre.

Un coup de feu éclata sur la dernière syllabe du prénom, puis d'autres hurlements, de panique et d'effroi, de femmes et de gosses, succédèrent au vertige de stupeur silencieux que la détonation avait creusé. Une clairière se fit au milieu de l'allée, ressac immobile qui laissa à Sensini le temps fugitif d'apercevoir le corps titubant de celui qui venait de crier s'effondrer sur l'allée blanche et poussiéreuse. Un deuxième coup de feu suivit, qui cloua par le front les ultimes soubresauts du colosse. Sa cervelle gicla sur les bouquets parfumés et les jardinières vernissées. Les hurlements montèrent d'un cran et déjà les visiteurs s'entravaient les uns dans les autres, piétinant les plus faibles, fuyant sans savoir quoi, sans savoir où, dans le même temps qu'ils écrasaient les fleurs et renversaient les étals.

Au milieu du chaos qui grandissait, Sensini percevait comme au ralenti la fuite précise de la femme qu'il avait suivie, son souffle figé, ses lèvres mordues à saigner. Leurs regards se croisèrent et ce fut comme s'ils se reconnaissaient. À l'arrière-plan, un homme longiligne très calme et souriant, une arme à la main, se tenait derrière le corps de celui qu'il venait d'abattre et ajustait déjà son arme en direction de la fille. Sensini courait. Tous deux roulèrent à terre alors que d'autres coups de feu passaient en sifflant au-dessus de leurs têtes. Sensini aussi hurlait. Aux

rêve, la neige leur manque. il y a si longtemps qu'ils n'ont pas skié dans la poudre

oreilles de la fille, qui se débattait et refusait de rester à terre. Il avait sorti son arme, mais au bout de l'allée, c'était maintenant par rafales qu'il voyait les pots et les bouquets fauchés. La femme en robe blanche de tout à l'heure titubait, le visage ensanglanté, le coton ruisselant par toutes ses taches. Debout sur les tréteaux d'un stand, une fille en minijupe écossaise semblait danser parmi les fleurs renversées, frappait du pied en rythme sur la planche souple tout en ajustant les fuyards qu'elle abattait comme à la fête foraine. Une odeur d'herbe verte et de sueur, crue comme du sang, flottait dans l'allée. La fille que Sensini tenait contre lui se dégagea alors qu'il tentait d'ajuster son tir, s'enfila sous les toiles de tente. Sensini hésita à la suivre, concentra ses efforts sur les tireurs, gueulant réglementairement et inutilement un « police ! » dont les deux autres avaient l'air de se foutre éperdument. Derrière lui, il entendit une quatrième arme et aperçut Roman, agenouillé derrière une gerbe sanglante de glaïeuls. Il tirait avec méthode, comme on tire les ballons.

La minute qui s'était écoulée depuis le premier coup de feu prit fin. Les détonations cessèrent. Le type en noir et la fille avaient disparu. À côté du premier cadavre, il y en avait d'autres maintenant, la grosse femme en robe désormais rouge, un type en short, la tête baignant dans une botte de cresson bleu, plié sur un bac de pivoines roses. Roman était là, à côté de lui maintenant, qui lui demandait, haletant, s'il n'était pas touché et ce qui s'était passé. Sensini se releva et remit son arme dans son holster. Sa main tremblait et sa voix était blanche.

des rocheuses ou à saint-moritz.

— L’enfer, Roman. Le contraire du jardin d’Éden. Et j’ai malheureusement peur que nous n’en soyons qu’au premier cercle. Appelez les secours et faisons boucler le quartier.

– vous connaissez cette histoire de l’indien et du bûcheron ? demande which à

23

Iva Neves avait roulé droit devant elle, sans chercher à comprendre, frôlant l'accident à plusieurs reprises parce qu'elle était incapable de détacher ses yeux du rétroviseur. Les voitures qui la dépassaient lui faisaient à chaque fois craindre le pire et elle ne savait pas si elle devait se tourner pour voir ou plutôt tenter de dissimuler son visage. La plupart du temps, elle faisait les deux. Et c'était la même chose maintenant qu'elle avait pris place dans ce café qu'elle ne connaissait pas, dans ce quartier de la ville qu'elle ne connaissait pas. Car elle s'était tout d'abord rendue chez elle mais n'avait pas pu rester. Elle avait pourtant trouvé une place où garer sa voiture, à quelques mètres de la porte. Puis beaucoup de temps s'était passé avant qu'elle n'ose en sortir. Le courage lui était venu avec le soir. Pour ne pas s'attarder sur le palier, elle avait sorti les clés de son sac et les portait devant elle comme une arme dérisoire. Le couloir de l'immeuble était désert et noir lorsqu'elle y avait pénétré. Elle avait commencé à monter les escaliers sans mettre la minuterie en marche. L'obscurité lui donnait l'illusion de ne plus être une proie aussi facile.

Et puis, à peine avait-elle monté quelques marches que la lumière avait jailli et que le pas d'un homme, un pas lourd, pesant, avait résonné sur les marches de bois, il lui sembla que c'était au niveau du troisième palier. Le sien. Elle avait retenu son souffle un bref instant, revu le cadavre de Glafkos tressauter comme un pantin dans l'allée du salon floral et s'était mise à dévaler l'escalier. Dehors, instinctivement, elle s'était dirigée du côté de chez Mario, le café du boulevard où elle avait ses habitudes. Mais alors qu'elle allait y pénétrer, un type au comptoir avait levé le nez de son verre et l'observait avec de petits yeux injectés d'alcool et un léger, très léger sourire. Elle connaissait bien les habitués de Mario, qui plaisantaient souvent et lui servaient quelques compliments plus ou moins bien tournés sur sa tenue du jour, mais elle n'avait jamais vu celui-ci au comptoir. Jamais. Jörg avait disparu, ils avaient retrouvé Glafkos et il était mort maintenant. Ils connaissaient le code de leur rendez-vous secret, à moins qu'ils ne l'aient suivie, elle, qu'ils ne sachent tout de ses manies et de ses itinéraires à travers la ville, de son domicile à chez Mario, du petit café au laboratoire de recherche dans lequel elle se rendait chaque jour, tout peut-être de ses sorties et de ses fréquentations. Elle avait de nouveau sauté dans sa voiture, embouti le parc-chocs du véhicule qui se trouvait devant le sien en faisant sa manœuvre et attiré l'attention de quelques passants en démarrant en trombe dans cette rue d'ordinaire si calme. Modérant son allure, essayant par-dessus tout de réfléchir et de comprendre ce qui lui arrivait, elle avait fait plusieurs fois le tour du boulevard périphérique avant de choisir une porte d'entrée au sud de la

– non, je ne pense pas, répond mister whose. mais ce serait avec plaisir que je

ville et d'échouer dans ce petit café-restaurant, une table tout au fond, contre le mur décoré d'un filet de pêche, où elle avait déjà consommé un café et deux verres de cognac. Avec le tabac, cela lui donnait mauvaise haleine. Un goût chargé qui lui revenait dans les narines. Elle aurait voulu mâcher un chewing-gum et retourna tout son sac. Elle alluma une autre cigarette. La radio jouait très fort une succession rigoureuse de sketchs comiques et de chansons plus débiles encore. Les clients au comptoir se marraient de temps en temps mais l'un ou l'autre en connaissait une bien meilleure encore et là tout le monde rigolait vraiment. Sauf Iva Neves. Elle sentait leurs regards en coin et qu'ils n'aimaient pas cela qu'elle ne rigole pas avec eux. Tu parles d'une bêcheuse celle-là, voilà ce qu'ils disaient à travers des signes et des clins d'œil dont ils pensaient que, là où elle était, elle ne pouvait pas les surprendre. Mais ils se trompaient. Les sens d'Iva Neves étaient ceux d'une bête aux abois. Une porte qui s'ouvrait, une autre qui se refermait, ce type-là qui sortait des toilettes en lui faisant un sourire, son briquet qui ne voulait plus marcher… Elle était constamment alertée par mille et une sensations de dangers qui semblaient se donner la main pour danser autour d'elle une ronde infernale. La plupart étaient inventés. Les autres, ridicules. Après une dernière bien bonne, c'était aux bonbons Carambar de vous offrir l'heure. Les informations elles aussi ressemblaient à une blague. Le journaliste payé pour être hilare n'avait retenu de l'actualité du monde que le retour en équipe nationale d'un joueur de football qui, à lui seul, incarnait la politique d'intégration des quelques millions d'immigrés du pays et promettait en

l'entendrais.

bonus un dossier spécial sanglant sur la tuerie du Floralior. Iva Neves sursauta si violemment que le patron s'approcha d'elle, croyant qu'elle voulait commander quelque chose. Elle avait envie de vomir mais se sentit obligée de reprendre un verre. Le patron revint avec un troisième cognac et de l'eau gazeuse, pendant que sa femme allumait la télévision grand écran qui trônait au fond du bar, à côté du classement de la D1 après la dernière journée de championnat. L'attrait du sang était le plus fort. On voulait l'image et la couleur en plus du son.

Pourtant, d'une chaîne à l'autre il n'y avait rien à voir du Floralior. En direct ou en différé. Quelques témoins qui n'avaient rien vu mais étaient tout de même en état de choc, le responsable de la cellule psychologique qui dissertait une fois de plus sur les conséquences traumatiques de ce genre d'événement, et puis tout de même un sinistre ballet d'ambulances qui emportaient des morts et des blessés. Iva Neves ne put se retenir, laissa couler ses larmes en pensant à Glafkos, froid dans l'une de ces housses hermétiques qu'on avait aperçues dans un coin de l'écran, derrière le journaliste rappelant méticuleusement l'enchaînement des faits, tel un détaillant obscène du grand commerce médiatique. Le bilan faisait état d'au moins trois morts et d'une dizaine de blessés, dont deux dans un état grave. C'était complètement dingue. Il y avait eu l'action du groupe Éden, puis la compagne de Hearing et ses deux filles retrouvées mortes, Jörg disparu, Glafkos mis à mort par ce type devant ses yeux, ce type qui avait aussi tiré sur elle. Elle serait morte si le flic ne l'avait pas renversée en hurlant « Police ! ». Elle entendait encore le « s » siffler en même temps que les balles, sentait le choc de la rencontre avec le sol et le corps de cet homme qui s'était affalé sur elle un flingue à la main. Elle n'avait jamais vu un revolver d'aussi près ni le masque de la peur sur le visage d'un homme.

Les forces de l'ordre défilaient maintenant devant la caméra, sommées de commenter le fait divers pour que la communion avec les habitués de la messe du vingt heures soit totale. Rester discret tout en bavardant, rassurer en rappelant le dispositif mis en place, évoquer d'autres tueries similaires, privilégier la piste d'un acte de folie meurtrière sans pour autant écarter la thèse de l'attentat…, les flics eux aussi disposaient désormais d'excellents conseillers en communication. Seul l'un d'entre eux, pourtant présent sur place lors de la fusillade, c'est du moins ce que s'était laissé dire le journaliste de source vaguement sûre, avait refusé d'apporter son témoignage ou de faire une quelconque déclaration. Dans une courte séquence enregistrée, on le voyait maintenant porter une main devant son visage pour se protéger de l'indiscrétion médiatique puis repousser assez vigoureusement l'œil de la caméra dont l'image vacillait un instant dans le vert des plantes, à l'entrée du salon. Il se dirigeait ensuite vers une voiture banalisée dans laquelle l'attendait un autre flic plus jeune qui, à travers la vitre, ressemblait à un touriste en tenue de vacances. Le journaliste n'oublia pas de citer le nom de l'officier d'Interpol avant de rendre l'antenne. Dans le café, on baissa le son pour le reste des nouvelles. Iva Neves ralluma une cigarette et inhala le plus de fumée possible. La tête lui tournait et son verre de cognac était encore vide. Dans l'épaisse noirceur du cauchemar qui la tenait

courtoisie en font un partner très apprécié des autres membres du complex.

éveillée, le nom de Renzo Sensini – ce nom que portait le visage de celui qui l'avait jetée au sol pour lui sauver la vie – fut tout à coup comme un petit, tout petit point de lumière.

mais revenons à l'histoire de which qui a l'air de s'impatienter.

24

— Est-ce que tu m'aimes, Chitchine ?

— Ouais, c'est cool, avec cette jupe. Tu devrais réessayer le tee-shirt jaune avec les canards. J'aime bien le tee-shirt avec les canards.

Chitchine était vautré dans le canapé rose nacré acheté à crédit par Thomas Hearing et sa compagne, les jambes repliées, ses mocassins vernis prenant appui sur la table basse du salon. Derrière lui une fleur de sang séché explosait, immobile, sur le papier peint.

— Moi… Est-ce que… tu m'aimes, moi… ?

Elle marquait des pauses entre les mots parce que c'était difficile de mettre du Rimmel tout en parlant. Devant la glace, elle avait les sourcils en circonflexes, genre je découvre mon clown.

— Ça va, j'ai compris. Je te dis ce que j'en pense, c'est tout. Maintenant, tu fais comme tu veux.

Alena haussa les épaules, repassa le tee-shirt.

— C'est dingue, Al, que tu puisses entrer dans les sapes d'une gosse de dix ans. Tu devrais bouffer

– un jour, un bûcheron se rend dans la grande forêt canadienne pour faire son bois

plus… C'est pas normal que tu tiennes là-dedans. C'est parce que t'as pas de seins.

Alena lui fit un doigt, puis roula un peu du cul devant le miroir pour ajuster sa jupe.

— Pourquoi t'as voulu qu'on vienne là ? C'est du vice, mon Chitchine. J'aime pas cet endroit. On n'a pas assez merdé comme ça ?

— C'est trop tôt pour le King et j'en ai ras le bol de l'hôtel et de la bagnole. J'aime bien voir la maison des gens que je dois buter, on fait connaissance. Mets un peu de musique, Al.

— Pas envie. Emmène-moi boire un coup avant.

— Le bar est à côté de toi.

— Moi, quand je vois ce clapier, je comprends que ce mec ait fini par buter sa femme et ses gosses. Faudra pas faire de gosses, mon Chitchine.

Dans la pile de CD, Alena avisa une compil d'Elvis et le King entonna *Love me tender*. Le gloss faisait briller ses lèvres. Elle posa la bouteille de Four Roses devant Chitchine et une boîte de crackers au curry.

— Tu vois, Al. Je l'ai dit à Naeliev. Elle pue la merde, cette histoire.

— C'est ce vieux qui pue la merde, Chitchine. Ce type a toujours le Rideau de fer qui lui passe au milieu de la tête. Faut vraiment être parano pour trouver à ces types du groupe Éden des gueules de James Bond.

— Je suis sûr que les deux qu'on a butés n'étaient pas au courant de ce que Naeliev cherche. Mais je vois pas ce que les flics foutaient au salon floral.

Alena avait réponse à toutes les questions de son homme :

— Des keufs, y en a partout. Pourquoi il y en aurait pas dans les fleurs ?

d'hiver. tout à son affaire, sciant et tronçonnant, il entend tout à coup… au beau

— Ils étaient là pour la fille. Je suis sûr de ça. Et quand les mouches sont là, c'est que la merde y est aussi. J'ai appris à Naeliev que celui qui s'appelle Thomas Hearing avait buté sa femme et ses gosses. Il trouve que ça fait beaucoup.

— Arrête de bouffer ces trucs…

Le paquet était vide. L'odeur de curry flottait dans la pièce. Alena poursuivit :

— … Que les flics recherchent les contacts d'un mec en cavale qui a flingué toute sa petite famille, moi, je trouve ça assez normal.

— Tu trouves tout normal, Alena. Les sapins de Noël en août, ceux qui foutent le feu aux serres, les flics qui se passionnent pour les roses. Naeliev a raison, ça pue l'embrouille.

Alena regarda le sapin de Noël. Elle trouvait la décoration plutôt réussie et ne comprenait pas ce qui pouvait bien poser problème. Pour ne pas exciter Chitchine davantage, elle renonça à brancher la guirlande, mais pas à donner son avis :

— Et ça change quoi ? On est payé pour retrouver ces quatre types et vérifier pourquoi ils ont foutu le feu à ces roses. Le Grec savait même pas ce qu'on lui voulait et le Suédois t'aurait récité la liste de tous les mecs qui avaient niqué sa mère si tu lui avais demandé. Vous voyez le mal partout, putain !

— T'es vraiment une fille marrante, Al…

Chitchine rigolait tout en se resservant un verre de bourbon.

— … non, vraiment drôle.

— Alors, c'est vrai, mon Chitchine, tu m'aimes un peu ?

milieu de la grande forêt canadienne… il entend chanter !

— Garde le tee-shirt avec les canards, c'est top sex, ce truc.

Le paquet de crackers était mort. C'était l'heure d'aller danser.

– tiens ! dit whose. et qui cela peut-il être ?

25

La nuit, tous les poulets sont gris. Dans son coin de bureau éclairé au néon généreux, Verheggen ressemblait à Moutier qui ressemblait à un autre. Des gueules de papier mâché et des vêtements ordinaires fatigués par une journée de travail de dix-huit heures. Une de plus. À minuit passé, l'équipe de Klein était presque au complet. En passant dans les couloirs, Sensini aperçut encore Verheggen en conversation avec un autre flic. Il s'interrompit, se cala le dos contre son fauteuil et suivit longuement Sensini du regard, sans un signe. Cela faisait longtemps que l'intrus d'Interpol ne craignait plus cette hostilité. Après les événements de l'après-midi et la discussion avortée qu'il venait d'avoir avec Klein, elle lui donnait presque envie de sourire.

Dehors, on respirait un peu mieux. Malgré l'heure tardive, Paris ne voulait pas s'endormir. Comme si la chaleur était une compagne trop exigeante. Sensini non plus n'avait pas sommeil. Il laissa derrière lui le vieux bâtiment de la police criminelle et décida de longer les quais à pied, pour évacuer un peu de sa

which lève les yeux au ciel mais continue car il a très envie de raconter son

nervosité. Il aurait aimé enlever sa veste mais la présence de son arme l'obligea à s'abstenir. Impossible d'exhiber ainsi au regard des promeneurs et des insomniaques cet attribut de flic que lui non plus, malgré les années, n'avait toujours pas apprivoisé. Il portait son Beretta 9 mm parabellum le moins souvent possible. Privilège de la police d'information et de renseignement qu'était Interpol. Celle vers laquelle certains amis bien intentionnés l'avaient aiguillé, connaissant son exigence et son caractère. Il essaya de se rappeler ce qui l'avait pourtant poussé à se munir de son arme avant de partir, hier soir, pour le rendez-vous du salon floral. Mais en vain. Peut-être avait-il tout simplement acquis un instinct de flic. À moins qu'il ait toujours eu en lui ce sens du danger. Tout comme il ressentait parfois celui de la vérité et du mensonge. Une forme juste de l'intuition qu'il avait aussi cultivée en d'autres temps et dans d'autres lieux. Croire et douter. Savoir jouer de la confiance et de la défiance.

Entre les deux pôles, Sensini pensa qu'il aurait du mal à situer Klein. Il le croyait sincère mais ne comprenait pas d'où venait son entêtement, son refus même, à ne pas vouloir tisser des liens entre les affaires qui les préoccupaient. Dans la partie de poker qui venait de les opposer brièvement dans le bureau du fonctionnaire de la criminelle, Sensini s'était montré prêt à jouer la carte de la transparence, mais Klein n'avait rien voulu donner pour voir. Il s'était même couché comme quelqu'un qui n'a pas besoin des autres pour jouer ou ne prend pas suffisamment au sérieux ses adversaires. Ou les deux.

L'entretien qu'avait sollicité Sensini plutôt que de reprendre le train avec Dragulescu avait eu vite fait de virer au monologue. Aucune idée, aucune question, aucun indice ne semblait pouvoir fléchir l'opinion de Klein. Ni le paquet de fric dont Thomas Hearing semblait curieusement disposer, ni les propos discordants du livreur de champagne, ni même les résultats de l'expertise balistique, qui permettaient pourtant de fragiliser la thèse d'un tueur en pleine crise de démence. À condition de le vouloir. Et Klein ne le voulait pas. Il avait rembarré Sensini comme à son habitude, s'était foutu de sa gueule de boy-scout lors de son bref passage aux informations télévisées et, bien plus grave, n'avait rien voulu entendre des hypothèses qu'il avait élaborées à partir de la piste du groupe Éden dont Hearing faisait partie. C'était comme si le massacre du Floralior ne le concernait pas. Tout juste s'il s'était montré surpris parce que l'une des quatre victimes, Glafkos Dimitriadis, était très probablement l'un des membres de ce groupe Éden et qu'on lui avait donné un rendez-vous d'urgence à cet endroit précis. Un rendez-vous avec la mort et un couple de dingues dont Sensini ne parvenait pas à comprendre ce qu'ils foutaient là.

⁂

Tout en marchant, tout en regardant autour de lui les petites scènes habituelles de la nuit urbaine surchauffée, il essayait de ne pas repenser au bruit infernal des détonations ni au silence plus impressionnant encore qui l'avait suivi. Les taches de sang dans

– le bûcheron s'approche doucement, écarte les branches et découvre, assis en les vêtements du dimanche et les gens qui n'osaient pas se relever, le regardaient lui et son arme, comme s'il avait été responsable. Il revoyait aussi le visage terrifié de cette fille qu'il avait probablement sauvée. Pourquoi avait-elle foutu le camp ? Et pourquoi tout cela était-il survenu après le sabotage chez Naeliev qui n'avait eu lieu, au dire de l'intéressé, que sur le papier. Comme lui avait dit Roman avec son naturel impeccable, juste avant de monter dans le train : « Sept morts et on ne sait toujours pas avec quel fruit a été faite la marmelade. »

Sensini cherchait. Il regardait à l'extérieur et cherchait à l'intérieur. Au fond de sa poche, il trouva les petites billes de bois qu'il fit passer machinalement et à toute vitesse entre ses doigts, jusqu'à la petite croix d'argent. Puis il recommença. Cela l'aidait parfois à trouver. Des types en rollers le dépassèrent à la vitesse du vent qu'il ne faisait pas. Quelques-uns tout d'abord, rapides et agiles, puis plusieurs dizaines. Il se demanda ce qu'on éprouvait, au milieu de cette horde recréée, à sillonner les rues délaissées pour quelques heures par les voitures, quel était le secret de la ville pour générer ainsi des espaces de liberté de plus en plus artificiels auxquels ses habitants s'obstinaient pourtant à croire.

Sensini avait marché dix minutes, un quart d'heure peut-être, était arrivé jusqu'au pont par lequel il voulait traverser le fleuve, lorsqu'une voiture s'arrêta à sa hauteur, grise et banalisée. La vitre s'ouvrit aussitôt côté passager sur le visage rond et luisant de Verheggen. Il transpirait beaucoup et tenait à la main un mouchoir qui avait été blanc.

tailleur sur un tapis de mousse, un chef indien au regard perdu dans la

— On vous dépose, Sensini ? C'est Moutier qui fait le taxi ce soir.

Sensini se pencha un peu plus et vit que le numéro deux du binôme était au volant. Il soupirait et regardait droit devant lui. Le numéro un reprit :

— Vous allez où, Sensini ? C'est dangereux de se promener seul dans les rues de la grande ville…

Il manquait encore le rire gras, mais Sensini se dit que ça n'allait plus tarder. Il trouvait à ces deux flics des airs de Dupont et Dupond en moins drôles. Il les imagina dans le costume traditionnel syldave et réussit à sourire.

— C'est gentil, mais je suis arrivé. J'ai mes habitudes dans un petit hôtel du coin.

— Pas de problème. C'était pour rendre service.

Pas un mot de plus ne fut échangé. Le « Bonsoir » de Sensini se lança inutilement à la poursuite de Moutier et de Verheggen, qui n'avaient pas attendu pour redémarrer. La voiture reprit le quai, accéléra, disparut. Sensini n'aimait pas ces flics.

⁂

Les petites rues de l'île, qui avait été autrefois le cœur de la cité, exhibaient quantité de terrasses improvisées où chacun tentait vaguement de se rafraîchir. Des vieux en maillot de corps, des gamins torse nu qui imitaient leurs aînés sur des sièges de carton et s'excitaient de veiller si tard, les magasins toujours ouverts… Sensini eut le sentiment que la grande ville glissait sans s'en apercevoir dans une atmosphère improbable et méditerranéenne. Il y avait du bruit, les

contemplation des séquoias millénaires, chantant une vieille chanson indienne.

gens parlaient et riaient, d'autres s'inquiétaient de cette chaleur de fin du monde. Le flic d'Interpol oublia un instant le poids de son arme et de ses réflexions, goûta à cette animation qui le ramenait brusquement bien des années en arrière, en un temps qui lui parut d'innocence. Déviant du chemin qui le menait tout droit à l'hôtel, il entra dans un bar où l'on vendait également du tabac et des cartes postales. La première fut la bonne. Une vue de l'île avec la belle église juste derrière. La patronne, qui s'était approchée, s'amusa de voir ce monsieur dans son costume sage griffonner une adresse et quelques mots au dos de la carte avant même de se présenter au comptoir pour régler ce qu'il devait. Une carte et un timbre. « Une urgence ! », dit-elle en lui tendant la monnaie. Sensini fit oui de la tête et se sentit rougir comme un gamin.

Il y avait une boîte aux lettres en face de l'hôtel. Un petit établissement tout simple avec une minuscule cour pavée, survivance d'un temps pas si lointain où le quartier n'était pas encore soumis aux rigueurs du luxe. Parmi la douzaine de chambres, trois étaient réservées à l'année pour les fonctionnaires d'Interpol. Au moment où Sensini s'apprêtait à poster la carte qu'il n'avait pas relue, qu'il ne relirait pas, son téléphone bipa. Le message émanait de la ligne sécurisée du bureau avec code d'urgence et prière de rappeler un numéro de portable qu'il ne connaissait pas. Il jeta la carte dans la boîte avec les quelques minutes de ce temps qu'il avait extirpées au temps. Composa le numéro. Quelque part, dans la même nuit que la sienne, une voix de femme répondit. Une voix fatiguée, très fatiguée, qui, lorsqu'il se présenta, sembla rassembler son énergie pour prononcer une phrase toute simple, une phrase qu'elle avait sans doute pourtant longuement répétée : « Je suis Iva Neves. La fille du salon floral. Il faut que je vous voie. C'est urgent. »

– vous faites vraiment bien l'indien, mister which.

26

— Ham-mam, Verheggen, Ham-mam ! Il faut faire entendre les deux « m ». En arabe, toutes les lettres se prononcent. On ne cache rien. Transparence, Verheggen. Vous n'avez pas étudié les langues orientales ?

— Le chinois et le russe, monsieur.

— Pas l'arabe ?

— Non, pas l'arabe…

Babel soupira. Le dilettantisme n'avait plus de bornes.

— Avec un seul « m », cela ne veut plus dire *bains*, cela veut dire *pigeon*… Je suis allé au pigeon, cela ne veut rien dire, Verheggen.

— Non, monsieur…

— Essayez, Verheggen.

Verheggen essaya d'imiter la prononciation de Babel. Il faisait décidément une chaleur de four dans ce vestiaire où il lui avait donné rendez-vous.

— C'est mieux, mais n'insistez pas trop sur la césure. Ham pourrait faire songer au jambon et ce n'est pas une très bonne idée de parler jambon avec un Arabe.

– merci. le bûcheron s'approche et salue l'indien. le vieux chef le regarde droit

Tout en parlant, il se déshabillait.

— Je…

— Mais oui, Verheggen. Vous n'allez pas entrer tout habillé. Vous verrez, cela vous fera un bien fou.

Verheggen hésitait. Fallait-il qu'il abandonne à la patère le slip à l'élastique distendu qui protégeait le peu d'intimité qui lui restait ? Indifférent à ces minauderies d'adolescent complexé, l'autre, nu, svelte et hâlé, franchissait déjà en habitué les portes qui menaient aux pièces chaudes.

Passé la douche, Verheggen se retrouva sous la coupole blanche de la première salle. L'air était saturé d'humidité et une forte odeur d'eucalyptus se mêlait à la chaleur tropicale. Sur la dalle de marbre centrale, un masseur aveugle s'appliquait à travailler la chair d'un plus gros que lui encore. Ses doigts déliés pétrissaient la graisse que la température amollissait. Une lumière crue baignait l'endroit, aveuglante si l'on tentait de lever le visage vers les fortes ampoules de couleur jaune. Plissant les yeux et ne respirant qu'à moitié parce que la vapeur lui brûlait la gorge et les poumons, Verheggen avisa son rendez-vous, assis en tailleur dans l'une des alcôves ménagées sur le pourtour de la salle.

— Asseyez-vous, Verheggen. Respirez tranquillement. Nous avons à parler de choses importantes, n'est-ce pas ?

— Je crois, monsieur, que d'autres que nous sont de la partie.

— La constatation s'impose, Verheggen. On massacre dans les salons floraux, on assassine les membres du groupe Éden et notre oiseau est toujours dans la nature… Je crois que vous êtes en train de

dans les yeux et lui dit, après de longues secondes silencieuses : « hiver froid,

vous faire… pigeonner, Verheggen. Avec un seul M, mais majuscule. Pigeonner avec un grand M.

Dans la tête de Verheggen, la leçon d'arabe tournait court. Le sourire de l'autre était assorti à la couleur des ampoules et le trait d'humour habillait cruellement son mécontentement.

— Vous savez que…

— Et plus encore, Verheggen. Je ne vous vois pas pour apprendre, je vous vois pour que vous m'expliquiez.

— Nous n'avions pas pour priorité de retrouver les autres membres du groupe Éden et nous ne comprenons pas comment les tueurs ont pu remonter aussi rapidement jusqu'à eux.

— Des faits, Verheggen, pas d'états d'âme. Je me moque des raisons et des excuses que vous ne manquerez pas de produire. Nous sommes extrêmement mécontents de la situation. L'échantillon reçu n'est pas ce que nous attendions et si vous continuez avec le même brio, les hommes de Naeliev mettront la main sur Hearing avant que vous n'ayez découvert sa date de naissance et son numéro de téléphone. Passez-moi le broc qui se trouve à côté de vous.

Les yeux fermés, Babel laissa l'eau fraîche glisser lentement sur son visage, ses épaules, son corps lisse. Verheggen lui trouvait une allure de sphinx et n'aimait pas ça.

— Encore quelques jours et il ne restera plus rien du groupe Éden, Verheggen. Si cela continue, nous en serons réduits à demander l'intervention des chars. Engagez-vous dans les commandos, on vous donnera un uniforme. J'ai dû passer l'éponge sur les murs salopés chez Hearing, mais la maison a d'autres

cette année. » seulement cela, « hiver froid, cette année » puis se remet à

ambitions que de jouer les agents de nettoyage. Quand allez-vous lui remettre la main dessus ?

Verheggen ne parvint pas à avaler sa salive. Sa gorge était sèche, il avait le sexe petit, se trouvait trop blanc, savait ses oreilles écarlates. Le regard que l'autre venait de poser sur lui confirmait tout cela.

— Nous ne pensons pas qu'il ait quitté la ville, mais ni lui ni la fille n'ont refait surface dans le milieu écolo où Éden avait quelques relations avec les autres groupuscules du genre.

— Combien Naeliev a-t-il d'hommes sur le coup ?

— Au salon floral, ils étaient deux. Les témoignages sont assez discordants. Un homme et une femme qui auraient tiré dans le tas comme à la fête foraine.

— Vos conclusions ?

— Sensini était sur place. Ils se sont vus avec Klein hier soir et il a l'air d'en savoir presque aussi long que nous sur Éden.

— Sur les rapports que nous avons eus avec Hearing ?

— Non, je ne pense pas. Mais sur l'incendie des serres, oui. Il est allé en Suisse. D'après ce qu'il en a dit à Klein, il ne croit pas à l'hypothèse officielle d'un Hearing devenu dingue et ayant buté toute sa petite famille.

— Il est à l'évidence dans le sillage d'Éden, je ne vois pas sinon ce qu'il aurait bien pu faire à ce salon floral. Il ne pratique pas un métier où l'on croise la mort par hasard. Auparavant non plus d'ailleurs…

Babel avait laissé en suspens la fin de sa phrase et levé les yeux vers le soupirail étroit que la vapeur troublait. Le ciel ne se laissait pas voir d'ici.

— … Et la fille, cette Iva Neves ?

— Sensini en aurait vaguement parlé à Klein…

— Aurait ? Que de conditionnels, Verheggen, que de conditionnels…

— Moutier n'a pas très bien entendu. Klein ne supporte pas Sensini, rien de ce qu'il a tenté de lui dire n'a eu l'air de l'intéresser. Il a coupé court à toutes ses questions et à toutes ses propositions.

— Jalousie, ambition, approximation… La démocratie amollit les chairs et l'esprit. Je ne sais pas si c'est une très bonne idée de vous avoir convoqué ici.

Verheggen accepta la cruche d'eau fraîche que l'autre venait de remplir à la fontaine et laissa le liquide glacé mordre son corps flasque.

— Suivez-moi, j'ai encore une chose à vous dire.

Verheggen sentit ses yeux brûler lorsqu'il pénétra dans la pièce suivante. Son cœur s'emballait.

— Restez assis, plus vous êtes haut, plus la chaleur est forte.

Il se tenait debout et ses deux pieds semblaient ne faire qu'un avec le sol brûlant. Il se dégageait de sa personne une majesté de sculpture antique qui écrasait son interlocuteur. Par instants, une lourde goutte d'eau se détachait de la voûte blanche et tombait sur le marbre avec un bruit de pluie inconnue. Verheggen voyait les contours de celui qui s'adressait à lui, flotter devant ses yeux plissés.

— Il va falloir faire vite. Très vite…

Puis dans un murmure brûlant, il ajouta d'un trait lent qui fouetta la torpeur de Verheggen :

— Mandragore… Le nom a été prononcé. N'attendons pas de l'entendre une seconde fois. Nous ne savons pas vraiment à qui nous aurions affaire si nos soupçons venaient à se confirmer.

La lumière de l'enfer était grise. Verheggen sentit une goutte de feu s'écraser sur son épaule puis rouler douloureusement sur sa peau. La façon qu'il avait eue de prononcer ce nom l'avait fait frissonner, même si c'était la première fois qu'il l'entendait.

pense à ce que le vieil indien lui a dit. à l'aube, il retourne dans la grande

27

Sensini passa une première fois devant le cinéma. Assez lentement pour repérer la fille qui comptait ses pas perdus en fumant des cigarettes. Le trottoir était désert. Quelques minutes plus tard, il se garait devant les affiches colorées et lumineuses qui encadraient l'entrée. Iva Neves quitta le hall entre une bête vêtue d'or qui scrutait la nuit avec le regard de Jean Marais et les plantes voraces de *La Petite Boutique des horreurs*. Sensini s'était contenté d'ouvrir la portière passager, sans descendre ni couper le contact, ainsi qu'ils en étaient convenus au téléphone. La voiture repartit aussitôt et Iva Neves constata, aux nombreux regards que le flic jetait dans les rétroviseurs, qu'il s'assurait de n'être pas suivi.

— Je m'appelle…

Sensini lui coupa la parole avant même qu'elle n'ait dit son nom.

— … Nous discuterons de tout ça quand vous aurez récupéré votre souffle. Je ne fume pas, mais ça ne me dérange pas si vous en avez envie. Beaucoup de gens semblent s'intéresser à ce que vous avez à me raconter et il faut moins de temps pour placer un micro dans

forêt canadienne et coupe, et scie, et tronçonne… lorsqu'à nouveau, il entend

une voiture qu'il n'en faut pour dresser une contravention. Détendez-vous, vous m'avez l'air complètement à cran. Nous allons rouler un peu, puis lorsque nous serons arrivés, nous discuterons de tout cela.

Le ton du flic était posé et apaisant. Très différent du souvenir qu'elle avait gardé du hurlement qu'il lui avait poussé dans les oreilles lorsqu'il l'avait plaquée au sol.

— Il y a une Thermos de thé glacé et des fruits sur la banquette arrière.

— Vous menez tous vos interrogatoires de cette façon ?

— Qui a parlé d'interrogatoire ? C'est vous qui avez demandé à me voir...

— Excusez-moi. Je crois que je ne sais plus très bien où j'en suis.

La voiture glissait lentement sur les avenues désertes. Il conduisait très souplement et se contentait de regarder la route, empruntait parfois des raccourcis compliqués qu'elle ne connaissait pas. Ils quittèrent la ville, s'engagèrent sur l'autoroute du Sud. À hauteur de Nemours, il s'arrêta sur une aire où il était possible de prendre un café ou de dîner. La salle de restaurant datait des années 70, à peine réaménagée depuis, et enjambait les deux voies autoroutières. Il l'invita à s'asseoir et commanda lui aussi un café. Au-dessous d'eux, les voitures se croisaient dans un ballet presque silencieux, insectes rapides aux yeux jaunes ou rouges.

— J'ai toujours eu envie de prendre un café ici, mais je n'en avais encore jamais trouvé le temps...

La fille commençait à peine à se détendre. Elle avait un charmant sourire, les traits tirés, très fatiguée.

l'indien chanter ! le bûcheron s'avance, salue l'indien, et l'indien, droit dans

— On s'arrêtait là avec mes parents quand j'étais gosse. Quand on partait en vacances.

Elle lui semblait beaucoup plus jeune que tout à l'heure. Vingt-cinq ans à peine.

— Vingt-neuf… Je m'appelle Iva Neves, je suis doctorante en biologie.

— Et vous travaillez sur quoi ?

— Sur les mutations du végétal…

Le grognement interrogatif de Sensini et le plissement de ses sourcils disaient à peu près ce qu'il savait de la question.

— Les greffes, les espèces transgéniques… Le pouvoir que détiennent les firmes de semences O.G.M. sur la production mondiale… Vous êtes bien spécialiste de la question, non ? J'ai eu le temps de me renseigner, je sais que vous êtes chargé de surveillance écoterroriste à Interpol…

— Depuis peu. Je fais des efforts, mais j'en suis seulement à B comme Botanique dans la liste alphabétique des dossiers. Mais je suppose que ce n'est pas à cause de votre thèse qu'on a cherché à vous éliminer…

— Vous pensez vraiment que…

— À l'évidence, ils étaient là aussi pour vous. Vous connaissiez ces tueurs ?

— Non, je ne pourrais sans doute même pas les reconnaître. Je ne me souviens que du hurlement de Glafkos et ensuite, de vous, des coups de feu, des hurlements et…

— Glafkos ?

— Glafkos Dimitriadis…

Sa voix se serrait à nouveau, il ne fallait pas que Sensini lui laisse le temps de revivre le film sanglant

les yeux : « hiver très froid cette année ». le bûcheron repart, troublé par ces

qu'elle avait dû dérouler dans sa tête tout au long de la journée. L'emmener ailleurs, la forcer à réinstaller une logique à l'intérieur de sa peur.

— Le type avec lequel vous aviez rendez-vous ?

— Oui.

— Lui seul ?

— Je pensais également retrouver une autre personne, nous aurions au moins dû être trois. J'avais reçu deux confirmations sous un code dont nous étions convenus au cas où les choses tourneraient mal.

— Il va falloir être plus précise que ça si vous voulez que je comprenne quelque chose… Je vais vous aider. Si vous n'étiez que deux à ce rendez-vous, c'est parce que Thomas Hearing est en cavale et que je suis celui qui a répondu à sa place. « Jusqu'à ce qu'un homme plus grand nous rétablît et reconquît le séjour bienheureux, chante, Muse Céleste ! » C'était bien ça ?

La fille était stupéfaite, soufflée d'entendre Sensini citer le poème de Milton.

— Qui était le quatrième membre du groupe ?

— Jörg Storensen. Je ne parviens plus à le joindre. Vous savez quelque chose ?

— Je n'ai jamais entendu parler de Jörg Storensen avant que vous ne me citiez son nom. Pas plus que je ne connaissais le groupe Éden avant que Hearing ne descende toute sa petite famille.

— Hearing n'aurait jamais fait une chose pareille.

— Qu'est-ce que vous en savez ?

— Je ne l'ai pas vu très souvent, mais il y a des choses qu'on sent.

Sensini soupira.

paroles de l'indien. et sa femme voit que, chaque jour, il retourne couper du

— Et des choses qu'on sait… Mais admettons, qu'est-ce que c'est que ce groupe Éden ?

— Vous avez l'air d'en savoir autant que moi. Pourquoi me le demandez-vous ?

— Mon assistant a simplement pisté vos mouvements sur la Toile. C'est son boulot. Il a également découvert ces quelques vers tirés du *Paradis Perdu* dans l'ordinateur familial de Hearing, ainsi qu'une revendication concernant l'incendie des serres Naeliev installées en Suisse. Nous ne savions absolument pas ce que nous allions trouver en nous invitant à ce rendez-vous. Vous connaissez la suite.

— L'incendie des serres Naeliev, c'était une idée de Hearing. On avait prévu de se revoir un mois après l'envoi de la revendication, mais après ce qui est arrivé, Hearing, le silence de Jörg… J'ai décidé d'utiliser le protocole d'urgence.

— Mais votre projet a échoué et l'incendie n'a pas eu lieu…

— Pourquoi dites-vous ça ? Bien sûr que tout a cramé. Je n'aurais pas pensé que cette première action serait si importante. La serre couvrait pratiquement un demi-hectare de terrain. Les flammes étaient effrayantes, je ne sais pas si nous avions réellement mesuré ce qui allait se passer. Hearing seul devait connaître l'importance de ce bâtiment. L'entreprise Naeliev a toujours tenu très secrètes ses activités en matière de manipulations biologiques. C'était trop tard pour reculer.

Ce que la fille était en train de lui raconter était loin de ce que Sensini avait entendu de la bouche de Naeliev et l'amenait à reconsidérer les doutes qu'il avait eus à la fin de sa visite du domaine.

bois dès l'aube, d'impressionnantes quantités de bois. alors, un matin, elle lui

— Et en quoi cela peut-il bien vous gêner que l'on travaille à créer de nouvelles espèces de roses ? Je comprends bien que le maïs ou le blé vous inquiète, mais les roses… J'avoue ne pas très bien comprendre.

— Je vous l'ai dit, c'était une idée de Hearing. Le maïs, le blé, ça ne tient pas beaucoup de place dans l'imaginaire symbolique d'une société qui se gave de hamburgers et de produits surgelés. Brûler une roseraie, où l'on manipule ce que l'on considère comme un symbole de pureté et de beauté, une fleur que les couples s'offrent par brassées pour témoigner de leurs sentiments, nous semblait assez emblématique du message que nous voulions transmettre. Les fleurs sont, avec les enfants, l'un des derniers refuges de l'aveuglement. Dire aux gens que leur amour et leur jardin puent le plastique c'est comme leur dire que leurs gamins arrachent les ailes des mouches et regardent en cachette les sites porno sur Internet.

— Et sur l'entreprise Naeliev, vous ne savez rien d'autre ?

— J'ai fait des recherches de mon côté, mais je ne suis pas tombée sur des choses très précises. Des rumeurs, en fait, rien de très fiable ni de très scientifique.

— Quel genre de rumeurs ?

— Vous savez comme moi que les manipulations génétiques ne concernent pas que les plantes. Cloner une brebis ou un être humain ouvre des perspectives assez excitantes. On croit contrôler ce qui se passe mais tout ça, c'est de la poudre aux yeux, des réglementations et des comités d'éthique qu'on affiche pour rassurer les opinions publiques. La course à ce genre de manipulation a commencé depuis longtemps.

demande pourquoi il coupe tant de bois, du bois à ne plus savoir qu'en faire ? le

Les recherches menées dans certains camps de la mort, durant la Seconde Guerre mondiale, et sans doute beaucoup plus tard dans les prisons secrètes des dictatures les plus sauvages sont absolument terrifiantes. On a tenté des greffes et des mutations sur certains humains avec une patience et une passion comme on aimerait n'en connaître qu'aux obtenteurs de nouvelles variétés florales. Les terrains d'expérimentation ne sont sans doute pas aussi clos qu'on l'imagine.

— Je ne comprends pas très bien ce que vous tentez de me dire, quel rapport avec Naeliev ?

— J'ai croisé un type, il y a quelques années, qui faisait partie d'un groupe écolo très dur. Une dérive conservatrice assez fascisante et notre cellule n'a pas souhaité maintenir de contacts avec lui. Il faisait des recherches sur les centres d'expérimentation démantelés après l'effondrement du bloc communiste. Il prétendait que Naeliev, l'obtenteur de roses Naeliev, avait un passé aussi trouble que celui de monsieur Husson. Son nom aurait été cité par des chercheurs ayant eu vent de programmes militaires tenus extrêmement secrets. Qu'il ait pu s'installer aussi rapidement et se refaire une virginité en Suisse en qualité d'obtenteur donne une idée des réseaux au sein desquels il a évolué.

— Vous vous souvenez du nom de ce type ?

— Dietmar Ellger. Mais je doute que vous puissiez remettre la main sur lui très facilement, c'était le genre à vivre sans téléphone, à s'habiller avec des pantalons de peau qu'il cousait lui-même et à ne boire que la bière brassée par sa communauté. Mais je vous l'ai dit, tout cela est assez peu scientifique, je ne pense

bûcheron raconte tout à sa femme et elle lui dit : «mais qu'est-ce qu'il en sait

pas qu'on puisse accorder un grand crédit à ce genre d'informations.

— Ce qui se passe par ici depuis quelques jours n'est pas très scientifique non plus, mademoiselle Neves. Je pense qu'il est préférable que je vous fasse placer sous protection policière.

— J'ai souhaité vous rencontrer parce que vous avez empêché, parce que vous… enfin, les flics, vous voyez, je n'y crois pas.

— Vous croyez que je vous ai sauvé la vie ? C'est ça ce que vous n'arrivez pas à dire ? Vous ne me devez rien. Je n'ai fait que ce que je devais.

— Ne le prenez pas mal. Je suis persuadée que les intérêts du pouvoir ont trop de rapport avec la police pour que je puisse lui faire confiance. Je ne crois qu'aux hommes, monsieur Sensini, pas aux décorations et aux étoiles qui s'achètent ou qu'on offre. Je préfère me débrouiller seule.

— Vous savez très bien que je ne peux pas vous laisser filer dans la nature après tout ce que vous venez de me dire.

Sensini se tenait prêt. Il attrapa la fille par le bras à l'instant où il sentit qu'elle envisageait de se barrer en courant.

— Ne faites pas l'idiote. Je n'ai pas envie de vous retrouver avec une balle dans la tête. Vous avez mis les pieds dans quelque chose qui est sans doute beaucoup plus dangereux encore que ce que je peux imaginer. Il va falloir me faire confiance. Faire confiance à Renzo Sensini. Pas au flic, puisque vous ne l'aimez pas. Retourner chez vous serait suicidaire.

⁂

cet indien s'il va ou non faire un hiver terrible ? » le mari explique que c'est un

Sensini baissa le son de la radio. À ses côtés, la fille s'était endormie. L'autoroute déroulait son ruban d'asphalte, traversant sans détour les paysages indifférents. Les phares accrochaient quelques lambeaux de nature, repoussés de l'autre côté des glissières de sécurité. Des arbres maigres, des buissons de genêts, que la mémoire rétinienne de Sensini imprimait un fragment de seconde avant de les laisser faner dans l'obscurité. Ses pensées allaient vite, malaxaient la discussion qu'il venait d'avoir avec Iva Neves, tentaient d'assembler ce qui s'y refusait. Le coin de ciel bleu d'un panneau signalétique donnait Lyon à un peu moins de cent cinquante kilomètres. Sensini ralentit, s'engagea sur une aire de repos. C'était une belle nuit d'été et cela lui rappelait d'anciens souvenirs. La fille respirait paisiblement. Il aurait aimé penser qu'elle lui faisait déjà confiance. Il referma sa portière le plus délicatement possible et s'éloigna de la voiture pour téléphoner.

Roman décrocha à la première sonnerie. Sensini eut même l'impression qu'il attendait son appel. Une inquiétude dans le timbre de sa voix qui disparut lorsqu'ils eurent parlé un moment.

— Vous n'allez pas me dire que vous vous faisiez du souci pour moi, Roman ?

— Non, boss, je n'ai pas dit ça… Mais je n'ai pas été habitué à ce régime-là, vous comprenez. Les fleurs, dans l'idée que je m'en faisais, c'était plutôt calme.

— Il faut croire que les carnassières ne sont pas mal placées dans la compétition végétale du siècle à venir. Je n'ai pas beaucoup de temps, Roman. Je vous expliquerai quand nous nous verrons, mais j'aimerais que

vieil indien, qui vit tout seul dans la nature, au milieu des séquoias vous retrouviez la trace d'un certain Jörg Storensen et aussi d'un type, probablement autrichien, qui répondrait au nom de Dietmar Ellger. Ellger fait partie d'une mouvance écologiste à tendance radicale néo-fasciste et Storensen est l'un des quatre membres du groupe Éden.

— On peut pas dire que vous perdiez votre temps quand on ne se voit pas ! À part la fille, on les connaît tous…

Sensini jeta un coup d'œil en direction de la voiture. La tête d'Iva s'appuyait contre la vitre, aussi apaisée que si elle avait été dans son lit.

— … À part la fille, oui. Je suis sur la route de Lyon et je vous rappelle dès que possible, Roman.

La fin de la conversation avait été brève, mais Sensini ne faisait que très moyennement confiance à tout ce qui pouvait circuler par les airs. Roman ne lui en voudrait pas. Iva Neves comprit dans un demi-sommeil que son chauffeur avait repris la route. Elle percevait son souffle régulier, la radio en sourdine qui diffusait un vieux standard jazzy. La nuit ne remuait plus. Derrière ses paupières closes, elle s'imagina sourire.

millénaires et que les vieux indiens savent ce genre de choses parce qu'ils

28

« A nice family » flashait en lettres bleues sur le tee-shirt jaune. Dans la nuit blanche du King, les canards d'Alena vivaient une danse inédite au son saturé de DJ-DV8, dont Chitchine avait expliqué pourquoi il fallait le prononcer à l'anglaise. La soirée « DvandS » avait logiquement dégénéré en une séance de défoulement où les rythmes cardiaques, aidés chimiquement, dépassaient tranquilles ceux des décathloniens au sommet de l'effort. Dans ce qui restait du carré V.I.P. de cette soirée financée par une marque de bourbon dégueulasse, les narines en étaient à se repoudrer sur le cul d'un géant black qu'on avait étendu sur quatre tables mises bout à bout. Sûrement pour la beauté des contrastes. Chitchine se versa une dernière coupe, retourna la bouteille dans le seau à glace pour qu'on vienne la renouveler et observa les langues chargées s'agiter sur la peau noire pour ne pas en perdre un grain. Il pensa que l'esclave post-moderne avait l'air plus heureux que son aïeul et se réjouit pour lui. Pour Alena aussi qui, entre deux pilules de speed, n'avait pas arrêté de s'échauffer sur l'électro clash pop qu'on entendait hurler depuis un

comprennent le langage des arbres et des animaux. mais le lendemain, il va

moment sur le gigantesque dance-floor. Chitchine avait envie de se laisser un peu aller et d'entendre trépider les basses démoniaques du DJ à l'intérieur de sa carcasse. Il déploya ses longues jambes sur la table sans parvenir à trouver une position confortable. Au King, même les fauteuils étaient défoncés.

Devant lui, les images étaient hachées par la fusion déjantée. La lumière noire déchirait les contrastes et la découpe stroboscopique cadrait chaque mouvement comme un spectre. Chitchine avait l'impression que l'armée des zombies était lâchée, s'avançait de son côté, secouée par le beat, en hurlant un, deux, trois, SOLEIL… Sur le dance-floor, les corps se touchaient ou se repoussaient violemment, agités par quelque chose de mystérieux, un frisson désordonné, sans règle, sans fin, sans raison, qui ressemblait à la vie. Dans l'ordre intermittent de cet univers séquencé, où les individus réagissaient aux seuls stimuli de leur épine dorsale, Chitchine voyait les mouvements du monde s'accomplir d'eux-mêmes, dépourvus de logique et de finalité. Il pensa que sa vie de tueur consistait à accompagner cette hideuse reptation, à stopper le parcours des uns pour faciliter celui des autres, bref à incarner un agent de la police universelle veillant à ce que la société civilisée conserve un semblant d'équilibre le plus longtemps possible. Une vision lui vint face à cette agitation frénétique, celle d'une longue aiguille brillante traversant de part en part le corps des ravers, laissant libres les membres de ces curieuses créatures, qu'il découvrait tantôt en jolis papillons tantôt en batraciens de laboratoire.

Les voyant tous s'envoler, tous sauter maintenant de droite et de gauche, Chitchine comprit brusquement que le King n'était pas une disco, que ce parking souterrain de merde n'était pas un immense décor de fête, qu'il n'y avait rien derrière ces murs, qu'il n'y avait pas de murs et que tout allait continuer comme ça, exactement comme ça, à jamais et pour toujours. Il se leva d'un coup, attrapa le cadavre du champagne dans le seau à glace et l'écrasa sur la tête du premier mort-vivant qu'il croisa. Un crâne chauve, offrant un espace bien dégagé au sang qui se mit à pisser. Une pétasse en uniforme de jungle aux couleurs du bourbon avait lâché son plateau en ouvrant grand la bouche pour faire mine de crier, mais la sono hurlait plus fort qu'elle.

Tout le monde se levait avec une mine excitée et Chitchine pensa que l'agent de Brad Pitt avait inscrit le King en after dans son programme de promo pour un quelconque film à pédales. Il ramassa un verre, le but – c'était un bourbon effectivement dégueulasse – puis le reposa. Au terme de cette action de grâces, qui suspendit le temps dans l'espace du chaos deux ou trois secondes, trois types s'étaient postés devant lui, conscients de leur importance en termes de masse musculaire. Chitchine comprit alors que c'était lui le spectacle et, fort de cette connexion, il fonça dans le tas.

La lutte était inégale. Et Alena le comprit immédiatement, elle qui, pourtant, avait en son homme une confiance de Sibérienne. Elle essayait de s'extraire du paquet de ravers avec à sa suite deux ou trois couvertures de magazines qui ne se résignaient pas à la laisser fuir. Quand l'un d'eux essaya même de la retenir par la main et de ralentir sa marche inquiète

savez, whose, ce que l'indien lui répond ? il lui répond : « quand bûcheron blanc

vers Chitchine, elle se retourna, prête à le découper en morceaux. De ce seul regard et de la façon qu'elle avait eue pour lui bloquer le bras, la gravure de mode saisit qu'il était trop beau pour finir en sushi.

Devant elle, Chitchine encaissait. Il avait le goût du sang dans la bouche, mais rien de grave, même si le direct au foie qu'il venait de prendre lui avait coupé le souffle. De loin, il voyait mal mais sourit tout de même à la silhouette jaune qui s'approchait. Sacrée Al… Elle serait venue le chercher en enfer, et peut-être même en Ukraine. Lui, par contre, ne savait pas jusqu'où il se serait risqué.

Au moment où Alena s'apprêtait à écraser le premier ennemi d'un coup de flambeau qu'elle avait ramassé en chemin, il y eut comme un arrêt sur image et seul le son de DJ-DV8 continuait à canarder violemment la scène sur laquelle cet homme ou cette femme ou cette créature venait de faire son entrée.

Au milieu d'un groupe de trans, tout droit sortis d'un show de Broadway made in Brasil, avec plumes, strass et paillettes, talons formidables, maquillages outrageux, silicone et gorges déployées, il y avait un homme, probablement un homme. D'un geste imperceptible, il avait suscité l'arrêt instantané des hostilités. Les trois cuirs du service d'ordre tâchaient maintenant de soutenir Chitchine pour qu'il reste présentable. Le type s'avança, Alena aussi, mais son homme ne regardait que ce nabot aux cheveux jaunes, vêtu d'un smoking blanc comme on n'en fait plus depuis *La Croisière s'amuse*. Ses cheveux étaient teints, ses sourcils étaient teints, son visage gonflé au Botox. Alena était franchement dégoûtée.

couper beaucoup bois, hiver très, très froid ! » et il se remet à chanter.

Le nain jaune sortit un carré de soie pour essuyer le sang qui coulait sur le visage de Chitchine, vérifia la présence de la cicatrice qu'il portait derrière l'oreille, puis sourit.

— Toutes mes excuses, monsieur Chitchine, pour ce malentendu. Le champagne arrive. C'est une réserve personnelle. Il me semblait bien que vous étiez de nos amis.

Chitchine fit de la tête un geste d'assentiment. L'autre disparut. L'ambiance était un peu cassée, mais il se sentait bien. Alena passait ses jolies mains fines sur sa nuque endolorie en remontant jusque dans les cheveux.

— Tu le connais ? Qu'est-ce qu'il a regardé là ?

Sans prévenir, Alena lui bloqua la tête sur le côté. Chitchine avait mal et le fit savoir.

— Excuse-moi, trésor, j'ai pas voulu, mais dis-moi, c'est dingue, ce truc, c'est quoi ? C'est quoi ce truc que tu as derrière l'oreille, sur la boule d'os là, c'est quoi cette cicatrice ?

— C'est rien.

— C'est rien ? Comment ça, c'est rien ! Et pourquoi j'ai jamais remarqué cette cicatrice ? C'est juste à cause de la lumière noire qu'on la voit. C'est dingue, c'est quoi ? Allez, dis-moi ! Comment tu t'es fait ça ?

— Lâche-moi, Al. J'ai le crâne en feu.

Il fit un effort pour se lever. Un drag arrivait, emmailloté dans sa robe longue fendue jusqu'aux burnes, avec la cuvée spéciale du patron. Chitchine lui prit le magnum des mains, fit sauter le bouchon et s'enfila une rasade. Pas mauvais et bien frais.

– et le bûcheron tue l'indien ? demande mister whose.

— … Mais quand même, c'est dingue que j'aie jamais vu cette cicatrice. Surtout ce W… C'est quoi, ce truc ? Pourquoi t'as une cicatrice en forme de W ?

Elle essayait de le faire rire, mais elle voyait bien que ça n'allait pas marcher. Elle l'avait énervé. Normal aussi après s'être pris toutes ces beignes. Elle s'en voulait et se mordait un peu la lèvre en se tortillant devant lui et en murmurant quand même « c'est quoi… c'est quoi… ». Une danse aux yeux doux que le drag observait en connaisseuse et au bout de laquelle Chitchine était censé avouer son secret. Lui se marrait et descendit encore la moitié de la bouteille. Puis d'un geste, il attira Alena contre lui. Un mouvement brutal. Il la tenait par la nuque et elle sentait son haleine alcoolisée. Elle n'aimait pas cela, elle n'aimait pas qu'il soit plus fort qu'elle.

— Arrête, Chitchine, tu me fais mal !

— Tu veux savoir, hein, tu veux savoir ce que c'est que cette putain de cicatrice… ! ?

Alena sentit tout à coup les lèvres de Chitchine et ses lèvres à elle laissèrent sa langue fouiller à l'intérieur de sa bouche, lécher sa caverne, goulûment, comme un chien finit son écuelle. Elle aimait cette façon qu'il avait de l'embrasser comme s'il voulait tout d'elle, même l'intérieur. Puis il lécha ses lèvres, mordit ses joues, se glissa dans la transpiration parfumée de son cou, remonta vers l'oreille et lui dit tout doucement, dans un murmure qui la fit frissonner :

— Un jour, c'est promis, je te le dirai.

- non, il ne tue pas l'indien.

29

La nuit baignait le parc depuis longtemps lorsque Ulthémia Naeliev en foula l'herbe noire. Elle était pieds nus, laissait l'ombre des arbres peigner ses cheveux dénoués et frissonnait d'entendre murmurer les dentelles de sa robe. Tromper les caméras de surveillance n'était pas très difficile dès lors qu'on connaissait chacun des arbres où ces vilains oiseaux mécaniques avaient l'habitude de nicher. De chaque buisson montait l'odeur forte des roses et le ciel était piqué des mêmes strass que son bustier. La vie pouvait n'être qu'un perpétuel conte de fées, pensait-elle, pour peu qu'on sache porter sur elle un regard enchanteur et que, dans l'étoffe de ses rêves, on sache couper des robes de princesse. Ces robes, son père les lui avait toutes offertes. Couleur de lune, de soleil, couleur de temps. Mais, concernant la peau de l'âne, elle entendait dépecer seule l'objet de ses désirs. Car un conte de fées pouvait-il être un vrai conte de fées si le sang ne finissait pas par se mêler à la neige ?

L'idée que la ronde puisse la surprendre ajoutait à son excitation. Elle s'imaginait poursuivie par les chiens, rêvant sa robe déchirée par les ronces, les

– vous faites assez bien l'indien, mister which, mais je ne sais pas si elle est

hommes lancés eux aussi à sa poursuite et, brillant sous la lune, les lames de leurs couteaux de chasse éventrant l'obscurité. Leurs mains puissantes, leur haleine de tueurs, sicaires cruels devant ramener son cœur dans un coffret d'ivoire. Ulthémia courait. Son cœur, son souffle, ses yeux, ses jambes longues et soyeuses. Tout cela plus vite et tout à la fois.

Une branche la gifla au passage. Sur son doigt, le goût du sang, caressant l'écorchure. Son souffle court maintenant, le corps contre la fraîcheur d'un arbre, l'enserrant déjà comme un amant désireux de calmer sa peur. Sur sa gorge, des perles de sueur que les lèvres de son amant, bientôt, lécheraient comme un collier salé.

Ses désirs l'emportaient maintenant sur sa peur et sa peur rendait ses désirs plus violents. Elle devinait déjà sous la frondaison des arbres le toit du pavillon de chasse où il l'attendait.

Il lui dirait : tu es venue. Je t'attendais. Rien ne serait comme la dernière fois. Il y aurait des flambeaux, des velours et des tapis profonds. Des miroirs où elle se verrait nue et brûlée de caresses. Leur amour s'égarerait jusqu'à l'aube et la nuit n'aurait plus de porte. Il murmurerait : ma belle, mon attente. Il aurait peur. Qu'elle se soit fait surprendre, qu'elle ne soit pas venue, qu'elle ait oublié l'immensité de son amour. Elle poserait son doigt sur ses lèvres, il passerait sa main dans ses cheveux. Elle laisserait glisser les pétales de sa robe. Il dirait non, mais déjà elle sentirait sa main brûlante trembler sur son corps. Elle dirait non, mais déjà tout de lui se jetterait sur elle, son souffle, son cœur, ses yeux. Jusqu'à ce qu'ils n'y tiennent plus et que le vertige de leur désir les

très drôle, cette histoire. on dirait une histoire comme why en racontait

jette sur le sol, que la violence et l'ardeur les saisissent avant de les abandonner, lisses et pâles, brûlés d'amour et le cœur gonflé de sang. Et cela n'aurait pas de fin.

Les nuages, au ciel, s'écartèrent comme s'entrouvre une fourrure et Ulthémia sentit son corps trembler. Sous ses pieds, la terre était devenue douce. Des parfums de bois brûlé, sucrés comme du pain d'épice, remuaient l'obscurité. Elle s'avançait sur un sol de cendres encore tièdes et la sensualité qu'elle éprouvait à le fouler faisait renaître de nouveaux désirs. Elle était toute proche. Le pavillon, épargné par les flammes de l'incendie, dessinait l'ombre paisible de sa silhouette dans l'air chaud. Elle poussa le portail de bois en prenant garde de ne pas faire de bruit. Il n'y avait pas de lumière. Tout était étrangement silencieux. Une grande rose trémière pénétrait librement la nuit, que l'odeur du chèvrefeuille et du jasmin rendait dolente. Elle entrouvrit la porte.

⁂

Une odeur de sueur âcre flottait dans la pièce. Par la fenêtre étroite, un peu de la lumière dispensée par la lune passait. L'air était pesant et elle hésita à poursuivre. Sur le sol, une paire de bottes boueuses, des vêtements couverts de suie tachaient le linoléum usé qui avait été installé dans le pavillon tant d'années auparavant. Il avait fait ce choix dès son arrivée, préférant la proximité du laboratoire au confort du bâtiment principal. Elle repensa à *L'Amant de Lady Chatterley* qu'elle avait lu tant de fois. Son amant devenait alors garde-chasse, mais son cœur battait

lorsqu'il voulait nous plonger dans l'embarras. si je peux me permettre un

encore pour lui. Elle s'engagea dans l'escalier qui menait à la seule pièce de l'étage. Là où se trouvait sa chambre, son bureau toujours chargé de livres, ses cahiers compliqués. Il serait plongé dans l'étude d'un vieil herbier aux pages jaunies, fatiguant ses yeux à la chandelle tremblante. Il lèverait le regard sur elle et son sourire l'accueillerait. Il serait tout cela. Son prince du parc, son forestier fendant le bois dans l'air froid de l'hiver, son amant du Baïkal, son étudiant fiévreux à la mansarde froide. Dans l'escalier, la tête lui tournait. Elle n'osait savoir.

Le néon hésita.

— Mais qu'est-ce que tu fais là ?

Dans la lumière crue, le corps d'Andreï était blanc. Il se frottait les yeux et tentait de regarder sa montre. Il chaussa ses lunettes, rajusta son pantalon de pyjama, s'assit sur le bord du lit.

Ulthémia ne disait rien, ne rêvait plus. Attendait.

— Il est pratiquement 3 heures du matin. Tu es complètement folle d'être venue.

Il avait l'air inquiet. Il se leva pour réajuster les rideaux, coupa la lumière du plafonnier pour la remplacer par celle de sa table de nuit.

— Tu n'es pas content de me voir ?

— Ton père est à cran avec cette histoire d'incendie. Il faut que tu comprennes.

— Je vois bien que tu n'es pas content.

— Tu sais bien que ce n'est pas ce qui me préoccupe…

— Tu n'aimes pas ma robe ?

— Ulthémia…

— Tu n'as pas envie de moi ?

conseil, vous devriez cesser de la raconter. en échange, je vous raconte

— Allons, ne fais pas l'enfant. J'ai des soucis. Tu es certaine que personne ne t'a vue entrer ici ?

Ulthémia s'approcha de lui. Elle faisait voleter les dentelles de sa robe contre ses genoux, prenait des mines d'enfant grondée. Elle prit sa main, qu'elle engagea sous l'étoffe et ferma les yeux.

— Personne ne m'a vue, non, personne.

Mais déjà, elle savait que sa réponse ne l'intéressait plus. Elle sentait sa main avide chercher maladroitement son chemin entre ses cuisses pendant que, de l'autre, il déboutonnait son pyjama. Elle ferma plus fort les yeux, tentant de retrouver le visage du prince, de l'étudiant, du garde-chasse, mais le souffle précipité d'Andreï la gênait. Elle entendit qu'il éteignait la lampe. Il la renversa sur le lit, lui plaquant le visage contre le drap, puis la pénétra d'un trait. Cela dura un temps. Ulthémia sentit son corps lourd et défait s'écraser sur elle, puis l'odeur de tabac brun.

— Tu n'aurais pas dû venir. Ça n'a pas de sens, Ulthémia. Tu ne sais pas combien tout cela est dangereux.

L'incandescence de la cigarette dispensait une faible lumière qui n'éclairait que les contours de sa bouche, une sorte de masque cireux où la barbe naissait, animale.

— Papa n'est pas aussi méchant que tu le crois. Il est triste que toutes ces roses soient mortes, voilà tout. Mais mon prince saura les faire repousser, n'est-ce pas ?

— Tu sais que je n'aime pas que tu m'appelles ainsi.

Ulthémia n'écoutait pas, voletait dans la pièce comme un papillon de nuit. Tapotait sur l'ordinateur. Ouvrait et fermait un dossier traînant sur le bureau,

l'histoire du président noir qui veut engager un ministre des finances blanc et

allumait la radio, l'éteignait, venait à lui, l'embrassait, lui demandait pardon, le trouvait vieux, le trouvait beau, le trouvait triste, amusant, l'imaginait, l'ennuyait, faisait l'enfant, relevait ses jupes, faisait mine d'être fâchée, riait fort, faisait l'ange ou la bête.

— Ulthémia ! Cesse, s'il te plaît. Je suis épuisé. J'ai travaillé sur le chantier de l'incendie depuis l'aube. Je reprends dans quelques heures à peine.

— Parle-moi de ma mère et je te laisse dormir. Juste un peu.

— Je t'ai déjà dit tout ce que je savais.

Elle s'approcha de lui, posa sa tête contre sa poitrine. S'efforça d'être sage et câline.

— S'il te plaît. Juste un peu.

Alors, il lui redit encore, pour la énième fois, ce vieux conte usé. Combien sa mère était belle, la couleur préférée de ses robes, le bal de Cluj, où elle brillait au bras de son mari.

— Et tu l'aimais, toi ? Tu l'aimais, n'est-ce pas ?

Et elle se levait à nouveau, l'accusant de n'aimer en elle que le souvenir qu'il avait gardé de sa mère, puis revenait s'asseoir, le suppliait à nouveau, l'embrassait, le laissait passer ses mains sous sa robe, le griffait, l'interrogeait une fois encore sur les circonstances de sa mort.

— … Arrête, Ulthémia ! Tu sais bien que je t'ai déjà dit tout ce que je savais sur cet accident.

Sa voix était devenue plus ferme, résolue.

— Papa n'a jamais dit qu'il s'agissait d'une voiture rouge.

— Je ne sais plus, Ulthémia, je suis épuisé par toutes tes questions. Bleue, rouge, quelle importance

qui finit par recruter le self-made-man qui, à la question combien font deux +

cela peut-il avoir ? Tu te fais du mal à entendre tout ça.

— Je ne suis plus une enfant, Andreï, j'ai le droit de savoir. Pourquoi ne me dis-tu pas la vérité ?

— Quelle vérité, Ulthémia ? Je t'ai dit tout ce que je savais.

— Papa m'a dit qu'elle était restée belle. Dis-moi qu'elle est restée belle.

— Très belle, Ulthémia, même…

— … Morte ?

— Je suis épuisé, Ulthémia. Cesse de chercher dans le passé.

— J'ai souvent pensé que la tache que je porte sur mon visage est le souvenir que mon corps a gardé de la mort de ma mère. Tu crois que j'ai raison, Andreï ? Tu préférerais…

— Ce que tu dis n'a pas de sens. Tu n'as plus l'âge de dire ces choses.

— Tu préfères que j'aie cette tache sur le visage ou tu préférerais que je la porte sur le cœur ? Tu préférerais que ma mère soit vivante et que moi je sois morte ? Tu préférerais être mon père ? Tu préférerais que toi et moi soyons morts et que…

— Arrête ça, Ulthémia ! Tu m'entends ! Tais-toi !

— Tu aimerais me frapper ? C'est ça ? Tu crois que mon père aussi la battait ? Tu crois qu'il l'a battue quand j'étais dans son ventre et que cette tache…

Andreï la tenait par les épaules, la secouait, tentait de contenir l'hémorragie de ses phrases et de ses questions en pressant son visage contre lui. Il sentait la crise monter, ce moment où, bientôt, elle se mettrait à hurler, capable de tout, ce moment où elle pleurerait à étouffer, où il ne pourrait plus rien. Elle le giflait et

deux ? répond : trois pour vous et un pour moi !

tirait sur ses vêtements, le griffait comme un animal. Elle le mordait, se frottait contre lui. Leurs deux corps roulèrent violemment sur le sol parmi les objets et les livres qu'elle avait arrachés à l'ordre des choses, elle le laissa faire à nouveau, accouplant l'obsession des questions qui brûlaient l'intérieur de son corps aux coups de reins qu'il s'acharnait à donner pour parvenir à jouir.

Elle arracha le cordon de la lampe qui traînait sur le sol et l'obscurité se fit dans la chambre, dissolvant l'encre qui tachait son visage dans une mer plus vaste. Une nuit infinie et profonde, seule capable d'accueillir l'immensité de ses peurs et de ses attentes.

Derrière la vitre, l'ombre attentive des grands arbres du parc observait avec répugnance les soubresauts de ces deux corps possédés par leur ignorance d'animaux.

mister which sent le fil qui se tend et la pointe de sa canne à pêche qui plonge

30

La douche coulait mal mais elle était brûlante. Une cabine étroite aux parois disjointes par le temps et le calcaire. Il semblait à Iva Neves qu'elle respirait mieux sous l'eau qu'à l'air libre. Lorsqu'elle parvint enfin à s'arracher à ce bouillant délice, les couleurs fades de la petite salle de bains avaient disparu dans un épais nuage de vapeur. En même temps que l'angoisse qui l'oppressait depuis plusieurs jours. Elle frotta son corps rougi avec une serviette propre, enroula ses cheveux dans une autre. Elles sentaient le linge d'antan. Rien chez Renzo Sensini ne lui était familier et elle s'étonnait de se trouver malgré tout à son aise. Sans doute parce que le lieu avait si peu de personnalité qu'il permettait à quiconque d'en prendre facilement possession.

Elle poussa la porte de la salle de bains et le surprit dans la chambre, dans ce qui devait être sa chambre. Sensini cherchait des draps propres dans un placard. Mais n'en trouvait pas. Il la regarda avec embarras, détourna ses yeux de ses épaules nues pour les diriger de nouveau entre les étagères. Des épaules de nageuse.

vers l'eau. il s'en saisit et se trouve naturellement dispensé de rire à cette

— Excusez-moi, je crois que je n'ai pas d'autres draps. C'est un service qui s'occupe de cela et… enfin, je crois qu'il ne passe qu'en fin de semaine.

— Ah ! Et quel jour sommes-nous ?

Il fut étonné de sa question. Et aussi de son sourire car il ne l'avait encore jamais vu. Elle semblait aller mieux maintenant, paraissait plus décontractée, tournait autour du lit en traînant un peu ses pieds nus, regardait partout.

— Nous sommes mardi… Enfin, déjà mercredi…

Elle sourit un peu plus encore puis jeta un œil par la fenêtre d'où l'on pouvait plonger très loin dans la nuit profonde de la ville.

— Vous avez un sèche-cheveux ?

Sensini était désappointé par ces questions, par leur tonalité familière. Des questions qu'il ne se posait jamais à lui-même et qu'on ne lui posait jamais non plus. Son trouble provenait de cette situation faussement anodine dans laquelle un homme et une femme se trouvent dans le même appartement, dans la même chambre et peut-être, à un moment ou à un autre, dans le même lit.

— Non, désolé, je n'en ai pas.

— Vous ne vous séchez jamais les cheveux ?

— Eh bien non… À dire vrai… Sans doute que… Ils doivent sécher tout seuls.

— Même en hiver ?

— Euh… Oui. En hiver aussi.

Il sentait bien qu'elle jouait avec lui et il était assez fin pour comprendre aussi que, sur ce terrain, il n'était pas de taille. Il aurait aimé reprendre l'avantage, revenir à ses investigations, mais il ne voulait pas non

blague. mais mister whose insiste. il faut dire que lui n'attrape jamais rien.

plus la brusquer et la rejeter trop vite dans le chaos dont il avait eu beaucoup de mal à l'extraire.

— Je peux vous poser une question ?

— Je vous en prie… Vous voulez un peu de café ?

Sensini laissa le placard en désordre et renonça aux draps. Il passa dans le salon où se trouvait aussi la cuisine. Iva Neves le suivit en promenant son regard étonné sur le minuscule deux pièces.

— Je préférerais un cognac… Cela fait longtemps que vous vivez ici ?

Elle s'était accoudée au bar qui marquait la frontière du salon, toujours souriante, les jambes croisées et cherchant son équilibre sur un tabouret qui avait dû connaître des jours meilleurs.

— Je suis désolé… Je n'ai pas d'alcool.

Elle s'amusa de le voir ainsi un peu gêné dans sa cuisine. Rien n'était sorti, pas de vaisselle sale ni propre. On aurait dit que rien ici n'avait été touché depuis des mois ou peut-être des années. Elle s'étonna aussi d'arriver si vite à ne plus voir en lui le flic qu'il était.

— Alors un café, ça ira très bien. Vous faites parfois la cuisine ?

Iva aurait pensé que la question l'amuserait. Mais non. Il était sérieux et le restait. Répondait à ses demandes d'une voix neutre, comme si elle travaillait pour un institut de sondage.

— Non. Vraiment pas. Jamais…

— C'est dommage. Moi, j'adore… Et aussi manger… Vous aimez manger ?

— Euh… oui. Quand j'ai faim.

Elle rit franchement – Sensini trouva que cela lui allait bien –, et son turban d'éponge glissa un peu,

– c'est une histoire qui mérite vraiment d'être racontée, s'enthousiasme-t-il.

laissant filer deux ou trois mèches le long de sa joue. Sensini trouva que cela aussi lui allait bien. Il voulait dire quelque chose, oui, Iva sentait qu'il allait peut-être se découvrir un peu, elle n'en était pas sûre mais, à voir son visage tendu et hésitant, c'était possible, ce drôle de flic s'apprêtait peut-être à lui expliquer pourquoi cet appartement meublé était aussi vide de toute trace de lui, pourquoi nulle part on n'apercevait quelque chose d'intime ou de personnel, pourquoi il n'avait pas de draps de rechange… Mais au lieu de cela, ce fut en un instant le même masque que la veille, lorsqu'il avait plongé sur elle pour échapper aux balles.

Elle le vit se glisser vers l'entrée comme un chat et saisir son revolver avant même qu'on ait fini de frapper à la porte. Il était dos au mur maintenant, tout près de la porte, et lui intima le silence en posant le canon de son 9 mm sur ses lèvres. On frappa encore, un peu plus doucement. Le silence et l'immobilité gagnèrent toute chose durant quelques secondes. Même les bruits de la rue semblaient évanouis. Une grosse boule de peur empêchait Iva de déglutir. Les fourmis montaient dans ses jambes nues. Enfin, de là où elle était, elle perçut une voix, un murmure plutôt et vit Sensini se détendre aussitôt. Entrouvrir la porte, dissimulant son revolver derrière le battant.

— Je savais que vous étiez là, monsieur Sensini, je vous ai vu rentrer. J'ai vu aussi que…

Sensini eut un sourire fatigué devant le clin d'œil entendu de monsieur Wadaïeff, petite silhouette en robe de chambre fripée qui murmurait avec des airs de comploteur.

je la tiens de wealth & wash. c'est étonnant que wealth & wash connaissent des

— Je suis très content pour vous, vous savez… Vraiment…

— Monsieur Wadaïeff, ce n'est pas ce que vous croyez, mais…

— … Oh la la… ! Cela ne me regarde pas, monsieur Sensini, cela ne regarde pas le vieux Wadaïeff et ce n'est pas pour cela que je vous dérange au milieu de la nuit, Dieu me pardonne…

Sensini avait envie de refermer la porte, n'avait pas envie d'écouter une fois encore son vieux voisin. Pas maintenant.

— Je voulais m'excuser pour l'autre soir….

Mais comment faire pour fermer la porte sur la détresse de ce vieux bonhomme ? Sensini soupira.

— Vous n'avez pas à vous excuser, monsieur Wadaïeff.

— Si, si. Se suicider à mon âge… Franchement… Vous vous rendez compte…

Wadaïeff regardait le bout de ses pantoufles et ne disait plus rien. Sensini pensa qu'il ne pouvait tout de même pas le faire entrer.

— Je ne veux pas vous déranger plus longtemps. Je voulais juste vous donner ceci…

Le vieil homme lui tendit un paquet qu'il avait tenu dans l'ombre. Un large paquet de papier kraft froissé retenu par un bout de ficelle qu'il n'était pas parvenu à tendre correctement. Avant de faire les quelques pas qui allaient le ramener dans sa tanière, Wadaïeff regarda une dernière fois son jeune voisin. Il était devenu un peu plus grave.

— C'est pour vous, murmura-t-il. Faites-en ce que vous voulez…

Puis il fit demi-tour dans son pyjama rayé qui dépassait un peu partout de sa vieille robe de chambre, traînant la savate sur le plancher fraîchement ciré. Sensini ressentit pour lui une immense compassion. Puis ferma doucement la porte.

Lorsqu'il se retourna, Iva Neves était toujours là. C'était presque une surprise tant la présence de cette jeune femme dans son meublé, dans sa solitude, était incongrue. À la pâleur de son visage, il sut qu'elle aurait besoin de temps avant de ne plus avoir peur.

— Ne vous inquiétez pas… Ce n'était rien. Mon voisin.

Sensini posa le paquet sur le bar et se préoccupa à nouveau du café.

— Il frappe chez vous à 2 heures du matin !

— C'est un vieux monsieur. Il est seul.

Comme si cela donnait tous les droits. Iva posa la main sur le paquet, fit bruisser le papier kraft.

— Qu'est-ce que c'est ? Les draps de rechange ?

— Je ne crois pas, non. Un cadeau. Quelque chose pour me remercier.

— Vous remercier ? De quoi ?

— Vous êtes curieuse, mademoiselle Neves.

— Appelez-moi Iva.

Elle le fixait, un peu de provocation dans son regard. Il aima cette impertinence.

— Vous prenez du sucre ?

— Non, merci. Et vous ?

Il sourit encore. Déposa une tasse devant elle. Le café était très noir et fumant. Iva passa doucement ses mains autour de la porcelaine.

— Que cherchez-vous, mademoiselle Neves ?

Il avait insisté sur le mademoiselle et s'en voulait déjà un peu de sa distance. Désigna le paquet pour se rattraper.

— Vous pouvez l'ouvrir…

— C'est vrai ?

Elle n'attendit pas sa confirmation. Fit voler l'emballage, tendit devant elle une petite toile.

— C'est drôle. C'est un artiste ?

— En quelque sorte.

— Regardez.

Elle retourna le tableau. Une ambiance surréelle faite de couleurs explosives. Un univers que Sensini ne soupçonnait pas chez Wadaïeff. Iva Neves disposa la toile debout sur le bar, entre eux deux. Puis dit dans un sourire :

— Quelle est votre interprétation, cher collègue… ?

Sensini était intrigué et oublia de sourire. Le tableau n'avait rien à voir avec ce violon rouge grossièrement cubiste que son voisin lui avait déjà offert. C'était un village immense, interminable, mais un village tout de même, représenté dans des proportions minuscules. Comme un dessin à l'aiguille. Des dizaines de scènes maladroites attiraient le regard un peu partout dans ce paysage tentaculaire. Rixes de paysans que le peintre aurait voulu tout droit sortis du Brabant, corporations de mendiants estropiés, soldats buvant leur solde, couples endimanchés avec enfants aussi grands qu'eux défilant sur la place du village peinte comme une forêt exotique, scènes cannibales un peu plus haut, dans des halles ouvertes, où l'on cuit indistinctement, dans d'immenses chaudrons, hommes et bêtes, petits ouvriers occupés un peu partout à édifier de nouvelles maisons plus ou

qui a mordu à son hameçon, suffisamment gros pour édenter un requin bleu. il

moins bien proportionnées pendant que d'autres, à l'autre bout du paysage disparaissent derrière un rideau de feu et de fumée… Dans le ciel souffle un vent qui s'engouffre dans les ailes d'un ange et le pousse irrémédiablement vers la bouche d'un volcan dont s'échappe une fumée de mots.

— Vous arrivez à lire ce qui est écrit là ? Cette petite phrase…

Iva se pencha tout près et lut d'une voix monocorde :

— « Je ne bâtis que pierres vives : ce sont hommes. »

Il y eut un long silence puis Iva ajouta :

— Vous devriez faire attention, monsieur Sensini. Votre voisin est un dingue.

estime qu'il n'aurait pas dû se laisser aller à raconter à mister whose cette

31

Sur son bureau d'Interpol, les clichés numériques demandés par Dragulescu avaient de belles couleurs. Disposés sur son bureau, on en comptait six. Trois par mort. La position du corps. La situation du cadavre. L'environnement du crime. De quoi connaître, à distance, les derniers moments d'une vie. De deux vies. Le crâne emmailloté dans du Scotch, Jörg Storensen semblait avoir bu toute l'eau de son bain. Mort par asphyxie. Le rapport du légiste précisait qu'elle avait dû être lente. Quant à Evguenia Dimitriadis, seul son front troué proprement était présentable. Le reste du visage avait été tailladé avec un couteau de cuisine. *Ante mortem*, ajoutait le mêmc rapport.

Il était 8 heures du matin. S'il avait mangé quclque chose depuis la veille, Sensini n'aurait sans doute rien pu garder. Il était pâle, tendu, saisi par les souffrances qu'avaient endurées cet homme et cette femme, aux deux extrémités de l'Europe. Au fond de sa poche, il cherchait la forme rassurante du bois d'olivier, mais ne la trouvait pas.

— Pourquoi, Roman ? Pourquoi ça ?

histoire d'indien. car une partie de pêche peut-elle bien suffire à justifier une

La mine chiffonnée de Dragulescu émergeait tout juste derrière son bureau surchargé de documents, de lecteurs externes et de bouffe. Il avait dû se lever très tôt pour retrouver Sensini à Interpol et découvrir qu'il n'était pas dans son assiette. Lui aussi avait regardé les photos. Dégueulasses. Mais pas pires que d'autres. Elles aussi allaient être enregistrées, codées, classifiées, intégrées puis assimilées par l'une des bases de données constituées à partir des innombrables modalités du crime violent. De nouvelles arriveraient encore un peu plus tard. Roman ne comprenait pas le désarroi de son supérieur.

— Les fruits d'Éden. Glafkos Dimitriadis, Evguenia, la sœur de Glafkos Dimitriadis, Jörg Storensen. Out ! Restent Thomas Hearing et Iva Neves.

Sensini avait le regard dans le vague et Dragulescu laissa le silence s'installer. Cela dura tout de même une poignée de secondes. Roman sentait ses membres s'engourdir et il aurait bien piqué de la tête quelques instants. Mais il se ressaisit et tapota sur l'un des claviers qui émergeait encore de son bureau.

— J'ai reçu les portraits-robots des tueurs du salon. La recherche d'identité n'a rien donné pour le moment, mais elle ne fait que commencer. J'ai demandé au service qu'on croise les données de reconnaissance le plus largement possible. Vous voulez voir ?

L'écran aux deux visages se tourna vers Sensini. C'était bien eux. Le type était particulièrement proche de celui qu'il gardait en souvenir. Brun, plutôt pâle, le visage maigre et la pomme d'Adam très saillante. Son regard n'était pas celui d'un tueur. La fille lui semblait moins réussie. Trop caricaturale. La beauté était toujours plus difficile à représenter et l'ordinateur semblait s'être laissé influencer par les données anthropométriques des starlettes en vogue. Seule la coupe de ses cheveux blonds oxygénés était fidèle à l'image qu'il conservait. Courte et en pétard. Mais soignée. Ils étaient très jeunes tous les deux.

— Des nouvelles de Klein ?

— Oui. Je crois qu'il serre Hearing de près, mais pas moyen d'en savoir davantage par la voie directe. J'ai fait une demande d'observation à Lelonek pour qu'on soit tenu au courant des investigations sur Hearing.

— Et alors ?

— Il avait pas l'air très emballé mais il a fait suivre…

— Comme d'habitude.

Sensini se pencha vers Dragulescu.

— Je passe récupérer quelque chose et je vous retrouve à la buvette du parc…

Sensini sortit, sans égard pour la réaction de son assistant décontenancé, et fila vers son bureau. Il referma la porte derrière lui. Son chapelet était là, au beau milieu des dossiers, comme si quelqu'un l'avait ramassé quelque part et déposé là pour le mettre en évidence. À moins qu'il ne l'ait lui-même oublié un peu plus tôt ce matin. Cela le contraria un peu plus. Il le prit en main, le soupesa, fit passer les billes une à une, lentement, entre ses doigts, comme s'il cherchait à savoir s'il avait été manipulé par un autre. Puis s'assit devant son ordinateur. Sa boîte aux lettres clignotait en bas de l'écran. Le message provenait justement de Lelonek. C'était le seul et il en demanda

downloading 100 %. process achieved. welcome to the complex, the world of the

l'impression. Se releva aussitôt, prit la page et se hâta vers la sortie.

⁂

La buvette du parc touchait aux premiers enclos du jardin zoologique. La Tête d'Or n'était pas encore réveillée ce matin-là. Seuls les joggers savaient après quoi ils couraient. Sûrement pas la fraîcheur car il était encore tôt et le soleil avait déjà de quoi mettre tout le monde K.O. Seule la végétation semblait à l'aise, recevant l'absolution généreuse des jets d'eau.

Dragulescu était assis devant son Coca. Sensini alla se chercher un café au petit kiosque puis revint prendre place. La terrasse était déserte. Sensini prit la parole en évitant le regard de Roman.

— Naeliev a menti. La serre a effectivement brûlé. Il m'a baladé dans son décor de rêve et je suis reparti bien gentiment. Le seul problème c'est que son domaine est grand comme la moitié de la Suisse et qu'il n'y a eu aucune plainte. Comment je le…

— … C'est dingue ça, c'est…

— … Laissez-moi terminer, Roman, et gardez du souffle pour vos commentaires car ce n'est pas fini…

Dragulescu avala une gorgée de Coca et essaya de se calmer. Mais c'était difficile et ça n'allait pas s'arranger.

— J'ai retrouvé Iva Neves, Dragulescu. Vous ne connaissez pas Iva Neves ? C'est la fille du groupe Éden. Storensen et Dimitriadis sont sur votre bureau, Hearing est dans la nature. Et Iva Neves est chez moi.

— Quoi ? !

Roman passait et repassait sa main dans sa barbe de quelques jours et ouvrait de grands yeux sans y croire.

— Mais vous êtes dingue, boss… Vous avez complètement…

— Elle m'a appelé hier soir, paniquée. Elle ne voulait pas entendre parler d'une protection policière. Elle était avec moi lorsque je vous ai appelé, sur l'autoroute. Elle n'a pas confiance.

— Mais c'est dingue… Vous êtes dingue !

— Elle a peur des flics, Roman.

Il y eut un silence. Le jeune Roumain engloutit le reste de son Coca. Puis sourit comme un gosse.

— Remarquez, je la comprends…

Sensini eut également un léger sourire. Puis se leva. D'un coup. Sans avertir.

— Allons faire un tour, Roman. J'ai besoin de marcher.

— Vous êtes sûr ? Avec la chaleur qu'il fait…

— Allez, Dragulescu, ça vous fera du bien à vous aussi.

— Tu parles… Je fais déjà des millions de kilomètres sur la Toile… Si vous croyez que ça ne me fatigue pas déjà assez !

Roman suivit son supérieur en traînant des pieds. Il détestait les animaux, il détestait la nature, il détestait les parcs. Un aller-retour à la buvette de la Tête d'Or tenait déjà pour lui du safari.

— Pourquoi Naeliev a-t-il menti, à votre avis ?

Roman tenta de marcher un peu plus vite pour se mettre à la hauteur de Sensini et répondre à sa question. Il avait faim et il aurait bien mangé du popcorn.

— Je sais pas, moi. Parce qu'il est comme tout le monde, il aime pas les ennuis…

— L'idée des serres Naeliev, c'est Hearing qui l'a eue. Et quelques jours plus tard, le même Hearing dépense des fortunes pour faire plaisir à sa compagne et à ses gosses. Qu'est-ce que vous en concluez, Roman ?

— Que les temps sont durs et que la concurrence est rude…

— Espionnage industriel ?

— C'est des trucs qui se font. Les entreprises sont prêtes à payer cher pour connaître les petits secrets des autres… C'est normal.

— Et vous trouvez aussi normal que ça fasse des morts ?

— Non, bien sûr que non. Mais bon… Il y a sans doute de gros intérêts en jeu.

— Et des vies aussi…

Roman soupira et répondit en regardant le bout usé de ses chaussures.

— Excusez-moi de vous le dire, boss, mais des fois vous avez vraiment des répliques de boy-scout…

C'était vrai et Sensini le ressentait aussi de temps à autre. Un décalage. Quelque chose qui se creusait entre lui et le monde. Malgré son action, malgré son boulot de flic. Il était pourtant entré dans la réalité comme on entre dans les ordres. Avec rigueur. Une discipline de militant qui cherche du sens. Qui le sent. Le sait là, juste devant lui, juste derrière l'opacité des choses. Mais il arrivait souvent qu'au moment d'atteindre ce sens, au moment de le faire sien, celui-ci se dérobait et laissait l'officier d'Interpol dans la plus grande insatisfaction.

changer le décor, reconstruire la piscine en lui donnant des formes

— Regardez le mail que le boy-scout vient de recevoir, Dragulescu.

Sensini tendit à Roman la feuille fraîchement imprimée. Roman s'y plongea.

— Ben quoi ? C'est juste la réponse à votre demande de justification, rapport à l'accès Naeliev qu'on vous a refusé…

— Tout juste, Roman. Et qu'est-ce que ça dit ?

— Que vous avez pas le droit d'accéder au dossier parce que la requête n'est pas prioritaire.

— Ce qui veut dire que je n'ai pas accès au dossier Naeliev parce que je n'y ai pas accès. Vous appelez ça une justification ?

— Je sais pas, moi, comment ça s'appelle… C'est comme ça, c'est tout. On dirait que vous découvrez Interpol…

— Je découvre qu'une organisation pour laquelle je bosse m'empêche de faire le travail pour lequel elle me paie. Vous trouvez ça logique, Roman ?

Dragulescu s'écarta trois secondes pour shooter dans un godet en plastique qu'un môme avait rempli de terre. Puis reprit le pas de son supérieur.

— C'est pas logique. C'est comme ça.

— Et c'est une explication ça ?

— Une explication, une justification, une machination, est-ce que je sais, moi… ? C'est comme ça qu'Interpol fonctionne ! Et le monde avec, si vous voulez savoir ! Vous avez accès à des trucs, vous avez pas accès à des trucs. Vous avez du fric, vous avez pas de fric. Vous avez les yeux bleus, vous avez les yeux noirs. Qu'est-ce qu'on y peut ? Si on vous laisse pas regarder par là, c'est qu'il y a de bonnes raisons. Si ces raisons vous conviennent pas, allez vous pieuter

différentes - fontaine, haricot, berlingot labyrinthe -, faire repeindre la

ou démerdez-vous pour regarder de l'autre côté… Mais à quoi ça sert de crier au loup… ? Tout le monde vous prend déjà pour un paranoïaque…

— Qu'est-ce que vous en savez, Roman ?

Le ton de Sensini avait changé, mais Dragulescu était parti et il avait encore deux ou trois trucs à dire.

— J'ai des oreilles, c'est tout. Et elles sont grandes… L'affaire Del Pierro vous a plombé, chef.

Cette fois, ce fut au tour de Sensini de s'éloigner un peu. Il y avait une cage circulaire vide qu'on avait depuis longtemps oubliée sous les arbres. La dalle de béton était craquelée comme une vieille peau d'éléphant. Sensini fit le tour du manège en silence. Le sifflement d'une petite voiture électrique glissa quelque part derrière les arbres. Lorsqu'il releva la tête, Sensini vit Dragulescu s'accrocher aux barreaux de la cage en criant son innocence. Mais n'arriva pas à s'en amuser.

— Il paraît que c'était la cage des ours avant.

— Ah ouais ? !

— Et ils sont tous devenus dingues là-dedans. Les uns après les autres.

— Pas cool ! Vous nous faites la métaphore géante avec le monde comme une prison et nous les prisonniers !? Les méchants dehors, les bons dedans ! Vous exagérez, boss. La liberté, elle est là et on peut la serrer de près. Suffit de le vouloir. Regardez ce qui se passe sur la Toile. Ça circule, ça bouge, il y a pas de frontières et si on en fabrique une avec des jolies petites barrières en chiffres, il suffit de réfléchir et d'être un peu plus malin… Moi j'aime avoir de l'air. Et j'aime que les choses se fassent. Et elles se font, boss. Avec ou sans nous. Elles se font.

crique en ajoutant de beaux fruits mûrs aux arbres, changer la vaisselle ou la

— Et en ce moment, elles se font tellement bien qu'il y a des types qui en meurent. Mais c'est sans doute également des chiffres pour vous, Roman.

— Pas des chiffres, boss. Des pertes. Des vraies pertes mais, comment dire, c'est inévitable…

— Je ne vous savais pas du côté des cyniques, Roman.

— C'est pas du cynisme, boss. Je suis pas blasé. Mais j'avance. C'est ça que je veux, moi. Avancer.

De la manière dont il lui avait dit ça, Sensini pouvait en conclure que lui n'avançait pas. Il s'approcha d'une fontaine de bronze et fit couler de l'eau qu'il se passa sur le visage. La fraîcheur était agréable. De son côté, Dragulescu s'inquiétait maintenant d'avoir trop chargé la barque. Il s'approcha et voulut être plus conciliant et plus constructif. Sensini accepta le jeu sans laisser paraître son amertume.

— Vous allez retourner en Suisse, boss ?

— Je ne sais pas.

— Et la fille ?

— Je ne sais pas non plus. En tout cas, il s'est passé quelque chose chez Naeliev et c'est là qu'est la clef.

Dragulescu boxa maladroitement l'air chaud qui se trouvait devant lui et parvint presque à redonner le sourire à Sensini.

— Oui, mais je ne trouve pas de clef pour l'instant. Il y a une dose phénoménale de mystère là-dessous. Tout son itinéraire est soigné, incroyablement clean. On dirait une vraie vie, une vraie entreprise, des vraies roses. C'est tellement beau qu'on peut pas y croire…

— Et qu'est-ce qu'on doit croire alors ? interrogea Sensini.

couleur des fauteuils gonflables, transformer le lagon en parcours de golf,

— Il y a quelque chose qui colle aux basques de ce vieux. Je m'y connais un peu en matière de curriculum vitae de pourriture et je sais ce qui se cache derrière les mots et les fonctions.

— Et qu'est-ce qui se cache derrière Naeliev ?

— Il y a ce Dietmar Ellger, dont vous m'avez parlé. Un ex-chimiste devenu activiste radical. J'ai un contact. À Vienne. Il faut voir.

— Voyez vite, Roman.

— O.K., O.K. ! Je veux bien, moi, mais c'est quoi le programme, boss ?

— Vous continuez à avancer, Roman. Et moi je continue mon surplace. On verra qui arrive le premier.

Roman rougit un peu et emboîta le pas de Sensini, qui reprenait la direction du bâtiment d'Interpol.

— Je savais bien que vous l'aviez mal pris, boss. Je m'excuse. Je voulais pas…

— … Vous l'avez fait, Roman. Et ce n'est pas plus mal comme ça.

— O.K., O.K. ! Je voulais pas vous froisser…

— Je ne suis pas froissé, Roman. J'ai des choses à faire.

— O.K., O.K…

Il y avait le silence et le froufrou d'une tourterelle qui se posa au-dessus d'eux. Dragulescu leva la tête comme s'il cherchait à voir le volatile. Laissa passer encore quelques secondes puis se lança :

— Vous savez ce que c'est une mandragore, boss ?

— Une fleur. Une plante…

— Ah ouais… !

— On dit, je crois, que ses racines ont une forme humaine. On dit aussi qu'elle pousse au pied des gibets et que c'est le sperme des pendus qui les engendre.

— Le sperme des pendus ! C'est dégueulasse…

— Ce sont des légendes. Pourquoi vous me demandez ça ?

— Comme ça. C'est juste que j'ai lu ça dans *Harry Potter*.

— Vous lisez *Harry Potter*, Roman ?

— Ouais. Ça m'arrive. Pas vous, je parie !

— Pas moi, non. Pas moi, Roman.

il ne faut pas croire que les partners sont inactifs. ou déprimés. non, ce n'est

32

L'odeur de sueur du patron de l'hôtel précédait le commissaire Klein dans la montée d'escalier. Ses tongs clapotaient parmi les fleurs beigeasses de la moquette du couloir. Seul le trousseau de clés qu'il promenait en laisse au bout d'une ficelle graisseuse mettait un éclat de lumière vif dans cette cage aveugle. Devant chaque chambre, l'usure avait laissé les mêmes paillassons de corde, des flaques grises qui se glissaient sous les portes comme de mauvaises odeurs. Celle qui flottait dans le couloir fit grimacer Klein. Un relent de cave humide que la chaleur faisait fermenter et à laquelle se mêlait l'odeur animale de son guide. Quelque part entre la serre et l'écurie.

— Chambre 29. Il a signé le registre sous le nom de Sylvain Grenier. Vous savez, comme le catcheur.

Klein ne savait pas. L'autre haussa les épaules. L'image fugitive d'un combat Sylvain Grenier/ L'Ange Blanc passa dans le téléviseur que le gros puant trimballait dans sa tête en guise de mémoire.

— Vous regardez jamais le catch ?

— Et vous êtes absolument sûr que ce Sylvain Grenier est bien Thomas Hearing ?

pas du tout cela. il y a tant à faire : gérer, négocier, trafiquer, convertir,

— Vingt fois je l'ai dit à l'autre inspecteur. Avec ou sans lunettes, avec ou sans cheveux. Je vous dis que c'est lui, je peux pas me tromper. Ce type, dès qu'il a sorti son billet de 500, j'ai flairé qu'il…

La porte réclama un léger coup d'épaule pour abandonner le chambranle trop étroit. L'effort lui fit suspendre la fin de sa phrase, l'odeur de pourriture qui stagnait dans la chambre l'enterra.

— Vous sentez ça ! ? Non, mais regardez-moi ce boulot ! Je vous l'ai dit, des douches toute la journée… Regardez ça, nom de Dieu, l'humidité qu'il a collée là-dedans !

Sur les murs, le papier peint cloquait par endroits et des dégoulinures de vapeur avaient laissé la trace de leur passage dans la crasse des années. Les rideaux étaient tirés, il faisait là-dedans une chaleur de mousson. Sur la seule chaise de la chambre, une souris blanche imprimée sur une boîte de nourriture pour animaux se tenait immobile sous l'ampoule du plafonnier.

— Il a un animal avec lui ?

— Une boîte en carton avec des trous et un élastique autour. C'est tout ce que j'ai vu.

— C'est les chiottes qui puent comme ça ?

Klein se dirigea vers le cabinet de toilette, laissa le néon cligner des yeux au plafond avant de déplier l'accordéon de caoutchouc marron.

Dans la douche, l'odeur était plus forte encore, au fond du bac stagnait une eau poisseuse qui sentait la terre et la limace. Tout du moins l'idée que Klein s'en faisait.

— Vous avez trouvé un macchabée sous la douche, patron ?

abuser, échanger, vendre, troquer, acheter, (s')offrir : des stock-options,

La voix de Moutier était sourde, comme étouffée. Il avait fini de placer les gars tout autour de l'hôtel. Sur le nez, il tenait le mouchoir avec lequel il avait l'habitude de s'éponger le front.

— Ça ne sent pas le cadavre, Moutier. C'est une autre sorte de pourriture…

— Je me souviens d'un bouquet de pivoines… J'avais offert ça à ma femme. C'était le jour où elle s'est cassée avec le serveur du bar d'en face. Un mois j'ai attendu. Les tiges ont pourri dans l'eau du vase et elle, je ne l'ai jamais revue. J'ai tout balancé dans le vide-ordures. C'était une infection à gerber. La même odeur que celle-là…

Moutier avait craché sa madeleine moisie sur la moquette. Maintenant, il se taisait. Est-ce que Klein l'avait jamais entendu parler de sa vie privée avant ce jour ? Son mouchoir blanc lui donnait un air triste et pathétique.

Le type de l'hôtel ne faisait aucun commentaire, ni sur la pourriture, ni sur sa femme. Son silence attira l'attention de Klein. De dos, figé et blanchi par la lumière blême, le tenancier semblait préoccupé par autre chose, en arrêt devant l'ombre qu'il projetait sur la couverture à carreaux du lit.

— Quelque chose qui ne va pas ?

Tout d'abord, le type ne répondit pas, puis d'une voix plate, il dit :

— Ça bouge, là-dedans…

Sous la couverture, on aurait pu imaginer qu'une main sans bras ni épaisseur remuait doucement les doigts. Ça ne se déplaçait pas, ça tremblotait à peine. Le lit était tiré au carré, bordé avec soin. Sur le rabat du drap, deux fleurs brodées s'embrassaient.

S'approchant du lit, Klein crut apercevoir quelque chose bouger sur le plancher. Sous ses pieds il sentit qu'il écrasait un insecte, puis deux, puis dix. De petits bruits écœurants de noisettes qui ne se mangent pas. D'un geste vif, le tenancier avait arraché le couvre-lit.

— Des dégueulasseries, j'en ai pourtant vu depuis que je tiens cette baraque !

Le drap était couvert de centaines de blattes noires auxquelles se mêlaient, dans un grouillement qu'affolait la lumière, des cloportes gris et des sortes de larves. Le matelas était à nu et la toile donnait l'impression d'avoir été brûlée par un jus acide qui s'étalait en larges auréoles, dont la couleur hésitait entre le marron et le verdâtre. Les insectes suçaient chaque brin du crin que vomissait la literie. L'odeur de pourriture était incroyablement forte.

Klein avait reculé d'un pas. Le patron de l'hôtel, comme hypnotisé par ce qu'il venait de découvrir, semblait ignorer les cafards qui lui couraient sur les pieds.

— Moutier, faites venir les gars de la scientifique, je veux une analyse de cette merde… Si Hearing revient, on le laisse monter avant de le coincer dans la chambre.

des droits, des armes, des hommes, des cadeaux, du gaz, de la culture, des

33

Hearing avait replié le journal avec soin. Il serrait la relique de mauvais papier contre son cœur et s'étonnait de ne pouvoir pleurer. Sur la page, entre deux titres à scandales, il y avait une photo de Nadine et des deux filles. Hearing se souvenait très bien du jour où il avait pris cette photo. Un mois à peine après qu'ils s'étaient rencontrés. Un week-end à Étretat où il avait plu pendant deux jours. Il avait acheté des cirés de pêcheurs et des bottes pour tout le monde. L'hôtel s'appelait les Genêts. Il revoyait nettement la plage immense et le vent qui ébouriffait l'herbe au sommet des falaises, il entendait encore rire les gosses. Les flics avaient dû fouiller dans les albums et, chez les flics, il y en avait toujours de plus malins que d'autres pour arranger leurs fins de mois.

Hearing était resté adossé contre un arbre toute la journée. Sous l'écorce fraîche il percevait le trajet secret de la sève, indifférent à l'excitation désordonnée du monde. Aussi patiente que le soir qui lentement descendait sur le parc. Le bruissement des feuilles prêtait son murmure aux interrogations qu'il n'osait énoncer à voix haute. Hearing aimait cette

frontières, des échecs. car l'échec fait partie du complex. il n'est qu'un moment

quiétude qui l'apaisait. Lorsqu'on avait fermé les grilles, il s'était contenté de rester immobile, assis contre cet arbre, silencieux. Il avait senti qu'il ne faisait qu'un avec l'arbre et que son ombre prenait soin de lui, que l'arbre l'avait adopté.

Lorsque les gardiens étaient passés sur l'allée, le chien était venu tout près de lui mais n'avait pas aboyé. L'avait senti, regardé puis il était reparti. Les gardiens avaient disparu et le grand portail avait grincé. Depuis combien de temps n'était-il pas sorti de sa chambre ? Deux jours, plus peut-être. Deux jours durant lesquels il n'était pas sorti et la danse macabre avait tourné dans sa tête.

« *... sa compagne et ses deux filles...* » Il avait lu ça et la terre s'était retirée sous ses pas et la nuit s'était faite plus profonde encore. « *... Thomas Hearing a assassiné...* » Il s'était frappé le crâne contre les murs, il avait hurlé et supplié. En vain, la boîte d'os était restée silencieuse. « *... Thomas Hearing a pris la fuite après avoir assassiné sa compagne et ses deux filles...* » La douleur avait épuisé la douleur et maintenant, Hearing ne parvenait plus à souffrir de ce qu'il ne pouvait concevoir. Il avait tué les gosses. Il n'avait pas tué les gosses. Il avait tué Nadine. Il n'avait pas tué Nadine. Ces phrases n'avaient plus de sens. Usées d'avoir été répétées des milliers de fois.

Il avait fini par lâcher prise et s'était laissé dériver jusqu'à ce matin où il était enfin sorti. Épuisé, il avait aimé la lumière. Il était entré dans le parc et les arbres l'avaient rassuré. Il avait vu leurs racines s'enfoncer jusqu'au cœur de la terre. En pensée, il avait suivi ces labyrinthes souterrains et compris combien était grand et énigmatique l'envers de ces arbres auquel personne ne prêtait attention. Cela l'avait apaisé. Alors, il avait pu réfléchir à nouveau et il s'était senti la force d'accepter ce qu'il allait découvrir. Il remonterait à la source de sa douleur, il remonterait à la porte de cet autre labyrinthe.

En refluant, sa douleur avait abandonné quelques traces qu'il ordonnait maintenant avec une attention qu'il ne se connaissait pas.

Dans cette obscurité, l'œil vert de la souris brillait d'un éclat singulier. Hearing pressentait qu'il fallait commencer par là. Tout au fond de sa poche, il la sentait s'agiter. Il faudrait qu'il fasse attention à ce qu'elle ne bouffe pas la page du journal. Pour le moment elle se contentait des billets de banque. Sans doute parce qu'elle avait faim et Hearing songea à la boîte de nourriture qu'il avait laissée à l'hôtel. Peut-être allait-il devoir y retourner.

Il déplia à nouveau la page du journal, dévisagea une fois encore la photo sous laquelle figurait son nom. Il se reconnaissait à peine. C'était lui dans une autre vie. Pourquoi cet étranger-là n'aurait-il pu abattre sa compagne et les deux filles ? Le journaliste s'étonnait lui aussi. Pourquoi Thomas Hearing ne s'était-il pas suicidé ? Comment pouvait-il marcher dans la rue ? Pourquoi ne s'était-il pas déjà rendu à la police ?

Hearing tournait ces questions qui n'étaient pas à lui dans sa tête et ne parvenait pas à en comprendre le sens. La première image nette qui lui revint entraîna derrière elle une suite disparate de souvenirs. Hearing tournait et retournait chacun des morceaux du puzzle et cela finissait par prendre vaguement forme.

n'aiment pas l'échec. sauf mister why peut-être, avant son départ pour là-bas.

Tout avait commencé lorsque la gosse avait ouvert la cage. Il entendait Nadine hurler. Il entendait qu'on sonnait à la porte. Est-ce que c'était avant que la souris ne s'échappe ? On avait sonné deux fois. Maintenant, il en était presque sûr. Il avait pensé que le livreur de champagne revenait. Il revoyait sa tête ahurie lorsqu'il lui avait passé un billet de 500. C'était compliqué à cause de Nadine, debout sur sa chaise, qui hurlait avec cette souris qui courait partout et les gosses qui criaient aussi et sautaient sur le canapé en battant des mains, en riant aussi parce qu'elles adoraient avoir peur. Nadine avait une peur panique des souris.

Les choses reprenaient leur place.

Nadine debout sur la chaise, les gosses, le livreur de champagne et lui avec le pied dans la porte entrebâillée pour que la souris n'en profite pas pour filer. Ensuite, la souris était parvenue à se glisser sous la porte qui menait au sous-sol. Il la revoyait maintenant. La rapidité incroyable avec laquelle elle sautait d'une marche à l'autre dans la pénombre de l'escalier et lui toujours derrière. Attrape-la, attrape-la ! Nadine avait dû refermer elle-même la porte, sans doute parce qu'elle avait peur que la souris ne revienne. Il n'avait plus entendu les gosses. Il se revoyait maintenant à quatre pattes, à regarder sous les meubles, les vieux cartons, dans ce bric-à-brac du sous-sol qu'il s'était mille fois promis de ranger sans jamais y toucher. Il pensait l'entendre gratter derrière les vélos. Il secouait la chaise-longue. Il la voyait courir dans le petit couloir qui menait à la chaufferie. On sonnait à nouveau. La porte était fermée mais il entendait le carillon de l'entrée. Est-ce que le livreur de

il y retrouvait la petite musique lancinante de ses questions.

champagne avait oublié quelque chose ? Où cette putain de souris pouvait-elle bien se planquer ?

Cette deuxième sonnerie mettait ses souvenirs sens dessus dessous. Parce qu'il était en bas, à quatre pattes dans la cave, il ne pouvait savoir qui avait sonné. Les deux notes du carillon résonnaient à l'infini, tout se brouillait à nouveau. Hearing devait rattraper le fil. Il fallait qu'il suive cette souris. Sa mémoire laissa glisser sa main entre les cartons. Il était à nouveau à quatre pattes. Du bout des doigts, il sentait le petit animal qui tremblotait, une petite boule de poil chaude, douce et apeurée. À cet instant, il avait compris qu'elle ne pouvait plus lui échapper. Elle lui avait mordillé les doigts et il se souvenait avoir imaginé combien sa main devait lui sembler monstrueuse. Il avait refermé ses doigts et il avait entendu Nadine hurler. Puis le silence s'était fait à nouveau et il était resté quelques secondes à écouter son cœur battre dans l'obscurité. Les deux notes du carillon et ce cri de Nadine ne faisaient plus qu'un. Il avait entendu une voix d'homme. Il n'avait pas voulu comprendre. La porte s'était ouverte et tout en haut des marches, dans le contre-jour, il y avait un type qui portait une cagoule. Derrière lui, une voix a dit : « Il faut le trouver. Il est forcément là. » Hearing avait immédiatement su qu'il était ce *il*. Accroupi derrière les cartons, il avait vu l'arme, avait compris le cri de Nadine, avait imaginé les gosses. Son cœur fuyait déjà. Il avait rampé entre les cartons. Il savait que le type descendait déjà les marches. Il avait rampé vers la porte donnant sur le jardin. Il savait que dans quelques secondes l'homme le verrait. Il ne fallait pas attendre quelques secondes. Il avait posé la main sur

il faut le dire, les partners passent une grande partie de leur équivalent de

la tour branlante où s'équilibrait, par un effort fragile, toute une collection de choses qu'on ne s'était jamais résigné à jeter. Il avait violemment poussé l'escabeau qui stabilisait tant bien que mal l'ensemble et entendu le bordel s'effondrer dans le passage alors qu'il s'engouffrait dans le jardin. Sa ruse ultime avait été pour l'interrupteur avant que la porte ne claque dans son dos.

Le souvenir de la course qui avait suivi faisait à nouveau battre son cœur. L'impact des balles derrière lui qui faisaient éclater le bois de la porte. Aucune détonation, seulement le bois qui éclatait. Hearing porta la main à son visage, comme pour se protéger encore des ronces de la haie qu'il avait traversée, fuyant la mort, des grillages qu'il avait escaladés, des phares des voitures qui l'avaient aveuglé et des klaxons quand il avait traversé le périphérique, enjambé les rails de sécurité. Il avait suivi les tunnels qui sentaient l'urine, fait aboyer des chiens. Il était resté agenouillé dans un terrain vague, avait bu l'eau qui s'écoulait d'une citerne de chantier. Les lumières de la nuit couraient parfois plus vite que lui et de sa main il tentait de les attraper. Il était tombé de nombreuses fois. Il s'était relevé de nombreuses fois. Et à chaque fois qu'il se relevait il se demandait pourquoi il courait. Il ne se souvenait que de devoir courir. La souris n'avait pas quitté sa main. Elle avait fui avec lui, elle l'avait aidé à fuir. Il avait forcé la porte d'une cabane de chantier. Les engins l'avaient réveillé. La souris le regardait. Il l'avait regardée aussi et lui avait demandé ce qu'ils faisaient là. Pourquoi la fête de Noël s'achevait-elle dans une cabane de chantier ? Où était le froid de décembre ? Où était Nadine,

temps à discuter, à régler de si nombreux problèmes, de si importantes questions

où étaient les gosses ? La souris ne lui avait pas répondu. Elle devait pourtant savoir. Les ouvriers l'avaient tabassé. Il n'avait pas lâché la souris et il avait repris sa course pour revenir vers la ville. Dans ses poches, il y avait de l'argent et avec cet argent il était parvenu à racheter un morceau de sa mémoire. Il s'était souvenu des serres, il s'était souvenu de ce laboratoire, il s'était souvenu de Noël. Mais l'argent n'avait pas tout donné. La brûlure noire qu'il portait sur la main avait dévoré le reste, une tache renversée sur le journal de sa mémoire. Cela s'était passé comme ça et sa vie s'était effacée derrière lui comme maintenant elle venait de réapparaître.

Hearing tremblait contre l'arbre. « Il faut le trouver. Il est forcément là. » Qui étaient ces types ? Pourquoi avaient-ils… Pourquoi ces types avaient… Certains mots lui échappaient. Certains mots qu'il ne voulait pas entendre. Il laissa le silence s'écouler lentement à l'intérieur de sa tête. L'arbre lui disait comment faire. Il se laissa devenir silence puis se leva pour regagner l'hôtel. Cette souris l'avait sauvé, il fallait qu'il retourne à l'hôtel pour la nourrir. Ensuite, il réfléchirait au moyen de retrouver ces hommes.

⁂

Il remonta lentement les rues. Des passants qui tentaient de trouver dans le soir naissant un peu de fraîcheur s'écartaient devant lui. Le regardaient d'un œil méfiant. Hearing ressentait toute l'animosité qu'ils éprouvaient à son égard. Il s'arrêta un instant pour observer son reflet dans une vitrine. Il se chercha un

qu'ils ne pensent à rien d'autre. et les rares fois où l'un d'entre eux est tenté temps, troublé de ne pas se reconnaître. Son reflet ne quittait jamais ses lunettes miroirs, sa tête chauve flottait, blanche, presque déteinte entre le col épais de son sweat University of California. Sa barbe ne poussait pas. Ses cheveux ne poussaient pas. Derrière la vitre, des plantes vertes et des branches d'orchidées lui faisaient un grand chapeau, ce qui le fit sourire. Il quitta presque à regret la devanture du fleuriste, reprit sa marche lente jusqu'à la petite rue sombre au fond de laquelle patientait l'hôtel. Quelque chose avait changé depuis tout à l'heure. Dans le silence de la nuit, la ruelle lui semblait électrique. Mille mots s'échangeaient derrière ces fenêtres closes. Hearing se sentait observé. Une odeur de chiens à l'affût et d'excitation souillait la nuit. Il songea à faire demi-tour mais, derrière lui, il entendait qu'on marchait. Il était inutile qu'il se retourne. « Il faut le trouver. Il est forcément là. » La petite phrase était revenue dans sa tête. Il sentait qu'ils étaient là, derrière lui, devant lui. Pourquoi la lumière des réverbères lui semblait-elle tout à coup plus violente, la porte vitrée de l'hôtel plus étroite ? La réception était déserte, mais Hearing sentait l'odeur du tenancier se mêler à d'autres passages. Combien à être venus ici depuis qu'il avait quitté l'hôtel, combien encore à se terrer là ? Dans le couloir désert, derrière chaque porte de chambre, il entendait leur souffle. Ils étaient là. Ils étaient venus pour l'attendre. Il sentait leurs mains moites, leurs souffles contenus. Il continuait d'avancer dans le couloir, les portes restaient immobiles. La lumière des plafonniers dégouttait, visqueuse, sur la moquette râpée. Ils l'attendaient. Hearing tourna la clef dans la

d'oublier les affaires pour profiter du luxe extraordinaire dont jouit le

serrure. Là aussi ils étaient passés. Leur odeur collait à la poignée. Dans la boule de chrome, le couloir se regardait, déformé et immense, tout entier envahi par sa main monstrueuse, son bras élastique, sa tête d'épingle.

Derrière la cloison du couloir, Klein et ses hommes attendaient, suivaient en silence la progression de Hearing à l'intérieur de l'hôtel.

Les consignes étaient claires : ne pas intervenir avant qu'il n'ait regagné sa chambre.

Hearing tourna la clef dans la serrure. La pièce était plongée dans l'obscurité et il laissa le néon papilloter quelques secondes avant de refermer la porte derrière lui. Une fois dans la chambre, il sut qu'ils étaient dans son dos. Ils étaient sortis du cabinet de toilette avec une discrétion de cafard, mais il les devinait dans le reflet de l'armoire. Deux taches mates qui se perdaient dans le labyrinthe de la ronce de noyer vernis.

Lentement, Hearing s'approcha du tabouret sur lequel se trouvait la boîte de nourriture de la souris. Il entendait leur souffle court. Ils ne bougeaient pas. Hearing glissa la boîte sous sa chemise. Il savait qu'ils étaient deux, que leurs armes étaient prêtes. Son geste les avait inquiétés. Il avait senti monter l'adrénaline dans leur corps. Pour les rassurer, il leva lentement les mains vers le plafond et dit d'une voix égale :

— Pourquoi avez-vous tué les gosses ? Pourquoi les avez-vous tuées ?

Et il sentit les larmes venir à ses yeux. La voix qui lui répondit était inquiète. Verheggen avait hésité avant de savoir comment répondre à sa question.

— Tu ne baisses pas les mains. Tout se passera bien. On ne te veut pas de mal, vieux. On est là pour t'aider.

complex, le luxe extraordinaire qu'est le complex, le téléphone sonne et c'est

Dans cette voix, Hearing sentait la peur. Hearing sentait que ce type ne savait pas à qui il avait affaire. Il ne comprenait pas comment il avait su, pourquoi il avait levé les mains, à qui s'adressait cette question. Lentement, Hearing se retourna. Les deux hommes armés lui semblèrent ridiculement petits. Ils ne ressemblaient pas à ceux de l'autre soir. N'avaient pas la même voix. Ils avaient des gueules de flics. Il se dit que c'était idiot, que les flics n'avaient sûrement jamais des gueules de flics. Sauf ceux-là.

— Alors, vous aussi, vous ne savez rien ?

— Tu ne bouges pas. Tu restes comme ça. On est là pour t'aider, si tu ne bouges pas, tout se passera bien.

Hearing les trouvait étranges. Celui qui n'arrêtait pas de lui dire que tout irait bien le tenait en joue. L'autre avait une paire de menottes à la main et hésitait à venir vers lui. À chaque pas qu'il faisait, Hearing reculait d'un pas. Les bras levés, lentement, vers la fenêtre.

— Fais pas le con, Hearing ! Tu ne peux rien faire. Ne me force pas à te coller une balle dans la jambe. Tu vas gentiment glisser tes mains dans ton dos et tout se passera bien…

Dans la bouche de ce type, son nom lui sembla étrange. Est-ce qu'il ne préférait pas celui de Sylvain Grenier désormais ?

La fenêtre était toute proche maintenant. Il sentait le courant d'air glisser le long de son dos et les parfums du parc qui venaient jusqu'à lui. Une caresse douce et paisible.

— Ne joue pas aux cons ! Il y a des flics en bas de l'immeuble. On est au deuxième étage…

Hearing savait qu'il allait sauter. Il ne pouvait désormais envisager les choses que l'une après l'autre. Il allait se jeter dans le vide pour sortir de la chambre et ensuite il aviserait. Ensuite, il se lancerait à la recherche de ceux qui avaient tué les gosses. Son corps se préparait. Quelque chose de plus instinctif que lui, qui évaluait la distance le séparant de la croisée de la fenêtre, qui respirait plus amplement que lui. Puis tout se passa très vite. Plus vite que Hearing ne l'avait prévu lui-même. Il perçut la trajectoire de la balle qui venait à sa rencontre. Les deux autres ne savaient rien, confits dans leur peur. Hearing sut que, dans son dos, la vitre allait voler en éclats avant qu'il n'ait eu le temps de sauter. Et il repensa à l'homme à la cagoule. Il sentait que la mort venait à sa rencontre, mais cela ne l'effrayait pas.

La vitre éclata et il sentit le trait sanglant perforer ses poumons et son corps basculer dans le vide en fracassant les carreaux.

Les deux types, dans la chambre, n'avaient pas bougé, ne comprenaient pas qui avait tiré. Hearing entendit l'un deux gueuler un truc incompréhensible et durant sa chute, l'hôtel tout entier entrer en mouvement.

Son corps s'écrasa sur le bitume et sa dernière pensée fut pour la souris qu'il sentait gigoter au fond de sa poche.

⁂

Verheggen était penché au-dessus de la fenêtre, regardant les autres flics accroupis autour du corps. On aurait dit des gosses s'apprêtant à jouer aux billes

certes, il y a walter qui, toujours, décroche à la première sonnerie. au

sur le trottoir sanglant, traçant à la craie les contours d'un énigmatique terrain de jeu.

Klein fit irruption dans la chambre. Lui non plus n'avait pas l'air de comprendre.

— Quelqu'un a tiré depuis l'extérieur. Peut-être du toit de l'immeuble, là, juste en face…

Et du bout de son flingue, Verheggen menaçait la nuit mais la nuit ne bougeait pas.

— Je ne comprends pas, j'avais donné des consignes absolument…

Sur le trottoir de la ruelle, un flic levait la tête vers eux et semblait signifier par le mouvement de ciseaux définitif de ses mains que la course de Hearing avait pris fin.

— Moi non plus, je ne comprends pas, Verheggen. Mais celui de vos hommes qui a fait le carton a intérêt à savoir ce qu'il va me raconter.

La flamme bleue d'un gyrophare d'ambulance flottait sur le plafond de la chambre, colorait la pièce d'une lumière à la fois familière et étrange. Klein ne se souvenait même pas avoir entendu la sirène. Il s'était assis sur l'unique chaise, avait allumé une cigarette. En bas, quelques phrases s'échangeaient, discrètes, techniques. Avec les infirmiers sans doute.

— Vous pouvez descendre, Verheggen, je vous rejoins.

L'odeur de la cigarette chassait un peu celle de la chambre, à moins qu'il n'ait fini par s'habituer. À l'odeur comme à la mort. Sa cigarette terminée, Klein s'engagea dans le couloir trop éclairé, son mégot à la main et ne sachant qu'en faire. Lorsqu'il arriva au bas de l'immeuble, l'ambulance tournait au coin de la rue. La ligne blanche cernait le corps absent

téléphone, il fait en sorte de ne jamais reconnaître la voix de son interlocuteur.

de celui qui venait de chuter. Comme absorbé par l'asphalte.

— Les photos sont déjà faites ? Qu'est-ce que c'est que ce bordel ?

— Ils l'emmènent d'urgence au bloc, il semblerait qu'il respire encore…

À côté de l'ombre vide de Hearing, des tas de granulés colorés étaient répandus hors de la boîte et Klein se demanda un instant ce que pouvait bien être cette chaotique constellation avant de se souvenir de la boîte de nourriture qui avait disparu de la chaise. C'est à ce moment que Klein entendit la sirène, très loin, comme si la voiture était déjà parvenue à l'autre bout de l'avenue, alors qu'elle venait à peine de disparaître. Il entendait la sirène et elle se rapprochait. Jusqu'à devenir si proche. Le gyrophare inonda à nouveau la rue, bleuissant la façade de l'hôtel.

— Comment ça, trop tard ?

Les ambulanciers ne comprenaient pas.

— Vous croyez quoi ? Qu'on envoie deux ambulances pour être sûr qu'une des deux arrive ? Je vous dis qu'on est les seuls à avoir été affectés en urgence sur ce point.

À l'intérieur de la voiture, un autre infirmier s'acharnait sur la radio pour tenter d'en savoir plus, hochait la tête pour signifier que le central ne comprenait rien à ce qu'ils tentaient d'expliquer.

— Aucun autre véhicule, ils sont formels. Aucune prise en charge signalée.

Klein alluma une autre cigarette. À quelques mètres de lui et pourtant si loin, il entendait la voix de Verheggen qui hurlait contre les hommes qui avaient,

son rôle consiste à demander qui il doit annoncer. pourtant ces voix sont à ce

contre les hommes qui n'avaient pas, contre ces ambulanciers de merde qui trop tard ou trop tôt... Verheggen qui hurlait pour faire semblant de tenir encore quelque chose entre ses mains, quand déjà Klein s'avouait que cette affaire venait de glisser en eau trouble. Une eau croupissante, puant plus encore la merde que celle qui stagnait là-haut dans le bac à douche.

Les fantômes des deux gamines, ensachées dans leur suaire de vinyle translucide et tenant leur mère par la main, revenaient vers lui, dansant d'un pas flou sur l'asphalte encore chaud. Les trois mortes s'arrêtèrent au bord du trottoir et la plus jeune, d'une main délicate, attrapa la souris dans le caniveau.

— Verheggen...

Le flic tourna la tête vers lui.

— Vous n'oublierez pas de récupérer ça...

Le regard opaque de Verheggen suivit le doigt de Klein jusqu'à la boîte de carton qui avait contenu les aliments.

— Je suis curieux de savoir combien il y avait de granulés là-dedans... Ça me sera au moins aussi utile que de vous acharner à savoir lequel de vos hommes a tiré sur Hearing.

Il marqua une pause puis d'une voix absente, comme s'il s'était parlé à lui-même :

— J'ai la sale impression qu'on nous tient par la queue, Verheggen.

— Par la queue ?

— Vous savez, la petite chanson...

Verheggen n'avait pas l'air très doué pour les devinettes.

son rôle consiste à demander qui il doit annoncer. pourtant ces voix sont à ce

— Vous demanderez à vos enfants, ils vous expliqueront.

Puis Klein regarda sa montre. S'il ne voulait pas être trempé dans l'huile, il allait bien falloir qu'il appelle Sensini.

point connues qu'il est tout à fait impossible de ne pas les reconnaître. il

34

Le filin s'enroulait lentement sur le tambour du treuil, tendu à se rompre. La dalle de béton pesait plusieurs tonnes et la machine accusait la limite de sa résistance. Les yeux rivés sur Andreï, qui surveillait l'opération, l'ouvrier, couvert de sueur, gardait une main hésitante sur le levier de commande. Les courroies patinaient et faisaient entendre un gémissement qui aurait pu laisser croire que, là-dessous, quelqu'un était encore vivant. Andreï hurla au milieu du vacarme et l'ouvrier stoppa la machine. Dans la lumière puissante des lampes à quartz qui blanchissaient ce paysage lunaire où s'enchevêtraient poutrelles et parois calcinées, l'acier du filin chantait. La dalle restait en équilibre instable sur un muret de béton où se devinait encore le monogramme Naeliev, N et V entremêlés que la violence du feu n'était pas parvenue à désunir. Les premières marches de l'escalier qui menait au laboratoire apparaissaient dans l'interstice dégagé, entrée d'un tombeau que des explorateurs ou des pillards auraient enfin découvert mais dans lequel ils n'osaient pénétrer.

obéit en cela au souhait de ses employeurs : tout change si vite là-bas qu'il

— Ça ne suffira pas. Il faut faire venir une machine plus puissante. Se glisser là-dessous serait de la folie.

La voix d'Andreï disait son découragement et sa fatigue. Il ferma les yeux pour tenter d'imaginer quelle marche restait encore à suivre au milieu de ce sentier dévasté.

— De la folie… ou de la peur ?

La voix de Naeliev avait pesé ses mots et ses silences. Le maître des lieux se tenait devant lui, archange gris et glacé dans la nuit dévastée.

— Il me semble tout à fait inutile, Andreï, de faire venir une autre machine. Nous avons suffisamment perdu de temps comme cela, vous ne croyez pas ? Si Lord Carnarvon n'avait eu que des collaborateurs de votre témérité, le sarcophage de Toutankhamon dormirait encore dans les sables d'Égypte.

— Si nous poursuivons, le filin lâchera et nous perdrons plus de temps encore.

— Ne me laissez pas croire, Andreï, que vous travaillez contre nos intérêts. Je partage votre avis, il serait tout à fait déraisonnable de solliciter cette machine qui est à deux doigts de rendre l'âme. Mais les machines ne sont là que pour nous aider, Andreï. Pas pour nous ralentir ou nous remplacer. L'un de vos hommes pourrait sans doute se glisser sous la dalle, vous voyez comme moi que le passage est assez grand pour le faire. Je pense cependant que cet honneur vous revient de droit, Andreï. Allez-y, je vous en prie. D'autres que nous sont impatients de connaître les trésors de cette chambre funéraire. Emportez ceci avec vous, soyez sûr que je suivrai avec intérêt votre progression sur le moniteur vidéo.

serait déplacé de laisser croire à ces décideurs, à ces présidents ou à ces

Andreï prit sans dire un mot la caméra numérique et l'oreillette que lui tendait le garde du corps de Naeliev, s'épongea le front, regarda les hommes qui, depuis plusieurs jours et plusieurs nuits, travaillaient avec lui à dégager l'entrée du laboratoire. Certains baissaient déjà les yeux. Andreï retira sa veste et s'introduisit en rampant, avec une infinie précaution, dans l'interstice étroit que le câble maintenait miraculeusement ouvert. Naeliev faisait nerveusement tourner entre ses doigts le bois sculpté de la canne qu'il avait fichée dans la terre morte.

Andreï se laissa glisser, le dos collé aux marches encore tièdes, le visage tourné vers la dalle d'où saillaient les crocs métalliques de l'armature du béton. Enfin il relâcha son souffle. La voix de Naeliev se fit entendre encore une fois :

— Vous voyez, Andreï, vous sous-estimez toujours ce dont vous êtes capable…

Sa phrase fut suivie de quelques petits applaudissements, très lents, qui résonnèrent dans ce silence de mort comme un ironique éclat de rire.

Andreï peinait à respirer. Une forte odeur de plastique carbonisé se mêlait à des fragrances plus écœurantes encore. Les propos de Naeliev sur la chambre funéraire ne manquaient pas de pertinence. L'oreillette, qu'il n'avait pas ajustée, crachota. La voix de Naeliev, déformée, semblait venir d'un autre côté du temps. Une voix de vieillard nasillarde et impatiente.

— Éclairez, Andreï. Si vous gardez cet appareil dans votre poche, je finirai vraiment par être convaincu que vous tentez de me cacher quelque chose.

archevêques, aussi puissants croient-ils être, qu'ils s'installeront

Andreï sortit l'appareil, le faisceau de lumière qu'il projetait au-dessus de l'objectif était suffisamment puissant pour éclairer son trajet et l'ampleur du désastre. Il était difficilement compréhensible que le feu ait pu gagner les étages inférieurs, plus encore le laboratoire. L'eau trouble dans laquelle il pataugeait jusqu'à mi-cheville provenait sans doute d'une canalisation explosée. À la surface de l'eau, des rats de laboratoire et des souris gonflées comme des balles de ping-pong, roses d'avoir perdu leurs poils dans l'incendie, flottaient en compagnie de bouteilles, de fioles et de bidons provenant des salles d'expérimentation. Les flammes avaient rongé les locaux de l'intérieur, avaient laissé sur les murs de grands fantômes de suie noirs qui se reflétaient en dansant à la surface du liquide dans lequel Andreï avançait.

— Le feu n'aurait jamais gagné les dessous si les portes avaient été closes, Andreï. Et pour que ces portes aient été ouvertes, il a bien fallu qu'on les ouvre…

Les maximes sentencieuses étaient le fort de Naeliev, petits résumés autoritaires du monde qui servaient de béquille à un besoin de domination ne supportant ni le doute ni la discussion. Andreï fut tenté de couper le son de son oreillette, mais il se ravisa finalement. Le serpent ne se quitte ni des yeux, ni des oreilles, aimait à répéter Naeliev. À le fréquenter, Andreï avait fini par adopter certains de ses préceptes.

— Vous avez failli trébucher, Andreï ? Faites attention à ne pas secouer cet instrument dans tous les sens. Allez au QG de contrôle vidéo, je vous prie.

durablement dans de si hautes fonctions. à l'échelle du complex, une vie de

Andreï obtempéra. Naeliev avait-il jamais vu en lui autre chose qu'un prolongement de sa propre pensée, autre chose qu'un prolongement mécanique de ses propres membres ?

Au bout du couloir, Andreï dut descendre quelques marches encore. L'eau lui arrivait maintenant jusqu'à la taille, puante et glacée. Les cadavres flottants des bestioles, agités par les remous que sa progression provoquait, semblaient venir à lui, le reniflaient puis replongeaient entre deux eaux. C'est à ce moment qu'il aperçut le cadavre de Makartsev, le chef de la sécurité. Le feu l'avait dévoré mieux que les rats ne l'auraient fait. Il nageait à la manière d'un ludion capricieux, ballottant sous la lampe sa face rongée. Il était difficile de le reconnaître mais les lambeaux de chemise qu'il portait, comme incrustés dans ses chairs boursouflées, témoignaient encore de son identité. La carcasse métallique d'un casque audio enserrait ses tempes, incrustée elle aussi dans ce qu'il restait de son ancien visage. Andreï aurait pu croire qu'il dansait ou, que là-dessous, quelque chose le faisait gigoter.

Le silence de Naeliev disait plus encore que ses phrases. Aucun doute n'était possible. Son souffle accusait une légère précipitation. Andreï leva la caméra vers les écrans de contrôle, en grande partie détruits, ayant implosé sous l'effet de la chaleur et des courts-circuits. Puis il gagna le laboratoire. Son cœur surnageait lui aussi à l'intérieur de son corps, se débattait pour ne pas couler. Déjà il pressentait que rien ne serait plus comme avant lorsqu'il remonterait là-haut.

— Avancez, Andreï. Il faut aller au bout maintenant.

Andreï se saisit d'une chaise qui flottait à proximité pour tenir à distance le corps qui le suivait comme une ombre et parvint à le caler. Face à lui, dans la pénombre de la pièce, un témoin lumineux brillait encore.

Le souffle de Naeliev prêtait à la caméra une vie organique et Andreï comprenait que depuis longtemps déjà, son mentor s'était installé à l'intérieur de lui-même, avait germé dans sa propre tête, avait greffé ses désirs sur les siens, qu'il n'était plus que le bras qui portait le regard de Naeliev. Ses ordres devenaient hypnotiques.

— Approchez encore, Andreï, plus près. Avancez jusqu'à l'armoire.

Le saint des saints avait résisté. Au travers du tabernacle vitré clignotaient encore les diodes de contrôle. La batterie de secours logée dans la masse inébranlable du béton fournissait l'énergie nécessaire à la survie du grand œuvre, indifférent à ce pesant silence aqueux. L'écran de mesure des températures affichait des données correctes. La vitre était couverte de débris et l'on ne devinait que très imparfaitement les alvéoles contenant les éprouvettes.

— Il a résisté, Andreï. N'est-ce pas qu'il a résisté ?

— Je crois, oui. Je crois que le sarcophage est intact.

— Le niveau d'eau vous permet-il d'actionner l'ouverture, Andreï ?

— Ne faudrait-il pas préalablement s'assurer que…

— Le permet-il ou ne le permet-il pas, Andreï ?

Les questions de Naeliev incluaient toujours leurs réponses. Andreï essuya la vitre du revers de sa manche. La sueur brûlait ses yeux. Les alvéoles étaient très légèrement luminescentes, à l'exception de deux d'entre elles, cernées de rouge. Ce signal indiquait que ce qu'elles contenaient avait été retiré. Des taches brunes salissaient la surface blanche et immaculée du plateau.

— Je ne vois rien, Andreï. Composez le code d'ouverture.

La voix d'Andreï était tremblante, il trouvait difficilement ses mots :

— Je ne sais pas, je pense que certains échantillons…

— Ce que vous pensez ne m'intéresse pas, Andreï. Je vous ai demandé de composer le code d'ouverture.

La volonté de Naeliev utilisait les doigts glacés d'Andreï, les contraignait à se déplacer, maladroits et hésitants, sur le clavier digital. Hagard, sonné par ce qu'il était en train de découvrir, Andreï regarda le cylindre basculer.

— Les échantillons 1 et 6… Ils…

— Composez le deuxième code, Andreï, faites monter tous les tubes.

Il s'exécuta à nouveau et la plate-forme fit apparaître l'ensemble des échantillons, confirmant physiquement ce que les témoins lumineux avaient déjà indiqué. Tous les tubes étaient en place, intacts, baignant dans la solution cryogénique qui les avait protégés durant l'incendie. Sauf deux.

— Ce sont les tubes 1 et 6… Les échantillons 1 et 6 sont manquants.

— Ils ne sont pas manquants, Andreï. Ils ont été volés. Je ne pense pas qu'il soit nécessaire de vous rappeler que seul vous et moi connaissions ces codes, Andreï. Vous et moi. Seulement vous et moi.

autorisé à reconnaître sont les agents personnels du complex. depuis le départ

— Vous vous trompez, c'est impossible, je vous assure que…

— Mon pauvre Andreï… Comment avez-vous pu être naïf au point de placer toute votre confiance dans un incendie. J'ai toujours su que j'avais raison de ne pas vous faire confiance, Andreï. Depuis le premier jour où nous nous sommes connus, j'ai douté de vous. J'avais pris certaines précautions dont je ne juge pas aujourd'hui qu'il me faille vous faire part, mais il y a dans la disparition très précise de ces deux tubes beaucoup de choses que je ne m'explique pas… Seriez-vous un peu moins stupide que je ne le pensais, Andreï ?

Naeliev marqua un temps. Puis reprit.

— Je vais vous laisser le temps de réfléchir à cette délicate question… Une dernière chose, Andreï, vous aviez raison… C'était une folie de descendre à l'intérieur de ce tombeau. Je sens que notre petite conversation a définitivement épuisé la résistance du câble. Il va falloir que vous vous souveniez vite, Andreï. Je reviendrai vous voir ce soir et vous me direz pour le compte de qui vous travaillez et comment vous avez pu savoir ce que contenait réellement l'échantillon 6. Je crois par ailleurs que les pompes qui maintiennent difficilement l'eau à son niveau actuel donnent elles aussi des signes de fatigue. Écoutez… Vous jouez de malchance… Hâtez-vous, Andreï, hâtez-vous !

Le sifflement qui parvint aux oreilles de l'assistant lui indiqua que la communication venait d'être coupée. Il savait qu'il était inutile de courir pour tenter de gagner la sortie. Dans l'obscurité où clignotaient les diodes de contrôle de la console, le bruit sourd de la masse de béton s'écrasant à nouveau sur le sol se

de mister why, le complex a d'ailleurs été contraint de recruter plus qu'à

fit entendre. Le choc résonna quelques secondes dans les caves dévastées, réverbéré par la nappe d'eau trouble et mouvante, puis Andreï n'entendit plus que les battements de son cœur qui scandaient précipitamment la mesure du temps le séparant encore de sa mort.

l'ordinaire. Car mister why, qui connaît si bien les rouages d'ici sans pour

35

Dans le souvenir qu'elle en gardait, Iva Neves avait passé une grande partie de la nuit à errer, courir et hurler dans les ruelles tortueuses du village planétaire peint par le voisin de Renzo Sensini. La toile, maintenant déposée au bas d'un des murs du salon, gardait au réveil la même étrangeté troublante. Une baguette, une plaquette de beurre déjà mou et un pot de confiture qu'elle parvint difficilement à ouvrir étaient posés sur la table de la cuisine. Au dos d'une facture d'électricité, un mot rédigé avec application indiquait que l'inspecteur Renzo Sensini lui demandait fermement de patienter jusqu'à son retour. Clés et numéro de téléphone ne devaient être utilisés qu'en cas d'extrême urgence. Les recommandations étaient plus nombreuses que les mots doux, à supposer que le pot de confiture fraîchement acheté et la baguette comptent comme tels, mais l'écriture était souple et ample, non dénuée d'élégance.

Le canapé du salon conservait la mémoire froissée de l'hôte qui lui avait cédé son lit en s'enroulant dans une couverture ; la tasse dans laquelle, hier au soir, il lui avait proposé un café avait été lavée et rangée, les

autant dédaigner les contradictions qui animent la vie de là-bas, est bien

stores tirés pour que la chaleur reste à peu près supportable. Il était près de 11 heures et Iva Neves se dit que ce flic lui était assez sympathique quoiqu'elle se soit toujours méfiée des flics et des maniaques trop ordonnés. Un bruit de pas qu'elle crut percevoir dans le couloir lui rappela les raisons qui justifiaient sa présence ici et elle baissa instinctivement le son de la radio, pourtant déjà très faible. Les pas s'éloignèrent, la laissant à nouveau seule et le cœur tremblant. Elle reprit lentement son souffle, s'appliquant à ne pas se laisser à nouveau submerger par les images qu'elle savait rôder au détour de sa mémoire. La radio diffusait la voix acidulée de Marilyn chantonnant un « I want to be loved by you, just you and nobody else but you » et elle se força à reprendre avec la star, le refrain en « pou-pou-pidou » qui sentait bon le bubble gum et l'insouciance.

Renzo Sensini aurait pu avoir emménagé la semaine précédente. Les placards ne renfermaient que l'exact nécessaire de ce qu'il lui fallait. Un jeu de chemises blanches repassées et pliées, quelques cols roulés de belle qualité où le bleu marine faisait office de couleur fantaisie, trois 501, dont deux portant encore leur étiquette d'achat, un cuir usé et un imperméable mastic. Sensini ne portait que des caleçons blancs, ses chaussettes étaient grises ou noires, ses chaussures anglaises bénéficiaient d'un service embauchoir et cirage de haute qualité. *A priori*, il ne devait pas porter de pyjama. Le placard voisin lui apprit que le flic pratiquait un art martial japonais, sorte d'escrime où l'on combattait en armure et jupe, à ce qu'en montrait une licence sportive fraîchement renouvelée.

Iva Neves s'amusa à glisser sa tête dans le heaume grillagé qui sentait encore la sueur du combat et ne put s'empêcher d'aller regarder dans la salle de bains l'étrange allure que cela lui donnait. Au travers des tiges de métal, elle se trouva tout à fait effrayante, tout autant que ce sabre au fourreau peint dont la lame brillait comme un miroir dans l'obscurité du placard.

Les tiroirs du bureau n'étaient pas très loquaces. Quelques factures, des relevés bancaires qui témoignaient d'une vie réglée et sans débordement aucun. Une police d'assurance-vie où un certain Giuseppe Sensini, figurait au titre d'unique bénéficiaire. Ni économie, ni voiture de sport, peu ou pas de maîtresse à en juger par l'absence totale de restaurants et de notes d'hôtel à Venise ou à Rome. La bibliothèque se résumait à une étagère et à quelques livres aux couvertures usées et aux pages cornées d'avoir été lues et relues. Sensini n'était pas franchement un drôle. *L'Iliade* et *L'Odyssée*, une bible, le *Faust* de Goethe, une édition en italien de *La Divine Comédie* et un *Pinocchio* de 1901, illustré par Carlo Chiostri. Iva Neves s'amusa un temps des traits au crayon qui montraient le pantin de bois armé d'un marteau pour faire taire le grillon parlant, son nez qui poussait plus vite qu'une branche d'arbre, l'étrange tête de poisson d'un pêcheur à chevelure d'algue qui entendait faire cuire Pinocchio pour son repas. La bible était ancienne elle aussi et Iva s'attarda un temps sur une dédicace en latin qu'elle ne put déchiffrer en dehors du prénom de Sensini et d'une date, 1979, sans doute celle à laquelle l'ouvrage lui avait été offert. Elle estima approximativement qu'il avait reçu ce cadeau entre dix-huit et vingt ans et cela lui sembla curieux.

aussi inutile que dangereux car le monde se passe très bien des considérations

Deux photographies, coincées entre les pages, s'échappèrent du livre. Iva Neves sourit, heureuse d'avoir enfin mis la main sur un souvenir de l'homme qui paraissait n'en avoir pas. C'est à ce moment précis qu'elle mesura à quel point sa curiosité était indélicate. Elle hésita un instant. Les deux photographies reposaient à l'envers sur le sol. Peut-être n'était-il pas encore trop tard. Ainsi retournées, tout pouvait s'imaginer. Qu'elle retourne les cartolines et tout se refermerait sur une unique seconde, sur un éclat de lumière ayant arraché avec lui un infime fragment de vie en passant le rideau étroit de l'obturateur. Iva Neves se dit qu'une seconde de la vie d'un homme pouvait en dire plus que ne le ferait une nuit de conversation et elle ne se trompait pas. Au dos d'une des deux photos, elle reconnut l'écriture de Sensini. « Aubrac, juillet 79. » Ces quelques mots avaient entrouvert une porte et Iva estima qu'elle en savait déjà trop pour bouder aussi scrupuleusement sa curiosité. Et puis pouvait-elle à ce point faire confiance à ce type dont elle ignorait tout, sous prétexte qu'il était flic et lui avait sauvé la vie ? Assise sur le parquet ciré, le dos contre le mur, elle regarda l'image. Les couleurs avaient un peu passé, mais la lumière douce de la fin d'après-midi où l'on avait pris cette photo demeurait. Un homme d'une quarantaine d'années – la barbe qu'il portait aurait pu laisser penser qu'il était plus âgé, mais ses yeux vifs et sa silhouette sportive démentaient cela – se tenait devant une haute façade de granit que le soleil couchant vernissait. Par-dessus le toit de lauze s'apercevait un joli clocher roman. L'homme portait une soutane, souriait en levant un verre. Sur une petite table de jardin installée à l'ombre des lilas, on avait ouvert une bouteille de vin blanc et généreusement rempli un autre verre, sans doute destiné au photographe. Le genre de prêtre qu'on aurait pu imaginer une pelle à la main, creusant des puits ou des canaux d'irrigation dans le désert algérien, le même, installé en banlieue rouge et soutenant au zinc d'un troquet enfumé, dans la brume automnale du petit matin, les revendications syndicales des ouvriers de Billancourt. Juste et fervent, avec un visage qui respirait une foi intense et combative, sans ménagement pour le bourgeois hypocrite et la grenouille de bénitier. Le genre de curé en voie de disparition avec lequel, pensa Iva, elle aurait pu elle aussi lever son verre, bien que ne croyant pour sa part en rien aux promesses de l'au-delà.

Elle releva les yeux, parcourant lentement les murs blancs et nus de la chambre, l'unique fauteuil au velours râpé placé sous un lampadaire d'une autre époque, l'étagère et ses quelques livres. Manifestement, Sensini avait investi cet appartement comme il l'aurait fait d'une cellule monacale. Elle l'imagina en soutane et ne put s'empêcher en souriant de penser que, ainsi vêtu, il pourrait bien être assez sexy.

La deuxième photo gardait encore tout son mystère. Aucune inscription ne figurait au dos. C'était un signe tout à fait clair, pensa-t-elle. Et elle la glissa de nouveau dans la bible sans la retourner. Iva en savait déjà bien assez pour l'heure. Cet homme avait tout de même bien le droit de garder ses petits secrets.

La sonnerie aigrelette de la porte l'empêcha de se féliciter plus avant et elle reposa précipitamment la bible sur l'étagère. Le silence se fit à nouveau dans l'appartement. La sonnette s'agita encore une fois.

Les yeux fermés, la gorge serrée, Iva imaginait très bien ce petit cabochon de métal enroué fixé au-dessus de la porte du couloir d'entrée, le petit marteau impatient et frénétique que l'électricité faisait tressaillir, la porte de bois sombre, l'œilleton trouble où elle pourrait savoir. Elle s'avança lentement. On frappait maintenant et elle reconnut une voix qui lui était familière. Au travers de l'œilleton, déformé par la lentille, le crâne de monsieur Wadaïeff était encore plus large, encore plus chauve. Entre ses mains, heureux, il tenait une assiette où l'on voyait empilée une collection de gâteaux secs.

— Mademoiselle… ? C'est votre voisin. C'est monsieur Wadaïeff… Mademoiselle… ! Monsieur Wadaïeff, vous savez, le voisin peintre de monsieur Sensini…

Le cœur d'Iva hésitait, à battre plus fort, à ouvrir la porte. Au bout du couloir, contre le mur du salon, elle apercevait la toile d'hier soir et elle se souvint fugitivement, alors qu'elle faisait rouler sous ses doigts le verrou, de la phrase qu'elle-même avait prononcée en regardant le tableau : « Vous devriez faire attention, monsieur Sensini. Votre voisin est un dingue. »

remarquable. son fer six brillant dans le soleil, il apprécie à sa juste valeur

36

Mis à part le fait qu'elle se trouvait quelque part au milieu de la banlieue parisienne, dans les sous-sols d'un bâtiment anonyme et secret, la salle de réanimation ressemblait à toutes les salles de réanimation. Le maximum technologique pour maintenir les âmes de ce côté-ci du grand fleuve. Et, si nécessaire, tenter de les ramener. À condition toutefois d'être en mesure de saisir rationnellement et d'interpréter cliniquement la logique d'une dérive pathologique. Or, dans le cas de Thomas Hearing, qui venait de lui être amené en service prioritaire, le commandant Molina, chef des urgences de la Grande Maison, ne savait plus à quelle science médicale se fier. Il avait auprès de lui ses deux adjoints et leur donnait le tournis à s'agiter ainsi en attendant l'arrivée des responsables de l'opération de récupération.

Le patient déclaré « critique » avait été pris en charge dès son arrivée dans le service et il n'avait pas fallu plus de quelques secondes à Molina et à son équipe pour comprendre qu'il était perdu. La balle avait perforé le poumon gauche et déchiqueté la

les applaudissements feutrés des golfeurs qui partagent ce parcours avec lui.

bronche souche, emportant avec elle une bonne partie de la trachée. Puis elle était ressortie en fracassant une vertèbre dorsale. Un joli petit parcours qui n'aurait pas été mortel si, par une trajectoire que le médecin ne pouvait expliquer, le projectile n'avait atteint l'artère pulmonaire, déclenchant une hémorragie interne qui avait fait sombrer les fonctions vitales en quelques secondes. Et puis... Et puis quoi ? Cela n'aurait dû durer tout au plus qu'une minute. Deux peut-être. Trois en cas de résistance hors norme. On avait perfusé dans les veines, mais le choc hémorragique paraissait irréversible et la tension en chute libre indiquait la fin. Personne ne voulait ouvrir ni s'acharner à la manière chirurgicale. Sur les moniteurs, tous les compteurs et instruments de mesure étaient tombés à zéro. Le patient était perdu.

Mais ce que tout le monde avait mis un peu trop de temps à comprendre et ce que personne n'avait pu expliquer de manière un tant soit peu rationnelle, c'est que malgré tout, il y avait un pouls. Faible, il persistait de manière très irrégulière. Mais il persistait. Au point que les trois médecins jusque-là affairés et les quatre infirmières s'étaient immobilisés un instant. Et tout le monde avait fait silence. Un long silence durant lequel on n'entendit plus que le battement sourd qui s'échappait toutes les trois à quatre secondes du monitorage. Une pulsation. Molina lui-même avait cherché à comprendre dans les yeux de ses adjoints, mais personne n'avait pu l'aider. Il y avait bel et bien une pulsation persistante et, si tous les autres instruments de surveillance étaient au point mort, la ligne cardiaque était seule à rebondir puis à se détendre de

si walter se permet de le déranger à un tel moment, c'est que l'appel est de la

nouveau, dans une alternance si longue à se faire qu'à chaque nouvel écho tous supposaient qu'il s'agissait du dernier, provoqué par une tension purement mécanique du muscle cardiaque. Et puis on n'avait plus cherché à comprendre et l'on s'était rué pour intuber le patient par tous les bouts et, parce qu'on ne savait pas vraiment quoi faire d'autre, on l'avait placé sous assistance respiratoire tout en stimulant sa circulation sanguine. Et il s'était mis à respirer. Une heure plus tard, Thomas Hearing avait la température d'un mort, mais son état comateux s'était stabilisé dans un stade végétatif. Personne n'osait le dire, mais on ne comprenait rien au fait qu'une telle hémorragie ait pu cesser aussi rapidement et que la victime ait survécu à une série de chocs cliniques qui avaient anéanti ses fonctions vitales.

Babel fit son entrée au milieu du bloc. Le médecin-chef Molina esquissa un vague signe hiérarchique, mais il semblait fatigué et son problème était ailleurs. Babel ne releva pas le négligé du salut militaire. Il n'était pas homme à se soucier de l'étiquette lorsqu'il y avait mieux à faire. C'est aussi pour cela qu'on l'appréciait.

— C'est incroyable. Il faut que je vous montre les résultats de…

D'un geste de la main Babel interrompit Molina et congédia tous les autres. Puis il se dirigea vers le lit où sa proie reposait. Si on lui avait fait lever la main droite, il n'aurait peut-être pas juré de reconnaître là Thomas Hearing. Son crâne enveloppé d'un imposant bandage, sa face verdâtre et tuméfiée, ses lèvres croûteuses distendues par la sonde d'intubation, tout cela

plus haute importance. il y a d'abord un long silence, pendant lequel what écoute

éloignait ce presque cadavre du Hearing qu'il avait photographié mentalement lors de leur seule et unique rencontre dans les locaux de la Sogitex. Il sentait derrière lui l'agitation de Molina et n'aimait pas cela. Détestait l'agitation.

L'autre ne pouvait plus attendre, s'approcha de lui avec son dossier et son paquet de fiches à la main :

— Je dois absolument vous faire part d'un certain nombre de constatations anormales. Plus qu'anormales, incroyables…

— Ce qui est incroyable, Molina, c'est qu'il y ait dans nos rangs des tireurs d'élite capables de confondre un genou avec un poumon.

— Vous n'y êtes pas. Pas du tout. Il y a autre chose… J'ai fait faire un certain nombre de prélèvements et j'ai pris la liberté d'avertir le service Recherche.

— Pour quelles raisons ?

Molina ne pouvait pas ne pas remarquer le ton glacial de son supérieur. Car plus encore que l'agitation, Babel redoutait les libertés. Celles que chacun croit bon de prendre tout comme celles auxquelles chacun prétend avoir droit.

— Cet homme a été blessé par balle au poumon gauche et il a fait une chute de plusieurs mètres qui a occasionné de nombreuses lésions au niveau des cervicales. Son artère pulmonaire a été perforée et…

— … Je me fous de son bulletin de santé, Molina. Je m'en contrefous même. Hearing est vivant. C'est tout ce qui m'intéresse. Je veux qu'on l'interroge, je veux savoir ce qui s'est passé et je veux comprendre pourquoi il ne nous a pas donné ce dont nous lui

ce qu'a à lui dire son correspondant et que, malheureusement, pour des raisons avions passé commande. Après, il peut mourir. Cela ne m'intéresse pas.

— Moi non plus je ne m'intéresse pas à sa mort. Je m'intéresse à la façon qu'il a de se maintenir en vie. Et je n'ai jamais vu ça. Jamais. Ce que j'ai à vous montrer pourra peut-être vous convaincre.

Molina était d'un sérieux absolu. Babel se résolut à le suivre dans la pièce adjacente. Le médecin-chef disposa les radiographies sur une table lumineuse puis tenta d'instaurer un ordre dans les radioscopies où l'on devinait tantôt la cage thoracique de Hearing, tantôt ses membres supérieurs ou sa colonne vertébrale.

— Voyez ce premier cliché des poumons pris au moment de l'arrivée du patient en réanimation… Ici la lésion occasionnée par la balle, la perforation du poumon et là, regardez…

Babel se pencha et vit une sorte de tube qui dessinait une boucle.

— C'est l'artère pulmonaire gauche. On voit ici qu'elle a été touchée par le projectile. Cette tache, ici, c'est l'hémorragie. À ce moment-là, on sait déjà que le patient n'en a plus que pour quelques minutes tout au plus. On ne peut pas intervenir car la tension est trop basse et il n'y a déjà plus de réaction aux stimulations par injection.

— Qu'est-ce que vous voulez dire ?

Molina apprécia le changement de ton. Il fit comme s'il ne le remarquait pas et poursuivit son exposé.

— Là, c'est le même cliché, pris il y a vingt minutes. Le patient est stabilisé dans un coma profond, rien ne fonctionne en lui, sa température frôle les 34 °C, et nous n'avons aucune explication au fait qu'il est toujours en vie. Et qu'est-ce qu'on voit ici ?

Babel, expert en vues par satellite, éprouvait beaucoup plus de difficultés à se repérer sur cette topographie organique dont il ne connaissait que grossièrement les dispositions et le fonctionnement. Il ne savait que dire de cette tache sombre qui lui semblait beaucoup plus large et donc beaucoup plus grave que sur la radiographie précédente.

— Regardez bien. L'hématome est là, c'est toute cette zone. Mais l'important c'est qu'ici, au niveau de l'artère, il n'y a plus d'hémorragie. Voilà. C'est incroyable mais l'hémorragie a été stoppée de manière, comment dire… naturelle.

— Naturelle ?

— Oui, naturelle. C'est une sorte de chirurgie qui aurait été effectuée par l'organisme lui-même. On voit ici qu'il n'y a plus qu'un poumon en état de marche, mais à cela rien d'extraordinaire. Tout être humain peut se contenter d'un poumon pour respirer. En revanche, ce qui est proprement extraordinaire, c'est qu'il y a eu une sorte de colmatage de l'artère par des tissus organiques que nous ne parvenons pas à identifier. Une sécrétion naturelle qui s'est développée à une vitesse incroyable et a permis de provoquer une sorte de dérivation du flux sanguin. C'est ce processus chimique qui a permis au patient d'échapper à l'arrêt cardiaque qui aurait dû survenir immanquablement en conséquence de l'hémorragie.

Molina fixa son interlocuteur droit dans les yeux avant de prononcer sa conclusion :

tous les partners se sont cependant rapprochés et espèrent bien sûr des

— C'est pour cela que j'ai fait appel au service Recherche.

Babel soutint son regard et méprisa la petite revanche que le médecin-chef croyait prendre sur son entêtement. Il parut extrêmement détaché en posant sa dernière question :

— Quelle explication donnez-vous à tout ce cirque, Molina ?

— Je n'ai aucune explication. Aucune.

Babel fit quelques pas et observa, par la vitre fumée, le lit sur lequel reposait Thomas Hearing. Sa poitrine se soulevait régulièrement, avec application, au rythme fixé par le respirateur artificiel. Un peu plus et il aurait eu l'impression de le voir bouger. Le colonel s'adressa à Molina sans se retourner. Comme toujours, il maîtrisait parfaitement sa voix.

— Il se peut que ce que vous venez de me dire soit d'une certaine importance, Molina. Il se peut même que cela soit d'une importance capitale. N'entreprenez rien sans en demander l'autorisation à la Section spéciale qui a piloté l'opération. C'est-à-dire sans m'en demander personnellement l'autorisation. Rien, c'est bien compris ?

— Entendu.

— Je vais informer les étages supérieurs de ce qui se passe. J'aurai sans doute besoin de vous. Soyez disponible.

⁂

Le médecin-chef sentit sur son visage l'air que Babel avait déplacé en fermant la porte avec vigueur. Avec lui, la pièce se vida aussi de tous ses bruits. Il n'y avait plus que le sifflement mécanique du respirateur ponctué par les bips du monitoring. Dans ce paysage sonore, Molina se sentit de nouveau chez lui. Il ne savait pas encore que sa journée allait s'achever dans une sorte d'atroce cauchemar dont il ne parviendrait plus à se réveiller.

Le médecin-chef laissa les clichés sur la table lumineuse et repassa dans la salle de réanimation pour s'approcher du lit. Il remarqua que l'homme lui paraissait déjà familier. C'était toujours ainsi. La loi de la discipline qu'il exerçait. Pour les spécialistes, les soins intensifs créaient très rapidement un lien singulier avec le corps de leurs patients. Une sorte d'appropriation. Un curieux transfert. Molina se pencha sur son avant-bras pour replacer une tubulure de perfusion qui avait dû être mal posée, entraînant un léger saignement. La peau de Hearing continuait à exhaler le froid de la mort. Lorsqu'il ôta le pansement stérile, qui recouvrait la petite rampe à perfusion multiple, Molina ne comprit tout d'abord pas ce qu'il voyait. Comme si son cerveau demandait un temps avant d'accepter le traitement de l'image ahurissante qui lui était proposée. Le cathéter qui disparaissait dans la veine était obstrué par une mousse verdâtre et gluante, agglutinée à l'intérieur du matériel de perfusion et débordant tout autour comme des déjections d'oiseaux. Molina comprit que la perfusion ne pouvait plus fonctionner depuis déjà longtemps et leva vers le visage de son patient un regard rempli d'effroi. Ce fut en quelque sorte son dernier regard. Car Thomas Hearing ouvrit les yeux, des yeux fous et épouvantés, et sa main droite, libérée de toute entrave médicale, saisit la gorge du docteur Molina, la serra, de plus en

que cet agent - car, dans ces circonstances, ce ne peut être qu'un agent du

plus fort, ses doigts comme des serres le privant de tout oxygène, jusqu'à le faire grimacer, cracher, éructer et se débattre, jusqu'à ce qu'un voile blanc recouvre peu à peu l'ensemble de ses perceptions, un voile devenant à chaque seconde plus dense, plus opaque, au point de recouvrir définitivement le visage mauvais de Thomas Hearing qui, malgré les derniers efforts de Molina, son ultime soubresaut, lui tiendrait compagnie pour l'éternité.

complex - doit absolument faire son rapport.

37

Terré à l'entrée d'un bois que traversait une route déserte, Hearing avait entendu les basses de la musique bien avant le moteur de la voiture. Les feuilles des arbres vibraient et la litanie agressive du heavy metal percutait les troncs noirs et moussus. Il en avait déduit la course et la vitesse du véhicule, avait couru à sa rencontre. Il s'était placé dans le faisceau des phares et avait tendu le bras pour faire signe au conducteur de s'arrêter.

Mais le type l'avait vu trop tard. La main de Hearing avait pris un sale coup et il ne parvenait plus à bouger ses doigts.

La voiture avait pilé. À l'intérieur, trois jeunes gars et une fille, la musique, une bouteille. La fumée du shit bleuissait l'habitacle.

Les deux portes avant s'ouvrirent d'un même mouvement.

— Hé mec, ça va ?

Hearing avait besoin de cette voiture, il fallait qu'il aille plus vite. De vêtements aussi. La tête lui tournait, sans doute à cause de toutes ces saloperies que le

– oui, bien sûr, nous le savons… ce naeliev n'est d'ailleurs pas un personnage toubib lui avait injectées. Dans le creux de sa main, il sentait la souris qui le chatouillait, douce et chaude.

— Ça va aller, mec ?

— Il est zarb, ce type. Laisse tomber. C'est un malade qui s'est tiré de l'HP. Regarde-le, il est à poil sous sa blouse. Faut se casser, je te dis !

Hearing avançait lentement, rougi par les feux arrière de la voiture. Il tenait sa main blessée au devant de lui, haute, comme s'il avait voulu leur dire : Regardez, je suis blessé. Il faut m'aider, m'emmener avec vous…

— Faut se casser. J'aime pas ça. Regarde dans quel état il est !

Entre les pans de la blouse, ils apercevaient les bandages couverts de sang qui enserraient la poitrine de Hearing, les drains et les cathéters qu'il avait arrachés en fuyant tout à l'heure.

— C'est un mort-vivant, je te dis ! Faut se casser !

Dans la bagnole, la fille ne rigolait plus. Elle s'était mise à hurler et son voisin en avait fait tomber son joint. Il tressautait sur la banquette de peur que le mégot ne brûle son froc et la fille gueulait, hystérique, en s'accrochant à lui. Au travers de la lunette arrière, elle avait vu ce type foncer sur les deux autres, très vite. Il les avait rattrapés alors qu'ils couraient vers la voiture. Ils avaient bien tenté de se débattre pour qu'il les lâche mais l'homme en blouse n'avait pas bronché et les avait projetés contre la bagnole. Elle avait vu le sang gicler et les corps s'affaisser, pantelants, dans l'ornière. Son voisin était maintenant dehors lui aussi. Il avait récupéré la chaîne de moto qui traînait dans le coffre et tentait de tenir le type à distance. La fille s'acharnait sur son téléphone portable, mais l'écran se contentait de clignoter parce qu'il n'y avait pas de réseau. Lorsqu'elle releva la tête, l'homme, maculé de sang, la regardait au travers de la vitre. Une grande balafre, sans doute causée par la chaîne, traversait son visage.

— Il faut descendre, maintenant. Il me faut cette voiture, vous comprenez ? Je ne voulais que cette voiture.

Elle descendit. Sous ses pieds, la route était devenue molle. Le type portait le pantalon d'un de ses copains et la chemise à paillettes qu'elle avait offerte à son petit ami. Elle le vit monter dans la bagnole, puis disparaître dans la nuit claire. Alors seulement elle osa se retourner et ses hurlements déchirèrent longtemps la tranquillité indifférente de la forêt.

son parti, monsieur chitchine, mais je ne vous cache pas que nous ne sommes pas

38

Klein regarda à nouveau sa montre. Commanda un deuxième café, écrasa un troisième mégot dans le cendrier. Que Sensini ait accepté ce rendez-vous sans même paraître s'en étonner l'avait plus encore agacé que d'avoir dû l'appeler. Aussi loin qu'il pouvait s'en souvenir, il n'avait jamais apprécié ce type. Avec son air sempiternellement compréhensif et juste. Au-dessus de, toujours. Klein devait même s'avouer qu'il n'avait pas été fâché de voir Sensini s'entêter dans l'affaire Del Pierro, jusqu'à ce qu'on le remette à sa place et qu'on le range dans son placard d'Interpol. Jusqu'à cette foutue affaire Hearing et le retour de Sensini là où il se serait le moins attendu à le trouver. Le hasard le faisait à nouveau entrer dans sa vie, et cela lui déplaisait. Pour se consoler, Klein rajouta encore un sucre dans la mélasse caféinée qu'il touillait devant lui.

Sensini entra dans le café à l'heure convenue. La main qu'il lui tendit disait qu'il n'entendait pas lui tenir rigueur de leur dernière discussion.

— Vous ne m'aimez pas beaucoup, Sensini, n'est-ce pas ?

pour rien dans cette affaire...

— Je ne me pose pas la question en ces termes, Klein. Je suppose que si vous avez pris la peine de m'appeler et de me faire venir jusqu'ici, c'est que vous estimez plus justement la proposition que je vous avais faite de collaborer sur ce dossier.

— Je n'ai pas le choix, Sensini. Trop peu de choses fonctionnent normalement dans cette enquête pour que je puisse négliger quoi que ce soit. Même les propositions les plus fantaisistes.

— Il y a du nouveau ?

— J'ai mis la main sur Thomas Hearing.

Sensini marqua le coup. Pensa à Iva Neves et à ce qu'elle lui avait raconté du groupe Éden. S'efforça de n'en rien laisser paraître.

— Bravo, je vois que vous n'avez pas perdu de temps depuis notre dernier entretien. Je suppose que Verheggen s'est déjà appliqué à lui faire signer des aveux en bonne et due forme.

— Ne le prenez pas comme ça, Sensini. Thomas Hearing n'a rien dit. Pour la simple et bonne raison qu'il a été buté sous mes yeux ou presque et que son corps a été embarqué par une ambulance fantôme avant même que l'on ait pu constater le décès.

Klein avait réussi son effet. Le récit de la souricière lui prit une bonne dizaine de minutes et il constata que Sensini l'écoutait comme jamais auparavant il n'avait semblé lui prêter attention. À l'évidence, il découvrait tout cela. L'idée qui avait effleuré Klein que, de près ou de loin, il ait été lié à cette disparition lui semblait maintenant tout à fait ridicule. Le commissaire ne cacha rien, ni l'intervention probable d'un snipper, ni les premiers résultats délivrés par la

parce qu'ils ont entendu mister what prononcer le nom du dernier agent

police scientifique et concernant l'analyse des draps de l'hôtel.

— Je ne suis pas très fort là-dessus. Mais il semblerait que ce soit une sorte de mousse, un parasite végétal. Les analyses sont en cours, on ne comprend pas très bien ce qu'il avait planqué dans son lit.

Sensini regardait les photographies, écœuré par le grouillement des insectes qu'il voyait sur les clichés.

— Un cadavre ?

— Nécrophile, ou genre ? Je ne pense pas. D'autant que je ne vois pas très bien où il aurait pu faire disparaître le corps ni où il serait allé le déterrer. Enfin, on cherche. Les services ont démonté la robinetterie et les conduits des chiottes, réquisitionné les poubelles, passé le parc voisin au peigne fin et, *a priori*, rien...

— Et l'ambulance ?

— L'analyse balistique indique que le coup de feu a été tiré depuis le toit d'un immeuble voisin. Évidemment, personne n'a rien vu, mais la balle qu'on a retrouvée dans la porte de l'armoire indique un boulot de professionnel. Fusil Stopson Anthis ou Hecate, du matériel de pro en tout cas. Hearing a été perforé de part en part avant de traverser la fenêtre et de s'écraser six mètres plus bas sur le bitume. Je vous l'ai dit, l'ambulance qui l'a embarqué n'a jamais réapparu nulle part.

— Et vous avez une piste ?

— Si j'en avais une, Sensini, je ne vous aurais pas fait venir de Lyon pour ce rendez-vous.

— Vous êtes sûr de votre équipe ?

— Je me doutais que vous finiriez par y revenir. Vous n'en avez pas eu votre compte avec Del Pierro ? Complexe militaro-industriel, contre-espionnage,

récemment envoyé là-bas, les autres partners resserrent encore le cercle

CIA… Vous ne pouvez pas vous contenter de faire votre boulot de flic ? Je connais mes gars, Sensini.

Klein avait haussé le ton sur sa dernière phrase. Il y avait toujours quelque chose d'un peu théâtral lorsqu'un commissaire parlait de « ses gars », le folklore de la bonne vieille confiance un peu bourrue soudée à coups de sandwichs rassis et de bières trop nombreuses prises sous les néons blancs, la photo de la petite dernière accrochée contre le mur. À la boutonnière du costume chic de Klein, c'était plus exotique encore. Malgré tout, c'était la dernière chose à écorner si Sensini voulait poursuivre l'entretien.

— Vous avez sans doute raison, Klein. Vous savez ça mieux que moi.

Les clients du café, un instant dérangés, avaient repiqué le nez dans leurs consommations et leurs journaux. Le bougnat pliait la tartine qu'il était en train de préparer pour économiser le beurre et récupérait pour un futur café la poussière de robusta éparpillée autour du percolateur. La main tremblante d'un alcoolo installé au bar prenait son élan pour tenter d'atteindre ses lèvres avant d'avoir renversé tout son ballon de sauvignon. Sensini se dit que dans ce décor, la vision pragmatique du simple flic trouvait finalement mieux sa place que son imagination débridée. Rien de ce qui pouvait se voir ici n'aurait fait un plan potable, même pour une série TV.

Il n'empêchait, Klein savait très bien que le corps de Hearing ne s'était pas envolé par enchantement et que le type qui l'avait buté n'était pas un gosse occupé à dessouder les pigeons avec une carabine à plomb. Il fallait simplement que Sensini laisse Klein s'avancer seul, qu'il lui laisse la possibilité de prendre

autour du golfeur.

l'initiative des réponses et surtout des questions. Si l'impensable ne pouvait pas se raconter, il finirait bien par se découvrir. Les silences et les réticences de Klein en dessinaient déjà l'improbable contour.

— Il y a autre chose, reprit Klein, trois types ont été retrouvés sur le bord d'une route, dans un bois de la grande banlieue est. Deux sont morts et le troisième est dans un état critique. Avec eux, il y avait une fille, une gamine qui les accompagnait pour aller en boîte. Je sais bien que ce que je vais vous dire va vous sembler idiot, mais le portrait-robot qu'elle a donné de leur agresseur ressemble à s'y méprendre à celui de Hearing. Un type chauve, pratiquement à poil, avec des bandages couverts de sang sur le torse. La gamine est sous le choc, mais elle assure que Hearing, à supposer que ce soit bien lui, n'avait aucune arme. Qu'il les a frappés à mains nues, qu'il lui a dit vouloir simplement récupérer la voiture, simplement ça. Qu'il avait l'air tout à fait calme. Il lui a simplement demandé de quitter le véhicule et il a disparu. On m'a transmis le signalement de la voiture et les rapports d'autopsie. Pour parvenir à un résultat pareil, il aurait fallu que ce type…

— … Hearing ?

— Oui, enfin… Il aurait fallu que ce type les tabasse avec une batte de base-ball ou leur roule dessus avec la bagnole. Les trois victimes sont littéralement fracassées.

— Si la gamine est dans l'état où vous le dites et qu'elle a vu ce que l'autopsie implique, je ne pense pas que l'on puisse vraiment s'y fier. La dernière et seule fois que vous avez vu Hearing, un tireur d'élite venait de lui exploser les poumons et il avait fait le

— allons, allons, mais il n'était pas concevable qu'un si beau secret sur la vie

grand saut depuis le deuxième étage. C'est déjà beaucoup, non ? Si Hearing a bien été enlevé, vous admettrez qu'il est difficile de ne pas croire que des intérêts supérieurs sont impliqués. Même si ça vous dérange. Pour le reste, je ne crois pas aux miracles…

— Vous avez peut-être tort, Sensini… Le légiste a demandé un complément d'analyse concernant une substance curieuse relevée sur le pourtour des blessures des victimes. Il est peut-être trop tôt pour l'affirmer mais il semblerait qu'elle présente des points communs, pour ne pas dire qu'elle soit tout à fait identique, avec la substance retrouvée sur le matelas de Hearing à l'hôtel. Une espèce de mycélium, un lichen… Les résultats sont contradictoires. On m'a demandé de patienter, mais j'ai l'impression que les gars sont complètement largués.

Sensini regardait le commissaire et la fatigue évidente qui se lisait sur son visage. C'était la première fois, depuis qu'il le connaissait, que perçait sa vulnérabilité.

— J'aimerais beaucoup vous aider, Klein, mais je ne sais pas trop quoi dire de tout ça. Je suis persuadé que Hearing n'a pas massacré sa compagne et les deux gosses.

— Aujourd'hui, je le crois aussi…

— Et je peux savoir ce qui vous a fait changer d'avis ?

— Je suis retourné une deuxième fois au pavillon, seul… Un détail que j'avais remarqué, mais dont je ne savais pas trop quoi faire. Une très légère odeur de peinture dans le sous-sol.

— Et alors ?

conjuguée des hommes et des végétaux ne soit pas partagé… vous savez comme nous

— On a rafistolé à la va-vite la porte donnant sur le jardin. De la pâte à bois, un peu de peinture blanche. Je pense qu'on a voulu maquiller des impacts de balle. J'ai retrouvé un éclat dans un buisson, on a dû tirer de l'intérieur.

— Peut-être pour tenter d'abattre quelqu'un qui fuyait, c'est ce que vous pensez ?

Klein avait perdu son arrogance de façade. Sensini aurait même pu dire qu'il avait l'air inquiet.

— … Pour tenter d'abattre Hearing, dites-le, Klein, puisque vous le pensez.

— Vous ne changerez jamais, Sensini… Oui, c'est ce que je pense.

Les images de ces échanges de prisonniers entre Est et Ouest durant la guerre froide passèrent rapidement dans l'ombre du café. Klein avait accepté de marcher sa part du pont. Sous leurs pieds, une eau noire et trompeuse coulait en silence.

— Maintenant, Klein, je peux moi aussi vous dire où j'en suis. On a tenté d'abattre Hearing avec moins de succès que l'on en a eu pour les autres membres du groupe Éden. D'après ce que je sais aujourd'hui, le premier a été noyé dans sa baignoire après avoir été torturé. La sœur de Glafkos Dimitriadis, le second, celui qu'on a abattu sous mes yeux au salon floral, a été lacérée au rasoir, dans l'intention manifeste de lui faire dire ce qu'elle savait ou ce qu'elle ne savait pas. Hearing est le troisième. Vous en savez sur lui autant que moi. Reste une quatrième personne, qui occupe actuellement toute mon attention, mais sur laquelle je n'ai pas encore mis la main…

Sensini n'aimait pas mentir. Entendue en un certain sens, sa dernière phrase était tout à fait exacte. Ils n'en étaient l'un et l'autre qu'à la moitié du pont. Il fallait savoir économiser son souffle. Sensini poursuivit :

— Ces quatre personnes ont en commun d'avoir participé ou tenté de participer à une action écoterroriste qui se voulait d'envergure et qui a tourné court. Ce qui est par contre tout à fait incompréhensible, ce sont les raisons pour lesquelles on les élimine. Eux, et s'il le faut, tous ceux qui les approchent ou les ont approchés d'un peu trop près. Je crois que c'est ce qui s'est passé pour Hearing. Par contre, ce que vous me dites sur la porte de la cave ne cadre pas avec ce que je croyais. J'imagine mal les tueurs auxquels j'ai été confronté s'amuser à réparer la faïence brisée avant de quitter les lieux. Quand on est capable de flinguer trois ou quatre personnes en plein jour, on n'a pas grand-chose à cacher. On aurait voulu faire porter les soupçons sur Hearing, on ne s'y serait pas pris différemment…

Sensini marqua un léger temps d'arrêt.

— Ne vous retournez surtout pas, Klein. Faites comme si de rien n'était. Quelqu'un d'autre que vous était-il au courant de notre rendez-vous ?

— Non. Je ne pense pas.

— Il y a un type en imperméable, que je ne sens pas très bien. Il s'est installé au comptoir quelques minutes après que je suis entré. Je ne pourrais pas le jurer, mais je pense qu'il était au kiosque à journaux à mon arrivée. Il lit la même page de journal depuis déjà pas mal de temps. Si vous regardez dans le miroir de la porte des toilettes, vous devriez l'apercevoir.

— À côté du poivrot ?

Sensini hocha la tête.

— Jamais vu. C'est complètement absurde, Sensini. Vous êtes parano, jamais je n'aurais dû vous proposer…

— … Expliquez-moi comment on a pu savoir que vous attendiez Hearing à l'hôtel ? Qui avait placé un snipper sur le toit de l'immeuble ? Où l'ambulance a-t-elle disparu ? Répondez-moi et j'arrêterai d'être parano. Tout ça pue les services secrets à plein nez, Klein…

Il n'avait fallu au type du zinc que quelques secondes pour quitter le café, comme s'il avait entendu ce qu'il devait entendre et compris qu'il ne fallait pas qu'il tarde. Klein s'apprêtait à courir pour le rattraper mais Sensini le retint.

— Qu'est-ce que vous croyez qu'il vous dirait ? Je crois qu'il faudra prendre des précautions plus sérieuses lorsque nous nous reverrons…

L'alcoolo du zinc avait profité lui aussi de ces quelques secondes, de l'inattention du garçon, pour empocher la monnaie du pourboire que son voisin avait laissée dans la soucoupe de plastique rouge.

— Je trouverai une solution. Soyons prudents, Klein. C'est un peu tard maintenant, mais je crois qu'il est préférable que nous ne restions pas ici plus longtemps. Je ne vous demande pas pourquoi vous êtes retourné seul au pavillon pour vérifier cette histoire de peinture… Vous risqueriez à nouveau de me dire que nous sommes d'accord.

Les deux hommes se serrèrent la main. Klein avait la mine plus froissée qu'à son arrivée, mais il se sentait moins seul.

Passé la porte, Sensini se dit que, dans d'autres circonstances, il aurait volontiers pris une bière et un

davantage de retenue. il n'est guère capable d'autodérision.

sandwich avec Klein. Mais combien de bières aurait-il fallu qu'ils partagent avant qu'il ne lui avoue avoir prêté son lit à Iva Neves la nuit dernière ?

Sensini jeta un dernier coup d'œil autour de lui, faillit rire en apercevant l'homme à l'imperméable confortablement installé derrière le comptoir du kiosque à journaux, occupé à réassortir les présentoirs.

Combien de bières de plus avant d'oser le répéter à Klein ? se dit-il en souriant à lui seul. Et il s'engouffra dans l'entrée du métro. L'alcoolique, qui se tenait au zinc quelques instants plus tôt, fit de même.

– oui, c'est un très bon exemple, monsieur chitchine, cet ancien centre

39

Verheggen gara sa voiture dans le parking réservé aux clients de la salle de sport. Cette fois, il avait prévu un sac avec quelques affaires. Une serviette, un maillot de corps, un short même, l'essentiel pour ne pas transpirer dans son costume de ville déjà bien fatigué. Il était 6 h 50 précises lorsqu'il descendit de la voiture et sentit autour de lui la vibration de l'air déjà saturé d'ozone. Son petit déjeuner avait été frugal et il avait fait l'effort, après une nuit passée sur les routes et deux ou trois heures de sommeil, de ne pas tirer de son paquet sa première cigarette de la journée. En traversant le parking, d'un pas qui se voulait léger, il eut presque la sensation d'être un athlète en marche pour son entraînement quotidien. Les vestiaires étaient déserts et il put se déshabiller sans craindre d'avoir à supporter son gros corps nu et blanc dans le regard des autres. Verheggen était prêt, n'avait plus qu'à enfiler sa paire de baskets achetée à une époque où il s'était mis au jogging pour faire plaisir à une fille qu'il espérait baiser. Comme il s'était rapidement avéré qu'il ne la rattraperait jamais, les chaussures de sport étaient quasiment neuves. À 7 heures pile, il était debout

d'expérimentation en roumanie nous appartient effectivement et nous le

et s'apprêtait à rejoindre les salles d'exercice lorsque deux types s'approchèrent avec des costumes sombres comme le sien et des chemises blanches comme la sienne. Ils n'avaient pas d'âge et puaient le Renseignement.

— Babel veut vous parler. Par là, à l'extérieur.

Le type, celui avec la barbe soigneusement négligée, avait fait un signe vers la sortie et le parking pendant que son grand frère s'adressait d'un ton neutre et purement informatif à l'amateur de sport. Tous deux virent Verheggen hésiter devant son tas de vêtements et regarder ses pompes trop blanches à la mode de quatre saisons. Puis se résoudre à les suivre sans rien changer à son accoutrement.

La berline stationnait sagement sur la place de parking réservée aux handicapés, moteur en marche et tant pis pour l'ozone. La couleur anthracite et les vitres fumées allaient de soi. Verheggen pensa que l'intérieur devait être en cuir fauve. Le barbu à l'italienne lui ouvrit la porte arrière, puis lui et son frère restèrent dehors à profiter du bon air qui rongerait un peu plus leurs poumons. Lentement mais sûrement. L'intérieur était agréablement climatisé et en cuir fauve. Babel jeta un œil amusé aux grosses cuisses roses de Verheggen qui ne trouvaient pas où se mettre et battaient une mesure nerveuse, évitant le plus possible le contact désagréable du cuir sur la peau. S'il n'avait pas été aussi contrarié par les récents événements, il aurait pu sourire.

— L'affaire change de mains, Verheggen. Écoutez-moi bien car je n'ai pas beaucoup de temps. J'ai été chargé de prendre en main la recherche et la

surveillons attentivement car il n'est pas souhaitable qu'on y pénètre. c'est du

capture de Hearing. En absolue priorité. Vous comprenez ce que cela signifie ?

Exit la police. Voilà ce que ça signifiait. Verheggen savait que Klein n'était pas du genre à s'écraser. Mais il savait aussi qu'il vaudrait mieux pour lui qu'il s'écrase.

— Oui, monsieur. Mais est-ce que l'ordre de priorité va venir d'en haut ?

— Ne soyez pas naïf ! En haut, comme vous dites, tout en haut, on ne veut rien savoir de cette histoire. On veut seulement des résultats. Cette affaire, nous devons la traiter, comment dire… entre gens de bonne volonté.

— Je crains que, dans ce cas, Klein ne soit pas l'homme qu'il nous faut.

Babel se tourna vers le gros flic. Son sourire n'avait rien à voir avec un sourire.

— Vous avez parfois des intuitions admirables, Verheggen.

L'officier de police rosit un peu plus. De plaisir cette fois. Ses cuisses faisaient un tout petit bruit de succion lorsqu'elles se décollaient de la banquette en cuir.

— Avez-vous des informations supplémentaires sur l'agression dans la station-service de cette nuit ?

— Oui. La vidéo. Comme vous le pensiez, le système de surveillance a enregistré la scène. Une partie du moins. Moutier est sur place et je devrais pouvoir la visionner ce matin. Il y aura une copie que je vous ferai parvenir.

— Vous ne ferez pas de copie, Verheggen. Vous me remettrez l'original en mains propres.

moins ce que nous pensons.

— Pardon ?

— Vous m'avez très bien entendu, Verheggen. Et je déteste me répéter quand on m'a très bien entendu. Pas de copie. Personne, je dis bien personne, ne doit visionner ce document.

— Mais… Klein ?

— Klein devient un obstacle de plus en plus sérieux. Il est d'ailleurs assez pénible qu'il ait ressenti le besoin de voir ce Sensini en tête à tête. On dirait que ces deux-là ont brusquement des choses à se dire. Vous ne trouvez pas cela étrange ? Je croyais qu'ils ne s'aimaient pas beaucoup.

— Je ne sais pas, monsieur.

— Vous ne savez pas…

Babel soupira puis reprit avec lenteur et application.

— Il serait bien que vous sachiez bientôt, Verheggen. J'ai l'impression que Sensini avance vite. Voyez du côté d'Éden.

— Il ne reste plus que la fille.

— Je le sais. Et où est-elle ?

— Planquée, sans doute.

— Réfléchissez un peu, Verheggen. Comment Sensini a-t-il pu se trouver au milieu de ce carnage du salon floral ?

— Vous pensez qu'il est en contact avec elle ?

— À part Hearing, les autres sont morts, semble-t-il… Ne le lâchez pas, Verheggen. Je vous ai dit que l'affaire changeait de mains. Elle est entre les nôtres maintenant. J'aimerais que cela se sache.

— Bien, monsieur.

— J'ai tous les moyens à ma disposition, Verheggen. Mais je veux agir discrètement. Deux véhicules, une poignée d'hommes. C'est tout. On en

cette fois les partners sont tous d'accord et manifestent leur soutien à mister

revient aux bonnes vieilles méthodes. Celles que j'ai toujours prônées. La chasse est ouverte désormais. Vous l'ignorez mais Hearing est un gibier… spécial. Il faut s'adapter. Priorité numéro un, s'adapter.

— Mais comment a-t-il pu s'échapper ? Comment peut-on expliquer…

— … Expliquer, expliquer ! Il y a une explication à chaque chose, Verheggen, vous avez raison. Mais il y a certaines explications qui, même lorsqu'on vous les donne, continuent à vous échapper. L'important est qu'elles n'échappent pas à certains d'entre nous. Je dis bien « certains » d'entre nous.

Le flic baissa la tête. Le poids de la hiérarchie. La fatigue aussi sans doute. Il comprit que Babel ne tenait pas à lui en dire plus.

— Que la police s'écarte et nous laisse faire, Verheggen. Je compte sur vous.

— Vous pouvez, monsieur.

Babel fit un signe qui devait être convenu et la porte s'ouvrit du côté de Verheggen. Un rouleau d'air chaud s'engouffra dans l'habitacle de la voiture. L'entretien était terminé.

— Je crains que nous n'ayons pas le loisir de transpirer ensemble aujourd'hui, Verheggen. Du moins pas de cette sueur saine que vous avez manifestement appris à goûter.

Le gros flic sortit puis se pencha afin d'écouter patiemment la fin de la leçon.

— Reste la sueur de l'action… Elle aussi est hygiénique, Verheggen. Elle a parfois le même goût que celle de la peur. Une dernière chose, Verheggen, tenez-vous à distance de Klein dans les heures à venir.

what. l'acquisition de cet ancien centre envahi par une forêt tropicale n'a

Puis ce fut tout. Encore trois portes claquées puis le glissement discret de la puissante berline, qui laissa Verheggen seul sur le parking en tenue de sport. Il regarda la voiture disparaître, puis rejoignit les vestiaires en petite foulée.

guère plu à wealth & wash, mais on ne leur a pas demandé leur avis pour instaurer

40

Retrouver Dietmar Ellger n'avait pas été si compliqué. Du moins, la trace qu'il avait laissée dans la banlieue de Linz. Une sorte de bave noire comme la peste qui l'avait atteint et qui avait à ce point rongé son esprit malade que ses premiers amis avaient eux-mêmes fini par en avoir peur.

Dragulescu avait su quitter Mme veuve Ellger, la mère, avant qu'elle ne pleure dans ses bras. Non sans avoir obtenu auparavant quelques précieux renseignements concernant le bambin qui piétinait dans son cadre doré, en culottes de peau et chapeau tyrolien, le napperon du buffet. Comment ce garçon qu'elle disait avoir un si doux regard et qui aimait à passer ses journées en forêt avec ses amis n'avait bientôt plus voulu en sortir ? Sitôt obtenu son diplôme de biologie, il s'était installé dans cette communauté. Elle avait tenu à montrer à Roman les lettres qu'il lui avait envoyées un temps, qui maudissaient la ville où le corps se corrompait, qui maudissaient la télévision où l'esprit s'amollissait, qui maudissaient les voyages où l'autre triomphait, qui maudissaient tout ce qui n'était pas authentique et vrai comme l'âme autrichienne,

cette zone d'interdiction. et ce n'est ni la première, ni la dernière.

tout ce qui détournait du sang et de la terre. Dans les marges des lettres, rédigées avec une écriture emphatique et enfantine à la fois, apparaissaient de courts dessins des armoiries de l'ancienne Autriche, de courts extraits de chansons populaires en dialecte. Toutes commençaient ou finissaient par les lignes patriotiques de Karl Renner, « Autriche allemande, terre splendide, nous t'aimons ! », tirées de l'ancien hymne national. Le ver était dans le fruit. Que Dietmar se soit finalement rapproché de groupuscules aux idées nostalgiques, où s'agitait une conception d'un corps d'autant plus sain qu'il pensait peu, patinées de mystique rhénane mal comprise et d'allusions guerrières aux Nibelungen, n'avait pas étonné Roman.

Le groupe « Unsere Erde », Notre Terre, avait été dissout suite à des histoires peu claires de propagande néo-nazie et de mœurs qu'impliquait « la communauté naturelle des corps » prônée par ses membres.

Roman avait pris congé avec un mal de tête que les vibrations de la ligne de chemin de fer qui passait à quelques mètres de la maison et le vin trop sucré avaient encouragé. On était ici loin de Vienne et de ses valses, le Danube croupissait aigre dans le caniveau.

Roman avait repris la route.

⁂

Le village de Zalsberg était situé au cœur du massif des Alpes de Styrie et se réduisait à quelques maisons de pierres noires groupées autour d'une ferme fortifiée. Dans la cour allaient librement des porcs et des

– en revanche, je m'excuse de vous interrompre, mais quel rapport existe-t-il

volailles. Une odeur de fumier écœurante empuantissait le sentier que Roman avait dû parcourir à pied sur deux bons kilomètres, vu qu'il était non seulement impossible mais de surcroît tout à fait interdit d'accéder au village en voiture. C'était là que se perdait la trace de Dietmar Ellger.

La communauté s'était installée à Zalsberg après avoir été chassée de la ville et appliquait avec une joie militaire les préceptes d'une vie au plein air qui ne voulait rien devoir à la société viciée où s'agitaient les humains dégénérés et artificiels. Tout avait été reconstruit en respectant les règles écologiques les plus extrêmes et le village abandonné avait repris sa vie là où il l'avait laissée, à l'orée du XIXe siècle.

Roman traversa un atelier de tissage où quelques filles grasses et rougeaudes cardaient de la laine et tissaient sur de grands métiers des couvertures à motifs traditionnels avant d'être introduit dans le réfectoire. Au centre de la grande pièce brillait une cuve de cuivre rouge où l'on brassait la bière naturelle de la communauté. Dans les tables de bois, des écuelles avaient été sculptées et polies à même le plateau, rendant l'usage de la vaisselle tout à fait superflu. Les bancs étaient insoulevables, les poutres, énormes, en bois dégauchi à la hache, d'un autre âge. La ferme tout entière semblait n'être qu'un prolongement naturel de la roche et des arbres qui l'avaient laissée croître.

— Dietmar a quitté la communauté il y a un peu plus d'un an. Qu'il aille dans sa voie.

Le type avait une barbe impressionnante qui lui donnait un peu l'air du Moïse de Michel-Ange que

Roman se souvenait avoir vu à Rome. Comme tout ici, il sentait le beurre rance et la peau tannée.

— Il n'a pas su entendre l'appel. Il était dans l'erreur. Nous ne l'avons pas chassé mais nous lui avons demandé de suspendre ses recherches, de jeter ses livres et de ne plus avoir de contacts avec l'extérieur.

— Ses recherches ?

— Dietmar était persuadé que des forces souterraines travaillaient à l'œuvre occulte. De grands travaux. Cela est sans doute vrai mais ne nous concerne pas.

— Oui, je comprends…

Roman avait du mal à prendre la mesure du monde qui l'entourait. Ces types étaient tellement barrés qu'ils utilisaient des notions d'un autre âge. Il régnait ici une ambiance étrange, où le refus du présent se mêlait à une spiritualité trouble. Un mythe d'autochtonie où l'échange et la dématérialisation du monde qui l'entourait n'avaient aucune place.

— Sa mère m'a dit qu'il était un élève brillant, que sa thèse de biologie avait reçu les félicitations du jury et…

— Nous n'avions pas besoin d'un savant dans la communauté. Ce que la nature nous enseigne suffit. Ce qu'elle ne dévoile pas aux sens lui appartient. Tenter de lever ce voile n'est pas une bonne chose. Puisque la mère de Dietmar vous envoie, il me semble juste que vous lui remettiez ses affaires. Nous ne souhaitons pas garder cela ici. Quelqu'un vous aidera à descendre cette caisse jusqu'au bas du chemin.

L'entrevue était finie et Roman prit congé avec soulagement, l'estomac sauvagement travaillé par une envie de hamburger et de Coca-Cola.

Il parcourut à peine quelques kilomètres avant de faire halte. Les cordons noués autour de la lourde caisse, que l'on avait déposée dans le coffre de la voiture, étaient difficiles à défaire. Sous les quelques vêtements tissés, imprégnés encore d'odeur de bois brûlé et de suif de bougie, il retira une pile importante de livres et de cahiers dans lesquels de nombreuses coupures de presse avaient été collées. Un journal tenu jour après jour par Dietmar courait en lignes hâtives. Les quelques pages dont Roman prit connaissance promettaient des informations qui ne lui faisaient plus regretter son voyage. Oubliant son envie de nourritures artificielles, Roman s'installa sur une souche d'arbre et commença sa lecture. Le journal de Dietmar Ellger détaillait plusieurs années d'enquête dans laquelle deux noms revenaient sans cesse : Naeliev et Mandragore.

Quelques heures plus tard, dès que revenu à la civilisation, Roman envoya à Sensini un court message dans lequel il lui apprit que la poursuite de son enquête l'empêchait de rentrer aussi vite qu'il l'avait initialement pensé et le contraignait à prendre l'avion pour la Roumanie. Roman Dragulescu n'y avait plus jamais mis les pieds depuis son enfance.

parce que l'affaire qui les concerne tous se précise, les partners retiennent

41

Au téléphone, la voix de Klein était tendue. Il parlait vite et Sensini dut lui demander de répéter l'adresse du rendez-vous. La cabine téléphonique d'où il avait appelé devait se trouver à proximité d'une avenue en travaux car il entendait le bruit des marteaux-piqueurs qui, par instants, couvrait la conversation. « Les choses se précipitent », avait dit Klein, « il faut que je vous voie tout de suite ». Il ne pouvait en dire plus.

Après avoir raccroché, Sensini n'était même pas tout à fait sûr d'avoir reconnu la voix du commissaire. Il aurait aimé prévenir Dragulescu, dont il venait de recevoir un message lui annonçant son départ pour la Roumanie. Il avait essayé d'appeler à plusieurs reprises, mais la messagerie de son portable diffusait inlassablement une sorte de petite musique hawaïenne. Sensini trouva les roucoulades des youkoulélés tout à fait sinistres et inquiétantes. Il ne laissa pas de message.

Il régnait une chaleur à crever et le soleil faisait fondre les images sur le pare-brise de la voiture,

leur souffle maintenant. naturellement, pour exprimer ce genre de sentiment, le

tordait le bel alignement rectiligne des barres HLM. Des gosses avec des tee-shirts longs comme des chemises de nuit et des casquettes NY traînaient sous le cagnard désert, poussant mollement un vieux ballon de basket. Aux balcons, surplombant les toits des usines à la dérive, des vieux buvaient de la bière, ensachés dans des tricots de corps dont les mailles faisaient songer à des moustiquaires. Sur l'un des balcons, il y avait un téléviseur et une bicyclette, une machine à laver et un fauteuil de jardin en plastique. Un couple de vieux qui attendait qu'un autre couple de vieux lui rende visite. Ou pas. Tout était si semblable que Sensini aurait pu penser qu'il ne roulait plus. Il traversa une zone d'entrepôts commerciaux dont les enseignes entremêlaient, sur le ciel blanc, des lettres et des mots qui n'avaient pas de sens. Les parkings étaient vides. Sensini réalisa qu'on était dimanche et qu'on appelait ça le jour du Seigneur.

Il regarda à nouveau le plan de banlieue pour trouver son chemin. Les noms lui semblaient ne correspondre à rien de ce qu'il voyait. Le chemin des Violettes finissait en cul-de-sac. Il reprit la rue des Saules, tourna rue des Peupliers, finit par se garer au bord d'un petit canal marbré de flaques de Phénol que la lumière violaçait. Il marcha quelques minutes. Une plaque DÉFENSE D'ENTRER, dont les années effaçaient patiemment les lettres, pendait sur le grillage. Tout proche, on entendait le passage des voitures sur le raccord d'autoroute.

Sensini aperçut la silhouette d'un homme, assis, les jambes ballantes, sur un quai de déchargement encombré de carcasses et de vieilles palettes. Il s'approcha. Bien que l'homme ait enlevé sa veste de costume et sa cravate, bien qu'il ne soit pas rasé, il reconnut Klein. Il fumait une cigarette. Dans son dos, envahi par les herbes sèches, un hangar calciné attendait la prochaine poussée immobilière pour renaître de ses cendres.

— Joli endroit.

— J'ai grandi pas loin d'ici. Quand j'étais gamin, j'allais pêcher dans le canal qui passe là-derrière... Vous ne pouvez pas imaginer les poissons qu'il y avait. J'ai dû revenir l'an dernier et ça faisait au moins vingt ans que je n'y avais pas mis les pieds. Ça a pas mal changé. Je ne sais pas très bien pourquoi je vous ai donné rendez-vous ici.

— Ça a l'air plutôt calme.

— Oui, c'est sans doute ça.

Klein garda le silence un instant comme s'il lui fallait un temps pour quitter ses souvenirs. Il avait l'air tout à la fois extrêmement absent et très nerveux. Il n'avait pas dû fermer l'œil de la nuit.

— Je pense qu'on a tenté de me suivre. J'ai repéré la bagnole assez vite et je les ai semés. Deux types.

— Vous les connaissiez ?

— Jamais vus. Ce genre-là...

Sur la faîtière du toit de l'entrepôt, un couple de corneilles promenaient leurs yeux jaunes et ronds sur la scène qui se déroulait en contrebas.

— En fait, Sensini, je crois que je me suis mis dans une sale affaire. Un peu à cause de vous sans doute...

Dans le soleil, Klein faisait briller une clef qu'il avait tirée de sa poche, s'amusait à promener la petite tache de lumière sur le visage de Sensini, à l'éblouir un peu.

de jaloux et éviter les éventuelles manifestations cardio-vasculaires, mister

— On m'a demandé de lâcher l'affaire Hearing. Enfin, pas comme ça… Disons qu'on m'a proposé un autre dossier. Ça vient d'en haut, autrement dit de nulle part. J'ai commencé à comprendre que quelque chose n'allait pas quand j'ai appelé la scientifique au sujet des prélèvements et des analyses. Je connais Joulin depuis plus de dix ans, il m'avait promis des résultats tout à fait incroyables. Il avait besoin de vérifier auparavant et ça ne devait pas prendre beaucoup de temps…

— Et alors ?

— Alors, rien. Il a bafouillé deux ou trois phrases embrouillées, qu'il avait dû se tromper, qu'il y avait eu une erreur de manipulation et d'autres trucs du genre. Je n'ai pas insisté et j'ai compris qu'il me remerciait de ne pas le faire.

— Vous en déduisez quoi ?

— Rien. Je n'en déduis rien, sauf que l'on ne veut plus que je m'occupe de cette histoire. On sait que je vous ai rencontré et ça ne plaît pas.

Klein alluma une nouvelle cigarette. Sur le haut du toit, les pattes des deux corneilles frottaient contre le zinc des chéneaux. Elles s'étaient rapprochées. On aurait dit qu'elles aussi s'impatientaient.

— On fait parfois des choses sans très bien comprendre. Parce qu'on a peur, parce qu'on a envie d'être un héros, parce qu'on a envie d'être du côté de ceux qui ne se couchent pas. Mon père bossait ici. Il a passé des années sur ce quai de déchargement. Debout la nuit, debout le jour. On l'a couché pour l'enterrer, mais je pense que c'est le seul moment où il a accepté ça. C'est assez compliqué ce qui construit

what met un instant la main sur le combiné téléphonique et leur glisse en la vie d'un homme, mais ça se résume assez facilement. Vous ne croyez pas, Sensini ?

— Assez, oui.

Ce genre de mélo n'était pas du goût des volatiles postés sur la gouttière. Dans leurs habits noirs du dimanche, ils se mirent à croasser en tordant du cou. Klein frappa une fois dans ses mains et les oiseaux s'éloignèrent vers un toit voisin.

— Hearing a donné de ses nouvelles. Et cette fois, on a mieux que le témoignage d'une adolescente. Le pompiste de la station-service n'est plus là pour raconter ce qu'il lui est arrivé, il a été retrouvé écrasé sous les rayonnages de sa boutique. Mais la caméra de vidéosurveillance a filmé la scène.

— Vous avez l'enregistrement ?

— Je l'avais.

— Il lui est arrivé le même sort qu'aux prélèvements et aux analyses, je suppose…

— Vous supposez bien, Sensini. À ceci près que je l'ai dupliqué avant qu'on ne me le reprenne et qu'il est provisoirement en lieu sûr…

Klein tendit à Sensini la petite clef qu'il avait en main.

— Je préférerais que vous gardiez ça en attendant que les choses se calment un peu. J'ai quelques vieux meubles que je garde dans un box à côté de Paris. C'est la clef du cadenas. Le box est au nom de Samuel Klein, Nº 64. La copie de la vidéo est dans le tiroir de la table de nuit et l'adresse du garde-meuble est sur le porte-clés. Personne ne sait, sauf vous et moi.

— Vous ne croyez pas que, dans un premier temps, ce serait plus simple si vous me disiez ce qu'il y a sur cet enregistrement ?

articulant le plus possible :

— Je n'ai pas eu beaucoup de temps, voyez-vous. On m'attendait en bas de chez moi. Ce que je sais, c'est que la station se trouve dans le Jura, pas très loin de la frontière suisse. Mais ce qu'il y a là-dedans, c'est vous qui me le direz. Il y a plus de douze heures d'images à visionner et je n'ai vu que les cinq premières minutes. À vous les cinq dernières…

Sensini pensa à la Suisse et à ses montagnes pleines de surprises, puis demanda à Klein :

— Et vous comptez faire quoi ?

— Souffler et retrouver un peu de calme. Je vais faire profil bas un temps, surveiller mes arrières. Je n'ai pas les protections qui vous ont évité la porte après l'affaire Del Pierro…

— Qu'est-ce que vous voulez dire ?

— Ne vous énervez pas, Sensini. Ce n'est pas vous le héros du jour. Mais je trouverai le moyen de vous dire comment les choses évoluent. Ne perdez pas cette clef, je tiens beaucoup à ce qui se trouve dans ce box.

À l'autre bout de la chaînette, sous le plastique du porte-clés rayé par les ans, une petite photo, comme on en prend dans les classes à l'école, le regardait. Un gosse qui ressemblait à Klein, avec une blouse sur laquelle était brodé un camion rouge.

— Je vais partir devant, Sensini. Faites attention à vous.

Sensini hocha la tête. Il murmura un merci que Klein n'entendit pas car il était déjà trop loin.

Traînant un peu, Sensini regagna sa voiture en laissant sa main glisser contre les herbes sèches et hautes. On entendait chanter des grillons et il se souvint lui aussi qu'il avait été enfant. Cela lui sembla si lointain.

— il semble que monsieur chitchine ait senti la présence de notre ex-partner en

Dans son dos, contre le grillage, la plaque DÉFENSE D'ENTRER brillait différemment qu'à son arrivée. Il n'y avait plus rien à entendre. Les deux oiseaux s'envolèrent et leur ombre glissa silencieusement devant lui.

se rendant chez un inspecteur d'interpol qui mène l'enquête, dans la ville de

42

Il n'aurait pas dû lui donner rendez-vous ici. Klein s'en voulait maintenant d'avoir proposé à Sensini ce bord de canal qu'il avait hanté autrefois. Quelque chose de trop intime dans les présentations peut-être. Il n'était pas coutumier de ces petites faiblesses qu'il prenait la plupart du temps chez les autres pour d'inutiles démonstrations. Et voilà que lui aussi avait brièvement ressenti le besoin de s'épancher. Très brièvement. Pas assez brièvement. L'envie de partager quelques minutes avec ce type étrange, qui l'attirait et qu'il ne pouvait pas blairer. Klein supportait mal de se trouver seul dans cette impasse, sans personne à qui se confier si ce n'était ce flicard d'Interpol qui vous écoutait parler comme personne.

Le commissaire n'avait rien vu venir dans cette affaire. Il se sentait amer d'avoir été utilisé puis écarté comme un second couteau. Klein était pourtant celui qui dirigeait les opérations. Jusque-là, il pensait être celui qui dirigeait les opérations.

Le moteur tournait mais Klein, fatigué, gardait les yeux dans le vague, semblait réfléchir. Dans l'habitacle surchauffé, la climatisation ronflait dans l'espoir d'attraper un peu d'air pour le rafraîchir. Klein transpirait et avait envie d'ouvrir sa fenêtre. Il n'en fit rien et démarra lentement, laissant glisser la grosse berline banalisée sur les plaques de bitume disjointes par le temps. Son père avait bossé dur dans le quartier et lui avait permis de le quitter. Cela faisait plus de trente ans. Et pourtant, Klein sentait que ses racines de fils d'immigrés malmenés par la guerre n'avaient jamais réussi à pousser plus loin que dans le béton de cette banlieue minable du sud de la grande ville. Mieux valait ne pas venir trop souvent dans un endroit comme celui-ci, un endroit qui vous foutait à poil.

L'enceinte de barbelés qui entourait la vieille zone d'entrepôts n'était plus qu'un souvenir, mais ce souvenir était plus réel que le réel et Klein le traversa. Avant de remonter vers le centre, la rue de pavés irréguliers faisait le détour par deux ou trois tunnels qui plongeaient sous les voies de chemin de fer. C'est là que les putes tapinaient autrefois et c'est là qu'elles tapinaient encore. Les prénoms avaient changé mais la misère était toujours la même. Des camionnettes épuisées faisaient office de baisodromes. Lorsque la voie était libre, les filles mettaient une bougie sur le tableau de bord. Cela faisait une jolie lumière et l'on distinguait mieux les déshabillés rouges et blancs, portés la plupart du temps sur des peaux noires.

Si ce n'était une voiture qui stationnait devant l'une des camionnettes, les affaires semblaient au point mort. Klein savait qu'il n'était pas facile de bander dans une turne pareille chauffée à 45 °C. Il roulait doucement et sourit aux filles qui fuyaient leur four en taule et cherchaient à se divertir en lui faisant des signes, en s'aspergeant d'eau ou en découvrant leurs seins. Il y avait longtemps qu'il n'avait pas eu envie de ça. Machinalement, en dépassant lentement la voiture, il regarda la tête des deux types qui semblaient s'intéresser à la marchandise au point de s'être arrêtés. Et peut-être de discuter les prix. Cela ne dura qu'une fraction de seconde, mais Klein était un professionnel de l'observation et de la reconnaissance. Il lui suffisait de voir un visage une fois pour ne plus l'oublier. Le seul ennui était qu'il ne parvenait plus à se souvenir de l'endroit et des circonstances dans lesquelles il avait croisé ce type qui était au volant et qu'il venait d'apercevoir. Un hasard sans doute.

Il roulait encore au pas lorsque la voiture apparut comme une ombre dans son rétroviseur. Les types n'avaient pas fait affaire. Sans doute. Klein accéléra un peu et entra dans le premier tunnel. Ils suivirent. L'éclat des lumières artificielles de cette fin de journée glissait sur la carrosserie de son véhicule avant de s'envoler et de rebondir sur celui qui, maintenant, le collait d'un peu près. Ou était-ce une impression ? Peut-être le jeu trompeur des phares qu'il avait allumés. Klein fit jouer ses doigts sur le volant. Il pensait à Sensini, à la clef qu'il venait de lui remettre, à l'imprudence qu'il avait peut-être commise. Mais ce fut de nouveau le jour et la clarté était si vive qu'il dut orienter le pare-soleil. Les immeubles se dressaient tout autour dans un garde-à-vous miteux et la voiture-balais ne semblait pas décider à lâcher ses arrières. Un connard qui voulait s'amuser. Klein pourrait lui en faire passer l'envie. Il y avait trop de reflets pour qu'il aperçoive les traits du chauffeur. Le véhicule était pourtant très près maintenant. Insensiblement, Klein avait accéléré. Il entra à

rapidement l'essentiel du rapport transmis par l'agent du complex sur place,

un peu plus de quatre-vingts kilomètres à l'heure dans le deuxième tunnel. Plus long celui-ci. Les néons blanchissaient le ciel de ciment comme des éclairs. La circulation était réduite et au moment où Klein accéléra encore un peu plus, il y eut le premier choc. Une bourrade reçue de l'arrière qui le déstabilisa et le déporta contre une bordure presque aussi haute qu'un trottoir. Un enjoliveur se déglingua et il le vit briller. Klein hurla « putain de con ». Il voulait attraper le téléphone mais un deuxième choc, plus violent encore, l'en empêcha. La bagnole titubait sur la route. Klein avait la trouille et accéléra encore. Il frôlait les cent vingt lorsqu'il déboula du tunnel et s'engagea dans le rond-point. La bagnole le percuta une troisième fois. Elle avait pris l'intérieur dans la courbe du carrefour et joué au bélier sur son aile arrière gauche. Klein avait trop ralenti. Klein n'aimait pas conduire vite. La voiture s'emballa. Il ne savait plus quelle vitesse il avait enclenchée et il entendait le moteur qui ronflait trop fort pendant qu'il s'efforçait de garder le cap. D'un coup sec, qu'il espérait imprévu, il s'échappa vers la droite sur l'avenue la plus large, qui devait être le cours Gagarine ou l'avenue des Travailleurs, une rue où il pourrait foncer jusqu'au périphérique et décrocher son téléphone. Klein eut le temps de se dire que, lorsqu'il était gosse, il la montait à vélo. Il eut aussi le temps de voir que, derrière lui, la voiture était légèrement distancée, qu'elle sortait à peine du rond-point, alors que lui, « putain de con », avait libéré les chevaux-vapeur qui fusaient maintenant sous le capot et l'entraînaient à près de cent cinquante, et même plus

c'est-à-dire là-bas. car il faut dire que les partners, dans leur ensemble

de cent cinquante. Klein allait remonter cette avenue en quarante secondes alors qu'en vélo, à l'époque, il ne lui fallait pas loin de vingt minutes et encore, quand le vent n'était pas défavorable. Il imagina vaguement la tête de ses parents, le voyant remonter ainsi l'avenue Gagarine ou des Travailleurs, dans sa berline de luxe un peu amochée, filer comme la tempête à plus de cent soixante maintenant et échapper à ces types qui ne parvenaient plus à le coller d'aussi près. Klein gardait ses poursuivants dans la mire de son rétroviseur, mais il était trop nerveux parce qu'il voyait la distance entre eux se maintenir malgré le bitume qu'il avalait comme un ogre. Il accéléra encore sur la ligne droite, en se marrant un peu à l'idée qu'il en avait encore sous le pied, en se marrant franchement parce que ça lui faisait du bien de rire et de voir que, tout de même, ce « putain de con » avait du mal à suivre. Devant lui, c'était dégagé et les feux n'avaient pas le temps de changer de couleur. Derrière, l'autre s'accrochait toujours. Il avait du mal à détacher son regard du rétro, une loupe au travers de laquelle son poursuivant grossissait de nouveau. Il regarda son compteur puis de nouveau l'espace qui les séparait. Le type devait atteindre les cent quatre-vingts pour le remonter comme ça. Il savait que la bretelle d'accès au périphérique n'était plus très loin maintenant et qu'il ne pouvait pas rouler plus vite. Klein sentit son cœur s'emballer.

Sa vision de la route devenait fugitive, sa conduite moins concentrée. Ce fut sa première erreur. La seconde le conduisit à négliger le fait que l'objectif

et dans l'entité qu'ils forment - ou qu'ils décrivent - ne sont guère friands

de son poursuivant pouvait tout simplement être de le buter plutôt que de l'intimider. Qu'il pouvait donc ne pas agir seul et avoir des complices. Tous les flics ont leur vanité de flic. La troisième erreur de Klein fut plus technique. Lorsque, deux cents mètres devant lui, alors que le périphérique était à sa portée, le poids lourd grilla le rouge pour déboucher au travers de sa route et se planter là de toute sa longueur, de toute sa masse sombre et impressionnante, le flic estima qu'il n'était pas utile de tenter une quelconque manœuvre pour le contourner. Un coup de volant à gauche l'aurait fait rebondir contre la bordure du trottoir et probablement entraîné dans une série de tonneaux peut-être mortels ; la même tentative, à droite, l'aurait très certainement jeté dans la forêt de lampadaires en lui laissant peu de chance. Mais la solution qu'il avait retenue, bloquer ses freins en glissant droit devant, ne lui en laissait réellement aucune.

Le véhicule laissa sur l'avenue Gagarine – c'était stupide, mais Klein était sûr de son nom maintenant – une longue trace de gomme d'une rectitude absolue. À l'image de la vie du fonctionnaire de police. Celui-ci se déplaçait encore à plus de cent kilomètres à l'heure, lorsque, coincé dans sa coquille de taule, il rencontra l'obstacle. La voiture s'encastra sous le camion au niveau du train avant et le broyage de la carrosserie dura un peu moins de deux secondes. Klein fut écrasé comme un pantin de crash-test, ses jambes broyées, sa cage thoracique enfoncée, ses vertèbres démantelées, sa boîte crânienne disloquée. Il y eut encore l'image de Sensini, le dernier homme auquel il aurait parlé, celle de son père, dont il espérait

d'exposés et de longs récits rapportés de là-bas. et cela même si ces derniers ne

qu'il ne l'avait pas vu passer à toute vitesse, dans sa voiture de luxe, l'avenue qu'il faisait autrefois en vélo, puis les seins de cette prostituée qu'il ne connaîtrait pas. Jamais cependant, ne lui revint en mémoire le lieu où il avait vu ce type qui lui avait donné la chasse.

sont pas dénués d'un certain exotisme et, disons, d'un certain piquant

43

Au fond de la poche de Sensini, la chaînette du porte-clés s'emmêlait avec les perles du chapelet. La tête de Klein enfant, blond comme l'angelot auquel la vie s'était appliquée à rogner les ailes, avait dû accompagner la religion familiale de Samuel Klein comme les grains d'olivier avaient accompagné celle de son ami Léo. Chacun ses saints, pensa Renzo. Les murs aveugles du garde-meubles de cette banlieue lointaine, où il devait récupérer la copie dérobée par Klein, donnaient au bâtiment une allure de prison. On enfermait là-dedans ce que l'étroitesse d'une existence ne permettait pas ou plus d'accueillir chez soi, des bouts de mémoire que l'on ne s'était pas encore résigné à jeter, des attentes qui n'en finissaient pas d'attendre.

La pancarte « je revien de suite » disait, dans une orthographe qui lui était propre, que le singulier gardien devait dormir entre deux cartons et Sensini ne jugea pas nécessaire ni d'attendre ni d'inscrire son nom dans le registre. Le plan mural, sur lequel les doigts sales et égarés avaient tracé, au fil des ans,

romanesque. l'abondance de détails et de noms obscurs exaspère particulièrement

leurs itinéraires compliqués, renseigna Sensini sur l'emplacement du box 64.

L'intérieur de l'entrepôt était conforme à sa première impression, interminable suite de couloirs sans fenêtres et de portes où résonnaient ses pas. Un système de capteurs éclairait son passage, ouvrant la marche devant lui, la refermant dès qu'il passait à une autre travée. Les plafonds étaient bas et une odeur ancienne, où se mêlaient des relents de naphtaline et de vieilles choses poussiéreuses, somnolait dans le labyrinthe. Sensini était seul, l'obscurité avançant ses pas dans les siens. Les commutateurs électriques rythmaient mécaniquement sa marche, battant le pouls régulier de son invisible guide.

Le box 64 était rigoureusement semblable à tous les autres. À l'intérieur, toute une collection de meubles démodés avaient été empilés, lampadaire en bois tourné sous lequel Samuel Klein avait dû s'user les yeux à lire le guide Clause, chambre de jeunes mariés en placage de ronce de noyer au style indéfinissable, patère à boules colorées tristes comme des nez de clown, outillage de jardin, valises en carton bouilli, armoire à glace au tain défraîchi. Contre la cloison, Sensini repéra la table de nuit au marbre rosâtre dont lui avait parlé Klein. À l'intérieur du tiroir, glissé sous quelques vieilles revues, il trouva ce qu'il était venu chercher. Dans une enveloppe de kraft sans inscription aucune, un disque argenté, que Sensini glissa dans la poche de sa veste.

Sans doute n'aurait-il pas prêté attention à l'infime changement de lumière que les claies disjointes venaient de laisser passer s'il n'avait été accompagné par le bruit, moins discret, du commutateur électrique.

who, que seul le résultat intéresse. mais il suffit de s'être rendu là-bas, ne

Un autre cœur que le sien battait dans l'entrepôt désert. Sans qu'il sût s'expliquer pourquoi, Sensini doutait que l'intrus soit le gardien effectuant sa ronde. La porte du box était entrebâillée et Sensini voyait assez nettement, dans le miroir de l'armoire, ce que son inconfortable position entre les meubles branlants lui aurait normalement interdit d'observer.

À l'autre extrémité de l'allée, une silhouette grise et souple, plaquée contre la paroi, indiquait par des gestes à un interlocuteur situé hors de son champ de vision ce que Sensini pouvait assez facilement supposer être la porte du box où il se trouvait. Deux hommes au moins. La gueule d'ange de Klein lui sembla tout à coup plus sombre, l'absence du gardien moins anodine. Sensini se remémora rapidement la géographie des couloirs. Si le deuxième était en train de contourner le bloc par l'autre côté, ce qui ne faisait aucun doute, Sensini estima quasi nulle la chance qu'il aurait de prendre la fuite. Il ferma quelques secondes les yeux, son souffle réinvestissant la totalité de son corps. Il laisserait venir le danger à lui.

L'homme était armé. Il avançait avec une technique sûre et l'arme qu'il tenait au poing ne gênait pas ses mouvements. Il portait une cagoule de nylon noire. Sensini ne jugea pas opportun de sortir son arme, ces tueurs ne lui feraient pas de cadeaux. L'exiguïté des couloirs, la connaissance qu'il avait des mouvements de ces deux chasseurs, lui semblaient par contre des atouts précieux. Il ne fallait pas attendre que le deuxième fasse son apparition, il fallait que le temps soit de son côté. Tout en faisant volontairement tomber une pile de boîtes à chaussures, Sensini décolla le battant de la porte de l'armoire. Il imagina

serait-ce qu'une fois, pour comprendre combien tous sont empêtrés dans une le poids du miroir peser lourdement sur les gonds fatigués. Sans doute rassurée par le bruit, et jugeant sa cible occupée, la silhouette franchit en une fraction de seconde les quelques mètres de couloir qui lui restaient à couvrir. Sensini devinait son impatience à agir seul avant d'être secondé par son équipier. Il laissa l'instant se dilater dans son esprit, se concentra sur la sensation qu'il éprouvait au contact du bois ciré entre ses doigts, à la fraîcheur du verre contre son pouce. Ne pas serrer, laisser seulement le poids de la porte vitrée suivre sa course violente. Rassembler toute son énergie en un point unique. La silhouette grise précisa ses contours, veillant à ne pas laisser son ombre la précéder. Sensini devinait son souffle, percevait le murmure de son souffle. L'instant brilla dans l'attente. L'image de l'homme venait de se présenter dans le miroir. La surprise du face-à-face avec son double ne dura pas. Le souffle de la porte avait caressé le silence. Aussi précise que la lame d'un sabre. Son reflet se jeta sur son visage avec une sauvagerie extrême. Les éclats de verre s'y incrustèrent profondément, lacérant la cagoule ; le sang gicla vif comme un désir rouge. Déjà, le bruit pesant de la course de l'autre tueur résonnait. Le hurlement et le fracas l'avaient averti que la mort déployait ses ailes. Deux détonations brèves perforèrent la porte métallique du box. Sensini s'était hissé sur l'armoire, la nuque calée contre le béton rugueux, lové dans les soixante-dix centimètres concédés par le plafond du cercueil qu'on lui destinait. L'autre devait hésiter. Le corps du premier gisait devant l'entrée, la tête fracassée embrassant le sol gris qui lapait son sang. Une nouvelle rafale vint faucher l'intérieur du box,

multitude de petits faits, d'états d'âme et d'empêchements de toutes sortes

explosant vases et bouteilles, faisant éclater les placages lustrés et brillants des meubles. Le silence se fit à nouveau. Sensini avait tiré à lui un piquet de métal où s'enroulait encore le fil d'une corde à linge. L'ombre du pistolet-mitrailleur promettait le bras qui se présenterait bientôt. L'homme hurla lorsque son poignet fut traversé par la pique. Il n'avait pas lâché son arme. Ses doigts se crispèrent sur la détente et la rafale balaya le sol, faisant tressaillir le corps sans vie. Sensini ne vit pas venir le puissant coup de reins avec lequel l'homme se dégagea, avant de l'envoyer, d'un coup de pied expert, s'écraser contre la porte du box d'en face. Le tueur s'était relevé, traversé par la volonté évidente de reprendre l'avantage. Sensini encaissa le coup puissant qui venait de lui enfoncer les côtes. Ses mains tenaient encore le pieu de métal qu'il jeta devant lui. Le corps lancé de l'autre vint s'y empaler. Les yeux clos, le souffle redressé par la rapidité du coup qu'il avait porté, Sensini sentit le corps de son agresseur chanceler, empêché dans sa chute par la tige froide qui perforait son cou au niveau de la trachée. L'autre s'agenouilla, surpris par le flot incessant de sang que sa gorge ne parvenait pas à avaler et qui le faisait déjà suffoquer. Sensini relâcha l'arme qui lui avait sauvé la vie. Ses mains ne tremblaient pas.

Lorsqu'il eut fait quelques pas, il vérifia que le CD était toujours là. Puis fit brusquement demi-tour, enjambant les deux cadavres qu'il avait fouillés en vain et dont la mort, elle-même, resterait anonyme. Sur le cadenas, le visage de Klein enfant se balançait doucement au bout de la chaînette du porte-clés. Sensini fit disparaître cette innocence présumée au

et pour vérifier à quel point la marche du monde, vue de là-bas, semble fond de sa poche et se jeta en courant dans les allées que le système automatique éclairait de plus en plus vite devant lui.

Le hall d'entrée était désert, la porte avait été fermée de l'intérieur. Dans le bureau qui s'ouvrait derrière le guichet d'accueil, le gardien effectuait une ronde que l'éternité ne suffirait pas à achever, la tête repliée contre sa poitrine, le cou mal ajusté. Le sang hésitait à glisser sous la porte, s'égarait en rigoles géométriques entre les joints du carrelage, prenait ses aises contre le mur du fond. Sensini quitta l'entrepôt par l'une des issues de secours. L'alarme se déclencha aussitôt.

Dehors, le ciel était clair, qui se reflétait dans l'eau noire du canal. Ni Klein, ni Iva Neves ne répondaient à ses appels. Sensini épongea son front, constata dans le rétroviseur que son arcade sourcilière et sa lèvre étaient à peu près dans le même état. Le goût du sang emplissait sa bouche et il s'étonna de ne pas l'avoir remarqué auparavant.

Il roula vite, sur une autoroute déserte.

confuse. c'est parfois, disons-le franchement, un sujet de moqueries parmi

44

Était-ce encore la nuit ou déjà le jour ? Andreï ne le savait pas. Depuis combien d'heures était-il enfermé dans cette tombe de béton et de boue ? La terre chaude et l'eau croupissante consommaient une noce féconde à laquelle les cadavres, d'homme et de souris, ne résistaient pas. Depuis longtemps déjà, tout était à la fois extrêmement calme et péniblement sonore. Une cloche de silence, posée au-dessus du piège où on l'avait enfermé, étouffait le bruit des rats, qui savaient adroitement se glisser entre les décombres pour chercher leur nourriture de charogne. Et puis, régulièrement, se faisaient entendre des craquements sinistres qu'Andreï ne parvenait pas à identifier. Peut-être des dalles glissant les unes sur les autres, peut-être des mouvements de terrain perturbant le sol instable, ou autre chose qu'il ne comprenait pas.

Avec le faisceau lumineux de la caméra, Andreï avait tout d'abord essayé de se diriger dans un coin du laboratoire où l'écroulement des plafonds et des murs aurait pu ménager un îlot solide lui permettant de s'extraire de cette eau boueuse empoisonnée par la mort. Mais nulle part il ne l'avait trouvé. Il avait

les différents partners. surtout parce qu'il est évident que seul le complex

également rebroussé chemin jusqu'à atteindre la dalle sous laquelle Naeliev l'avait contraint à se glisser, mais il ne passait là qu'un mince filet d'air et de lumière, ainsi que quelques câbles, qui traînaient désormais dans l'eau. Pas moyen d'apercevoir le ciel, pas question de s'asseoir, impossible de communiquer avec qui que ce soit. Il semblait même à Andreï que le chantier avait été brusquement abandonné. Résigné, il s'était de nouveau glissé jusqu'à la cavité du laboratoire en évitant de toucher au corps gonflé de Makartsev, de voir les effets de la décomposition rapide sur sa chair brûlée. Puis il s'était adossé contre une paroi, prisonnier de l'eau que les pompes maintenaient à grand-peine au niveau de sa taille. Andreï se sentait vieux et fatigué. Les muscles de ses jambes étaient douloureux. Et il avait peur. Une peur qui montait inexorablement depuis qu'il voyait, depuis qu'il croyait voir, dans le noir vibrant de l'eau, des formes s'animer. Des ombres fugitives qui ridaient de temps à autre la surface de l'eau, là où pourrissait Makartsev. Était-il en train de devenir dingue ou avait-il réellement vu le cadavre s'enfoncer très légèrement sous la surface de l'eau puis ressortir, avant de sombrer à nouveau ? Il avait essayé de braquer le faisceau lumineux de la caméra numérique mais la lumière n'était pas assez forte, s'épuisait lentement avec la batterie. Andreï n'osait plus bouger, ne voulait pas s'approcher. Il cherchait pour se rassurer l'image d'Ulthémia, son regard – le même que celui de sa mère – auquel il n'avait pas su résister. Elle était son seul et unique secret. Si Naeliev avait eu le moindre soupçon, il serait devenu fou, l'aurait tué en s'appliquant à le faire souffrir. Et qu'était-il en train de faire maintenant ? Andreï ne pouvait croire qu'il allait crever là, alors qu'il n'avait trahi personne, alors qu'il était innocent. Il répétait cela sans cesse. « Je suis innocent. » Tout ce que, dans sa vie, il avait dissimulé à son mentor se résumait à sa fille. C'était beaucoup. Il avait parfois pensé fuir avec elle tout en sachant que Naeliev, où qu'ils puissent se cacher, n'abandonnerait jamais et finirait par les retrouver. Il avait alors souvent souhaité sa mort pour garder l'espoir de vivre en paix. Mais jamais Andreï ne serait allé plus loin que ces mauvaises pensées. Par lâcheté autant que par respect. Par habitude aussi. Depuis ses jeunes années, l'assistant se souvenait avoir passé quelques mois tout au plus loin de Naeliev. Quelques mois durant lesquels il s'était senti inutile, perdu, à l'époque où tout, dans son pays, s'écroulait, à l'époque où Ulthémia n'était encore qu'une petite fille. Andreï se souvenait comment le professeur Naeliev l'avait alors retrouvé, comment il était venu le chercher quelques mois à peine après sa fuite discrète et son installation en Suisse. Trop de choses les liaient. Trop de secrets partagés. L'alliance contre-nature avait été passée subrepticement au milieu des années soixante-dix, alors qu'Andreï n'était encore qu'un étudiant un peu trop brillant au Département des sciences de l'université de Bucarest. Naeliev, lui, était déjà happé par d'autres rouages, politiques, militaires, mais avant tout secrets. Il avait entraîné le jeune homme avec lui dans une course-poursuite contre le temps et la nature.

— Vous vous souvenez, Andreï ? Est-ce que vous vous souvenez de ce rêve ?

Andreï sursauta. Nasillarde et obsédante, lointaine et pourtant si proche, la voix de son mentor crachotait

à même de trouver le plus petit dénominateur commun aux acteurs en présence, cet

dans l'émetteur-récepteur qu'il avait emporté pour explorer les décombres.

— N'est-ce pas que vous vous souvenez, Andreï ?

L'assistant réajusta le casque qu'il avait laissé pendre autour de son cou. La voix réintégra l'intérieur de son crâne, comme si elle ne l'avait jamais quitté. Elle parlait doucement, calmement. Sa présence était inexorable.

— Vous savez que tant d'efforts ne peuvent avoir été consentis en vain, Andreï. Mandragore était une immense entreprise et Mandragore reste un immense destin, qui dépasse de bien loin nos petites vies personnelles et précède la marche de l'Histoire. À sa manière, par ses chemins détournés, Mandragore nous conduit vers des lendemains nouveaux. Non pas ces lendemains que chantaient les prolétaires de nos belles nations en clamant l'égalité entre les hommes. Non, pas ceux-là… L'égalité est viciée, Andreï. Vous et moi le savons bien. N'est-ce pas ?

Andreï écoutait, réfléchissait, voulait encore croire à sa chance. La seule issue plausible était la docilité. Celle qu'il maîtrisait le mieux. Naeliev reprit un peu plus fort, mais sans impatience, presque avec gentillesse.

— N'est-ce pas, Andreï ?

— Oui, vous avez sans doute raison…

— Ah ! Vous êtes bien là… Je le savais. Je sens votre présence. Faites fonctionner la caméra, Andreï, montrez-moi comment la repentance sied à votre visage…

L'assistant s'empara de la caméra et la retourna contre lui comme une arme. Dans la grotte sombre, le rayon lumineux blanchissait outrageusement la face

intérêt bien compris qui évitera que le chaos des origines s'installe à nouveau.

d'Andreï, accusait ses traits, caricaturait son visage fantomatique.

— Ce n'est pas assez, Andreï. Je ne vois pas la honte dans vos yeux.

— C'est parce qu'elle n'y a pas de place.

— Vous êtes tout à fait drôle, cher assistant. Tout à fait touchant. Si je vous avais su comédien, je vous aurais trouvé quelques petits rôles. Celui de l'innocent injustement accusé est un peu au-dessus de votre registre. Vous n'êtes pas crédible, Andreï, vous m'entendez ? Vous avez livré les emplacements et les codes, vous n'êtes qu'un traître. Mais il y a quelque chose qui me surprend dans votre perspicacité… Quelque chose que je ne m'explique pas et je déteste cela, Andreï. Comment avez-vous deviné quel était le bon échantillon ? Répondez-moi ! Comment avez-vous su que je les échangeais constamment ? Andreï ! Pourquoi avez-vous livré l'échantillon 6 avec le 1 ? Pourquoi ! ?

Naeliev perdait son calme et détestait cela. Il fit une pause, puis reprit plus sereinement.

— Et pourquoi m'avez-vous trahi, Andreï ? Je ne peux pas croire que cela soit pour l'argent…

— Je n'aime pas l'argent et vous le savez.

— Alors pourquoi, Andreï ? Pourquoi ?

Andreï ne répondit pas.

— Vous vouliez ma place, Andreï ? C'est cela, vous vouliez prendre la direction de nos affaires ?

Il y eut un silence durant lequel même les rats semblèrent interrompre leur frénétique activité de charognard. Un silence qu'Andreï finit par rompre d'un seul mot, qui résonna cependant très distinctement.

— Non.

Il y eut un bruit au même moment. Le bruit de l'eau fortement remuée, comme si l'on avait jeté plusieurs grosses pierres ou si quelqu'un marchait un peu plus loin, dans le chaos des décombres. Le rythme cardiaque d'Andreï s'envola. Il retourna la caméra et les ombres se mirent à danser devant lui.

— Que se passe-t-il ? Que faites-vous avec la caméra ?

L'assistant n'osa pas répondre tout de suite. Puis cela sortit et c'était emporté par la peur.

— Il y a quelque chose… Il se passe quelque chose. Ce ne sont pas les rats. C'est dans l'eau… C'est autre chose…

— Que me racontez-vous là, Andreï ? Que se passe-t-il dans l'eau ?

— Je ne sais pas. Je ne sais pas, mais il se passe quelque chose d'anormal. Sortez-moi de là !

— Cessez de hurler ! Vous aimeriez que je vienne vérifier, Andreï ? Que je vienne voir à quels jeux jouent les rats dans ce cimetière flottant ? C'est ridicule ! Et puis l'eau monte, vous savez ? C'est d'ailleurs très embêtant… Les équipes ne parviennent pas à colmater la colonne d'alimentation qui desservait la serre et les laboratoires. Les pompes ont du mal à maintenir le niveau. Je suis assez inquiet pour vous, Andreï…

Il y eut de nouveau le silence. Les mouvements désordonnés d'Andreï ne permettaient pas à Naeliev de suivre l'image que lui transmettait la caméra. Il s'exprima comme s'il était au chevet d'un malade.

— Je crains que l'humidité et la solitude ne vous réussissent guère. Peut-être pourriez-vous dès à

chose. elle sait donner et reprendre, récompenser et punir. en un sens, ses

présent me dire pour qui vous avez décidé de travailler ? Pour qui, Andreï ? Il faut m'aider maintenant à retrouver ces… personnes. Je pense qu'elles ne seront pas très avancées avec les seuls échantillons, sans les protocoles, mais j'aimerais malgré tout connaître leurs réactions et avoir leurs commentaires. Vous comprenez cela, Andreï ? C'est assez normal de vouloir échanger lorsqu'on s'intéresse à un même domaine…

Et puis la voix redevint sévère.

— Remettez-vous devant la caméra, Andreï ! Immédiatement !

Mais cette fois-ci, Andreï ne fit pas un mouvement pour obéir. Il tentait de se rassurer en projetant le faisceau lumineux aussi loin que possible devant lui, espérant que cela effraierait les animaux qui dansaient cette curieuse gigue sous l'eau. Si c'était bien d'animaux qu'il s'agissait.

— Je vous dis qu'il se passe quelque chose. Quelque chose d'anormal. Cela pourrait venir du laboratoire… Je ne sais pas…

— Calmez-vous, Andreï, vous êtes trop nerveux. Beaucoup trop émotif. Je crois que c'est là votre principal défaut. L'émotion… Vous ne maîtrisez pas vos émotions, Andreï. Il paraît que cela plaît aux femmes. Et c'est vrai que vous leur avez toujours plu, Andreï. Même à la mienne. Chère Mirela… Elle vous aimait beaucoup, Andreï. Un peu trop peut-être car ce n'était pas correct pour une si jeune épouse qui n'allait plus tarder à devenir mère. Finalement, c'est un peu à vous que je dois de ne pas l'avoir pleurée trop longtemps après ce regrettable accident. Car je crois qu'elle n'aurait pas été un exemple pour Ulthémia. Je m'en ouvre à vous, Andreï… Vous qui avez connu les deux, qu'en pensez-vous ?

Mais Andreï n'en voulait rien penser et surtout n'en rien dire. Il ne songeait pas à trahir Ulthémia mais il voulait sauver sa peau. Avant toute chose, sauver sa peau. Il criait, hurlait parfois et le parcours des larmes dessinait dans la pénombre les accidents de son visage.

— Je n'en pense rien… Je ne comprends pas ce que vous dites. Vous ressassez sans cesse le passé. Vous ai-je une seule fois fait douter de mon dévouement ?

— Je l'admets, Andreï. C'est pourquoi ma déception est si grande.

— Je n'y suis pour rien, pour rien ! Ce que je peux vous dire c'est qu'il se passe quelque chose d'étrange ici, au cœur du laboratoire. Faites-moi confiance, libérez-moi, envoyez une équipe.

— Il ne peut plus rien se passer dans le laboratoire, Andreï. Et il ne s'y passera plus jamais rien. C'est terminé. J'ai décidé que l'aventure se poursuivrait ailleurs, Andreï, avec d'autres amis, sur un autre continent…

La caméra que l'assistant tenait à bout de bras cessa brusquement de s'agiter. L'image se figea au loin sur ce qui semblait être une dalle de béton prise dans un incroyable enchevêtrement de ronces et de mousses végétales. Andreï n'était plus en état d'analyser ce détail. Naeliev, si.

— Mais vous n'allez pas me laisser ici ? Je ne vais tout de même pas…

Il y eut un sanglot étranglé puis plus rien.

complex, les affaires de là-bas sont les affaires d'ici. en revanche, les

— Andreï, approchez-vous de cette dalle et du coin qui est face à votre caméra ! Andreï ! ? Andreï, faites ce que je vous dis ! Cessez de pleurnicher et faites ce que je vous dis ! Je voudrais observer un instant cette végétation…

Mais Andreï ne voulait plus faire ce que Naeliev lui ordonnait. Il ne voulait plus rien faire. Il ne voulait plus rien. Ses jambes tremblaient et il avait envie de disparaître dans l'eau croupissante, de laisser l'eau entrer dans ses poumons et lui apporter la paix. Enfin la paix. Il ôta le casque et la voix de Naeliev s'éloigna brusquement, devint un murmure de transistor comme on l'entend parfois dans un appartement voisin. Puis il coupa l'alimentation de la caméra et tout devint noir. Il n'entendait plus, un peu partout autour de lui, que le bruit de la végétation qui, voracement, envahissait sa tombe.

affaires d'ici ne sont pas les affaires de là-bas. et c'est pourquoi l'on s'agace

45

Sensini avait confié à son corps douloureux le soin de le ramener à Lyon. Sur l'autoroute, les cent quatre-vingt-dix kilomètres heure que le compteur affichait lui étaient indifférents. Un gyrophare silencieux incendiait l'intérieur de son crâne, seuls le préoccupaient les cristaux de l'horloge que rien ne pouvait ralentir.

Mais depuis combien d'années Sensini s'arc-boutait-il contre l'aiguille du temps pour tenter de revenir en arrière ? Dans ses pensées, le visage d'Iva Neves dévoilait des miroirs plus anciens, sa voix résonnait entre les murs d'un appartement dont Sensini avait jeté la clef, ses pas s'inscrivaient dans la poussière d'années qu'il avait tout fait pour oublier et qui revenaient maintenant à lui avec une violence effrayante. Ses yeux s'ouvraient sur d'autres yeux, ceux d'une autre femme dont les traits se confondaient avec ceux d'Iva. Sensini se souvenait de ce jour où il avait couru à en mourir, remontant les rues de Rome pour tenter d'arrêter l'irrémédiable. Ce 7 décembre 1993, il avait su que l'amour d'un seul être pouvait être plus important que l'amour qu'il avait décidé de porter à tous. Tout au long de sa course, il avait réentendu cette voix qui, après tant d'années, était venue l'appeler à l'aide et qu'il s'était interdit d'entendre. Par peur. Par lâcheté. Dans la pénombre de la chapelle, elle avait murmuré ces quelques phrases, les dernières qu'il entendit prononcer par elle. Il lui avait redit qu'il n'était plus le même, qu'il vivait en paix maintenant, et puis que ce ministère n'était pas le sien et que la police saurait ce qu'il convenait de faire. Qu'elle devait se tromper, qu'une autre vie était possible, que le monde ne pouvait à ce point ressembler à ce qu'elle craignait. Qu'il prierait pour elle.

La nuit entière, il avait effectivement prié, hésitant à faire ce qu'un homme aurait fait et qu'il s'était refusé à faire, revoyant mille fois cet instant. Et puis, au matin, le cordon de police avait arrêté sa course et les officiers s'étaient étonnés de voir ce prêtre tenter de forcer l'accès à l'immeuble où le corps venait d'être découvert.

Sensini imaginait maintenant ces mêmes visages de flics installés au bas de son immeuble. Il arriverait à nouveau trop tard et les officiers de police qui le laisseraient passer parce qu'il montrerait sa carte ne trouveraient pas les mots pour lui dire que là haut, dans cet appartement qu'il occupait, ce qu'il redoutait était à nouveau arrivé.

Parce qu'à nouveau il n'avait pas su.

⁂

L'accès à la rue était libre. Sensini vérifia rapidement qu'on ne l'attendait pas, remontant la rue avec précaution. La nuit était calme. Aux fenêtres de son

pour le reste, que naeliev meure dans d'atroces souffrances ou qu'il survive n'a

appartement, nulle lumière ne se laissait deviner et Sensini voulut y voir un signe. Il était près de 2 heures du matin. Iva Neves pouvait dormir profondément. Elle n'aurait pas entendu le téléphone situé dans le salon ou bien aurait eu peur de répondre. Il préféra l'escalier à l'ascenseur, montant silencieusement chaque marche et, dans l'obscurité, s'appliquant à calmer sa précipitation. Par la fenêtre située à l'extrémité du couloir, le réverbère de la rue dispensait une lumière jaune, éclairant étrangement l'arme que Sensini tenait au-devant de lui.

Il voulut plus que tout au monde se convaincre que ce qu'il voyait n'était que l'image de ce qu'il craignait, que cette lumière blafarde donnait de la réalité une image fausse. Mais sa porte était entrouverte. Les stores et les rideaux avaient été soigneusement tirés et nulle présence ne se laissait spontanément deviner. Une lampe renversée sur le sol, un plateau, une tasse brisée d'où le thé avait coulé, témoignaient d'une lutte qui ne laissait aucun doute sur son issue. Sensini, s'avança vers sa chambre, murmurant un presque inaudible « Iva », qu'il répéta encore une fois, et qui ne reçut aucune réponse.

Il aperçut la tache qui maculait la moquette du couloir. Le passé avait retrouvé sa trace et venait de forcer sa porte.

guère d'importance et c'est ce que mister what fait maintenant savoir à ce

46

Roman pestait contre l'état de la route, contre les conducteurs de 4 × 4 aux vitres fumées qui doublaient au milieu de la chaussée et à fond, contre les limites de vitesse qu'il était le seul à respecter, contre les gosses qui traversaient les voies comme s'il s'était agi de leur cour de récréation et contre les cadavres de chiens qui ornaient les caniveaux telles des bornes kilométriques. Depuis qu'il avait mis le pied en Roumanie, Roman pestait et vitupérait. Mais il était heureux. C'était monté en lui par surprise. Une sorte de sourire et d'ivresse que rien ne laissait prévoir et qui l'avait cueilli dès son arrivée à l'aéroport de Bucarest. Un comité d'accueil formé exclusivement de ses souvenirs.

Car il s'était trouvé là, quinze ans auparavant, dans ce même lieu de transit, en cet endroit précis, timide gamin de douze ans qui ne lâchait pas la main de sa grande sœur en attendant le départ de l'avion pour le « grand voyage », celui dont ses parents discutaient continuellement depuis des semaines. Peut-être même depuis des mois, certainement depuis des années.

monsieur chitchine qui l'appelle de là-bas, lui spécifiant que leur rôle est de

La famille Dragulescu avait été l'une des premières à quitter le pays dès l'ouverture qui avait suivi l'effondrement du système social et politique hérité du socialisme scientifique tel que l'avait exploré le génie des Carpates. Sous les ailes de son tout premier avion, Roman avait vu son pays comme il ne l'avait encore jamais vu, immense maquette où les voitures si petites se déplaçaient comme par miracle. Puis tout s'était distordu, voilé, parce qu'il était désormais trop haut ou trop loin pour que l'image soit précise. Il se souvenait encore des larmes de sa mère, qu'il n'avait, pensait-il, jamais vue pleurer auparavant et de son père qui la prenait dans ses bras en riant. En riant enfin.

En Amérique, leur existence recommença. Littéralement. Tout le monde était gai et triste à la fois. Roman, lui, avait l'impression de vivre dans l'une de ces séries télévisées qu'il avait vues dans son autre vie. Il fut le plus rapide à apprendre comment se mouvoir dans ce décor, quels dialogues pratiquer et comment faire semblant de n'en avoir jamais connu d'autre. Une jeunesse américaine, dans un quartier de Chicago où ses parents demeuraient aujourd'hui encore. Et voilà que tant d'années plus tard, il se retrouvait là, à son point de départ. Le même aéroport, la même atmosphère bruyante et tapageuse et ces visages qu'il croyait avoir oubliés. Avant toute autre chose, dans le hall de l'aéroport, son bagage encore à la main, il appela ses parents. Et, pour la première fois depuis quinze ans, Roman les salua dans la langue qu'ensemble ils n'avaient jamais plus parlée. À la nouvelle de sa présence ici, ils ne l'avaient tout

mettre des limites aux dérives les plus extrêmes. seulement les plus extrêmes.

d'abord pas cru. Puis il avait eu du mal à les interrompre.

Roman s'était ensuite glissé dans la foule, s'amusant à parler, à demander l'heure, un renseignement, un autre, acheter un journal ou déguster un café. Son vocabulaire était celui d'un gamin de douze ans, mais cela suffisait à son bonheur. La jeune femme qui louait des véhicules pour le compte d'une grande compagnie internationale n'eut que rarement affaire à client plus facile et plus enthousiaste. Plus elle le mettait en garde contre l'état des routes et le nombre d'heures impressionnant qu'il lui faudrait pour rallier la région moldave et ce village dont elle n'avait jamais entendu parler, plus il semblait épanoui et heureux de toutes ces difficultés à venir. En réalité, cela faisait longtemps que Roman Dragulescu ne s'était pas amusé de la sorte. Et c'était la première fois, la toute première fois qu'on ne lui avait pas posé la question de ses origines lorsqu'il avait rempli le formulaire des lettres de son nom.

Il roulait depuis près de quatorze heures maintenant et son esprit ne parvenait toujours pas à se détacher de l'aéroport de Bucarest. Le lieu dont il était parti, où il était revenu, et qui avait brusquement incarné le point névralgique de cet état de transit permanent dans lequel il s'était toujours senti. Installé nulle part, si ce n'est sur le Net, un lieu virtuel dédié exclusivement au passage et à la circulation. Un territoire qui était devenu le sien.

De la capitale, Roman était remonté plein nord, avait traversé des villes qu'il ne connaissait pas, mais dont les noms lui rappelaient des livres d'histoire, des images de batailles et de conquêtes qui avaient hanté

il prend plusieurs exemples pour s'expliquer et clarifier la mission du complex

son esprit d'enfant. Même la nuit n'était pas parvenue à l'arrêter dans son périple. À grand renfort de Coca-Cola et de *mittitei*, ces brochettes gorgées de graisse qu'on grillait un peu partout sur le bord des routes, il était arrivé au petit matin dans l'univers retiré des collines moldaves, laissant derrière lui le bitume, dernière trace du monde moderne. Avec sa carte, qui dessinait des tracés fantaisistes et inventait des routes inexistantes, Dragulescu finit par se perdre totalement dans les innombrables chemins de terre puis par déboucher naturellement, mais beaucoup plus tard, sur le village de Tatarouchi. Un nom à peine lisible sur un panneau bouffé par la rouille. Le nom qu'il avait lu dans le journal de Dietmar Ellger. Celui qu'il cherchait.

Le bourg était construit tout au long d'un chemin qui venait de nulle part et ne conduisait nulle part. Deux lignes régulières de maisons colorées enfouies dans la végétation luxuriante des vergers, qui débordaient par-dessus les clôtures et tendaient leurs fruits aux passants. Une profusion magnifique et une paix inhabituelle que Roman venait troubler, dans sa petite voiture de location marquée du « B » de la capitale. Il roulait au pas dans les ornières, n'osant faire un geste en direction des habitants, qui avaient cessé toute occupation pour l'observer. Gilets de peau noirs, chemises immaculées, robes à fleurs colorées et bandes de gamins, les visages ne trahissaient ni hostilité ni sympathie, seulement de l'étonnement. Roman s'arrêta au centre de ce village qui n'en avait pas et tenta de se renseigner au magasin *Alimentar*, qui servait de lieu de ravitaillement et de rencontre. Quelques hommes étaient là, buvaient une bière sur

et de ses agents : le premier concerne les catastrophes nucléaires qu'on peut

un bidon retourné qui faisait terrasse. Toutes les conversations s'interrompirent avec sa présence. Roman salua d'un sourire en forme de grimace. Il avait l'impression de passer un oral, mais parvint tout de même à demander s'il pouvait trouver dans le coin un endroit où dormir. Une ferme qui proposait des chambres ou quelque chose comme ça. Les vieux commencèrent par rigoler, ce qui fit rire aussi les plus jeunes. Et Roman fut tout heureux d'être la source de cette bonne humeur. Puis tous discutèrent du dernier touriste qu'ils avaient vu, quelques années plus tôt et de comment il avait logé chez la mère Andresan, avec les chèvres…

C'est alors que, pris d'une inspiration et d'un courage qui l'étonnèrent lui-même, à moins que ce ne soit la fatigue, Dragulescu osa poser la question pour laquelle il avait fait ces milliers de kilomètres :

— Ce touriste, il n'était pas Autrichien ?

Ce fut la fin de la cordialité moldave. Un courant d'air glacé comme un mauvais vent d'Ukraine figea les visages. Certaines bières furent englouties, certains départs précipités. D'autres se remirent à l'ouvrage dans la boutique en baissant la tête sur leurs souliers ferrés. Les rieurs s'étaient dispersés comme une volée de moineaux. Seuls deux vieux restèrent assis sur le banc. L'un était là pour parler, l'autre pour acquiescer.

— Non, monsieur, c'était pas un touriste autrichien.

Il s'exprimait avec respect parce que Dragulescu était un monsieur de la ville, un monsieur important qui, visiblement, n'était pas seulement venu goûter aux joies du vin blanc de Cotnar. S'il avait pu se douter que, malgré ses cheveux en pétard, ses baskets orange et sa chemisette froissée, ce monsieur-là était

tolérer jusqu'à un certain point, jusqu'à un certain nombre. combien de

flic, il se serait levé et aurait ôté le petit chapeau ridicule qui couvrait le sommet de son crâne. Roman, lui, se serait bien assis, mais il n'osait plus faire un geste qui aurait pu troubler son interlocuteur.

— Mais vous connaissez Dietmar Ellger ? C'est lui que je cherche. Il est Autrichien. Il a dû passer ici il y a moins d'un an. Sa mère m'a donné une photo, regardez…

— On connaît pas son nom, mais ce gars-là est bien passé ici. Il est arrivé comme vous, un matin mais avec presque rien. Comme s'il était venu à pied.

— Vous savez où je peux le trouver ?

La question embarrassait les deux vieux, mais le plus bavard désigna du menton le chemin qui s'enfonçait dans la forêt.

— Il est parti par là. Il est jamais revenu.

L'autre vieux approuva, mais en détournant la tête.

— Et par là, qu'est-ce qu'il y a ?

— Par là, c'est une ancienne zone militaire. C'est abandonné maintenant, mais c'est dangereux. C'est toujours interdit d'y aller.

— Et qu'est-ce que c'était que cette zone ?

— La zone du terrain… C'était ça. Un endroit où il fallait pas aller et tout le monde faisait comme il fallait.

— Et c'est où exactement cette zone ?

— Faut passer la montagne et c'est encore derrière. Il y a des marécages qui vont bien au-delà du fleuve.

— Mais personne n'est allé voir ? Personne du village… ?

— Personne. Ici, c'est chacun ses affaires. On a appris à pas poser trop de questions. Et aussi à pas répondre à toutes les questions qu'on nous pose.

tchernobyl(s) sont supportables, et donc envisageables, c'est difficile à dire.

Le vieux détourna la tête et Roman comprit que la discussion avait pris fin. Il remercia sans insister et se tourna vers la grosse dame derrière son comptoir, lui demanda s'il avait une chance de trouver un lit chez cette Andresan dont ils avaient parlé tout à l'heure. Roman se sentait à la fois très excité et terriblement fatigué. La patronne appela un gosse parmi ceux qui tournaient autour de la voiture pour qu'il l'accompagne. Dragulescu savait que ce serait là le dernier service qu'on lui rendrait ici. Il était désormais seul à pouvoir retrouver la trace de Dietmar Ellger. Et peut-être celle de Mandragore.

un certain nombre. combien de bhopal(s) sont supportables, et donc envisageables,

47

Sensini hésitait encore à regarder la réalité en face lorsqu'un bruit provenant du hall le fit se ressaisir. Il éteignit immédiatement la pièce, écouta l'ascenseur s'arrêter sur le palier de l'étage. Dans l'obscurité, il entendit des pas qui se voulaient discrets mais n'y parvenaient qu'à moitié. La porte de son appartement bougea à peine. Sensini mit en joue l'ombre qui hésitait, approcha sa main de l'interrupteur.

La lumière se fit, violente et crue, surprenant Wadaïeff. Pris sous l'ampoule comme un gros papillon aveuglé, il clignait des yeux derrière ses lunettes trop épaisses. Instinctivement, il avait levé les deux bras vers le plafond, laissant choir un antique revolver.

— Qu'est-ce que vous foutez là, monsieur Wadaïeff ? !

Wadaïeff s'effondra à demi, soufflant comme une otarie asthmatique.

— C'est vous, monsieur Sensini, Dieu est bon ! Ne restons pas là, venez vite ! Nous nous occuperons des cadavres plus tard, mademoiselle Iva se fait un souci noir pour vous. Il faut partir, vite !

Wadaïeff n'avait pas fini sa phrase que déjà Sensini se jetait dans la chambre voisine. La porte buta violemment contre un premier corps que la mort avait abandonné la face contre le plancher. Ce n'était pas celui d'Iva Neves. À l'autre bout de la chambre, un autre homme s'était traîné jusqu'au fauteuil pour y mourir.

Wadaïeff avait rejoint Sensini et grimaça lorsqu'il le vit fouiller les cadavres. Mais aucun des morts qu'il croisait depuis quelques heures ne s'embarrassait de papiers.

— Vous les connaissez ?

Sensini ne répondit pas, se contenta de hocher la tête en soupirant, ce que Wadaïeff interpréta comme une réponse négative.

— Tant mieux ! Dieu est bon !

Du menton, Sensini désigna le revolver de collection que Wadaïeff tenait à nouveau en main, d'une manière qui aurait mieux convenu à une banane.

— C'est vous qui…

— Pensez-vous, c'est pour faire peur ! Au cas où ils seraient revenus !

La silhouette pataude de Wadaïeff avait quelque chose de si rassurant, de si étranger à la mort qui sc tenait à leurs pieds, que Sensini trouva la force de sourire.

— J'ai emmené la demoiselle en lieu sûr. Dépêchons-nous !

⁂

L'appartement dans lequel Wadaïeff fit entrer Sensini était situé au-dessus d'une épicerie qui

carbide en particulier, c'est difficile à dire, un certain nombre. en fait,

affichait avec fierté sur sa devanture l'inscription peinte « Comestibles, Spécialités d'Europe de l'Est. Depuis 1946 ». Une collection de pastrami, des chapelets de piments aux teintes sourdes, des poissons séchés, luisaient derrière la vitrine. Des bocaux de cornichons au sel s'étageaient en pyramides. Wadaïeff attendit que le seul piéton ait disparu au coin de la rue avant de frapper trois fois à la porte, puis deux, plus brèves, avec un air de conspirateur qui lui donnait de l'importance. Un même que lui, son contraire en fait, aussi maigre qu'il était gros, aussi grand qu'il était petit, bavard à l'identique, vint ouvrir. Dans la pénombre de l'escalier qui menait à l'étage, Sensini distingua que leur hôte portait lui aussi une arme, artillerie ayant jadis dû servir à la même guerre, aux confins du temps et de l'horizon.

Lorsque les verrous et le rideau de velours grenat furent tirés, Wadaïeff présenta à Sensini son ami Koubznitch, Anton de son prénom, lequel le mena, après moult effusions de retrouvailles et d'embrassades où le nom de Dieu fut souvent cité, auprès d'Iva Neves.

Dans le petit salon surchargé, le samovar fumait, vapeur parfumée de thé fort et noir. Sur le canapé ravivé de fleurs roses et de satin vert pâle, Iva Neves était assise. Elle aurait aimé dire quelque chose, se leva lentement comme pour s'assurer que sa joie n'allait pas trébucher. Sensini se contenta de sourire, avança d'un pas avant que Iva Neves ne se jette dans ses bras, le corps bientôt secoué par les sanglots. Quelques vagues débuts de phrases se formèrent sur les lèvres de Sensini, par lesquelles il tentait de la rassurer, de lui dire que tout cela était fini, mais il

conclut mister what - et il semble rencontrer un écho très favorable du côté de

savait que les mots ne pouvaient rien ici et que seules ses larmes viendraient maintenant à bout de sa peur.

Les deux vieux Russes, qu'une pudeur discrète avait fait quitter la pièce, réapparurent, l'un toussotant, l'autre mesurant du coin de l'œil l'évolution d'une situation qui lui sembla stationnaire.

— Je pense que la demoiselle devrait se reposer un peu. Toutes ces émotions… Mon ami Koubznitch lui a préparé un lit. Il n'y a rien à craindre ici.

Sensini dégagea avec douceur le corps épuisé et trop proche à son goût d'Iva Neves.

— Je crois que monsieur Wadaïeff a raison. Cela vous fera beaucoup de bien de dormir un peu. Vous êtes à bout. À votre réveil, nous discuterons calmement de tout cela.

Avant de passer dans la chambre, Iva Neves regarda Sensini avec une intensité qui le gêna. Quelques minutes plus tard, Koubznitch revint, une trousse à pharmacie à la main, assurant que la demoiselle dormait déjà comme un bébé.

— Vous avez de la chance, monsieur Sensini, mon ami Anton était brancardier pendant le siège de Stalingrad, il va s'occuper de vous pendant que je vous raconte.

Assis sur une chaise dont le haut dossier ne lui permettrait pas d'éviter les soins attentifs de Koubznitch, Sensini mesurait déjà, d'un œil tuméfié et inquiet, toute la distance qui séparait celui qui transporte un blessé ou un mort de l'infirmier qui le soigne. Le brancardier alignait sur la table, avec une attention maniaque et méticuleuse, une collection de petites boîtes en fer-blanc et de flacons dont les étiquettes,

ses partners qui ont un peu oublié le golf –, il faut respecter la menace et

rongées par le temps et autrefois annotées dans une belle écriture cyrillique, ne rassurèrent pas Renzo.

— Je m'étais permis, imaginez combien jamais je ne le regretterai ! Dieu est bon, monsieur Sensini, Dieu est prévoyant ! en votre absence, et cela va sans dire, en tout honneur et honnêtes intentions, de proposer à votre amie, sachant, n'allez pas croire pourtant que je sois curieux, Dieu m'en garde, monsieur Sensini, que vous n'étiez pas là, de venir chez moi prendre une tasse de thé et quelques petits gâteaux.

Wadaïeff marqua une pause, craignant que la compresse imbibée que Koubznitch était en train d'appliquer sur le visage grimaçant de Sensini ne l'empêche de bien suivre. Le produit était d'un violacé hideux et exhalait une odeur infecte.

— Quelques petits gâteaux, donc. À peine étions-nous installés, vous ne pouvez savoir combien cette jeune personne a de goût pour la peinture, monsieur Sensini, un goût… Enfin, à peine étions-nous installés que j'entends, tenez… je croyais que c'était vous ! À l'œilleton, je me permets de vérifier… Deux hommes, un genre qui ne trompe pas, un genre…

— Flic, vous voulez dire ?

L'articulation approximative de Sensini, contrariée par le coton que Koubznitch avait calé sous sa lèvre supérieure pour mieux voir, n'empêcha pas Wadaïeff de comprendre.

— Je crois qu'on peut dire ça. Encore que, notez-le bien, monsieur Sensini, rien ne m'autorise, si ce n'est une impression tout à fait personnelle, à voir dans ces deux personnes des agents, je dirais même, un peu secrets ! Wadaïeff, je me dis, ces deux-là tardent à sonner ! Et voilà que l'un des deux écoute à la porte

éviter qu'elle devienne trop menaçante.

pendant que l'autre compose un numéro sur son téléphone. Je le vois faire ça, monsieur Sensini, et de l'autre côté de la cloison, votre téléphone qui sonne, et qui sonne encore ! C'est vous qu'il appelle, monsieur Sensini et voilà mademoiselle Iva qui me surprend à regarder par l'œilleton et qui veut aller voir chez vous pour répondre car elle aussi, de l'autre côté de la cloison, a entendu le téléphone ! Je mets mon doigt sur la bouche, je la laisse voir une seconde, comme elle comprend vite elle aussi, monsieur Sensini ! Dieu n'a rien refusé aux femmes ! Je m'impatiente, elle me laisse voir et là, sans même sonner, celui qui écoutait contre la porte farfouille dans votre serrure et voilà qu'il l'ouvre ! Ils sortent des pistolets, monsieur Sensini !

— Des revolvers, tu veux dire ?

— Si tu sais mieux que moi, Anton, je peux prendre ta place et te laisser raconter…

Renvoyé à ses compresses, le brancardier poursuivit ses basses œuvres avec une énergie de fossoyeur qui disait tout de son mécontentement. Sensini serra les dents.

— Ils sortent des revolvers et pénètrent dans votre appartement ! Vous ne pouvez pas savoir comment ces vieux appartements sont mal isolés, monsieur Sensini, de pièce en pièce, je les entends qui avancent. La lame de parquet, qui a été changée l'an passé dans le couloir, grince. Ils entrent dans votre chambre, ressortent, gagnent le cabinet de toilette, puis ils ouvrent les tiroirs, les referment. Dieu m'a donné des oreilles pour entendre ce que je ne vois pas ! Ils ouvrent le placard blanc qui se trouve au fond du couloir, déplacent les piles de linge et là, à nouveau,

— vous me suivez ? quoi qu'il en soit, monsieur chitchine, le temps passe très

j'entends l'ascenseur qui se met en marche ! Je reviens à la porte d'entrée. La demoiselle est toute tremblante, je regarde à l'œilleton. Si c'est vous, je dois vous prévenir ! Mais je respire, monsieur Sensini, ce n'est pas vous ! Mais deux autres !

— Deux autres flics ?

— Du tout ! Un garçon et une fille, habillés comme on va au bal costumé, déformés par la lentille, je ne sais si je peux rire ou avoir peur. Eux aussi savent où ils vont ! Chez monsieur Sensini ! La fille a un drôle de petit fusil, je ne sais plus ce qui est en train de se passer ici, je ne sais pas s'il faut appeler la police et mademoiselle Iva me dit que non, qu'on ne peut pas appeler la police ! Le garçon, je dis le garçon car il est jeune, il a des chaussures vernies, elle, des cheveux blancs ! Parfaitement, Anton, des cheveux blancs et un tee-shirt jaune avec des canards !

Anton haussa les épaules, le bruit ricanant du sparadrap qu'il déroulait semblait dire que la tête de Wadaïeff n'y était plus tout à fait.

— Avec une jupe écossaise, n'est-ce pas ?

Si son patient s'y mettait aussi, alors Koubznitch ne pouvait plus rien dire. La folie avait définitivement gagné le monde.

— Vous la connaissez, monsieur Sensini ! ?

— Je pense, oui. Et l'homme aussi.

Le souvenir du salon floral, du carnage que ces deux-là avaient perpétré sans état d'âme expliquait, avant même que Wadaïeff n'ait terminé son récit, la présence des cadavres dans son appartement.

— Ils ne sonnent même pas ! Il met un grand coup de pied dans la porte et il entre avec la fille ! Les deux autres ne doivent pas comprendre ! Ça tire de partout !

vite là-bas et il faut souvent agir d'abord, réfléchir ensuite. alors ne vous

J'entends les impacts contre le mur ! La demoiselle et moi, on ne bouge pas, on fait moins de bruit qu'une mouche. Maintenant, c'est le silence. Plus de bruit. J'entends que le garçon et la fille parlent. Et ces deux-là parlent, monsieur Sensini, vous savez ce que parlent ces deux-là ? Ils parlent russe !

— Russe ?

— Oui, Anton, aussi russe que toi et moi ! Ils disent que d'autres sont en train de les doubler, que la fille n'est pas là, que le vieux a raison d'être paranoïaque, un nom russe que je ne comprends pas… Même avec l'oreille de Dieu, on ne peut pas tout comprendre… Ils restent quelques minutes encore. Avec la demoiselle, nous avons très peur qu'ils viennent ici pour éliminer celui qui a tout vu ! Mais Dieu est bon, monsieur Sensini ! Ils repartent ! Comme s'ils étaient simplement passés vous dire bonjour ! Mademoiselle Iva veut partir tout de suite. Elle est complètement affolée, elle veut partir, elle n'écoute plus. Pour aller où ? je lui dis, pour aller où ? avec ces deux-là qui rôdent ! Mais elle ne veut rien savoir ! Alors je lui dis que je vais l'accompagner chez mon ami Anton, où elle sera en sécurité. Qu'ensuite je reviendrai pour vous attendre et vous prévenir. Le reste, vous le connaissez…

Wadaïeff était satisfait d'être parvenu au terme de son histoire. Le silence qui suivit ressemblait au pas que Koubznitch venait d'effectuer pour prendre du recul sur son œuvre. Lui aussi trouvait que le résultat était correct. Le sparadrap, peut-être un peu large, mais pas mal du tout cependant.

Sensini avait pris son mal en patience, écoutant sans intervenir ce que le vieux Russe avait raconté

faites pas trop remarquer, monsieur chitchine, faites comme tout le monde.

comme on raconte une histoire aux enfants, distillant tout ce sang à sa bonhomme manière pour en tirer de l'encre. L'image de la réalité s'imposa à nouveau à Sensini, sans enluminure ni pittoresque. Les cadavres des deux types qu'il avait vus tout à l'heure bavaient sur ce récit trop bien ordonné. Un étal de boucherie aurait mieux convenu qu'une page blanche. Le drôle de petit fusil que le conteur avait placé entre les mains de la fille avait fait du sale boulot, explosant la tête de l'un, arrachant à bout pourtant les tripes de l'autre.

— Je vais descendre un instant, monsieur Koubznitch. Je serai de retour dans très peu de temps. Merci pour le pansement.

Dehors, la chaleur était poisseuse et le réverbère mettait à la rue des teintes livides, des camaïeux passés de gris et des noirs hésitants. Au-dessus de la boutique du brancardier, un peu de lumière suait au travers des rideaux qui couvraient imparfaitement la fenêtre de l'appartement. Sensini ne savait plus très bien de quel côté de la façade se trouvait la réalité. Dans les mots de carton-pâte de Wadaïeff et les souvenirs de ces deux vieux Russes exilés ou dans l'odeur écœurante des caniveaux et des égouts que la chaleur de l'été remuait. Marcher l'aidait à réfléchir et il souhaitait s'éloigner suffisamment de l'appartement avant de téléphoner. Il n'utilisa pas son portable, préféra une cabine téléphonique.

À l'autre bout du fil, la voix qui venait de décrocher la ligne directe de Klein n'était pas celle à laquelle il s'attendait.

— Verheggen, j'écoute.

Sensini ne jugea ni utile, ni opportun de se présenter.

agissez ! mais pensez tout de même à redistribuer les cartes et qu'on finisse la

— Je cherche à joindre le commissaire Klein. C'est urgent.

— Sensini ?

— Passez-moi Klein, Verheggen, j'ai peu de temps.

— Le commissaire Klein a eu un accident, Sensini. Il faudrait que vous passiez rapidement. Je, enfin, je sais que vous et lui n'entreteniez pas de très bonnes relations, mais… Klein est mort. Il a percuté un camion, on ne comprend pas très bien.

Sensini n'écoutait plus le bavardage de Verheggen, qui se voulait dramatique. Il avait posé son front contre le verre de la cabine, sentait le sol se dérober sous lui.

— C'est arrivé il y a quelques heures… Je ne vous entends pas, Sensini, d'où appelez-vous ? Sensini ? !

L'officier d'Interpol raccrocha. Il ne pouvait confier très longtemps la sécurité d'Iva Neves à la seule surveillance de Wadaïeff et de Koubznitch, pas plus qu'il ne pouvait prendre le risque de les exposer eux-mêmes aux recherches des tueurs du Floralior. À l'évidence, le manque de docilité de Klein et les contacts qu'il avait pris avec lui étaient à l'origine de cet assassinat maquillé en accident. Ceux qui s'étaient occupés de ce sale boulot ne pouvaient être que dans la place et Sensini savait qu'il serait suicidaire de tenter quoi que ce soit du côté de la police. L'affaire Hearing devait toucher à des sphères dont les moyens employés disaient la puissance. Pour remonter aux racines du mal, il ne pouvait compter que sur lui seul et sur Roman, si tant est que son assistant, dont le portable restait muet, réapparaisse un jour.

Le dernier endroit où Hearing avait été vu indiquait qu'il allait vers la Suisse et Sensini avait la très forte

partie avec tout ce petit monde en paix. provisoirement, bien entendu. quant à

intuition qu'il y avait une bonne raison à cela. Dans quelques heures, il repartirait pour une destination où Iva Neves serait réellement à l'abri, puis poursuivrait sa route jusqu'aux serres de Viktor Naeliev, pour une visite qui ne serait pas de courtoisie.

why, je vous le répète : nous préférerions le circonvenir et le rapatrier ici

48

Depuis combien d'heures Hearing marchait-il ? Il n'avait plus de montre. Et les images continuaient à tourner en boucle dans sa tête. Cette fille dans la voiture, qui avait eu peur de lui, le type de la station-service qui n'avait pas compris ce qu'il était en train de faire, ce qu'il avait besoin de faire avec toute cette flotte, le médecin qu'il avait étranglé d'une seule main avant de s'échapper, sa blessure, la fenêtre et sa chute jusqu'au sol, lente et prévisible, qu'il revivait dès qu'il fermait les yeux.

Le soleil de montagne asséchait la terre et écrasait la nature alentour. Toute la nature sauf lui, Thomas Hearing, qui marchait. Qui ne transpirait pas, ne fatiguait pas, mais ressentait sur le côté gauche, un peu plus haut que le cœur, une gêne grandissante. Une curieuse démangeaison qui avait évolué vers une insensibilité progressive, une sorte d'anesthésie, qui gagnait peu à peu. Il avait constaté que sa sensibilité déclinait rapidement dans cette partie du corps. Mais seulement du côté gauche. Cela rassurait Hearing de voir que, malgré cela, il se sentait bien. Il n'allait tout de même pas s'affoler pour une chose pareille si tout

avant qu'il ne mette son grain de sable dans cette mécanique qui n'a certes rien

le reste, en lui, fonctionnait bien. Surtout ses jambes et sa tête. La marque de la balle, qui avait pénétré en pleine poitrine, avait d'ailleurs magnifiquement cicatrisé. C'était maintenant un joli bourrelet de chair rose qui avait pris toute la place. Il n'aurait pas cru qu'on pouvait se remettre aussi rapidement d'une blessure par balle. La sienne n'avait pas dû être si grave. L'hématome s'était résorbé et la tuméfaction liée au traumatisme avait également presque disparu. Hearing enlevait parfois sa chemise et regardait sa cicatrice, en pensant à sa mère, qui avait toujours prétendu que les Hearing avaient la peau dure et l'épiderme robuste.

Depuis combien de temps marchait-il ? Il l'ignorait mais essayait de reconstituer les dernières heures écoulées. Il avait fait cette halte en plein Jura, dans la dernière station avant la frontière. C'était juste avant que le soleil soit à son zénith et c'est là qu'il avait débuté sa course, conscient qu'il ne réussirait pas à entrer en Suisse avec son véhicule, en suivant tout simplement la route. Le soleil était couché maintenant, mais n'avait pas encore emporté la clarté de ce jour d'été, qui s'accrochait désespérément au paysage. Hearing pensa qu'il marchait peut-être depuis sept ou huit heures. Cela avait beaucoup grimpé au début, jusqu'à des hauteurs où le soleil était devenu brûlant comme en haute montagne. Il l'avait d'ailleurs senti mordre insidieusement la peau de son visage et il avait dû protéger son crâne rasé avec un grand mouchoir trouvé dans la poche de la veste qu'il avait récupérée. Mis à part cette sensation de brûlure, il avait aimé cette chaude caresse, qui semblait lui prêter une énergie que lui-même ne soupçonnait pas.

Thomas Hearing était d'ailleurs extrêmement content de sa résistance, mais plus fier encore de celle de sa souris. Il avait su la protéger dans sa chute et elle avait été bien traitée pendant les quelques heures où il n'avait pas pu veiller sur elle. Il lui semblait même qu'elle aussi s'était réjouie lorsqu'il l'avait retrouvée dans une cage, isolée dans une salle attenante à sa chambre. Il la laissait maintenant quitter sa poche, aller et venir sur le territoire de son corps. La bestiole s'accrochait au coton de la chemise et il sentait, au travers, les minuscules griffes de ses pattes piquer sa chair lorsqu'elle se déplaçait, montait sur son épaule ou descendait le long de son bras, roulant parfois jusque dans sa main. Elle le regardait alors de son petit œil vert comme si elle le prenait à témoin de son exploit ou de sa récente émancipation. Elle non plus n'avait rien bu ni rien mangé depuis tout ce temps.

Dans ses baskets trop grandes et sa tenue de soirée façon Jura des années quatre-vingt, Hearing ne pouvait être confondu avec un randonneur amoureux des paysages alpins de la Suisse. Il lui faudrait bientôt trouver d'autres vêtements, plus discrets et plus adaptés à la mission qu'il s'était fixée, d'autant que la température finissait tout de même par baisser avec le jour et que la nuit serait sans doute assez fraîche. Il devait aussi se procurer quelque chose à manger pour son petit animal, dont il sentait qu'il était secrètement l'un des derniers liens avec son passé. Le cadeau qu'il avait fait aux filles, le plaisir qu'il comptait leur faire, à elles et à leur mère, avant que tout cela ne tourne mal. Car c'était pour elles qu'il avait fait tout cela, pour elles qu'il avait voulu tout ce fric, pour elles qu'il l'avait dépensé. Lui qui jouait et perdait si

davantage : si votre instinct ne vous trompe pas et que why est bien mêlé d'une souvent, lui qui n'était pas capable de grand-chose, qui avait laissé tomber ses études au milieu du gué et n'avait jamais totalement réussi à redonner le sourire à cette femme qu'il avait aimée. Et aujourd'hui, il était seul, marchait sur la crête d'une colline vers un destin qu'il n'osait pas se représenter. Non par peur mais par ignorance. Parce qu'il ne savait pas ce que Naeliev, cet homme dont il ne connaissait que le nom et le visage qu'en donnaient les journaux, saurait faire pour lui, ce que Naeliev voudrait faire pour lui, ni même s'il allait le retrouver.

Arrivé au bout de la colline, Hearing avait devant lui une longue vallée silencieuse, aux prés jaunis par la sécheresse. À deux ou trois kilomètres, il avisa une grande ferme isolée située à l'orée d'un bois. Une position idéale pour garantir une approche discrète. D'autant que la nuit arriverait là-bas presque en même temps que lui. Il reprit sa marche en accélérant le pas.

Il soufflait fort, respirait bruyamment et se tenait parfois le côté gauche, qui faisait à son corps comme un poids mort, le retenant d'aller encore plus vite. La gêne augmentait, comme si une partie de son organisme s'amusait à éprouver l'autre en se faisant plus lourde ou plus inutile. Malgré cela, il se sentait bien. Tout le reste en lui se sentait bien, se sentait léger. Il avait l'impression étrange de pouvoir analyser un à un ses organes et leurs fonctions, d'être capable de faire la synthèse de ceux sur lesquels il pouvait compter et les autres, qui ne pourraient plus lui être d'aucun secours. Il se rendait compte également que ses sens fonctionnaient en surrégime et le fatiguaient parfois en raison de leurs constantes sollicitations. L'ouïe et l'odorat avant tous les autres. Hearing disséquait et

façon ou d'une autre à cette sombre histoire d'hybride végétal et humain. il y a

analysait d'impressionnantes quantités de sons et d'odeurs, qui venaient à lui avec une fréquence et une clarté qui auraient surpris tout autre que lui. Il pouvait en isoler chaque composant très rapidement mais était incapable de le rapprocher d'un nom ou d'un concept connu. Il suffoquait sous cette surabondance d'informations. Il avait d'ailleurs le sentiment que ces nouvelles données s'évaporaient aussi vite qu'elles s'accumulaient. Une sorte d'activité inutile l'accaparait sans cesse et l'empêchait de se concentrer. Mais il se sentait bien. Il respirait difficilement mais se laissait distraire par la nature, qui éveillait en lui quantité de nouvelles impressions. Une proximité touchante. Plus que touchante, empathique. Quelque chose de lui passait dans ce monde-là et quelque chose de ce monde-là passait en lui. Pas un sentiment sur lequel il aurait pu mettre un nom, pas une mystique née de l'intuition quelconque d'un mystère, non, rien de tout cela. Simplement une communication de plain-pied, comme elle naît parfois entre deux animaux, plus rarement entre deux êtres. Il observa la souris qui ne bougeait plus, installée sur son épaule, regardant dans la même direction que lui. Peut-être pensait-elle se trouver à la proue d'un navire immense.

⁂

Après le champ, ce fut la forêt, puis la limite du chemin. Le toit de la bâtisse descendait très bas, comme c'est souvent le cas en montagne, et surgissait des hautes herbes comme une piste d'envol. Une ferme de pierres grises avec de nombreuses dépendances et, dans la cour, un bac fait du même granit

danger, même si je ne vois pas précisément ce qui peut l'intéresser dans une telle

dans lequel plongeait l'eau de la source. Son chant ininterrompu résonnait comme une douce promesse aux oreilles de Thomas Hearing. Il avait envie de cette eau glacée qui sortait de la terre, se sentait attiré par elle. Il résista cependant, préférant attendre la protection de la nuit. Hearing ne voulait en aucun cas attirer l'attention, souhaitait seulement se reposer quelques heures et boire. Face au bâtiment principal, la porte de la grange était entrouverte et laissait échapper l'odeur du fourrage. Là il pourrait s'allonger. Dormir peut-être. Il glissa la souris dans sa poche et elle se laissa faire. Puis, tâchant de maîtriser sa respiration désordonnée, Hearing s'avança vers la porte de bois comme une ombre du soir.

aventure. peut-être la transgression des ordres et les révolutions qu'elle peut

49

La première chose qu'Ulthémia entendit lorsqu'elle se connecta sur la fréquence d'Andreï fut ce hurlement vomi par les entrailles de la terre. Le hurlement de celui qui ne voulait pas crever et serait bientôt capable d'avouer n'importe quoi pour échapper à la mort. Qu'elle-même soit encore libre de ses mouvements prouvait qu'Andreï n'avait encore rien dit. Mais le soupçon rôdait déjà dans le regard de son père. Il l'avait fixée droit dans les yeux, avait passé sa main dans ses cheveux dénoués et avait dit :

— Il n'y a qu'en la chair de ma chair que je peux avoir confiance, n'est-ce pas, ma fille ?

Le silence était devenu douloureux, puis l'ombre du doute avait laissé la place à une fièvre plus haute, une fièvre qu'elle lui connaissait au jour des grandes découvertes. Tout en gardant la main dans ses cheveux, il avait murmuré :

— Et si cet imbécile d'Andreï avait raison ?

La question ne s'adressait pas à elle, déjà il l'avait oubliée. Il l'avait regardée quelques secondes sans la voir, puis s'était à lui-même répondu :

— Quelque chose d'anormal… Est-ce que moi aussi je n'ai pas cru voir… ?

Elle lui avait souri, espérant que sa naïveté feinte l'amènerait à en dire plus, mais il s'était contenté de répéter :

— La chair de ma chair… Voilà à quoi cela pourrait ressembler…

Et elle n'avait pas su à quoi cela se rapportait, à elle ou à ce qu'il avait cru voir. Ulthémia avait aussitôt compris qu'elle n'avait pas une seconde à perdre, s'était jetée dans le parc, avait couru jusqu'aux serres calcinées. Les hommes étaient repartis, renvoyés par son père, plus soucieux de leur présence et de la sympathie qu'ils avaient pour Andreï que de la surveillance de son tombeau.

Plusieurs fois, Ulthémia dut réessayer avant qu'Andreï ne s'aperçoive que quelqu'un tentait de lui parler. Lorsque enfin il avait répondu, elle avait eu du mal à reconnaître sa voix. Il implorait. Qu'elle le sorte de là, que ça allait le prendre, que ça s'approchait. Ulthémia trouvait ses propos tout à fait incohérents. Enfin, soit qu'il ait été à bout de force et de raison, soit qu'il ait compris que c'était elle, Ulthémia l'entendit sangloter. Entre deux accès de larmes, il commença à dérouler inlassablement un chapelet de « pourquoi » pathétiques qui, de toute évidence, la concernaient.

Ulthémia pensa qu'il était tout à fait impossible qu'il n'ait pas compris. Combien de fois l'avait-il grondée lorsqu'il l'avait surprise à fouiller dans ses carnets et ses affaires, combien de fois avait-elle dû faire l'enfant pour se faire pardonner et jouer à la jalouse pour justifier sa curiosité ? Elle seule avait eu

autour de what, qui rend le combiné à walter, on semble d'accord. on se félicite

accès aux répertoires de son ordinateur, elle seule, en dehors de lui-même et de son père, avait pu prendre connaissance des codes d'accès au laboratoire. Et les transmettre aux agents de Babel. Il y avait dans ces « pourquoi » résignés une telle douleur et une telle tristesse qu'Ulthémia eut la tentation d'en finir sans même tenter d'y apporter une réponse. Mais elle voulait aussi y lire le signe d'un amour comme seules les plus grandes passions étaient capables d'en porter. Elle avait trahi sa confiance, mais sa trahison grandissait leur amour : s'il n'avait rien dit, c'est qu'il lui pardonnait. Et Ulthémia soupira de bonheur à l'idée qu'un homme, même Andreï, soit prêt à mourir pour elle. Elle ne cessait de dire :

— Andreï, Andreï, mon amour. Nous nous aimerons au-delà de la mort, n'est-ce pas, Andreï ? Enfin, tu m'aimes plus que tu as aimé ma mère, n'est-ce pas, Andreï ? N'est-ce pas que je suis aussi belle qu'elle ? Andreï, je suis venue pour t'aider. Tu m'entends, Andreï ?

— Ulthémia, écoute-moi, je t'en prie. Le cadavre, il est en train d'être dévoré par… Dis à ton père de venir, dis-lui de me libérer… des sortes de plantes, je crois que c'est à cause des tubes cassés… Peut-être qu'ils n'ont pas été volés…

— Andreï, calme-toi, mon amour. Je suis venue te demander pardon. Je peux maintenant t'avouer que je sais tout sur la disparition de maman. Je n'ai jamais cru papa lorsqu'il me disait qu'elle était morte dans un accident de voiture, jamais, Andreï ! Babel m'a tout expliqué. Tu ne connais pas Babel, mais il en sait beaucoup plus que tu ne peux l'imaginer ! Papa savait

surtout de la piste retrouvée de why et on estime qu'on va enfin pouvoir driver le

que maman était amoureuse de toi. Il le savait et c'est pour cela, Andreï, que maman n'est plus là !

— Ulthémia ! Tu racontes n'importe quoi… C'était un accident ! Ta mère n'aurait jamais dû pénétrer dans ce laboratoire. Ton père n'a rien pu faire… Je vais crever, est-ce que tu comprends que je vais crever ! ? Va trouver ton père, dis-lui que la souche est en train de se développer et d'envahir le laboratoire…

Ulthémia trouvait qu'Andreï hurlait beaucoup trop. Sa fin n'avait rien de digne ni de romantique. Elle était prête à tout lui dire et lui continuait à mentir. À ne penser qu'à sa misérable petite science et à sa misérable petite vie. Lorsque Andreï hurla à nouveau qu'il ne voulait pas crever et qu'il fallait qu'elle le sorte de là, ses espérances s'évanouirent tout à fait. À nouveau, elle trouva sa détresse ridicule.

— Nous aurions pu faire de grandes choses d'un tel amour, Andreï, mais tu n'as pas su me comprendre. Je ne sais plus si je peux encore te faire confiance, mon pauvre amour, mon tout petit et pauvre amour !

Elle l'entendait s'acharner sur l'émetteur dont les batteries marquaient des signes de faiblesse de plus en plus évidents. Ses hurlements devenaient moins présents, s'éloignaient d'elle comme s'éloignait leur amour. Il n'avait sans doute rien entendu de l'immensité de cette passion qu'elle lui proposait. Jamais. Il était simplement redevenu vieux.

Elle se leva à regret, agitant mollement la main en direction des ruines et de ce qu'elle supposait être l'entrée effondrée des laboratoires, où se trouvait muré celui qu'elle aurait pu aimer. Aurait peut-être pu. Elle se dirigea lentement vers les câbles électriques alimentant les pompes et, un à un, les débrancha. Les moteurs s'arrêtèrent aussitôt et le silence emplit tout l'espace du parc. La carcasse métallique des serres ressemblait à de grandes tiges sèches et fanées.

— Adieu, Andreï, voilà tout ce que je peux faire pour sauver le peu d'amour qu'il nous reste. Tu comprendras que je ne dois pas courir le risque de te voir raconter tout cela à papa, n'est-ce pas, Andreï ?

Puis elle s'éloigna en chantonnant une comptine du temps où elle ne savait rien encore des déceptions de l'amour et de la certitude de la mort.

Au fond de son tombeau, Andreï avait cessé de s'acharner sur l'émetteur. Ses doigts endoloris et gourds soupesèrent une dernière fois l'appareil silencieux, puis il le lança en direction du cadavre que les remous agitaient. L'eau rendit un son épais, boueux, dans le même temps qu'un remugle d'humus, fort et écœurant emplit l'ancien laboratoire. Andreï comprit qu'il n'aurait pas à attendre longtemps avant que cela ne prenne fin. Moins de temps qu'il n'en faudrait à l'eau pour parvenir à le noyer. Il savait maintenant que le projet Mandragore n'avait pas tout à fait échoué.

50

Muckel avait oublié pourquoi, mais Mamie avait dit que le chat ne devait pas sortir de la ferme. Était-ce parce qu'il avait déjà tué deux poules la semaine passée ou bien parce qu'il était un peu trop amoureux de la chatte qui habitait chez le père Zaugg, de l'autre côté de la montagne, le gamin ne s'en souvenait plus. Ce qu'il venait de comprendre par contre, c'est qu'en jouant à entrebâiller la fenêtre pour énerver le matou, il avait fini par faire une bêtise. Malgré sa pantomime autoritaire et le « minou-minou » qu'il essayait de rendre le plus discret possible afin de ne pas attirer l'attention de sa grand-mère, occupée à sa broderie dans la pièce voisine, l'animal avait déjà traversé la cour de la ferme et posé son élégant postérieur sur le bord du bac. Il se retournait de temps à autre, avec un air d'absolu mépris pour le gamin qui se donnait des airs de maître de maison et n'arrêtait pas de lui faire des misères depuis son arrivée pour les grandes vacances. À cet endroit stratégique, qui lui laissait le libre choix de sa fuite, il ne pourrait pas le rattraper de sitôt.

Muckel avait beau tempêter et s'énerver, cet imbécile de chat ne pensait qu'aux malheureuses reinettes qu'il avait écorchées hier, les sortant du bassin d'un coup de patte. Il fallait reconnaître qu'il était très fort. Mais Muckel aussi était très fort. Aussi fort que ses héros préférés dans ses séries préférées. Et s'il ne tentait pas une action de commando, il serait peut-être privé de dessert, ce qui tombait vraiment mal vu que sa grand-mère avait passé l'après-midi à confectionner des tartelettes avec les myrtilles qu'ils étaient allés cueillir le matin même dans les bois.

Le gamin commença par refermer doucement la fenêtre car il savait son aïeule particulièrement sensible aux courants d'air et capable de les repérer, été comme hiver, d'un bout à l'autre de la maison. Un vrai radar spécial trous d'air. Ensuite, il choisit d'opter pour la technique de la diversion, qui consistait à inventer quelque chose pour improviser une sortie dans la cour et repérer tranquillement la cible. L'intervention proprement dite n'était qu'une question de muscles et de nerfs. Il enfila ses baskets, toujours plus pratiques que les pantoufles pour courser les fauves, et obliqua dans le long couloir tout en bois en direction de la porte de sortie. Muckel prit alors une voix de parfait faussaire :

— Je vais voir si papi arrive…

Il avait déjà ouvert la porte quand il entendit sa grand-mère lui dire que c'était d'accord, mais que papi en avait encore pour un moment et que, surtout, il ne devait pas laisser sortir le chat… Muckel marmonna quelques mots pas très convaincants, avec tout de même une petite émotion dans la voix. Devant lui, la satanée bestiole se pavanait sans gêne.

Comptant sur sa discrétion de sioux et sur l'effet de surprise, Muckel n'était plus qu'à un mètre de l'animal lorsque celui-ci, qui l'avait entendu venir depuis le premier instant, sauta à bas de l'auge en pierre et se dirigea du côté de la basse-cour. Le gamin était furieux, mais il ne pouvait pas crier sous peine d'alerter les autorités. À l'aide de ses poings, il rentra donc sa fureur tout au fond de ses poches et avança en faisant comme si tout cela, finalement, ne le concernait guère. Puis le chat marqua un temps d'arrêt. Tourna la tête après un instant d'immobilité et se dirigea vers la grange dont la porte n'était pas tout à fait close, l'air brusquement intéressé par quelque chose. Muckel le laissa prendre un peu d'avance avant de se décider à le suivre. Le gamin entra à son tour et ferma la vieille porte de bois derrière lui, tout heureux de se dire que cette sale bête s'était prise à son propre piège.

Il faisait assez sombre à l'intérieur et le chat possédait un avantage sur lui. Mais Muckel était patient et laissa ses yeux s'habituer à la pénombre avant d'avancer en sifflotant assez fort. Puis moins fort parce qu'il n'était pas si rassuré dans cette grange à foin où, en principe, il ne jouait pas le soir venu. Trop dangereux, disait le grand-père. En raison de tous les outils, du fenil suffisamment haut pour tomber et des balles de paille qui, en roulant, pouvaient facilement écraser un gosse de son âge. Il pensait que le chat devait avoir grimpé sur le tracteur comme il le faisait souvent, passant des nuits entières étalé sur le siège déformé par le poids du vieux. Il avança plus doucement car il avait l'impression que la bestiole avait bougé juste là, derrière la grande roue. Le misérable

matelas flottant "deluxe" et oreillers en plumes dégraissées du midland, il

devait s'apprêter à monter dans l'habitacle. Muckel s'avança, ses petits pieds froissant le moins possible le sol de paille pour ne pas faire de bruit. Il s'avança encore un peu. Jusqu'à passer sa tête de l'autre côté du pneu deux fois plus haut que lui. C'est alors que le chat se mit à hurler, à couiner et à geindre comme s'il était en train de se battre. Muckel bondit de peur, cria lui aussi, et vit un homme, un homme sale au crâne rasé, tenir son chat par la peau du cou et le secouer violemment. Il était horrible à regarder et semblait en colère, tenait quelque chose dans son autre main, quelque chose de blanc et de tout petit. Muckel voulut faire demi-tour et se mettre à courir en hurlant plus fort encore, mais il n'en eut pas le temps. Un bras le saisit comme une mâchoire et le plaqua avec force contre le ventre de l'homme. Le chat eut encore un miaulement désespéré puis une main froide et puante se posa de force sur la bouche de Muckel, couvrant la moitié de son petit visage et le forçant à ravaler sa plainte.

caresse la soie sauvage de son pyjama en contemplant dans un petit miroir sa mine

51

Sensini descendit de la voiture et goûta longuement au silence odorant de ce soir de campagne. Le bourdonnement d'une poignée d'abeilles, qui s'attardaient encore sur les glycines dans la lumière déclinante, résonnait comme des paroles de bienvenue. Il regarda Iva Neves sortir de la voiture et découvrir ce paysage si familier pour lui et qu'elle ne connaissait pas. Jamais il n'avait emmené quiconque dans cet endroit. Ami ou amante. Et jamais il n'aurait pensé solliciter le monde de son passé pour lui venir en aide dans son présent de flic. Ces deux interdits, qu'il ne s'était d'ailleurs jamais clairement avoués, venaient d'être balayés par la situation extrême à laquelle il était confronté.

Sensini se demanda si la jeune femme pourrait comprendre ce qu'il aimait ici, ce qui était resté de lui-même et de son histoire entre ces quatre murs de pierre, dans ce jardin aux lilas généreux. Et puis il se demanda pourquoi il tenait à ce qu'elle en comprenne quelque chose.

Iva reconnut immédiatement la haute façade de granit et, derrière le toit de lauze, le petit clocher roman. Rien n'avait changé depuis l'époque où avait été prise la photo découverte dans cette bible feuilletée par hasard. Elle préférait se dire « par hasard » parce qu'elle était certaine que le flic Renzo Sensini n'aurait pas apprécié la curiosité dont elle avait fait preuve. « Aubrac. Juillet 79. » Dans son souvenir, les couleurs de l'image pâlissaient un peu plus devant le spectacle de cette lumière mordorée qui faisait briller la pierre de la cure si particulièrement. Si intensément. Iva sourit discrètement à ce voyage, qui avait été long en raison des précautions qu'ils avaient prises. Itinéraire compliqué, déviations inattendues, longues pauses au milieu de nulle part, son chauffeur avait fait en sorte de dissuader toute tentative visant à le suivre. À les suivre. Iva sentait que Renzo Sensini avait cherché à cacher son inquiétude et qu'il n'était pas sûr d'avoir fait le choix juste en décidant de la conduire jusqu'ici. Il lui avait aussi avoué qu'il n'avait aucune nouvelle de son assistant et qu'un flic chargé de cette affaire venait d'être assassiné. Il avait précisé « un de ces flics que vous n'aimez pas » sur un ton agressif qu'elle n'avait pas apprécié. Elle s'était tue, cependant, respectant la colère et l'impuissance qui l'avaient accablé un instant. Iva préféra oublier le ton de la phrase en regardant de l'autre côté de la grille. Dans l'ombre odorante d'un bosquet de lilas, elle apercevait une petite table de jardin où le couvert était déjà dressé. La même table, au même endroit qu'il y avait de cela vingt-cinq ans.

⁂

pourrait penser qu'il a rêvé, mais il sait que le rêve est une fantaisie

Les présentations avec Léo avaient été faites, le repas avait été pris et la soirée s'avançait dans un faux-semblant de normalité qui ne parvenait pas à calmer la nervosité de Sensini. À chaque fois, il s'était excusé en se levant de table. La première, c'était pour appeler Wadaïeff, qui ne répondait pas, et pour lequel il finissait aussi par s'inquiéter. Mais le réseau des résistants de Stalingrad avait le sens du combat et Sensini finit par le joindre à sa troisième tentative. Son voisin se portait bien et l'infirmier Koubznitch également. Une fois de plus, ce fut Wadaïeff qui lui donna de nouvelles informations. Et pas des moindres. Le ménage avait été fait dans le meublé du flic d'Interpol. Quatre hommes, une caisse, des faux livreurs que le virtuose de l'œil-de-bœuf avait immédiatement démasqués. Wadaïeff avait dû se concentrer particulièrement car ils n'avaient fait quasiment aucun bruit dans le deux-pièces de Sensini. Ils étaient redescendus quelques minutes plus tard, portant la même caisse, mais le vieil espion avait remarqué qu'elle était visiblement beaucoup plus lourde. Difficile de tromper un homme qui vivait en se nourrissant presque exclusivement de la vie des autres.

Troublé, Sensini reprit cependant sa place à table en s'abstenant de tout commentaire pouvant laisser penser à Iva qu'il s'était de nouveau passé quelque chose. Il la regardait avec attention et aurait voulu la savoir à l'abri, mais ce qui venait de se dérouler chez lui l'inquiétait un peu plus encore, dénotait une organisation que seuls les services secrets ou une organisation mafieuse pouvaient revendiquer. Le peu de foi en la démocratie qui restait à Sensini s'accommodait mal de ce qu'un service de l'État puisse maquiller en

troublante tout à fait démodée, que seuls les enfants et les jeunes filles

accident l'assassinat d'un flic. Mais si, par nécessité, par dévoiement ou par erreur, la République avait pu agir ainsi, au nom de quels principes, au profit de quels intérêts particuliers ou de quelle autre puissance l'avait-elle fait ? Sensini n'avait aucune réponse, et n'en trouvait pas plus à la question de Léo, qu'il n'avait pas entendue :

— Tu es trop soucieux, Renzo. Tu ne m'écoutes pas…

Sensini s'excusa, sourit à Iva et essaya de se concentrer sur le visage de ce prêtre qu'il connaissait depuis près de trente ans. Un visage à peine vieilli malgré les soixante et quelques années qu'il accusait maintenant. Léo n'était ni un père ni un frère, pas plus qu'un mentor. C'était un homme révolté et droit qu'il avait croisé un jour, au milieu d'autres militants, et dont la présence rassurante, même lointaine, ne l'avait jamais plus quitté depuis. Son exemple et son humanité avaient dessiné une voie dont Renzo avait pensé qu'elle pourrait être la sienne. Pour toujours. Alors qu'adolescent il avait pénétré dans le monde des adultes par la mauvaise porte, celle du mensonge et du faux-semblant, Léo lui en avait entrouvert une autre. Entrouvert seulement. Le prêtre, qui travaillait durant les années de plomb dans un quartier populaire de Rome, était suffisamment intelligent pour laisser Renzo l'ouvrir seul, constater lui-même les erreurs d'une cause dévoyée et chercher le sens qu'il pourrait redonner à une vie délaissée.

— Excuse-moi, Léo. Le vin blanc est toujours excellent… Vraiment.

enamourées osent encore pratiquer. à moins qu'il n'ait cauchemardé, ce qui est

— Oui, mais d'habitude, nous le buvons ensemble. D'habitude, tu laisses tes problèmes à la porte, Renzo. Là, juste devant…

Léo fit un signe vers la grille que ses hôtes avaient poussée un peu plus tôt dans la soirée.

— Mais ce soir, j'ai l'impression qu'ils ne t'ont pas quitté. C'est peut-être à cause d'Iva ?

La question de Léo était double. Sensini l'éluda à sa manière :

— Iva est en sécurité ici. Rien ne me lie à cet endroit. Ni à toi ni à cette maison ni à ce village.

— Excepté notre histoire, Renzo. Notre longue histoire…

— Mais celle-ci est tout à l'intérieur de nos têtes, Léo, n'est-ce pas ?

Léo leva son verre et but à Iva et à lui.

— De nos cœurs, surtout.

Tout en portant le verre à ses lèvres, Iva pensait à la photographie qu'elle avait tirée d'entre les pages de la bible et avait un très léger doute. Une toute petite musique lancinante qui commençait à jouer au fond d'elle-même. Et puis la tête lui tournait un peu à cause du vin, une fréquentation qui n'était pas dans ses habitudes de nageuse et de biologiste.

⁂

Malgré ses préoccupations, malgré le danger qui tenait sa trace, malgré la mort de Klein et la vidéo qui l'attendait, Sensini avait sacrifié au rite du premier repas. Celui que les deux hommes avaient institué vingt-cinq ans auparavant et pour lequel, à l'arrivée, il convenait de laisser à la porte « armes et problèmes ».

déjà plus conforme à la réalité telle qu'on la perçoit là-bas (ici, c'est

Certains sentiments, disait Léo, doivent être plus forts que d'autres. Certaines choses également. Leur rencontre faisait partie de ces sentiments et de ces choses.

Mais ce soir-là, Renzo Sensini n'était pas parvenu à être sincère dans son détachement. Et ce qu'il venait de voir, sur l'écran de l'ordinateur, le sidérait un peu plus. Il cliqua pour faire revenir le lecteur sur la piste 54, celle sur laquelle apparaissait enfin Thomas Hearing, après de longues heures de plans vides dans lesquels se succédaient des plaques minéralogiques, des fureteurs de revues porno et des clients réglant leur plein d'essence. Puis il sortit en trombe du petit bureau de la cure, où Léo étudiait, réfléchissait et envoyait des mails à des correspondants du monde entier.

Iva Neves non plus ne dormait pas. Elle entendit Sensini avant même qu'il ne frappe trois coups discrets à la porte de sa chambre. La plus vaste et la plus confortable de la cure. Le pyjama que Léo lui avait prêté ne lui allait pas si mal et la faisait ressembler à une enfant sage. Lorsque le flic la regarda ainsi vêtue, Iva perçut pour la première fois dans ses yeux un léger trouble, qu'elle avait parfois connu à d'autres hommes. Cela n'avait duré qu'un très court instant, avant qu'il se reprenne et lui demande de le suivre.

La scène commençait avec la plaque minéralogique de la voiture filmée longuement, en plan fixe. Sensini savait que ce numéro correspondait à celui du véhicule dérobé dans la nuit ayant suivi l'arrestation ratée de Hearing par Klein et ses hommes. Puis on voyait les autres pompes désertes et enfin, filmée d'en haut cette fois, la silhouette d'un homme pénétrer dans la

différent). s'étant réveillé très tôt et dans un piteux état, il finit par se lever

station-service. L'image était fugitive mais fit tressaillir Iva. Les caméras repartaient ensuite pour un tour de ronde extérieur. Puis revenaient dans la boutique. On ne voyait pas le pompiste, mais il devait sans doute interpeller l'homme qui se trouvait devant la vitrine réservée aux boissons car celui-ci tourna la tête vers lui et la caisse, où la caméra de surveillance filmait. Sensini arrêta l'image. Elle était de mauvaise qualité, mais Iva n'hésita pas.

— C'est Thomas ! C'est lui. C'est bien Thomas Hearing. Mais il est si pâle, si maigre… Et ces vêtements ridicules, c'est à peine croyable… ce crâne rasé… Pourtant, c'est vraiment Hearing !

— Et maintenant, regardez ! Regardez bien, ça va assez vite.

Iva se concentra. Thomas Hearing fixait toujours le pompiste et semblait lui dire quelque chose, tout en se servant dans l'immense frigo. Il tenait une grande bouteille d'eau à la main. De l'eau minérale. Il arracha la capsule et commença à boire, à arroser sa bouche. La bouteille était vide et il en prit une autre. Recommença. La vidéosurveillance montra à nouveau l'extérieur, puis la façade. Puis de nouveau la scène. Hearing balançait les bouteilles derrière lui, en prenait d'autres, buvait, crachait, douchait son visage puis son crâne, trempait son corps tout entier. Coupure. Les mêmes plans immobiles et Hearing encore une fois. Le pompiste s'était approché en faisant des gestes et en criant. Il avait l'air mauvais d'un petit homme corpulent. Hearing faisait non de la tête et continuait son cirque, vidait l'intérieur des énormes frigos, faisait non en arrosant sa gueule grande ouverte et son corps, serré sous sa veste entrouverte par de gros

très tard, émergeant d'un long tunnel de réflexion au bout duquel il vient enfin

bandages pleins de sang et de taches noirâtres. Il faisait non comme s'il ne voulait pas que l'autre approche, comme s'il avait peur de ce qui risquait d'arriver. Il y eut une autre interruption, plus longue, puis encore l'intérieur du magasin qui ressemblait maintenant à un chantier de bouteilles plastiques éventrées. Le gars était costaud et n'avait pas l'intention de laisser faire ça. Il avait tort. Hearing lui accrocha le cou d'une main qui semblait lui faire aussi mal qu'une serre de rapace. Le type avait des yeux exorbités parce qu'il lui fracassait la trachée. Le retour aux pompes désertes évita à Iva de s'effrayer davantage.

— Ce n'est pas possible. Thomas n'est pas comme ça. Celui-ci n'est plus qu'un animal…

— Un animal qui tue, Iva. Ce n'est pas fini.

La vidéosurveillance revint une nouvelle fois sur la scène. Hearing tirait par le haut l'une des armoires frigorifiques, suffisamment fort pour la faire basculer sur le pompiste. Le crâne de l'employé encaissait un choc violent puis disparaissait à travers la vitre de la porte, son corps s'affaissant sous le poids du meuble immense qui l'écrasait. L'image d'après, Hearing quittait la boutique en s'aspergeant avec des bouteilles qu'il avait emportées. Il retournait à la voiture. Lorsque le manège des images eut fait un nouveau tour, la voiture était toujours là, mais Thomas Hearing s'était envolé dans la nuit.

— La scientifique que vous êtes a-t-elle une idée de ce qui pourrait expliquer un tel comportement ?

Sensini posa sa question en retirant le CD de l'ordinateur. Il ne voulait pas qu'Iva reste sous le choc. Il

d'apercevoir la lumière. pour donner un peu plus de jour encore à ses

fallait qu'elle fasse fonctionner sa tête, mobilise ses connaissances afin de l'aider à comprendre.

— Je ne sais pas. C'est étrange. Il semble avoir reçu des soins. Vous avez vu son bandage.

— Hearing a été blessé par balle lors d'une arrestation manquée.

Elle le regarda avec colère.

— Mais vous ne m'avez rien dit de tout ça ! Vous êtes tous pareils, vous, les flics… Lorsque vous avez ce que vous voulez, les témoins ou les victimes peuvent aller se faire foutre !

Sensini s'approcha d'elle, qui se tenait en tailleur sur le divan que Léo avait préparé pour lui.

— Calmez-vous. Je l'ai appris par Klein juste avant de vous retrouver chez l'ami de Wadaïeff. Au moment de son arrestation, Hearing a été blessé puis enlevé. Soit on l'a remis en liberté, soit il s'est échappé. En tout cas, il semble difficile à arrêter.

— Ça paraît impensable. Thomas n'était pas un violent. Batailler contre les flics dans une manif ou faire une opération coup de poing dans un labo… Tout ça, d'accord. Mais, pas ce qu'on a vu là. Pas cette force. Pas cette violence.

— On peut se tromper sur quelqu'un.

— Pas à ce point.

— En tout cas, ce que Klein a voulu me dire, avant qu'on l'élimine, c'est que Hearing se dirigeait vers la Suisse et que la solution était sans doute là-bas.

— Naeliev ?

— Naeliev. Le soir où vous avez incendié les serres, vous avez mis les pieds dans quelque chose qui vous dépasse, qui nous dépasse.

— Vous avez une idée ?

conclusions, et avant de sortir, il commande électriquement l'ouverture des

— Peut-être que cela a à voir avec ces rumeurs sulfureuses dont vous m'avez parlé à propos de Naeliev. Ces manipulations sur l'humain, sur le végétal… Tout cela est si impensable. Pensez-vous que Thomas Hearing ait pu accepter de l'argent pour manipuler le groupe Éden et l'emmener à cet endroit précis ?

— Thomas ? Je ne crois pas, non. Il croyait à tout ça. Comme nous. C'est vrai, il avait des problèmes de fric, mais tout le monde en a…

— Vous aussi ?

— Vous me soupçonnez ?

Il la regarda en souriant et reconnut qu'il n'en était rien.

— Ce serait une curieuse manière, en tout cas, de mener vos interrogatoires ! ? En isolant le suspect dans une maison de campagne et en l'attirant sur un divan en pyjama…

Elle rit et vit que cela le gênait un peu. Une réserve naturelle qui reprenait sans cesse le dessus.

— Excusez-moi. Je vais vous laisser tranquille. Vous avez besoin de repos maintenant. Vous voulez que je vous apporte quelque chose ?

Iva le regarda droit dans les yeux et lui répondit avec un naturel parfait :

— Oui, un baiser.

Sensini reçut le coup auquel il essayait de ne pas s'attendre, l'encaissa, puis se pencha vers elle et son sourire éclatant. Tous les deux avaient les yeux ouverts, surpris de se découvrir brusquement d'aussi près. Elle souriait encore et il embrassait ce sourire.

— Dites donc, je n'aurais pas cru ça de votre part…

stores, devant ses baies vitrées, mais se trompe de bouton et voit apparaître, en

Elle murmurait les mots qu'il attrapait au passage. Il répondit en respirant l'odeur de ses cheveux et de son cou.

— Je vous l'ai dit : on peut se tromper sur quelqu'un.

— Pas à ce point.

Sa main était tranquille lorsqu'il défit les boutons du pyjama trop sage, toucha les seins très blancs d'Iva et son ventre plus hâlé. Un frisson le parcourut au contact de cette peau si fraîche et de cette chair si tendre. Iva le laissa faire, se laissa faire. Dans ce lit étroit, Renzo Sensini lui fit l'amour comme on se découvre, avec une passion timide, pleine de charme et de désir.

guise de vue imprenable sur le lagon ensoleillé, une sorte de plateau de béton

52

La porte de la grange grinça légèrement et il retint son geste, le cœur battant vite et fort. Dans la cour de la ferme, l'eau de la source s'écoulait toujours avec régularité, faisant onduler au fond de l'auge de pierre taillée des mousses jaunes et vertes que la lumière du soir tombant rendait vivantes. Le chat s'était faufilé dehors en même temps que lui et avait aussitôt disparu dans les buissons proches. Au travers des vitres qu'un rideau brodé masquait à moitié, la grand-mère était occupée à coudre et lui tournait le dos. Elle avait déjà allumé la suspension et une odeur de légumes sucrés montait de la soupe qui mijotait sur le coin de la gazinière. Toute à son ouvrage, elle entendit la porte s'ouvrir dans son dos et les pas discrets avancer derrière elle.

— Te voilà revenu ! Je me demandais bien ce que tu pouvais fabriquer.

La pendule sonna les 7 heures. Dans la cuisine, les boîtes de fer-blanc et les paquets de gâteaux chuchotaient.

— Qu'est-ce que tu fabriques encore dans ce placard, Muckel ? Il est bientôt l'heure de dîner, va

immense et sombre sur lequel gît un bric-à-brac poussiéreux d'objets et

plutôt laver tes mains et t'asseoir un peu avec moi. Cette fois, Papi ne va plus tarder…

Le gosse ne répondant pas, elle secoua la tête en soupirant tout en tirant l'aiguille.

— Des roses brodées comme ça, sans me vanter, on peut chercher dans les magasins pour en trouver !

La porte s'entrouvrit à nouveau, discrètement se referma.

— Ne va pas croire que je ne sais pas ce que tu es allé chiper ! Si tu les manges toutes maintenant, tu n'en auras plus pour ton dessert.

Et elle secoua à nouveau la tête, heureuse de savoir à quel point le gosse aimait ses tartelettes.

— Tient pas en place ce gamin, à croire qu'en ville ses parents ne le laissent jamais sortir…

Elle rangea son point de croix, non sans admirer à nouveau la finesse de ses roses brodées, souleva le couvercle de la casserole de soupe et commença à mettre la table. La radio ne parlait que de guerre et de chômage, de crimes et d'enfants étranglés. Elle changea de station puis regarda par la fenêtre. Le soir était paisible, la fontaine familière, mais la cour gagnée sur la forêt de sapins hauts et noirs lui sembla ce soir plus petite, comme cernée, les arbres presque inquiétants, sans qu'elle sût dire pourquoi. Elle ouvrit la porte et appela le gosse. Sa voix portait loin et la montagne en répercutait l'écho. À l'intérieur de la grange, tapi sur le fenil, Hearing léchait ses doigts où ruisselait encore un peu de jus rouge. Il prêta l'oreille.

— Tu devrais répondre, elle va s'inquiéter, non ?

— Je vais me faire gronder si elle voit que le chat est sorti et je serai privé de tarte aux myrtilles. Elle est bonne la tarte aux myrtilles de mamie, hein ?

d'accessoires - tables, chaises, mobiliers et costumes de toutes les époques, de

Hearing sourit.

— Jamais j'en ai mangé de meilleure.

Entre les mains de Muckel, la souris blanche furetait et bougeait des moustaches, semblait écouter cet adulte affamé qui discutait gentiment avec ce gosse de six ans.

— Comment elle s'appelle ta souris ?

— Elle ne s'appelle pas. Personne ne lui a donné de nom.

Hearing repensa à la grande cage blanche qu'il avait achetée, à la petite balancelle et à la roue qui tourne quand les souris courent à l'intérieur. Il aurait aimé passer sa main dans les cheveux du gamin, le serrer contre lui peut-être. La voix de la grand-mère se fit à nouveau entendre, plus proche, plus pressante aussi.

— Il faut que j'y aille. J'essaierai de te rapporter autre chose ce soir. Je pourrai encore jouer avec la souris ?

— Autant que tu voudras. Et on lui donnera un nom, ça marche comme ça ? Surtout pas un mot, hein ?

— Juré, craché. Pas un mot.

Et Muckel cracha par terre pour sceller l'important secret. Un rai de lumière mauve se glissa à l'intérieur de la grange lorsque le gosse entrouvrit la porte trop grande pour lui.

— Ah, te voilà ! Tu pourrais répondre quand on t'appelle !

Dans la réprimande de la grand-mère, il y avait une joie d'être enfin rassurée qui ne trompait pas. Hearing entendit le gamin grommeler deux bouts de phrases où il était question du chat qu'il avait cherché partout sans le trouver, du grenier à foin où il n'était pas

tous les styles, qui semblent avoir été oubliés là depuis l'équivalent de

monté et une question pour savoir, juste comme ça, comment ça pouvait s'appeler une souris, si un jour on avait une souris.

Hearing regarda le sac plastique dans lequel l'enfant avait fourré en vrac quelques poignées de muesli et deux tartelettes aux myrtilles, une pomme et une bouteille d'eau, un Carambar. Il prit son visage entre ses mains. De son œil rond, la souris le regarda pleurer.

plusieurs décennies. Extrêmement contrarié, mister what s'acharne sur les

53

Iva ne savait pas très bien ce qui l'avait réveillée, des légers craquements de l'escalier de bois, de la pâle lumière qui se glissait entre les jalousies et rosissait le drap de chanvre un peu rêche et froissé ou de l'odeur du café qu'elle sentait monter de la cuisine. Sensini n'était plus à côté d'elle, mais elle se souvenait comme en songe de la façon dont s'était achevée leur discussion, morceau d'oubli heureux volé à l'ordre des choses. Ce flic était rarement là où on l'attendait.

Elle chercha un temps son éphémère pyjama, finit par remettre la main dessus, sans pour autant comprendre par quel caprice il avait pu glisser aussi loin de son lit. Il y avait sans doute bien longtemps que le miroir n'avait aperçu une aussi jolie paire de fesses, mais Iva ne s'attarda à ce reflet rebondi que les quelques secondes nécessaires pour vérifier que son décoiffé négligé était présentable. Les six courts tintements du clocher voisin qu'elle entendit en descendant lui apprirent que l'urgence de la situation avait repris ses droits. Sensini était déjà habillé, prêt à partir.

différents boutons de commande jusqu'à ce que tout se bloque et qu'il décide de

Sur le rebord de la fenêtre ouverte sur la campagne, il était assis, tenant entre ses mains un bol de café fumant qu'il avait dû voler au plus gros des ours. Lorsqu'il la vit, Renzo sourit et Iva vérifia au premier regard qu'ils échangèrent toute la distance que l'intimité partagée de leurs corps avait abolie, sans qu'ils aient eu besoin de mots.

— Impossible de me souvenir comment j'ai fini par échouer dans ma chambre. Vous m'avez portée ou j'ai rêvé ?

— Somnambule peut-être… Rassurez-vous, personne ne vous a vue traverser le couloir dans mes bras…

— Ne dites pas ça, j'aurais assez apprécié qu'il y ait des témoins à cette chevaleresque attention. Vous êtes toujours aussi matinal ?

— J'aurais préféré vous apporter des croissants au lit, mais la situation ne s'y prête pas. J'aurais dû partir dès hier soir…

— Charmant…

— Ce n'est pas ce que je voulais dire… Vous savez bien que le temps ne joue pas en notre faveur. Après avoir vu Naeliev, je saurai à quoi m'en tenir. Je ne compte pas me faire balader une seconde fois.

— Et vous croyez qu'il vous suffira de lui demander ce qu'il cache dans ses caves pour qu'il vous réponde ? Le temps de passer un jean et je pars avec vous.

— Écoutez, Iva, cela ne va pas être possible…

Elle le fixa d'un air glacial.

— Et pourquoi cela, monsieur le gendarme ?

— Nous avons perdu beaucoup de temps en venant ici et…

sortir précipitamment de son room, sans même passer sa robe de chambre en

— … Vous ne voulez pas en perdre davantage ! ?

— Ce n'est pas ce que j'ai voulu dire, mais…

— … C'est ce que vous avez dit ! C'est ce qu'on vous apprend dans la police ? Les femmes sont faibles et elles gênent les héros dans leurs mouvements…

— Ce n'est pas ce que j'ai…

— … Mais vous l'avez déjà dit ! Je préférais franchement le flic d'hier soir. Il avait plus de tact et un peu plus de charme. J'aurais mieux fait de rester couchée, Renzo Sensini. Mais, rappelez-moi… Est-ce que je vous ai demandé de me prendre par la main ?

Sensini n'avait rien à répondre. Ou alors ça aurait été trop long. Il but une gorgée de café et Iva tourna les talons, remontant les escaliers plus rapidement qu'elle ne les avait descendus. Sensini déposa son bol, enfila sa veste et sortit.

⁂

Chitchine releva la manche d'une veste de survêtement rouge que les énormes lettres blanches CCCP barraient encore avec nostalgie pour vérifier à sa montre que le curé avait correctement réglé l'horloge de son clocher.

— Réveille-toi, Al. On est arrivé.

Dans la voiture, Alena s'étira et se frotta les yeux. Elle attrapa la bouteille d'eau qui traînait à ses pieds et regarda par la fenêtre de la voiture.

— Toute cette nature au réveil, ça dégoûte. J'aime vraiment pas le vert, Chitchine. C'est quoi, ce bled ? T'as roulé toute la nuit ?

— Jusqu'à ce que je trouve. Je pourrais donner une conférence sur les clochers de l'Aubrac s'il le fallait.

coton d'alpaga brossé. Furieux, il quitte précipitamment son penthouse, sans

Coincée sur le tableau de bord, la photographie qu'ils avaient trouvée chez le flic ressemblait très exactement à ce qu'ils avaient sous les yeux.

— Ça s'appelle un clocher à peigne et c'est précisément ce qui te manque pour être tout à fait belle…

— Qu'est-ce qui te dit qu'ils sont venus là ?

— Avant de venir, mon intuition.

— Et maintenant ?

— Un petit repérage…

— C'est dingue le nombre de trucs que tu fais sans m'en parler ou quand je dors. Tu es vraiment cachottier, mon Chitchine.

— Si ça ne t'ennuie pas, Al, on discutera de nous plus tard. J'ai pas prévu de jouer l'ami Ricoré et j'aimerais bien qu'on s'occupe d'eux avant que tout le monde soit debout. On se lève tôt dans la religion.

— O.K., Chitchine ! Ne t'excite pas, trésor ! Je me fais une beauté et on va voir s'il y a moyen de se faire offrir un café par monsieur le curé.

Alena repassa les canards de son tee-shirt du plat de la main et fit un ou deux coin-coin pour s'éclaircir la voix tout en vérifiant la chambre de son flingue. Elle était fin prête.

⁂

Lorsque Iva vit tourner avec délicatesse la poignée de porcelaine de sa porte de chambre, il n'y avait aucun doute pour elle que c'était Sensini. Elle s'étonnait même qu'il ait mis si longtemps pour venir lui présenter ses excuses. Elle se tourna vers le mur, bien décidée à faire semblant de dormir jusqu'à ce que les lèvres du repentant la persuadent de se réveiller. Elle

plonger comme à son habitude dans la piscine en forme de demi-lune, car il est

sauterait rapidement dans son pantalon, du pantalon dans la voiture et on ne parlerait plus de cette petite dispute sans laquelle, malgré tout, le bonheur ne serait pas vraiment le bonheur.

Le baiser qu'elle sentit sur sa nuque fut beaucoup plus froid qu'elle ne s'y attendait, mais la main qui dans le même temps l'empêcha de crier n'avait rien à voir avec celle de Renzo.

— Alors ma poupée, on faisait de beaux rêves ? On voulait prendre un peu l'air loin de la grande ville ?

Elle reconnut immédiatement le type qui avait abattu Glafkos au salon floral. Dans l'encadrement de la porte, adossée contre le chambranle, la fille sirotait tranquillement un fond de café dans le bol qu'elle avait vu tout à l'heure entre les mains de Sensini.

— On va descendre tranquillement discuter dans la cuisine parce que l'autre jour, on n'a pas pu te poser toutes les questions qu'on voulait. On va être bien sage si on veut pas avoir le même joli trou au milieu du front que son copain grec, c'est compris ?

Iva Neves fit oui de la tête, avalant avec peine sa salive. Elle aurait voulu dire quelque chose, mais le canon du revolver que l'homme plaçait sur ses lèvres pour signifier qu'il ne voulait rien entendre la ramena à une prudence plus élémentaire.

La fille s'écarta lorsqu'ils sortirent de la chambre, la toisant de haut en bas dans son pyjama rayé, comme si elle avait apprécié l'originalité de la tenue. Au passage, elle lui glissa en murmurant avec une voix de gosse un coin-coin absurde et inquiétant qui fit frissonner Iva. Cette fille avait un regard de folle, le bol de café dans une main, un flingue chromé dans l'autre.

extrêmement pressé de rejoindre ses partners, déjà attablés pour le breakfast.

Au bas des escaliers, Léo était bâillonné sur une chaise. Il portait une trace de coup au front et son arcade sourcilière saignait. Une colère sourde brillait dans ses yeux et Iva voyait ses poignets blancs et exsangues d'avoir vainement essayé de se libérer de ses attaches. Chitchine installa Iva à l'autre bout de la longue et lourde table où était déjà assis le prêtre, tira une chaise à lui sur laquelle il se posa à califourchon, appuyant ses coudes sur le dossier.

— Écoute-moi bien, Iva Neves, c'est bien comme ça que tu t'appelles ?

Iva ne répondit pas.

— Tu ne t'appelles pas Iva Neves ? Al, elle dit qu'elle ne s'appelle pas Iva Neves ! On s'est trompé d'adresse, Al !

La fille aux canards s'approcha en tortillant des fesses vers le prêtre et passa sa langue sur son arcade sourcilière. Léo recula légèrement, pas assez pour éviter la grande baffe qu'elle lui envoya dans la foulée.

— Arrêtez ! Oui, je suis Iva Neves !

— Tu vois, Al, elle a compris toute seule la règle du jeu ! On va continuer comme ça. Toi, tu réponds. Ton copain curé encaisse. Faut pas se tromper, Iva Neves ! Commençons par le début. Où est le flic qui t'a amenée ici ?

— Il est parti. Il m'a amenée et il est reparti.

— Hum, c'est pas très précis comme réponse, vous ne trouvez pas, docteur Al ?

La fille expédia une deuxième baffe dans la tête du prêtre. Le sang de l'arcade coula un peu plus.

— Docteur Al ! C'est une question, pas une affirmation ! Si vous ne respectez pas les règles du jeu, la demoiselle ne va plus rien comprendre.

— Il est reparti chez Naeliev.

— Voilà qui est mieux ! Et qu'est-ce qu'il lui veut à Naeliev ?

— Je…

La fille leva la main, percevant l'hésitation d'Iva, attendant avec impatience la réponse.

— Il s'y est déjà rendu une fois mais Naeliev a nié l'incendie des serres.

— Et alors ?

— Naeliev a menti.

— Et comment tu sais ça, toi ?

— Je faisais partie du commando qui a incendié les serres.

— Bien, je vois que nous allons bientôt pouvoir tenter le banco, Iva Neves ! Que sont devenus les échantillons que vous avez volés à monsieur Naeliev ? Réfléchissez bien, c'est une question éliminatoire…

Alena avait enlevé du manteau de la cheminée une pince à bûches avec laquelle elle attrapait les oreilles de Léo, son nez, tirait ses cheveux. Avec beaucoup de conviction, elle reprit haut et fort les derniers mots de Chitchine :

— Éliminatoire, mademoiselle Neves ! Éliminatoire !

Et elle leva très haut la pince au-dessus de la tête du prêtre.

* * *

comme à son habitude, la petite colonie profite du soleil parfait dans cette

Renzo Sensini s'en voulait. Il avait tiré la lourde porte de la grange et avait hésité avant de mettre le contact. Il savait cependant qu'il était totalement impensable d'emmener Iva avec lui. Qu'il aille lui-même se jeter dans la gueule du loup relevait déjà de la folie, mais s'il voulait remettre la main sur Hearing avant que d'autres ne s'en chargent, il ne voyait pas comment faire autrement. La voiture s'engagea sur le chemin de terre et Sensini jeta un dernier regard à la cure dans son rétroviseur, rassuré par la douce quiétude qui émanait du bâtiment. Pour gagner un peu de temps, il décida de prendre le chemin qui passait derrière le village et traversait le bois. Le soleil se levait lentement, mettant aux arbres des teintes dorées qui faisaient douter de la présence d'une telle quantité de mal en ce monde. Hier soir, il avait reconnu le visage d'un bonheur auquel il s'était résigné à ne plus croire mais qui l'avait rattrapé. Sensini ralentit, avisa le premier sentier qui croisait son chemin et décida de faire demi-tour. Ne serait-ce que pour dire ça à Iva Neves. Pour lui dire qu'il s'était senti heureux.

Au bout de ce sentier, à couvert des arbres, il aperçut une voiture. Une petite voiture de sport blanche tout à fait incongrue dans un endroit pareil. Elle était vide et il s'approcha en roulant au pas. La plaque d'immatriculation était parisienne. Il s'arrêta, descendit.

Il lui fallut quelques secondes pour voir sur le tableau de bord cette photographie qu'il avait tout d'abord prise pour une carte postale du village. Comprendre que Léo figurait sur cette image et que, derrière lui, il y avait ce clocher reconnaissable entre mille qui contrastait sur le ciel d'il y avait vingt-cinq

matinée parfaite, installée sur un ensemble très élégant de tables rondes

années. Il arracha la carte et lut au dos cette inscription au crayon qu'il avait lui-même rédigée et qui ne laissait aucun doute sur ce qu'il venait de comprendre.

⁂

La chaise avait basculé en même temps que s'abattait la pince d'acier. C'était la seule et impuissante parade à laquelle le prêtre s'était résolu pour que cette dingue ne lui éclate pas le crâne. Il avait reçu le coup sur l'épaule et la fille avait été déséquilibrée, s'étalant de tout son long sous le regard presque amusé de Chitchine. Iva hurlait.

— Je ne sais rien ! Nous avons seulement mis le feu aux serres, c'était une idée de Thomas Hearing ! Nous n'avons rien volé, je vous jure que nous n'avons rien volé !

Entre ses hurlements et ses larmes, on n'entendait plus que cela, qu'elle n'avait rien pris et qu'il fallait que cela cesse. Elle implorait que cela cesse.

— Relève le curé, Al. La demoiselle ne supporte pas de le voir baver sur le carrelage.

Elle lui envoya un méchant coup de pied dans les côtes avant de se baisser pour relever la chaise, vexée de s'être ainsi étalée devant Chitchine. Celui-ci ne la voyait qu'à demi lorsqu'il entendit la détonation. Après tout, ce connard de curé l'avait bien cherché. Il ne comptait de toute façon pas lui laisser le loisir de raconter ce qu'il avait vu après leur départ.

— Putain, Al ! Comment on va continuer à jouer si tu casses les jouets !

Alena se releva. Elle avait un drôle de petit sourire que Chitchine lui connaissait bien et qu'elle ne portait

- chacun la sienne -, avec journaux, jus d'orange, cocktails vitaminés et petites

jamais aussi joliment que lorsqu'elle sentait le goût du sang. Elle marcha silencieusement vers lui et, entre ses lèvres entrouvertes, Chitchine vit soudain le filet rouge couler sur son menton, sur son cou, ensanglanter les canards pataugeant sur le tee-shirt jaune.

Une deuxième détonation éclata, venant de la fenêtre ouverte, au moment où Alena s'écroulait dans ses bras. Chitchine ne voyait rien, comprenait que les choses tournaient mal. Contre lui, il sentait le corps d'Alena pris d'un léger tremblement.

— Désolée, Chitchine. Mais je crois que, cette fois, on va pas finir la partie ensemble.

— Tais-toi, Al ! Garde ça pour le cinéma. Tiens-moi fort, mon sucre. Je vais te tirer de là.

Et tout en parlant, le flingue devant lui, il traîna Alena vers l'arrière de la pièce.

Iva Neves avait profité de la situation pour ramper vers la chaise renversée du prêtre. Chitchine ajusta son arme, visa puis tira. La détonation résonna entre les quatre murs de la cuisine soudain devenue trop étroite. Il tira une seconde fois.

— Tu l'as eue mon Chitchine ? Elle te plaisait pas un peu, cette garce, mon Chitchine ?

— Il y a que toi qui m'as jamais plu, Al. Que toi et la petite sœur que t'as jamais eue. Ça va aller… Je vais te tirer de là. Ne dis plus rien maintenant.

Et tout en la tirant avec lui, Chitchine gagna la pièce voisine, s'enfila dans les couloirs, le front ruisselant, Alena bavant le sang sur son épaule. Il déboucha sur l'arrière de la maison et fila récupérer la voiture. Le couple de tueurs disparut par le chemin qui menait au bois.

⁂

Sensini sauta dans la pièce par la fenêtre ouverte, l'arme encore brûlante. Les deux corps, celui d'Iva Neves et celui de Léo, toujours ligoté à sa chaise, étaient couchés sur le carrelage. Il entendit les sanglots d'Iva, vit que le prêtre remuait pour tenter de se dégager.

Sur le mur du fond, dans la direction où le tueur avait tiré, on voyait très nettement deux trous dans un calendrier des postes. Les balles avaient perforé le carton à l'endroit très exact du double zéro de l'année 2006 comme si le tueur avait souhaité indiquer qu'il n'avait pas pour habitude de rater sa cible.

— Ça va aller, Iva. C'est fini maintenant. Ils sont partis.

Iva était sous le choc. Elle avait vu le type la viser, elle avait fermé les yeux, s'était crue morte, emportée par la détonation assourdissante.

Mais maintenant, elle entendait la voix de Sensini qui lui parlait, elle le voyait accroupi à côté d'elle, détachant le bâillon de Léo qui lui aussi était vivant, râlant d'avoir été meurtri à l'épaule, l'arcade sourcilière ouverte et sanguinolente. Mais vivant.

— Ils ne reviendront pas. S'il avait voulu vous tuer, ce serait fait et la fille est sérieusement touchée.

— Pourquoi est-ce qu'il n'a pas tiré sur nous ?

La question était à la fois pertinente et stupide. Sensini n'avait pas de réponse dans un cas comme dans l'autre, mais n'avait pas non plus l'habitude de discuter le bien-fondé des miracles dans cette maison.

quelques autres de moindre importance sont là - on aperçoit, au fond de la

— Occupez-vous de Léo. Il a un très bon ami médecin qui habite à deux pas d'ici. Évitez de prévenir la police.

— Comment ont-ils fait pour nous retrouver ici ?

— Avec ça. C'est une photographie dont j'avais presque oublié l'existence et qu'ils ont dû trouver dans mon appartement.

Iva Neves hocha silencieusement la tête en reconnaissant le tirage froissé. Sensini crut un court instant qu'elle voulait lui dire quelque chose mais comprit avant même qu'elle n'entrouvrît les lèvres.

— Le passé ni ne se refait ni ne s'oublie. Moi aussi, j'ai commis cette erreur. Je dois y aller. Avec un peu de chance, je retrouverai Hearing avant lui. Prenez soin de vous. Et de Léo.

Sensini embrassa Iva sur la joue. Très tendrement.

— J'étais revenu pour vous dire qu'hier soir, j'ai été sincèrement heureux. Je tenais à ce que vous le sachiez.

Iva Neves le regarda s'éloigner rapidement sous les lilas dont le soleil éveillait déjà le parfum. Puis s'agenouilla pour aider Léo à se relever.

54

Le bout d'écurie aménagée en chambre, où Roman avait tenté de dormir, sentait la chèvre à plein nez. Roman avait décliné le petit déjeuner que la vieille Andresan lui proposait dans une cuisine où poules et canards avaient leurs entrées, en plumes et en pattes, picorant avant lui dans les assiettes que la vieille à moitié aveugle préparait. La grimace qui avait achevé de la défigurer lorsqu'elle avait appris qu'il entendait se rendre dans la zone autrefois interdite n'avait pas semblé de bon augure. Roman pensa même un instant qu'elle était à deux doigts de lui offrir sa nuit, de peur de rester en possession d'un argent aussi compromettant. Derrière lui, la porte se ferma vite et il quitta un village désert, la place hier encore occupée par ses deux séniles indicateurs étant elle-même abandonnée.

Bien qu'il ne soit déjà plus si tôt, une brume assez épaisse montait de la zone marécageuse dans laquelle, après de nombreux détours, il s'engagea. Le chemin se laissait difficilement deviner, seulement repérable à de profondes et anciennes ornières attestant qu'autrefois des camions de fort tonnage avaient dû passer par là. La carte n'indiquait qu'une zone de

prennent tout de même un café noir en écoutant les premières nouvelles du jour et

marécages aux contours flous, repérable à de petites icônes ressemblant théoriquement à des bouquets de joncs. Ceux qui encadraient les traces du chemin étaient beaucoup plus réalistes, atteignant par endroits près de trois mètres de haut. Les coassements de grenouilles, que les marécages devaient abriter par milliers, se mêlaient au susurrement incessant des herbes hautes que Roman écrasait et qui frottaient contre les portières du véhicule. Ni son portable, ni la radio ne recevait un quelconque signal. Il roulait à l'instinct, appréciant non sans une certaine angoisse la trace éphémère qu'il laissait derrière lui, constatant que, peu après son passage, les herbes se relevaient, dotées d'une vigueur et d'une élasticité surprenantes.

La borne de béton moussue qui laboura le bas de caisse et la fréquence de plus en plus grande avec laquelle Roman repérait d'antiques panneaux d'interdiction et d'anciens postes de contrôle aux barrières rouillées le convainquirent qu'il ne s'était pas tout à fait perdu. Il n'aurait cependant su dire s'il trouvait cela plus rassurant que le contraire.

À ce qu'indiquaient encore les panneaux piqués de rouille, le chemin sur lequel il roulait avait autrefois mené à une zone militaire ou plus exactement, à ce qu'en disaient les carnets de Dietmar Ellger, à un centre de recherche placé sous le contrôle de l'armée. Vu l'état de la route et la croissance de la végétation, il devait y avoir une éternité que le site avait été abandonné. Sur ce point, Ellger avait manifestement commis une erreur grossière, fixant la cessation des activités du centre à quelque quinze ans seulement, ce que l'état de délabrement avancé des infrastructures et

les dernières de la nuit. who, qui est très observateur, comprend à la mine de

l'envahissement des voies d'accès par les arbres démentaient totalement.

Le soleil perçait difficilement les vapeurs verdâtres, où croupissaient les joncs et s'agitaient les batraciens. Lorsque la voiture s'enlisa, ce que Roman pressentait, et qu'il dut descendre, il fut frappé par l'humidité quasiment tropicale qui régnait ici. Les efforts qu'il fit pour dégager la voiture de la bouillasse malodorante, dans laquelle elle flottait à demi, furent absolument vains et il dut se résigner à poursuivre sa route à pied, pataugeant parfois jusqu'aux chevilles, écrasant les moustiques pullulants qui s'acharnaient sur sa chair appétissante. Que Dietmar Ellger ait disparu dans des conditions qui ressemblaient fort à celles qu'il rencontrait aujourd'hui rendait Roman nerveux. Il s'imaginait cependant assez mal faire demi-tour aussi près de ce que les carnets de l'Autrichien promettaient comme une découverte de première importance. Dans le fatras pseudo-scientifique des notes, tout n'avait pas semblé à Roman d'un égal intérêt. Des zones d'ombre d'une noirceur extrême expliquaient cependant, à défaut de les justifier, qu'Ellger ait fantasmé sur le caractère exceptionnel du dossier qu'il avait patiemment constitué.

Roman était essoufflé. La terre aspirait ses pas et rendait sa marche lente et difficile. Chose assez curieuse, ce qui aurait pu sembler être une forêt apparaissait maintenant à l'horizon du marécage. Une sorte d'île, cernée de miradors, que la végétation avait prise d'assaut. Le souvenir lui revint des serres fabuleuses dont Sensini lui avait parlé au retour de chez Naeliev. Dans les jumelles qu'il fixa sur cet horizon soudainement si proche, des carcasses métalliques de très haute taille émergeaient encore, tordues et disjointes, d'entre les feuillages de plantes et d'arbres tropicaux que Roman ne pouvait imaginer trouver sous cette latitude. Seule l'humidité de ces marais et la chaleur anormale qui régnait ici pouvaient donner un début d'explication à cette incroyable vision. Un arbre fougère somptueux, aux grappes d'or flamboyantes, émergeait d'entre les feuillages vernissés et les racines échasses des *Ficus elastica*. Une exubérance végétale qui se mêlait à des manguiers d'une taille tout à fait stupéfiante et des palétuviers ployant sous leurs fleurs rosâtres. Les coassements des batraciens ne cessaient plus et Roman en avait la tête et le cœur chavirés. À l'odeur des marais se mêlait maintenant un parfum entêtant de térébinthacées et de vanille.

Plus il approchait, plus ce qui s'offrait à son regard médusé contredisait les craintes de Dietmar Ellger sur les manipulations biogénétiques et sur l'horreur attendue d'un programme de recherche portant le nom de Mandragore. Celui qui était parvenu à faire éclore, au cœur d'un tel marécage, un éden aussi merveilleux ressemblait à un magicien plutôt qu'à un sorcier. Sans doute parce qu'il n'avait pas levé le pied suffisamment haut, Roman trébucha. Une fois, puis deux. À la troisième, son étonnement se changea en crainte. La racine dans laquelle il venait à nouveau de se prendre le pied lui semblait avoir poussé à l'instant même. Il aurait presque pu en jurer.

Les joncs se firent plus denses et chaque pas qu'il faisait semblait plutôt l'éloigner du but que l'en rapprocher. Enfin, à bout de force et d'acharnement, il se trouva au pied d'une clôture de plusieurs mètres de haut dont les barbelés interdisaient l'escalade. Une végétation dense empêchait de voir ce qui se dissimulait derrière ces grillages, mais les panneaux de mise en garde étaient suffisamment éloquents pour dissuader quiconque de tenter de les franchir. Pictogrammes signalant la présence de mines et sigles prévenant une possible contamination par radiation rivalisaient en nombre. À cela, il fallait ajouter un curieux monogramme en forme de W tressé dans la maille même du grillage.

La journée était déjà trop avancée pour que Roman puisse espérer faire demi-tour et traverser à nouveau les marécages dans l'obscurité qui le cueillerait à mi-chemin. Il ne pouvait croire que Dietmar Ellger s'était lui-même arrêté devant ces interdits, trop extrêmes pour ne pas pousser à la transgression. Roman entreprit donc de suivre la clôture jusqu'à en repérer l'entrée. Lorsqu'il fut revenu à son très exact point de départ, près de deux heures plus tard, il réalisa qu'aucune entrée n'avait été aménagée à cette enceinte, constatation qui le plongea dans un étonnement extrême.

Sans doute sa surprise aurait-elle été plus extrême encore s'il avait su que, du haut d'un mirador voisin, on le tenait en joue dans la lunette d'un fusil militaire et que le viseur dessinait sur son front une croix qui ne lui laisserait aucune chance.

– très mauvaise, mister who. why finira par me rendre insomniaque, si nous ne

55

— Roule pas si vite, mon Chitchine, tu veux bien, dis… Tu veux bien ?

La voix d'Alena était faible et Chitchine l'entendait à peine à cause du ronflement du moteur. Il conduisait avec la rage de celui qui s'en voulait d'avoir un instant perdu le contrôle.

— Ne parle pas, Alena. Ne parle pas, je vais trouver un médecin. Tiens bon, Al !

— Tu vois… ça me donne… un peu mal au cœur… quand tu conduis vite… Je voulais toujours te le dire…

Ça faisait mal. Un trou dans le bide ça fait toujours mal. Chitchine avait regardé et ce n'était pas beau à voir. Il craignait que le foie ait été touché. Il savait qu'il n'y avait pas une ville à des kilomètres et que, en cherchant bien, il finirait au mieux par trouver un vétérinaire. Il se sentait impuissant, mais surtout il pensait qu'il avait mal évalué la situation et c'était pour lui difficile à supporter.

— Al, déconne pas, d'accord !? C'est pas si grave. On va trouver un médecin et on va lui faire cracher sa science, d'accord ? T'es d'accord, Al ?

mettons pas rapidement le holà à ses enfantillages.

— C'est con… C'est bizarre… On est ensemble… et on se dit pas des trucs comme ça… C'est bizarre, non ?

— Ouais, c'est comme ça, mon chou. T'as raison, c'est de la connerie tout ça ! Mais on est ensemble et c'est ça qui compte, seulement ça, t'entends ?

— Ouais… Mais… crie pas comme ça, mon Chitchine… J'ai un peu… mal au crâne aussi… Tu vois… C'est pas la forme…

— Alena, reste avec moi ! Putain de Dieu, reste avec moi !

— J'ai mal. Ça fait mal tu sais…

Elle avait les mains en compresse sur le ventre et le sang foutait le camp de partout, faisait une étoile de plus en plus large sur son tee-shirt et son pantalon. Ses jolies petites mains étaient écarlates. Il avait toujours aimé ses mains, longues et fines comme celles d'une gamine. Chitchine réfléchissait. Il lui fallait intercepter le flic avant qu'il ne parvienne chez Naeliev et puis trouver Hearing, le dernier de la bande. Il réfléchissait, mais la blessure d'Alena ne cadrait avec rien de ce qu'il pouvait envisager, avec rien de ce qu'il avait pu prévoir.

— Tant que ça fait mal, mon sucre, c'est bon signe ! C'est quand la douleur s'en va que c'est pas bon ! C'est bon signe, t'entends ?

— Ouais… Mais, tu m'aimes… mon Chitchine ?

— Ouais, t'inquiète pas, Al. On va s'en sortir. Tu sais qu'on s'en sort toujours quand on est ensemble.

— OK… Mais ça fait… putain, ça fait mal…

Les larmes coulaient sur les joues d'Alena. Elle ne pouvait pas les retenir, elle ne pouvait plus rien retenir. Elle ne les sentait d'ailleurs même pas. Elle avait l'impression d'être gaie et triste à la fois, d'avoir une vie super même si elle en aurait aimé une autre, d'aimer son homme sans être sûre, tout à fait sûre qu'il l'aimait aussi, qu'il l'aimait comme elle. Elle revoyait le King et d'autres boîtes où ils étaient allés, elle revoyait le bar du Grand Hôtel, où ils s'étaient rencontrés à Moscou, à l'époque où elle faisait encore la pute pour les touristes et où il voyageait pour affaires.

— On a eu… des chouettes moments… mon Chitchine… Tu trouves pas ?

— Arrête tes conneries, Al ! Nous refais pas le film ! C'est pas fini tout ça ! C'est pas fini, t'as compris ?

Il n'y eut pas de réponse et il regarda le visage d'Alena entre deux virages. Elle avait fermé les yeux. Chitchine se mit à crier plus fort :

— Je vais m'arrêter ! Alena ! ? Tu veux qu'on s'arrête ?

Mais Alena ne savait pas si elle avait envie de s'arrêter ou de continuer. Elle ne savait pas si on entendait ce qu'elle disait, si Chitchine entendait ce qu'elle voulait lui dire.

Au premier chemin de traverse, il stoppa la voiture. Le soleil était en plein réveil et la journée s'annonçait déjà brûlante. Il n'y avait rien sur le plateau qu'ils traversaient. Rien. Simplement un ruban de bitume qui se dessinait jusqu'à l'horizon et la végétation, seule, qui tenait le choc. Chitchine ouvrit la portière d'Alena et la souleva comme une plume. Elle lui paraissait toute petite soudain. Il y avait un peu d'herbe et une grosse pierre ronde contre laquelle il la déposa. Elle avait perdu beaucoup de sang et commençait à s'absenter. Il essuya son visage avec la manche de son survêtement. Elle était toute pâle, sa petite tête sur le gris-noir du rocher.

— Pourquoi tu pleures, Al ? Dis-moi pourquoi tu pleures ?

Elle ouvrit les yeux. Lui sourit doucement. Chitchine pensa qu'elle était foutrement belle.

— J'aime bien… quand tu t'occupes de moi…

— Arrête tes conneries, Al !

— Y a des tas de trucs… qu'on s'est pas dits…

— C'est comme ça, Al. C'est la vie.

— La vie… ? Mais on est ensemble, hein… ? On est ensemble ?

— Ouais. On est ensemble.

— Alors pourquoi… on s'est pas dit des trucs… ? Pourquoi ?

— Pour avoir encore des trucs à se dire.

Elle avait envie de se marrer. Mais envie seulement. Plus la force de rire. À peine de sourire du coin des lèvres pour lui montrer qu'elle avait compris. Elle regardait autour d'elle et se voyait au milieu d'un champ. Elle ne s'était jamais vue au milieu d'un champ.

— Mais si on se dit rien… alors on est comme la verdure… C'est con, la verdure, non… ? C'est con parce que… Ça sert à rien… Même pas à faire joli…

— Ouais, c'est con. Mais nous, c'est pas pareil, Al. On se dit pas les trucs mais on les sent ensemble, tu vois. On les sent. C'est mieux.

Alena paraissait contente. Contente que Chitchine prenne la peine de lui expliquer un peu, de lui dire

– y a-t-il du nouveau ? demande-t-il.

qu'ils n'avaient pas besoin des mots pour se comprendre. Elle grimaça une fois encore et lui avait mal pour elle. Le sang mouillait l'herbe au-dessous et ça faisait une drôle de couleur. Une drôle de tache. Elle releva la tête et s'appliqua à le regarder bien en face. Elle articulait de plus en plus mal et, lorsqu'elle commença, Chitchine dut se pencher vers elle. Il sentait son odeur et pensa qu'il la sentirait encore après sa mort.

— Alors c'est quoi ce truc… cette cicatrice… C'est quoi, ce W ? Tu m'avais dit… Tu m'avais dit : un jour… un jour, c'est promis… je te le dirai…

Chitchine sourit puis la prit dans ses bras. Tout doucement, il l'enlaça.

— J'avais pas envie que ce jour arrive, Al. Je te promets que j'avais pas envie.

— Pourquoi… ? Pourquoi… tu dis ça ?

— Parce que c'est quelque chose qu'on doit pas dire, Al. C'est quelque chose que seuls les morts peuvent entendre. Tu comprends ?

Il la serra un peu plus. Il lui avait dit ça le plus doucement possible. Le plus gentiment.

— Chitchine… ?

— Oui ? Dis-moi, mon sucre…

Il regarda à nouveau son visage et ce n'était plus tout à fait son visage.

— Tu peux… me dire… maintenant… c'est quoi… ?

Chitchine savait que oui. Maintenant, il pouvait le lui dire.

— Le Complex.

— Le Complex… ?

mister what soupire, pendant que walter, quelque peu débordé ce matin, tarde à

Chitchine acquiesça doucement en caressant ses cheveux. C'était la première fois qu'il prononçait ce mot ici et il n'aimait pas cela. Il embrassa Alena puis, de sa main, ferma doucement ses yeux.

apporter son jus de pomme granny et ses céréales aux fibres de son, qui lui

56

Les deux Jeep étaient hautes comme des camions, les vitres presque aussi noires que la carrosserie. Le nuage de poussière qu'elles avaient soulevé dans la cour, et qui restait suspendu dans l'atmosphère étouffante, les rendait encore plus effrayantes. Personne à la ferme n'avait jamais vu ça. Ce n'était ni la police ni l'armée. Pas des gars d'ici. Les moteurs continuèrent à tourner pendant que quatre hommes descendaient en même temps du premier véhicule. Quatre portes, quatre tenues paramilitaires et quatre visages inexpressifs. Un ballet bien réglé destiné à rassurer ou à faire peur, selon le cas. Ici on hésitait encore.

Le grand-père était sorti de la grange, la grand-mère de la maison, Muckel, lui, s'amusait au bord du bac où l'eau coulait de moins en moins à mesure qu'on s'enfonçait un peu plus dans la sécheresse de l'été. Il cacha son jouet derrière son dos, comme si ces types étaient venus exprès pour le lui voler.

Le plus petit des quatre, treillis noir et arme à la ceinture, s'approcha du vieil homme qui restait médusé devant cette irruption. Il déballa une feuille ornée d'une liste impressionnante de tampons et de

permettront d'aller à la selle.

cachets gouvernementaux censée justifier leur intrusion ainsi qu'une photo sur laquelle Thomas Hearing ressemblait plus à un cadavre qu'à un fugitif.

— Services spéciaux, voici notre ordre de mission. Nous recherchons cet homme. Est-ce que vous l'avez vu ?

Le vieux s'approcha parce que ses yeux ne valaient plus rien depuis longtemps. De la tête, il fit signe que non. Sa femme était venue se placer à ses côtés, prenant au passage le gamin, réfugié dans les plis de son tablier, comme si les envahisseurs avaient réussi à franchir les frontières du pays.

— Et vous, madame ?

Même geste de la vieille. On économisait les mots par ici, surtout ceux qu'on était censé dépenser avec les étrangers.

— Cet homme a été aperçu pas très loin d'ici, au bord d'une route. Il est à pied et nous suivons sa trace depuis une station-service qui se trouve vers la frontière. Avez-vous vu quelqu'un rôder dans les environs hier soir ou ce matin ?

— Non, personne. Pas un chat depuis la visite du forestier, avant-hier.

— Et toi, petit ?

Muckel baissa les yeux devant ce type qui ressemblait à Buzz l'Éclair et était habillé comme s'il provenait d'une autre galaxie. Il avait à sa ceinture des tas de trucs dont il aurait bien aimé savoir à quoi ça sert. Des trucs de commando. Après un instant de silence, dans lequel ne perçait plus que le bêlement lointain des moutons, l'homme fit signe aux autres de reprendre leur place dans le cortège. L'escale avait été pour rien. Mais il avait à peine fait quelques pas qu'une voix forte s'écria :

— Moi, je l'ai vu !

C'était le gosse. Il avait crié ça d'un air de défi. Parce qu'il n'avait pas peur de Buzz l'Éclair et qu'il tenait à le lui faire savoir. Sa grand-mère avait essayé de le faire taire, par réflexe, comme si ce qu'il venait de dire était une grosse bêtise. Le type se retourna avec un air qui laissait entendre que c'était peut-être effectivement une grosse bêtise.

— Viens par là… Viens voir.

Muckel ne trouvait pas que ce gars était très malin de se mettre quasiment à quatre pattes pour lui parler, vu qu'il allait sur ses sept ans. Mais il s'approcha, les poings au fond des poches, pas trop serrés. Il regarda bien le portrait de son copain de la grange que l'autre lui tendait. Il avait l'air d'aller un peu mieux maintenant que sur cette photo.

— C'est lui, tu es sûr, petit ?

Muckel fit comme ses grands-parents, acquiesçant sans un mot. L'homme se tourna vers la seconde voiture et fit lui aussi un signe de tête. La porte arrière s'ouvrit, mais rien de plus.

— Je vous l'emprunte un instant…

Il avait pris Muckel par la main. Mais le geste avait effrayé le gamin. Et la grand-mère protesta.

— Ne vous inquiétez pas, madame. Ce ne sera pas long.

Il y avait quelque chose d'autoritaire dans son regard et sa façon de parler. Pas vraiment menaçant, mais pas loin. Les grands-parents donnèrent leur assentiment comme s'ils avaient le choix. Leur gorge était légèrement serrée.

il y a comme un grand silence inattendu que chacun nourrit à sa manière, les uns

Muckel fut hissé à l'arrière de la voiture par la seule porte ouverte. Il faisait frais à l'intérieur. Six hommes en armes étaient assis devant et sur des sièges latéraux. Babel, lui, occupait seul la banquette arrière.

— Comment tu t'appelles ?

— Muckel.

— Qu'est-ce que ça veut dire, Muckel ?

— C'est mon prénom.

Babel ne sembla pas satisfait de la réponse du gosse. Mais son second l'interrompit dans ses réflexions :

— Tu as vu ce type alors ?

— Oui, m'sieur. Il est venu dans la grange.

— Et comment était-il ?

— Fatigué. Et il avait faim… Je lui ai donné à manger.

— C'est tout ?

— Il avait aussi des gros pansements sur le ventre, là, partout…

Le gosse montrait sa poitrine et Babel se redressa, même si, par principe, il ne faisait aucune confiance aux enfants. Sa voix était faussement douce et Muckel trouva qu'elle ressemblait à celle du capitaine Crochet quand il veut embobincr Wendy.

— Et il est parti quand, Muckel ?

— Je l'ai pas revu. Cc matin, il était plus là.

Babel fit un signe aux gars. Deux bougèrent jusqu'à la grange. Son second prit le gosse par le bras et lui fit faire un demi-tour dans sa direction. Il le serrait un peu trop et Muckel n'aimait pas ça.

— C'est tout ? Tu n'as rien remarqué d'autre ? Il ne transportait pas un animal avec lui ?

Muckel nia énergiquement de la tête.

en cessant de grignoter des toasts, les autres en interrompant toute

— Attention, si tu ne dis pas la vérité, je crois que nous allons devoir t'emmener avec nous… Tu comprends ce que je te dis ?

Il avait parlé doucement et Babel sentait monter la cruauté dans le ton de sa voix. Il le stoppa immédiatement.

— Du calme ! Je n'aime pas vos méthodes avec les enfants. J'ai déjà eu l'occasion de vous le dire il n'y a pas si longtemps. Laissez ce gosse et reprenons la trace de Hearing. De toute façon, je sais maintenant où il va. Il faudrait juste mettre la main sur lui avant qu'il n'arrive à destination. Ce serait mieux pour sa santé. Et pour la vôtre…

— Bien, monsieur.

L'homme redescendit le gosse comme s'il n'avait pas été plus lourd qu'un chiot. Les autres avaient vérifié la grange et reprenaient leur place. Les portes claquèrent en rafale et la poussière foisonna de nouveau. Muckel ferma les yeux à cause du tourbillon. Puis sortit de sa poche le chouette cadeau de son copain de la grange.

— On n'a pas peur, nous, hein ?

La souris ne lui répondit pas. Pourtant elle était bien vivante. Et regardait son nouveau maître avec un petit œil vert et amusé.

57

Naeliev avait banni l'obscurité de son domaine. Sous les lumières artificielles et les projecteurs, le grand départ rongeait ses amarres. On manquait de caisses et de conteneurs, mais le maître des lieux était résolu à partir au plus vite. Hormis les échantillons que Naeliev emporterait en personne, rien n'était irremplaçable.

Lui seul connaissait la destination de repli qu'il avait depuis déjà longtemps envisagée, mais chacun savait qu'il trouverait à l'arrivée une réplique à l'identique du domaine qu'ils allaient abandonner derrière eux. Les amis politiques et militaires de Viktor Naeliev n'avaient pas pour habitude de discuter ses conditions ni lui d'être pris au dépourvu. Il savait depuis longtemps déjà que, pour qui connaît les racines de la haine et les moyens de mieux nourrir la mort, le monde était un village hospitalier.

Les premiers camions partiraient à l'aube. Entre les hommes passait le nom de pays lointains, où l'Amérique latine revenait souvent. Mais il était aussi question de la Chine et des contreforts himalayens. Les équipes de surveillance, qu'on avait renforcées

qu'il s'était choisie et s'éclaircit un peu la voix. puis répète :

depuis l'incendie, étaient maintenant allégées au maximum car on manquait de bras pour les préparatifs. Le système vidéo et les détecteurs étaient par contre à nouveau opérants, réinstallés au plus vite dans une aile du château puisque le central des laboratoires était irrécupérable. On avait vérifié les charges explosives installées dans les fondations des bâtiments lors de l'implantation du centre de recherche. Passé le dernier véhicule, le feu et la destruction s'abattraient sur le domaine. Des jardins et du parc ne resterait qu'un souvenir de cendres froides et muettes.

Pour l'heure chacun était à la tâche que Naeliev lui avait assignée.

Celle du vigile en charge de la salle de contrôle semblait enviable. Jusqu'à ce que les témoins lumineux et sonores ne signalent une rupture de courant sur la clôture est du domaine. Il avait aussitôt enclenché les caméras infrarouges mais l'écran était resté désespérément noir. Nulle silhouette d'homme ou de bête – les animaux dégageant eux aussi ce rayonnement de chaleur que les écrans savaient restituer – n'était apparue à l'endroit signalé. Il avait estimé qu'il pouvait s'agir d'un court-circuit dû à l'installation hâtive mais, par précaution, il avait immédiatement dépêché deux hommes sur place pour vérifier.

Il constata que le système de repérage par infrarouge fonctionnait parfaitement puisqu'il pouvait suivre sans problème l'avancée fantomatique des deux silhouettes et de leur halo rougeâtre. Mais lorsque les deux hommes furent arrivés dans cet endroit du parc où la végétation était particulièrement dense, leurs

– je dis que notre agent a appelé au sujet de mister why !

torches avaient éclairé une large cicatrice dans le maillage d'acier. Dans leurs voix, le vigile avait senti l'angoisse monter et il les avait vus libérer la sécurité de leurs armes.

Les mailles du grillage n'avaient pas été cisaillées mais bien plutôt déchirées et cela était plus inquiétant encore. Ils avaient nerveusement balayé les buissons alentour et les troncs anciens couverts de mousse avec leurs lampes puissantes. Une coulée de branches cassées et piétinées s'enfonçait dans les taillis, de celle qu'aurait pu laisser la course d'un animal pourchassé ou blessé, fonçant droit devant lui et incapable de rien épargner.

— On va tenter d'aller voir ce que c'est… Garde le contact radio.

La peur perçait déjà dans cette témérité de façade, mais il avait vu les deux hommes s'engager dans le tunnel de ronces et de feuillage. Puis l'écran était redevenu noir. Ils étaient sortis du champ des caméras. Leur souffle était court et ils murmuraient. Sous leurs pas, les branches craquaient. Il entendit l'un d'eux dire qu'il y avait là-dedans une odeur immonde. Les rideaux de ronces gênaient leur avancée, ils piétinaient, devaient hésiter à poursuivre. Le hurlement fut soudain, immédiatement suivi par une rafale de tir automatique, des bruits de lutte et de branches brisées. Cela n'avait duré qu'un très court instant.

De la salle de contrôle, il s'était acharné sur l'intercom pour savoir ce qui se passait, mais en vain. Le silence s'était fait. L'appareil ne laissait plus entendre que le bruissement des feuilles et les stridulations aigres des insectes qui chantaient dans la touffeur du soir. Il avait immédiatement donné l'alarme.

– il est revenu ? demande which, dont on se demande si l'ouie n'a pas été

Une autre équipe, dépêchée d'urgence sur place, avait ramené deux cadavres broyés, qu'on aurait dit éventrés par un sanglier. Les hommes avaient dû se frayer un chemin difficile entre les broussailles pour les retrouver, comme si la nature elle-même avait souhaité ne pas rendre les corps ou comme si la bête les avait traînés pour qu'on ne les retrouve pas.

— Et vous êtes absolument sûr que le système infrarouge fonctionnait ?

Naeliev était penché au-dessus des cadavres. Entre son pouce et son index, qu'il frottait l'un contre l'autre, il observait cette curieuse écume verdâtre qu'il avait prélevée du bout des doigts sur le corps des deux victimes.

— Absolument. Je n'ai pas détaché mon regard des écrans à partir du moment où le signal s'est déclenché.

— Et l'un des deux a fait remarquer que l'odeur était immonde, c'est ça ?

— C'est ce qu'il a dit. Je l'ai entendu répéter ça plusieurs fois.

Naeliev réfléchissait vite. Ce qui venait de se passer était d'autant plus troublant que ces signes ne lui étaient pas inconnus. Cette même écume, il l'avait essuyée à la commissure tremblante des lèvres de sa femme bien des années auparavant. Son haleine de mourante dégageait cette même odeur immonde et témoignait de la nécrose qui la rongeait de l'intérieur parce qu'elle avait imprudemment manipulé un échantillon souche. Combien de cobayes, depuis, avait-il vus périr entre ses mains, incapables de résister plus de quelques jours aux étapes de la mutation ?

endommagée à cause des séances d'apnée.

L'un d'eux avait tenu plus longtemps. Neuf jours, huit heures et vingt-six minutes durant lesquels son métabolisme avait évolué à une vitesse effroyable. Le plus troublant avait été l'abaissement de la chaleur de son corps et sa capacité à circonvenir les mutilations qu'on lui infligeait en rejetant toute médication externe. Rien ne prédisposait pourtant ce gosse malingre qu'on lui avait déniché dans un village crasseux à mieux résister que d'autres colosses tirés des prisons de la Securitate.

L'exil forcé pour cause de révolution avait contraint Naeliev à abandonner les expériences sur l'humain au profit de la recherche fondamentale. Mais le nouveau centre lui permettrait de revenir à des applications plus concrètes où les rats et les souris n'auraient plus leur place. L'Adam futur lui survivrait. La chair de sa chair. Il avait une vie de recherche d'avance sur ceux qui lui avaient dérobé l'échantillon souche. Sans lui, ils seraient incapables de tirer quoi que ce soit de ce précipité moléculaire instable. Naeliev ne commettrait plus les mêmes erreurs. Là où on l'attendait, on lui offrirait les moyens de rattraper les années perdues. Peut-être même l'avait-on suffisamment oublié en Roumanie pour qu'il ose aller voir lui-même ce qu'était devenu le premier centre. Il n'avait pu obtenir depuis son départ que quelques informations contradictoires et incompréhensibles.

Peu après l'effondrement du système et la disparition des protections militaires qui interdisaient l'accès aux bâtiments où se menaient les expériences du projet Mandragore, les vastes territoires marécageux avaient été rachetés. Apparemment par une firme transnationale installée aux Bahamas. Il avait

– non, ce n'est pas ce que j'ai dit. why n'en a d'ailleurs aucunement

cependant été tout à fait impossible de découvrir l'identité réelle de cette société, tant le montage financier de l'acquisition était opaque et faisait intervenir un grand nombre d'écrans intermédiaires. L'accès en était toujours rigoureusement interdit, bien qu'apparemment peu surveillé, à ce que des paysans égarés ou trop curieux avaient su en dire aux informateurs envoyés par Naeliev. Les témoignages réticents et teintés de superstition qu'ils avaient obtenus faisaient état d'un développement anarchique et irrationnel de la végétation autrefois étudiée dans les serres. Chose tout aussi étrange, mais beaucoup plus inquiétante, aucun de ces informateurs ayant réussi à s'approcher de l'ancien centre – c'est du moins ce qu'avait pu supposer Naeliev puisque ses derniers contacts remontaient au moment même où ils se dirigeaient vers le domaine interdit – n'était jamais réapparu.

L'image fugitive qu'il avait eue d'une nature devenue folle dans les ruines du laboratoire et les propos incohérents que son assistant lui avait tenus faisaient leur chemin à l'intérieur de sa tête. Naeliev regrettait presque de ne pouvoir s'ouvrir de tout cela à ce traître d'Andreï, occupé à croupir en compagnie de ses angoisses et de ses démons dans les eaux du laboratoire. Il réalisait qu'il avait sous-estimé l'habileté de ceux qui convoitaient ses recherches. Ils avaient su se glisser jusqu'à lui, à travers son plus proche assistant. Il lui fallait maintenant savoir pour le compte de quelle puissance Andreï avait trahi. L'obscurité et la détresse auraient certainement brisé les résistances de cette âme que Naeliev avait toujours pensée faible, bien que scientifiquement brillante. Andreï avouerait. Tout cela n'était qu'une question de temps.

l'intention. il semblerait, en revanche, qu'il ait encore changé d'adresse et

Naeliev regarda une dernière fois les deux cadavres qu'une force surhumaine avait éventrés et désarticulés. Il était plongé dans une incompréhension grandissante, ne pouvant imaginer que d'autres avant lui aient pu réaliser le grand œuvre qu'il projetait.

Tout le temps qu'avaient duré ses réflexions, nul n'avait bougé. Il se releva, inspectant le regard de chacun et y lut ce qu'il craignait d'y voir : une personnalité de marque, la peur, venait de s'inviter à l'intérieur du domaine.

— Portez ces deux-là au laboratoire du château et regagnez vos postes immédiatement. Les camions doivent impérativement être chargés avant l'aube et il reste peu de temps.

On le conduisit ensuite vers les ruines toutes proches, où il avait abandonné Andreï. Naeliev observait avec une attention plus grande qu'à l'ordinaire l'incroyable vitalité de la végétation du parc, capable de résister seule et silencieusement à la torture que lui infligeait la canicule depuis de nombreuses semaines. Une vitalité proliférante capable d'enfouir ses racines à cent mètres sous terre pour y chercher de l'eau, capable de se glisser dans la moindre anfractuosité de roche et de la faire éclater, capable de survivre aux radiations nucléaires d'Hiroshima. Tout ce que Naeliev avait entrepris et tenté ici-bas, dans ce paradis perdu où grouillait le souffreteux bétail humain, n'avait visé qu'un but ultime : greffer cette vitalité quasiment immortelle sur la seule qualité que l'homme détenait encore à ses yeux : sa soif de pouvoir et sa volonté de puissance.

Alors qu'il descendait de voiture pour s'approcher des décombres, il fut étonné de sentir sous ses pieds

d'identité ! sur ce point, le pressentiment de monsieur chitchine semble avoir

la terre s'amollir, réalisant soudain qu'il était anormal qu'un tel silence règne ici. Entre les dalles de béton que la lune éclairait, l'ouverture par laquelle il avait vu disparaître Andreï semblait une résurgence par où l'eau débordait abondamment avant de ruisseler alentour.

Naeliev constata avec stupéfaction que les câbles électriques alimentant les pompes avaient été débranchés et fut aussitôt persuadé que la main qui s'en était chargée savait que la vie d'Andreï en dépendait. Et qui, sinon le véritable traître, pouvait avoir intérêt au silence de son assistant ? Naeliev était très pâle en retournant à la voiture qui l'attendait. Soit celui qui s'était introduit au domaine était venu pour solder ce compte et effacer toute possibilité de remonter à la source, soit la trahison venait de plus près. De tout près. L'empreinte délicate retenue par la terre humide à proximité du bloc électrique ne fit que confirmer l'évidence à laquelle Naeliev se rendait déjà. Il sentit monter en lui une rage de monstre capable de tout. Capable de plonger ses mains au cœur de ses propres entrailles pour en retirer cette chair infâme et tachée qui était la chair de sa chair.

Au même moment, le hurlement d'Ulthémia qu'il entendit au loin déchirer la nuit sembla la première satisfaction que le destin offrait à sa fureur naissante.

été le bon : l'appartement dans lequel il s'est rendu était vide, mais il y a

58

Roman observait la clôture. Il n'avait sur lui ni arme ni outil et les mailles du grillage étaient trop étroites pour lui laisser une chance de grimper. À moins d'essayer sans chaussures. Il n'était pas venu jusqu'ici, dans cette improbable forêt tropicale, pour faire demi-tour devant un grillage. Il essaya de glisser ses doigts de pied nus à travers les mailles de fer, mais dès que sa jambe d'appui quitta le sol cela lui fit atrocement mal. Draguleseu serra les dents et regarda au-dessus de lui. Il ne voulait pas renoncer. Il était à deux mètres de hauteur maintenant et utilisait la force de ses mains pour essayer d'enlever un peu de poids à son corps. Mais le garrot de la grille lui causait une douleur pénible. Moins pénible cependant que le rire qui éclata derrière lui et lui fit lâcher prise. Roman se retrouva à terre avant même d'avoir eu peur. Un type le tenait en joue avec un fusil à lunette qui ne datait pas d'hier. Il ressemblait plus à Robinson qu'à la photographie de Dietmar Ellger qu'il possédait. Mais c'était bien lui et il ne riait plus du tout.

Grand, très maigre, une barbe de bagnard oublié, il portait un pantalon de treillis trop grand pour lui et des

découvert, au fond d'un placard, quelques toiles peintes sans aucune valeur

chaussettes dans ses sandales de cuir. S'il n'avait pas eu son arme, Dragulescu lui aurait volontiers filé la pièce. Histoire de ne plus avoir en face de lui cette grimace jaunâtre et ces yeux de dingue, qui se détournaient sans cesse, le fixaient brièvement avant de regarder sur le côté, puis derrière lui et encore une fois tout autour. Roman comprit qu'il se méfiait avant de parler, comme si la forêt avait des oreilles pour entendre.

— T'es avec les autres, c'est ça ?

En anglais, très vite et à voix basse. Roman se demanda pourquoi cette langue et il fit non de la tête.

— Je suis seul.

— Hélicoptère ?

Ellger faisait tourner son doigt en pointant le ciel, comme si Dragulescu était simplet. Ou lui-même. Ou les deux.

— J'ai laissé ma voiture sur le chemin qui vient du village et je…

Roman se retrouva brusquement avec le canon du fusil sous le menton et la gueule de son propriétaire tout près de la sienne. Ses yeux étaient injectés de sang et son haleine empestait la pourriture. Roman essaya d'avaler sa salive et se dit qu'il avait une seule chance. Il lui désigna prudemment la sacoche qui l'accompagnait et qui reposait sur l'herbe tout près d'eux.

— Votre journal est là-dedans. J'ai votre journal. Vous êtes Dietmar Ellger. Je cherche des informations sur Mandragore…

L'autre resta pétrifié. Peut-être à cause de son nom, qu'il n'avait pas entendu prononcer depuis longtemps, ou parce qu'un étranger avait mentionné son unique

marchande, qui portaient sa signature.

raison de vivre. Ellger le regarda avec méfiance puis observa encore une fois les alentours avant de faire un pas de côté, à la manière d'un singe, et de tendre sa main vers la sacoche de Roman. Le cahier était là et il le prit avec beaucoup de précaution, comme si les pages pouvaient être piégées.

— Ce sont ceux de « Unsere Erde » qui m'ont donné vos affaires. Je les ai rencontrés en Autriche. Ainsi que votre mère… J'ai besoin de connaître Mandragore. C'est très important…

— Mandragore…

Il avait dit cela comme s'il s'était agi d'un mot doux adressé à sa maîtresse. Mais Ellger n'avait pas connu de femme depuis longtemps et il n'était de toute façon plus guère capable de sentiment humain.

Du bout de son fusil, il fit signe à son prisonnier de se relever, puis de marcher devant lui le long du grillage. Dragulescu avait une cheville douloureuse mais ce n'était pas le moment de se plaindre, pas de ça du moins. Sans se retourner, il essaya de faire parler Ellger, lui posa des questions auxquelles il n'eut pas de réponse. Rien. Ils marchèrent un bon quart d'heure en silence, le bruit de leurs pas assourdi par le tapis végétal incroyablement dense. Puis Ellger lui fit signe d'obliquer vers la droite et de s'éloigner de l'enceinte. Roman prit peur. Ils avancèrent encore quelques minutes puis parvinrent à ce qui avait dû être autrefois un poste de garde et qui n'était plus aujourd'hui qu'une suite aléatoire de murs de pierres dont on n'était plus à même de saisir la logique d'édification. Ellger lui grogna l'ordre d'avancer. La végétation avait littéralement pris possession de la pierre, s'insinuant partout, recouvrant chaque centimètre

– why a toujours aimé dessiner. vous souvenez-vous de ce petit journal dans

comme si elle poursuivait un but, cherchait autre chose que son propre développement. Les murs verts étaient à hauteur d'homme, mais les fougères immenses le dépassaient de beaucoup. Dans un coin de cet abri dont le toit n'était qu'un lourd feuillage, quelques marches moussues s'enfonçaient dans le sol gras et odorant. L'arme le poussa à l'intérieur.

Dragulescu avait le sentiment de marcher dans sa tombe. L'humidité quasi tropicale ruisselait sur les parois que les racines dévoraient. Au milieu de cet inquiétant festin, la voix de Dietmar Ellger résonna fortement :

— Ce passage-là, ils l'avaient bouché. Mais moi, moi Dietmar Ellger, j'ai creusé de mes mains. Vous voyez comme ils sont ?

— Qui « ils » ?

— Ils… Ceux-là enfin… Vous ne savez pas ?

Et il recommençait à imiter l'hélico. Dragulescu pensa qu'Ellger confondait le passé et le présent et évoquait la fuite des hommes de Mandragore. Tous deux avançaient plus difficilement maintenant car le sol aspirait leurs pas et, s'arrachant de la voûte, la forêt de racines, parfois grosses comme des branches d'arbre, les obligeait à se courber davantage.

— Où sommes-nous ?

La voix de Roman résonnait étrangement et le murmure d'Ellger était plus inquiétant encore :

— C'est le passage. J'ai creusé de mes mains. Mais il faut recommencer, tous les jours recommencer, couper, tailler, creuser… Les racines se mêlent à la terre et alors plus de passage…

Roman pensa que Dietmar Ellger était dingue et que son séjour ici l'avait achevé. Mais ce qu'il voyait autour de lui l'était aussi. La végétation avait été envoûtée et s'immisçait partout, indifférente à l'obstacle. D'anciens passages, qui s'échappaient régulièrement d'un côté ou de l'autre, avaient été obstrués par cette armée faussement indisciplinée et l'on ne distinguait plus, dans ces grottes, qu'un grouillement indistinct de serpents végétaux. Roman était écœuré, respirait mal, évitait comme il pouvait les racines qui avaient résisté à la dernière taille d'Ellger ou qui avaient repoussé depuis. Cela empira encore au moment où il aperçut la lumière devant lui et que son pied buta sur une marche de pierre.

Là-haut, c'était une image d'un autre temps. D'un temps d'après les hommes. Ce n'avait été qu'une base militaire, qu'un camp secret de recherche, mais cela aurait pu être une ville entière, un pays ou un continent. Un peu plus de quinze ans s'étaient écoulés et rien ne ressemblait plus à rien que Roman puisse connaître. Des arbres avaient surgi au milieu des murs, les murs n'étaient plus que des arbres, dont les corps s'élevaient très haut vers le ciel. À leurs pieds, c'était une pénombre humide et partout il fallait se battre pour la lumière. Mandragore était le champ de cette bataille végétale sauvage et acharnée.

Roman regardait autour de lui, médusé, voyait à quel point les matériaux inventés par l'homme, qu'ils soient de métal ou de béton, avaient été impuissants devant cette révolte verte. Plus rien ne tenait debout, plus une dalle n'était entière, plus un seul élément d'architecture n'avait résisté à cette forêt pluviale capable, en quelques années, de faire disparaître toute trace de la volonté humaine. Seul un fou pouvait vivre ici. Il était face à Roman, tenait à la main son journal et n'avait toujours pas baissé son arme.

— C'était un grand centre ici. La base la plus importante. C'était Mandragore…

Ses yeux roulaient et devenaient immenses. Il avait le teint jaune et transpirait abondamment comme s'il avait été atteint de fièvre, d'une malaria qu'il avait contractée dans ce foyer malfaisant. Dragulescu aurait aimé qu'il parle, qu'il poursuive à voix haute ce journal trop tôt interrompu, qui l'avait guidé jusque-là.

— J'ai lu ce que vous avez écrit dans votre journal, cette enquête sur Mandragore… C'est ici qu'on a décidé de fabriquer ce nouveau combattant, c'est bien ça ?

Ellger ne répondait pas. Regardait autour de lui avec inquiétude, épiait sans arrêt la végétation, avait peur qu'elle abrite quelqu'un ou, pire encore, qu'elle n'abrite personne. Tournait et se retournait mais gardait en joue son prisonnier.

— Répondez-moi, Ellger ! J'ai lu toute votre enquête sur les nouveaux armements. J'ai compris ce que vous vouliez dire avec cette spécificité de Mandragore, cette particularité de l'Est qui misait sur la génétique et sur l'humain alors que nous… alors que les autres, à l'Ouest, pariaient sur la technologie et sur les projets liés à la robotique. Je comprends ce qui vous intéressait là-dedans, j'ai lu vos analyses sur cette régénérescence de l'homme… C'est ça qui vous intéressait n'est-ce pas ? L'homme nouveau, cet homme plus proche de la nature, plus harmonieux, un homme qui aurait la force et la résistance du végétal, c'est ça… c'est bien ça… ?

amusante qui avait plongé what dans une fureur terrible.

— Un homme, oui, un homme…

— Quel type d'homme ? Dites-moi, Ellger, dites-le-moi… !

Ellger semblait loin de l'excitation qui agitait Dragulescu à mesure qu'il reprenait confiance. Il paraissait habiter un autre monde, appartenir à un autre temps. D'un instant à l'autre, il baissa son arme et cessa de menacer Roman. Comme s'il l'avait oublié, comme s'il était brusquement passé à autre chose. Sa voix n'était pas agressive, un peu hallucinée, sous l'emprise des médicaments ou de la drogue.

— Un homme avec la force d'un arbre, un homme capable de mourir à moitié… À moitié seulement… Comme l'arbre sait se laisser mourir pour revivre ailleurs, dans une autre partie de lui-même… Lui sait isoler ses blessures, interrompre la vie là où c'est douloureux, il sait empêcher la maladie de s'étendre, se passer d'un organe parce qu'il n'est pas vraiment indispensable… Tous les organes ne sont pas indispensables… L'homme peut être comme l'arbre, il le peut car l'homme n'est pas la somme de ses parties, il est autre chose…

Ellger tendit sa main en direction du ciel, une main qui ne comptait qu'une pince formée de deux doigts. Les trois autres avaient été amputés à la première phalange. Roman, qui n'avait rien remarqué, se demandait si c'était là la conséquence d'un accident ou tout simplement de la folie de Ellger.

— Mandragore a compris que l'homme n'était pas la somme de ses parties, qu'il était autre chose. Mandragore a voulu donner la preuve que la mutation était possible et que l'on pouvait mêler les règnes…

— je ne veux me souvenir de rien de tout cela, dit what, tout en repassant

Dietmar Ellger marchait et s'adressait à lui-même. Roman Dragulescu le suivit à travers les ruines du camp militaire, ne saisissant qu'à moitié ses propos, devinant parfois le reste. Ils passèrent devant une enceinte détruite, qui avait dû ressembler à un cirque, mais dont le centre était aujourd'hui un marécage. Ils descendirent dans des douves où Roman fit son possible pour éviter de piétiner des crânes et des ossements humains que l'eau avait fait remonter des charniers. En contournant les murs de soutènement de cet édifice, qui avait dû être immense et sur lequel la forêt poussait encore plus haut et plus vigoureusement, ils longèrent des cellules où les prisonniers de Naeliev n'avaient pu se tenir qu'accroupis, sortes de cages de pierre où l'on avait probablement enfermé les cobayes humains avant de les mener aux scientifiques chargés de leur inventer un destin hybride.

En quelques années, toutes ces monstrueuses activités avaient été rattrapées par le chaos végétal. Ellger n'était qu'un petit témoin ridicule mais lucide d'une réalité qui reprenait sa place par-dessus le désir des hommes.

Roman marchait toujours dans les pas de celui qu'il avait pisté depuis l'Autriche. Jusqu'à ce que Dietmar Ellger s'arrête net. Il regardait partout, comme à son habitude, épiait différents points, toujours les mêmes, sur le côté et derrière lui. Puis en hauteur. Il fixait le ciel et attendait quelque chose. Roman écouta aussi attentivement, mais n'entendit rien qui puisse justifier ce visage tendu de concentration et d'inquiétude. La lumière était déjà celle du soir et Dragulescu ne savait pas où tout ce temps était passé. Ignorait aussi ce qu'il

nerveusement le revers de son pyjama de soie sauvage. il ne le sait pas, mais tout

percevait maintenant, une sorte de ronflement sourd qui faisait légèrement vibrer l'air. Un souffle qui enflait avec le vent. Le visage d'Ellger s'éclaira d'un sourire qui l'impressionna, celui du combattant devinant enfin le retour de l'ennemi. Son bras se leva au ciel avec le fusil et décrivit de grands cercles hypnotiques et réguliers. Le bourdonnement devenait plus fort à mesure que, dans les mains d'Ellger, l'acier du canon tranchait l'air plus vite. Dragulescu repensa aux premières paroles de celui qu'il était venu trouver jusqu'ici.

Les hélicoptères tournaient maintenant au-dessus des arbres et déclenchaient des tempêtes. Partout la nature s'affolait de cette intrusion et Ellger se mit à courir, puis à escalader les ruines. Il brandissait son arme dérisoire et faisait signe à Roman de fuir, de disparaître. Ses yeux étaient fous et il ne se maîtrisait plus. Pourtant, il n'avait pas menti, songea Roman. Des hommes venaient bel et bien jusqu'ici par les airs.

Dragulescu ne retrouva pas tout de suite le souterrain qui permettait de s'échapper. Il tourna et chercha, lui aussi affolé par le bruit des appareils et les hurlements d'Ellger qui perçaient de temps à autre. Puis il y eut quelques coups de feu. Mais pas de réplique, lui sembla-t-il. Roman était essoufflé, il glissa sur les marches moussues en voulant courir. Sa cheville lui fit de nouveau mal. Le tunnel n'était quasiment plus praticable. Là non plus, Ellger n'avait pas menti. Depuis leur arrivée, les racines avaient obstrué la majeure partie du passage et, avec elles, l'obscurité régnait désormais. Roman se blessa au visage en écartant ces milliers de griffes, mais ne ralentit

le monde a remarqué qu'il ne porte pas sa robe de chambre en coton d'alpaga brossé.

pas l'allure. Lorsqu'il fut enfin dehors, il se retourna sur l'immense clôture et sur le W qui continuait, indifférent, de monter la garde. Il lui restait à retrouver sa voiture puis à joindre Sensini le plus rapidement possible.

– et ce n'est pas tout, poursuit-il. figurez-vous que why aurait été aperçu dans

59

L'alerte radio était arrivée quelques secondes à peine après le cri d'Ulthémia, alors que le 4 × 4 de Naeliev fonçait déjà à travers la nuit du domaine.

— Enlevée par qui ? ! Comment est-ce possible que vous ne l'ayez pas repéré ?

Naeliev hurlait dans l'émetteur.

— Où se dirigent-ils ? Donnez-moi leur direction !

Au poste de contrôle, le vigile avait de plus en plus de mal à suivre la progression de l'intrus qui était parvenu à forcer les sécurités avant de s'introduire dans le château.

— Il y a un problème de transmission… On a des interférences sur le circuit vidéo… Semble qu'ils vont vers l'est…

La voix aussi disparaissait par intermittence. Naeliev criait pour essayer de se faire entendre. Il savait que c'était du côté est de la clôture, non loin de là où il se trouvait, que les deux gardes avaient été massacrés.

— Je vous entends mal… Et ma fille ? Est-ce qu'elle est blessée ? Vous voyez quelque chose… ?

une agence de voyages et qu'il réservait un billet pour la grèce…

— Négatif… Il y a un problème… Les images… Ce n'est pas la transmission…

— Qu'est-ce qui se passe ? Répondez… !

— … réseau vidéo fonctionne… Vous m'entendez… ? Mais… la végétation obstrue le champ des caméras…

— Que dit le repérage infrarouge ? Vous m'entendez… ?

— Une seule présence… Je répète… Une seule présence…

Naeliev jura dans une langue qu'il était seul à connaître. Il avait le souffle court et une douleur dans la poitrine. Une seule présence, cela pouvait signifier qu'Ulthémia était peut-être… Ce ne pouvait être possible.

— Tous les hommes ! Vous m'entendez… ? Avec les chiens… Qu'ils le rattrapent !

Le garde répéta l'ordre de Naeliev. Les différentes patrouilles quittaient déjà leur poste et fonçaient dans la direction indiquée. Les maîtres-chiens avaient du mal à tenir les molosses que cette nuit de chasse excitait. On leur fit renifler un vêtement d'Ulthémia avant de les laisser s'élancer dans la nuit. Une dizaine de bull-terriers qui se seraient entre-dévorés les uns les autres si on ne leur avait pas promis, au bout de leur course, le sang de la récompense. Les gardes suivaient en 4 × 4 la horde écumante et hurlant à la mort du gibier.

⁂

Il y avait par endroits un vent chaud et tourbillonnant qui désorientait Thomas Hearing. Sur son épaule,

– la grèce ? pourquoi la grèce ?

la fille ne pesait pas plus lourd que la souris. Pourtant, elle gigotait bien davantage, se débattait en donnant des coups de pied et martelait son dos de ses poings de jeune fille inoffensive. Pour ne pas être ralenti, il serrait ses jambes un peu plus fort, mais ne voulait pas lui faire de mal. Hearing se méfiait de sa force depuis ce qui était arrivé à la station-service. Son bras le faisait souffrir et il n'avait plus beaucoup de sensation sur tout le côté gauche. Il ne comprenait pas pourquoi mais cela ne l'empêchait pas de courir. Seul ce poids mort à l'intérieur de lui-même lui était désagréable et il percevait qu'il n'avait plus un contrôle total de son corps. En marchant, il tournait de temps en temps la tête vers la jeune femme qu'il portait comme il l'aurait fait d'une carcasse de viande. Il se souvenait d'un film où un boxeur travaillait dans des chambres froides avec ce tablier à capuche qui protège l'homme de l'animal, l'odeur de la vie de l'odeur de la mort. Mais ce n'était pas la mort qui émanait de cette fille, ni la peur non plus. C'était autre chose, qu'il avait pour la première fois sentie dans le laboratoire, le soir de l'incendie, puis dans les bureaux de la Sogitex, lorsqu'il avait tenté de retrouver la trace de ses commanditaires. Le parfum d'une obscurité profonde, celui du mensonge et de la dissimulation. À mesure que les jours avaient passé, il s'était établi en Thomas Hearing une évidence immédiate entre les sensations qu'il percevait et leur signification. La tristesse n'avait pas la même odeur que la joie, pas plus que le mensonge celle de la sincérité. Il n'avait plus le temps de s'interroger sur ces certitudes qu'il détenait sans savoir comment ni pourquoi. Il était convenu que quelqu'un neutraliserait de l'intérieur la surveillance

– c'est ce que nous ignorons encore, mister when. mais je crois qu'il va falloir

des labos et transmettrait les codes d'accès pour le soir de l'opération du groupe Éden. Hearing savait maintenant qui était ce quelqu'un. Il devait simplement finir ce qu'il avait commencé. Obtenir de Naeliev qu'il lui explique ce qui était en train de lui arriver, qu'il le débarrasse de ce qui s'était introduit en lui. S'il voulait revoir sa fille vivante, il ferait tout ce que Hearing demanderait. Car Ulthémia Naeliev n'avait pas fait mystère de son nom lorsqu'il l'avait surprise, au contraire. Elle l'avait brandi comme une arme secrète, ignorant qu'il ne ferait qu'exciter son appétit de vengeance.

Il y eut un souffle plus violent que les autres et Hearing sut qu'une branche allait céder au-dessus d'eux, dans cet arbre trop vieux pour résister. Il anticipa le craquement long et sinistre comme on le fait du tonnerre juste après l'éclair. La branche s'écrasa devant eux, en entraînant d'autres. Hearing trébucha, mit un genou à terre et la fille en profita pour essayer de le déstabiliser en lui donnant un coup de pied dans le bas-ventre et en le griffant au visage et dans le cou. Mais il ne la lâcha pas et, au contraire, resserra son étreinte, n'écouta pas ses cris de douleur et la secoua violemment pour qu'elle se calme. Ulthémia perdit connaissance. Dans le silence qui suivit, Hearing entendit le hurlement des chiens.

⁂

— Est-ce que vous voyez quelque chose ? Répondez… ! Répondez… !

Naeliev avait beau hurler, la radio ne transmettait plus que l'écho distordu des ondes brouillées par des

que nous nous préoccupions de ceci très rapidement. je me doutais bien que cette

interférences dont il ignorait la provenance. Peut-être à cause de ce vent qui s'était levé brutalement, tournait en rond entre les montagnes et faisait ramper la végétation dans le halo des phares. Le chauffeur de Naeliev conduisait vite et bien dans cet environnement qu'il connaissait parfaitement. Ils seraient à coup sûr les premiers arrivés. Peut-être même avant les chiens. Naeliev sortit un revolver de la boîte à gants et vérifia qu'il était chargé. Il ne savait pas contre qui il devrait utiliser cette arme, sa fille ou celui qui tentait de la lui arracher.

Mais Viktor Naeliev ne savait pas non plus que, dans la nuit profonde et cette nature immense, l'animal serait plus performant que l'homme. Plus adapté, plus aiguisé, plus effrayant. Non loin de là, la meute avait laissé les gardes loin derrière et dévorait l'espace qui la séparait de sa proie. Une horde hurlante saisie par la rage de la chasse qu'on lui autorisait enfin. Les animaux gueulaient et bavaient en laissant saillir leurs crocs, certains jetant des coups de gueule à d'autres qui s'approchaient trop et gênaient leur course. L'ivresse de la vitesse et la tension de leurs corps musculeux faisaient d'eux des bêtes sauvages qui auraient pu être des loups, qui auraient pu être la proie d'une autre meute. Dans la nuit qui fuyait, le regard des bêtes était presque aveugle et seul comptait le flair qu'ils poursuivaient comme un guide, l'attente de cet instant où ils pourraient libérer la hargne qu'on s'était efforcé de décupler dans leur cerveau de chien. Leur masse compacte et leur vivacité les rendaient plus rapides encore à mesure qu'ils progressaient, qu'ils tendaient l'échine pour gagner encore en vitesse. Les animaux sentaient

histoire d'homme et de plante ne l'intéresserait qu'un temps. il serait capable

la nature se déchaîner avec eux et perçurent, sans pour autant dévier de leur course, le craquement d'une branche qui s'abattait un peu plus loin, du côté de la clôture.

⁂

Pour la première fois depuis longtemps, Thomas Hearing ressentit le goût de la peur. Il s'était retourné mais n'avait pas pu voir la horde de chiens qui le poursuivait et fondrait bientôt sur lui. Pas encore. Trop de nuit, trop d'arbres, trop de vent. Pourtant, il les sentait sur sa trace, entendait dans le sol l'écho assourdi de leur course et, là-bas, leurs hurlements se rapprocher très vite, beaucoup trop vite. Hearing avait peur car il ne savait pas comment il arrêterait ces animaux qui ne ressentaient pas les émotions d'un homme, ces bêtes trop primitives pour comprendre qu'il était différent et qu'il était dangereux de s'attaquer à lui. Il serra le corps inerte d'Ulthémia, le replaça sur son épaule et reprit sa course, en espérant atteindre l'enceinte avant la meute qui lui donnait la chasse. Il sentait en lui percer une immense violence, une sensation mauvaise qui lui traversait le ventre. Sa course solitaire était guidée par une rage froide et intense. Tous ses sens aux aguets. Il arracha une grosse branche qui lui permettrait de tuer pour se défendre.

⁂

Soudain, Naeliev aperçut la tache noire des chiens qui traversa comme une ombre le faisceau des phares. Ils filaient dans une autre direction que la leur.

— Les chiens ! Suivez les chiens !

Le chauffeur fit hurler le moteur en rétrogradant pour couper au plus court en direction des décombres des serres et du laboratoire. Après quelques soubresauts, le 4 × 4 se relança et évita de justesse une énorme branche arrachée qui gisait sur le sol. Dans les phares, à deux ou trois cents mètres, Naeliev distinguait la course des chasseurs qui dansaient au-dessus du sol. Ils étaient sur la bonne piste. Ils allaient rattraper leur proie. Il faudrait arriver suffisamment vite pour qu'ils ne la tuent pas, qu'ils n'aient pas le temps de la déchiqueter.

⁂

Hearing entendait les aboiements des chiens étranglés par la course, pressentait leur souffle vorace et fétide. Il ne cessait de courir et ne cessait de perdre du terrain. Sans la fille, il aurait eu sa chance. Pourtant, il ne voulait pas la lâcher, il ne voulait plus abandonner l'espoir de sa vengeance. Il savait cependant que les bêtes seraient sur lui avant qu'il n'atteigne la clôture. Il se souvenait du domaine et décida de se diriger vers l'épaisse forêt de sapins qui bordait les serres où Éden avait pénétré. Ici, quelque chose l'appelait et il répondit à cet appel. Quelque chose à quoi il ne pouvait plus résister et qui saurait l'aider. Il respirait mal. Ses poumons avaient des difficultés à fournir l'effort qu'il leur demandait. Il fonçait cependant et écartait les bras maigres des sapins qui

– et que cela crée de nouvelles tensions là-bas…, complète who.

couvraient cette parcelle du domaine. Les branches l'accrochaient et entaillaient sa peau. Le sang perlait à plusieurs endroits sur ses mains et son visage. Mais Hearing était possédé par l'énergie de sa rage et, depuis longtemps déjà, ne remarquait rien de ce que son corps devait endurer.

⁂

Les chiens étaient entrés à couvert de la plantation de sapins. Naeliev baissa sa vitre pour suivre le hurlement des bêtes pendant que le 4 × 4 contournait le terrain trop boisé. Derrière, il y avait la clairière, que dominaient les ruines des serres et du laboratoire. Il ne comprenait pas pourquoi l'homme se dirigeait par là. Au loin, derrière eux, d'autres phares de voitures tremblaient sur le terrain accidenté. La chasse excitait les hommes, excitait les bêtes.

Ils ne furent pas longs à rejoindre la clairière, mais chaque seconde dévorait Naeliev. En chasseur expérimenté, il entendit que l'aboiement des chiens avait changé, que son intensité avait brusquement baissé, signe qu'ils avaient rattrapé leur proie.

La voiture déboucha dans la clairière et le projecteur frontal illumina de son rayon blanc le chaos de la végétation. Ils ne virent tout d'abord rien, jusqu'à ce que, loin là-bas, devant les ruines calcinées de métal et de béton, Naeliev découvre une silhouette aux prises avec la meute grouillante des chiens.

L'un d'eux venait de saisir l'homme à la gorge tandis que deux autres, trois peut-être, se déchaînaient sur ses jambes. Hearing ressentit aussi une douleur très vive à la main qu'un des molosses venait d'emporter à moitié. Il fit un effort surhumain pour s'emparer de la mâchoire de l'animal qui avait transpercé son cou et ne voulait plus lâcher. Il mit toute sa force, hurla de douleur et de rage et sentit la gueule du molosse se disloquer entre ses mains. Hearing résistait et se tenait debout, sachant que sa chute au milieu de cette horde déchaînée ne lui laisserait plus aucune chance. Il récupéra la lourde branche qu'il avait laissé échapper lorsque la meute avait surgi et frappa du plus fort qu'il put sur l'un des chiens qui s'accrochait à sa jambe. L'animal eut un simple tremblement avant de s'affaler dans l'herbe gluante de sang. Une autre bête lui déchirait le bras. Hearing se déchaîna sur les animaux qui s'acharnaient sur lui et il entendait leur masse morte tomber à terre, crânes et poitrails éclatés par la force inouïe de ses coups.

Naeliev s'était approché, contemplait la scène avec un plaisir mêlé d'horreur et de fascination. Ulthémia avait repris conscience et se tenait à l'écart. Elle avait été projetée au loin par Hearing lorsque la meute avait attaqué. Cet homme, agressé de toutes parts, ne semblait pas ressentir les douleurs terribles que les chiens lui infligeaient. Ses chairs en sang ne l'empêchaient pas de frapper avec de plus en plus de force, de plus en plus de détermination. Le scientifique Naeliev constatait qu'une partie de l'homme était plus ou moins paralysée, mais cela ne le gênait pas pour combattre ces gueules assoiffées de sang. Quatre ou cinq chiens gisaient déjà à terre et Naeliev ne donnait pas cher de la demi-douzaine qui continuait à le harceler. Il s'approcha encore. La hargne de la meute était déjà émoussée alors que celle de l'homme s'aiguisait encore. Ses blessures aussi intriguaient le

– je le crois capable de tout, répond what. je l'ai même surpris un jour en train

scientifique, sa main par exemple, dont il ne restait plus qu'une bouillie de tissus déchiquetés, mais qu'il continuait à utiliser. La douleur paraissait anesthésiée et la réparation spontanée des tissus atteints avait débuté anormalement vite, limitant les saignements malgré la profondeur des morsures. Il connaissait ses chiens. Il ne connaissait pas cet homme. Mais les signes qu'observaient ses yeux médusés corroboraient les connaissances que ses expérimentations monstrueuses lui avaient apportées.

Rongé par le désir de savoir, Naeliev mit en joue l'un de ses chiens. Fit feu. L'animal fut cueilli au vol et lâcha brusquement sa proie. Les autres reculèrent, matés par la voix de l'arme.

Thomas Hearing regarda autour de lui l'herbe baignée de son sang et de celui des bêtes. Le calme survenu lui paraissait obscène. Seuls les derniers grondements des chiens accompagnaient le bruissement des feuilles et le grincement des branches dans la futaie alentour. Hearing souffla longuement, mit une nouvelle fois un genou à terre. Puis les deux. Sans bouger, il observa le vieil homme qui avançait en boitant et pointait sur lui un revolver. Un peu plus loin, d'autres véhicules arrivaient et l'on voyait les phares éclairer les branchages, animer la forêt d'une vie d'ombres et de lumières.

Baissant les yeux un instant, Hearing vit sa main déchiquetée, son bras entaillé et le sang couler abondamment le long de ses jambes sur lesquelles les chiens s'étaient acharnés. Il ne ressentait pas de douleur mais souffrait de voir ce corps d'homme mutilé qu'il ne comprenait plus. Il regarda longuement les filets de sang rejoindre le sol. Un sang devenu pâle

de tirer les cartes à walter ! c'est dire si l'inconnu est pour lui une raison de

et laiteux. Sa propre sève s'en retournait nourrir la terre après que celle-ci l'eut nourri. Ce lien vital qui les unissait donnait à Hearing un sentiment de toute-puissance. Devant lui se tenait l'homme qui avait provoqué son destin.

Hearing se releva sous la menace du revolver. Mais il n'avait pas peur. Se réjouissait au contraire. Car sous leurs pieds, loin en dessous, il lui sembla que quelque chose répondait à l'appel de son sang. Que la vie courait sous une autre forme, plus forte, plus résistante, plus cruelle. Et ce vieil homme dérisoire qui lui faisait face n'y pouvait rien comprendre. Naeliev lui dit « qui êtes-vous ? », mais Hearing ne l'entendait pas, ne comprenait plus son langage compliqué et artificiel. Il se tenait debout et sentait une respiration, un souffle monter des profondeurs, une pulsation vibrer à travers les dalles détruites.

D'un geste simple, d'un geste calme, il saisit le revolver de Naeliev et repoussa le canon vers le ciel. Le vieux n'était pas de taille. Hearing sentait ses faibles muscles et tout son corps trembler comme une branche fragile. Toute la vulnérabilité de l'homme, toute sa faiblesse, s'exprimait dans ce tremblement. Il tordit son poignet jusqu'à ce que l'articulation cède et que l'arme tombe à terre, devant la jeune femme qui les regardait avec un étrange sourire. Un sourire mauvais. La fulgurance de la douleur fit pousser un cri au vieil homme et ses jambes se dérobèrent. Hearing le retint dans ses bras et l'étreignit comme un père. Autour d'eux, des hommes en armes descendaient des voitures et approchaient, ne sachant ce qu'il convenait de faire pour sauver Naeliev. Le haut de son corps était pris dans l'étau que formaient les bras de

Hearing, serrant contre lui la carcasse du vieil homme, qui tentait d'appeler à l'aide, jetait autour de lui des regards désespérés, voyait sa fille qui lui souriait, sa fille Ulthémia et son sourire de folle qui n'aurait eu qu'à se saisir de l'arme devant elle et qui ne le faisait pas, qui ne voulait pas le faire et le trahissait ainsi une seconde fois, une dernière fois sans doute.

Les hommes de Naeliev braquèrent leurs armes sur Hearing, mais le couple était trop étroitement soudé et il semblait difficile d'abattre l'un sans atteindre l'autre. La tête rejetée en arrière, Naeliev tentait de reprendre sa respiration, essayait vainement de se défaire de cette créature dont les plaies, au cou et au visage, suppuraient une morve verdâtre et puante, une gale végétale qui enveloppait la blessure, creusait les tissus pour stopper l'hémorragie. Naeliev ne connaissait que trop bien cette mutation métabolique qu'il avait provoquée chez d'autres êtres vivants, qu'il avait observée avec passion en s'efforçant de stabiliser l'hybride ainsi créé, cet homme capable de trouver en lui les moyens de sa propre régénérescence, de suivre enfin la leçon professée par le végétal depuis des millions d'années.

Naeliev voyait tout ceci venir jusqu'à lui en même temps que l'air se faisait de plus en plus rare dans ses poumons, en même temps que le sang manquait à l'irrigation de son cerveau. Il eut encore un geste dérisoire de la main à l'égard d'Ulthémia, une sorte de signe, d'adieu ou de menace, de tendresse ou de pardon. Pour toute réponse, Ulthémia saisit le revolver et tira. Derrière elle, les gardes l'imitèrent, sans comprendre qu'elle avait visé son père. Il y eut un coup de feu, puis deux, puis dix. Hearing recula,

il y a un brouhaha considérable sur la terrasse car tout le monde s'est mis à

entraînant le corps du vieux dans une danse saccadée sur les premières dalles de béton qu'on avait déplacées pour libérer l'entrée du laboratoire. Les hommes continuaient de tirer et le corps de Hearing tressautait à chaque fois qu'ils atteignaient leur cible. Mais il ne s'arrêtait pas, traînait sa marionnette toujours plus loin.

Hearing sentait dans son dos la morsure des balles après celle des chiens, mais elle ne parvenait pas à extirper de son être la certitude qu'il avait d'être capable d'allier maintenant la vie et la mort de manière différente. De manière souterraine. Il était un homme et n'était plus un homme. Son sang coulait de nouveau mais ce n'était plus seulement son sang. C'était un fluide vital qui rejoignait l'éternité vivace, entraînait sa transformation en une force végétale sauvage et perpétuelle capable d'avaler le monde, de le recouvrir de son éternel silence, de monter toujours plus haut vers la lumière et de plonger toujours plus profond dans la terre. Hearing sentait tout cela et marchait avec difficulté. Ses poumons ne se gonflaient plus mais sa peau respirait pour lui, recueillait du dehors ce dont il avait besoin à l'intérieur pour continuer à avancer. Il trébucha non loin de l'entrée du laboratoire, qui avait été murée par l'incendie. Du sol mouvant, sous les décombres, lui venait enfin la réponse. Elle était là. Elle arrivait. Une poussée sauvage et brutale souleva le sol instable sous ses pieds et les vagues de ronces se jetèrent à l'assaut de l'air et du sol partout autour de lui. La terre vomissait la végétation comme une bile verte et immonde. Le corps déchiré par les balles, Hearing sut instantanément que cette nature mauvaise était celle qu'il

parler dans son coin. what fait tinter sa cuillère sur le bol de céréales qu'il attendait autant qu'elle l'attendait. Il l'agrippa comme un frère, se jeta dans son étreinte douloureuse en même temps que celle-ci se saisissait de lui et rejetait au loin le cadavre de Naeliev. Thomas Hearing sentit que son corps s'ouvrait pour toujours à une autre vie en même temps qu'une autre vie prenait possession de son corps. Des flots de mousse et de glaires s'échappèrent de son ventre ouvert en même temps que sa bouche, déformée par une rage immense, se laissait envahir par la furie d'épines et de racines souterraines cherchant leur nourriture. De là où les hommes étaient placés, personne ne le vit se fondre et disparaître dans la masse hirsute de la végétation qui continuait à grossir et que le poids des décombres ne retenait déjà plus.

60

Dans les yeux de cet être qui avait broyé son père, dans cette chair sanglante sur laquelle s'étaient acharnés les chiens puis les armes, Ulthémia avait vu passer une haine capable de la poursuivre au-delà de la mort. Elle savait qu'il lui faudrait atteindre le château avant que la forêt ne se referme sur elle, avant que les ronces ne s'accrochent à elle et ne l'entraînent. Elle sentait le souffle de la nature la poursuivre dans les allées que la végétation envahissait derrière elle. Il la poursuivait comme la meute avait poursuivi sa proie. Ce visage qui n'avait plus de visage léchait déjà sa chair blanche, parfumée du sang que les épines faisaient perler sur son corps ruisselant de peur. Elle courait sans se retourner, ignorant les branches qui la giflaient dans les allées, ignorant les roses devenues folles qui semblaient prendre plaisir à la voir trébucher. Elle crut vingt fois mourir avant de parvenir à l'esplanade du château, s'entravant dans les hautes herbes qui avaient envahi la cour et qu'un vent terrible agitait furieusement. Dans cette nuit qui débordait de toute part, des voitures noires venaient de forcer l'entrée du domaine et remontaient l'allée centrale à vive allure, écrasant les végétaux et les hommes cherchant à fuir. Des rafales de tir automatique et des détonations perçaient entre les craquements des serres voisines, dont les verrières ne contiendraient bientôt plus la poussée sauvage des végétaux. On devait se battre aux alentours des entrepôts et des lieux de chargement.

Lorsque Ulthémia osa enfin se retourner, elle vit à l'orée du parc les langues monstrueuses des fougères darder vers le ciel leurs flammes vertes. Une lumière qu'on aurait dit tombée du ciel brillait à l'extrémité de chaque branche. La végétation prenait des couleurs insoutenables et les élytres des insectes vibraient comme des scies dans l'air brûlant.

Ulthémia referma violemment la porte d'entrée, échappant aux branches de vignes vierges qui s'enroulaient déjà autour des ferronneries. D'épais feuillages recouvraient à mi-hauteur les fenêtres du rez-de-chaussée et elle sentit sous ses pieds que des racines étaient déjà parvenues à s'immiscer entre les joints des dalles. Une obscurité sourde, qui contrastait avec la lumière surnaturelle du dehors, plongeait la demeure dans un silence de sépulcre que le corps sanglant de son père hantait déjà. Un remugle puissant d'humus et de pourriture végétale suintait de toute chose. Les meubles eux-mêmes semblaient se souvenir de leur nature ligneuse et Ulthémia manqua trébucher plusieurs fois dans l'escalier disjoint qui menait au grenier du château. Enfin, elle poussa derrière elle les verrous et, hors d'haleine, tira les rideaux de la verrière pour que disparaisse ce spectacle sorti des contes et des cauchemars de son enfance.

mais, je crois que, pour notre sérénité à tous et pour celle de nos affaires, il

Toujours, ce grenier avait accueilli ses plus grandes peurs et ses plus grands désirs. Sur le phonographe, ses mains tremblantes déposèrent un disque noir, usé et crachotant d'avoir été trop écouté. L'histoire commençait par quelques notes douces et mystérieuses jouées au piano et Ulthémia était anxieuse de n'être pas prête avant que cela ne commence. Elle se dépêchait comme enfant elle se dépêchait.

Elle sortit le flacon de Diphéthal qu'elle savait dissimulé sous une pile de vêtements et le vida, puis revêtit la robe que sa mère avait autrefois portée au bal de Cluj, à ce grand bal où elle avait rencontré son père. Puis, sentant déjà la drogue faire son effet, Ulthémia s'étendit sur un sofa de vieille soie.

... Il y avait dans le temps un roi et une reine qui se répétaient chaque jour : « Ah ! Si seulement nous avions un enfant ! » Mais ils n'en avaient pas. Un jour que la reine était au bain...

La poitrine soulevée par sa peur et son attente, Ulthémia ferma les yeux. Sa mère avait dû avoir cette voix-là. L'histoire allait ses mots et son chemin familier et Ulthémia sentait son cœur se calmer. Rien n'existait plus pour elle désormais que cette voix douce qui la comprenait et chuchotait à son oreille l'histoire qui emporterait ses peurs. Elle s'imagina monter elle aussi les marches du donjon, y trouver le rouet et s'y piquer le doigt comme si souvent elle s'était piquée aux roses du jardin. Le domaine et ses gens sombraient dans un grand sommeil...

... Autour du château, la broussaille épineuse se mit à croître et à grandir, à s'épaissir et à monter année après année, si bien que le château en fut d'abord tout entouré, puis complètement recouvert, et

convient désormais d'aller voir sur place ce qu'il en est de mister why.

jusqu'à disparaître. Dans le pays circula bientôt la légende de la belle Fleur-d'Épine endormie sous les ronces, car telle était le nom donné à la princesse. Des princes voulurent se forcer un passage à travers les buissons pour pénétrer dans le domaine. Mais les buissons d'épines, comme avec des mains, se tenaient fermement ensemble, et les princes y restaient accrochés ; ils ne pouvaient plus s'en défaire et finissaient par mourir là de la plus misérable des morts...

Dehors, Ulthémia perçut confusément les hurlements des hommes et l'inutilité de leurs armes qui promettaient ces mêmes morts misérables. Impuissante à traverser tout à fait le voile que le poison tissait autour d'elle, elle les avait entendus tenter de se réfugier à l'intérieur de la bâtisse. Il lui avait même semblé reconnaître la voix de Babel, qui hurlait que personne ne repartirait avant qu'ils n'aient récupéré Hearing et Naeliev. Mais sans doute n'était-il déjà plus possible d'ouvrir les portes ou de se frayer un accès jusqu'aux fenêtres car le véhicule avait fait demi-tour, sans doute dans l'espoir de gagner la sortie. Mais tout cela ne la concernait plus.

Seule survivrait sa beauté de princesse. Elle saurait attendre les cent années nécessaires pour que cesse le sortilège. Alors il viendrait jusqu'à elle et sur son visage blanc comme neige d'où toute tache aurait disparu, il poserait ses lèvres...

... *Quand le prince avança vers la haute roncière, il ne trouva plus rien devant lui que de belles et grandes fleurs épanouies, qui s'écartaient d'elles-mêmes pour lui ouvrir passage, et qui se resserraient derrière lui en refermant leur masse épaisse... Tout était si calme qu'on s'entendait respirer. Le prince monta dans le*

il y a des cris d'étonnement, des interpellations et des commentaires, comme *vieux donjon, ouvrit la porte de la chambre où la belle princesse Fleur-d'Épine dormait. Couchée là, elle était si merveilleusement belle qu'il ne pouvait en détourner les yeux ; il se pencha sur elle et lui donna un baiser. À la caresse de ce baiser, Fleur-d'Épine ouvrit les yeux, et la belle se réveilla, regarda le prince d'un regard doux et amoureux... d'un regard doux et amoureux... d'un regard doux et amoureux... d'un regard... »*

Le diamant de l'électrophone n'allait pas plus loin, répétant inlassablement ces deux phrases où son désir d'enfant s'était arrêté et avait fini par rayer sa vie tout entière. Sur la verrière, les tiges des rosiers grimpants avançaient lentement, reptiles verts et patients à la recherche des interstices de la toiture. Mais Ulthémia ne vit pas cette ombre qui griffait son visage livide car le poison avait trouvé son cœur avant que le prince ne l'embrasse.

dans une scène de théâtre lorsque la guerre est irrémédiable et que les armées se

61

Sensini avait du mal à reconnaître le chemin qu'il avait emprunté la première fois. Plus il approchait du domaine Naeliev, plus la route était défoncée, comme ayant souffert des rigueurs d'un hiver qui se serait glissé contre nature dans l'interstice de temps qui séparait ce jour de sa première visite. La longue route qui longeait les grillages avait particulièrement souffert et le bitume était soulevé par endroits. À cet instant, Sensini pensa s'être trompé. Il était impossible qu'il soit passé par ici la dernière fois, car le grillage d'enceinte ployait sous une cascade de végétation qui envahissait la route et rendait son passage difficile. Lorsqu'il tenta de faire demi-tour, la voiture patina sur des feuillages épais qu'il ne lui semblait pas avoir écrasés quelques minutes auparavant. À quelques dizaines de mètres derrière lui, cédant sous le poids des végétaux proliférant et la poussée des branches, une section entière de l'enceinte grillagée venait de s'affaisser sur le chemin. La sueur au front, Sensini comprit qu'il était trop tard pour reculer. Devant le spectacle de cette nature devenue folle, son inquiétude incrédule venait de se changer en peur.

préparent. choquée, la voix de mister when s'élève au-dessus de cette mêlée :

Il roulait aussi vite qu'il le pouvait, écrasant sur son passage des fougères d'un vert presque luminescent, dont la densité allait croissant. Il ne parvenait pas à évaluer la distance qu'il avait parcourue et ne reconnaissait rien jusqu'à ce qu'il distingue, sur le côté de la route, une forme trop peu naturelle pour ne pas trahir ce qu'elle étouffait. Sensini descendit de voiture, laissant tourner le moteur. Il ne pouvait se résoudre à voir ce que ses yeux voyaient. Devant lui, la masse de ronces noires, haute d'une dizaine de mètres, grouillait de bruissements inquiétants. Des herbes s'enroulaient autour de ses jambes, comme mues par un désir de mieux connaître l'intrus qui s'avançait au milieu d'elles.

Était-il possible que cette ruine envahie par la végétation soit l'auberge où il avait dormi quelques jours auparavant ? Portes et fenêtres avaient été forcées par des racines d'où suintait une sueur gluante, presque animale. Les cadres des fenêtres vomissaient des perruques visqueuses d'où émergeaient encore, maculés de boue, des éléments de mobilier et des objets que cette matière immonde digérait patiemment. Aux lambeaux de rideaux brodés de roses, qui tenaient encore à l'une des fenêtres de l'étage, Sensini sut qu'il ne se trompait pas. Il s'approcha de la porte d'entrée et cria dans la vaste salle aux poutres noircies, qui baignait dans une obscurité mouvante, puant l'égout. Dans le faisceau de sa lampe, un tapis de racines luisantes, translucides comme des vers blancs, remontait des dessous par l'entrée de la cave et rampait dans l'escalier qui menait à l'étage. Des formes indistinctes fouissaient entre les lames de parquet déboîtées. La voix serrée de Sensini résonna

– là-bas ? vous oseriez aller là-bas ?

dans ce silence moite mais nulle réponse ne lui parvint. Il lui sembla pourtant que la végétation avait marqué un temps d'arrêt dans sa progression, comme si elle avait pris conscience de sa présence. Lorsqu'il se retourna, il eut le très net sentiment que les ronces enserrant la porte d'entrée se laissaient silencieusement retomber vers le sol avant de se glisser entre les herbes. Sa voiture elle-même lui sembla moins visible que lorsqu'il s'était arrêté.

Sensini ne pouvait plus douter de sa mémoire, ni attribuer à sa fatigue ce qu'il découvrait avec horreur. Une présence malveillante et vorace empoisonnait l'endroit. Il courut jusqu'à sa voiture, qu'il dégagea difficilement des broussailles cernant l'ancien parking où il s'était imprudemment aventuré. Dans le rétroviseur, seule émergeait au sommet du toit une girouette que la lune blanchissait et qu'il n'attendit pas de voir disparaître. La réalité virait au cauchemar.

Il roulait maintenant pratiquement à l'aveugle, repérant sa route au grillage menaçant que les plantes débordaient de toute part. Ses essuie-glaces malaxaient sur le pare-brise une bouillie verdâtre qui s'écoulait des hautes tiges que la voiture fauchait en se frayant un chemin que seuls sa puissance et son poids permettaient d'ouvrir.

C'est à ce moment qu'il entendit des bruits d'explosion et des rafales d'armes automatiques qui provenaient de l'autre côté de cette muraille vivante au travers de laquelle rien ne se laissait deviner. Le panneau qu'il percuta et qui emboutit le capot lui indiqua violemment qu'il était à quelques dizaines de mètres de l'entrée principale. Le terre-plein de béton armé aménagé devant les grilles résistait encore aux racines et il s'y arrêta, respirant un instant d'être enfin sorti de cet enfer qui le cernait. Une colonie de mousses aux teintes vomitives et de lichens blanchâtres rongeait déjà le sol et les barrières de sécurité qui défendaient autrefois l'entrée. Lorsque Sensini sortit de la voiture, une humidité de mousson régnait sur l'endroit. Le bruissement des insectes était insoutenable et il constata avec effroi que ces mêmes lichens s'accrochaient déjà aux roues et aux bas de caisse de la voiture. Rester dans l'habitacle relevait de la folie, en sortir sans doute du suicide.

Au sommet des arbres impressionnants, dont l'ombre plongeait le parc dans une lumière d'orage, les feuillages qu'on aurait dit gorgés de sang bruissaient, prêtant au règne végétal un souffle tiède et pourrissant. De l'autre côté de la grille arrachée, un véhicule brûlait dans l'allée centrale, ménageant une clairière où se tordaient dans la fumée les rhizomes rosâtres qui enserraient les tôles calcinées. Contre la vitre, la bouche du conducteur giclait son sang par saccades, le corps pressé par l'étreinte mauvaise qui persistait à broyer la carcasse malgré les flammes.

Sensini sentait sa raison vaciller. Lorsqu'il leva les yeux vers la voûte obscure, il vit au-dessus de lui, fruits rouges suspendus aux branches couvertes d'épines, deux corps empalés que la mort verte berçait. Le souffle lui manquait. Il entendit un cri et ce cri le fit se relever. Insensible aux brûlures des orties qui léchaient ses mains pendantes, il marcha en titubant vers les serres situées à proximité du château et d'où la voix lui semblait provenir. L'une des ailes de la vaste demeure était déjà en flammes et menaçait de s'écrouler. Des ronces gigantesques couvraient déjà

de partout, on approuve très largement cette dernière réplique. ce why n'est tout

deux étages de la bâtisse et atteignaient le toit en plusieurs points. Au dernier étage, une verrière était allumée et Sensini crut un instant qu'une silhouette fantomatique s'y était tenue, regardant le parc. Mais la vision s'estompa aussitôt, soit que la lumière ait disparu, soit que les feuillages aient fini par recouvrir la baie.

Un deuxième hurlement se mêla au fracas des grandes plaques de verre qui s'écroulaient des serres, mutilant dans leur chute les greffes précieuses qu'elles avaient autrefois abritées et qui montaient maintenant à l'assaut des structures de métal.

En tirant violemment la porte de la serre, Sensini décapita des grappes de baies à la chair purulente. Les fruits s'écrasèrent mollement sur le sol dégageant une odeur de viande gangrenée. Dès qu'il eut passé l'entrée, il retint son souffle devant le spectacle qui s'offrait à lui et qui faisait éclore une image du paradis au cœur de cet enfer. Les fleurs dont les teintes explosaient ici semblaient fausses à force de beauté et leurs calices compliqués et barbares distillaient des parfums sucrés qui faisaient tourner la tête. Les corolles, ouvertes à se retourner, retroussaient des couleurs indécentes et envahissaient le ciel de la serre. Du cœur de cet éden, où l'effroi se mêlait au désir, montaient des râles de mourant. Sensini longea un long bassin au fond duquel des racines entremêlées suçaient une vase fétide et réalisa que la beauté qui s'affichait ici se nourrissait de pourriture.

La tête baignant parmi les fleurs blanches et roses, qui surnageaient à la surface d'un des bassins, un homme au visage livide s'accrochait à l'échelle de fer qui émergeait de l'eau trouble.

de même pas une espèce particulière… et si lui s'est rendu là-bas, pourquoi eux

— N'avancez pas. Restez là où vous êtes ou elles ne vous manqueront pas. Partez, si vous le pouvez encore…

À deux mètres de lui, sur le sol de l'allée, des racines visqueuses dont les extrémités disparaissaient dans la vase, noires comme des anguilles, serpentaient sous une mousse d'apparence inoffensive.

— Je vais vous aider. Je vais trouver une corde, quelque chose…

— Je sais ce que je dis. Il n'est plus temps d'être héroïque. La fille de Naeliev avait une passion pour ce genre de fleurs…

L'homme faisait un effort surhumain pour que sa voix semble normale. Mais à chaque remous que Sensini discernait à la surface de l'eau, ses mots se couvraient de sang. Il fit un pas vers lui.

— Restez où vous êtes, je vous dis !

L'ordre était militaire et révélait une force de caractère et une habitude du commandement que le physique athlétique de l'homme ne démentait pas.

— Je ne suis pas spécialiste en botanique et c'est maintenant un peu tard pour le devenir. Le nom de cette saloperie est écrit sur la plaque que vous avez à vos pieds. Je pensais que ça ne gobait que des mouches, mais si vous pouviez voir comment ces garces sont en train de me dévorer là-dessous, vous ne resteriez pas une minute de plus…

Le ton de sa voix ne faisait pas illusion et les grimaces qui défiguraient soudainement son visage exsangue trahissaient sa douleur.

— Mais avant de partir, j'aimerais que vous me rendiez un service. Si je plonge mes mains là-dessous pour attraper l'arme qui est à ma ceinture, je sais

tous n'en seraient pas capables. « là-bas ! » lancent les uns, « en route ! »

qu'elles ne remonteront plus... Tirez-moi une balle dans la tête et partez !

— Je vais vous sortir de là. Je vais tenter de...

— Ne vous mentez pas, Sensini, il n'y a plus rien à faire. Le dossier Mandragore s'est déjà refermé sur vous et moi. Ne soyez pas étonné que je sache votre nom. J'en sais sur vous beaucoup plus encore, mais ce serait un peu long à expliquer et ces fleurs me saignent en silence. Achevez-moi, Sensini !

— Je ne peux pas faire ça...

— Si vous refusez de faire ça par pitié, faites-le par haine ! Tout autour de vous y incite. La nature n'est pas meilleure que nous. Ce que nous voyons ici est l'image du paradis d'avant la chute, Sensini. Une sauvagerie vorace que la civilisation contient aujourd'hui tant bien que mal. Ma situation ne me permet pas de vous mentir et je souhaiterais pour une fois être du côté de la vérité. Si cela peut vous aider à m'abattre, sachez que j'ai personnellement commandité la mort de Klein et que je n'aurais sans doute pas hésité à ordonner la vôtre. Je peux même vous dire que l'on me nomme Babel, mais cela ne vous servira à rien.

Le corps s'enfonça brusquement d'une dizaine de centimètres, happé par une force que sa voix avait peut-être réveillée. Babel s'arc-bouta sous la douleur, parvint à se redresser.

— Ne me regardez pas crever comme ça avec votre gueule de curé repenti ! Lancez-moi votre flingue puisque vous ne voulez pas vous en servir !

Sensini lança son arme.

— Verheggen m'avait dit que vous étiez un pur. Je ne sais pas si cela vous honore, mais je pense que

s'enthousiasment les autres… walter ne dit rien, écoute, regarde, hésite à

vous n'irez pas très loin avec ça. Pour en être tout à fait sûr et pour vous prouver que vous vous trompez, je vais vous descendre avant de me faire sauter la tête. À défaut d'une dernière cigarette…

Babel reçut la balle entre les deux yeux avant d'avoir fini sa phrase. Son corps fut traversé par un dernier soubresaut puis il lâcha prise. La surface de l'eau frémit à peine et les fleurs comblèrent aussitôt le vide laissé par le corps, qui venait de couler dans les profondeurs du bassin.

Lentement, l'ombre d'un homme s'était interposée entre Sensini et l'image d'horreur paisible qui lui brûlait les yeux. Trois silhouettes portant des scaphandres et des respirateurs se tenaient derrière lui. L'un deux tenait dans sa main le pistolet chromé avec lequel Babel venait d'être abattu.

— Ce que vous voyez n'est pas fait pour vos yeux, monsieur Sensini. Dommage que nous en soyons arrivés là, mais rassurez-vous, personne n'en saura jamais rien. Aucun n'a survécu. Il n'y a plus que vous. Et nous.

— Que s'est-il passé ici ? Qui êtes-vous ?

Le type réfléchit une seconde puis reprit d'une voix calme que le respirateur rendait artificielle, comme indifférente au chaos qui régnait autour d'eux.

— Un jour, c'est promis, je vous le dirai…

La décharge électrique frappa Sensini de plein fouet et ses yeux n'emportèrent dans l'obscurité où il sombrait qu'une couleur éclatante à laquelle se mêlait un écœurant parfum de fleurs.

comprendre les paroles que l'on prononce. En réalité, il craint pour sa place

62

Le parfum des fleurs le suivait à la trace. Il poussait la porte de cet appartement, qui ressemblait au sien, et l'odeur était la même. Tout était à sa place, mais de sa chambre provenait un tumulte extraordinaire : des voix, des cris, des travaux, les bruits d'une vie intense et laborieuse. Il avait peur en avançant, voulait appeler Roman, appeler à l'aide, mais son téléphone indiquait « Urgence seulement ». Et il n'y avait pas d'urgence, seulement du bruit. Il se décidait à avancer et sa chambre était devenue immense. De la taille d'un village, mais d'un village gigantesque. Il se rappelait le tableau de Wadaïeff et celui-ci était bien là, au pied du mur, à côté de son lit, là où il l'avait laissé. La vie avait simplement débordé de son cadre, s'était répandue dans sa chambre, que les habitants avaient agrandie à leur mesure. Ils étaient tous là, les paysans en partance pour les champs, les soldats de la garde, les charpentiers et les maçons, les terrassiers et les tailleurs de pierre, tous. Et là-haut, les énormes chaudrons où l'on s'apprêtait à cuire hommes et animaux. Lui voulait s'en retourner, sortir. Mais un vent fort le retenait, le poussait vers la gueule du volcan qui

si personne ne reste ici. mais on ne songe pas à le laisser sans ouvrage. et

pointait tout en haut, derrière les cuisines infernales. Il s'agrippait au montant de la porte mais cela ne suffisait pas, ses pieds glissaient à terre et des milliers de mains cherchaient à l'emporter là-bas, de l'autre côté. Il voulait crier, regardait derrière lui les habitants du village, qui se moquaient et riaient comme des diables, l'appelaient par son prénom, Renzo ! Renzo… !

— Renzo !

Sensini ouvrit les yeux. Léo était là, devant lui, qui lui souriait. Le jardin aussi, avec ses senteurs de fruits et de fleurs. Il revenait de très loin. Mais tout était à sa place, étrangement calme.

— Roman vient d'arriver. Il est impatient de te voir. Tu te sens bien ?

Dans la chaise longue qu'on avait installée pour lui à l'ombre des lilas, Sensini se détendit, essaya de sourire.

— Ça va…

C'était un plaisir de voir Dragulescu débarquer ici. Avec ses tongs, son bermuda et son tee-shirt ALERTE ROUGE, il avait l'air de venir du camping voisin. Iva l'avait accueilli et plaisantait avec lui. Un ami, une jeune femme délicieuse et prévenante, un collègue attentionné, une scène rassurante que Sensini ne parvenait pas à goûter. Trop de questions. Trop de vides.

— Comment ça va, boss ? Il faudrait pas que vous oubliiez de bronzer un peu avant la fin de l'été, parce que c'est pas terrible comme couleur…

— Vous avez des infos sur l'hélico ?

Roman baissa le nez et joua à faire sortir son pied de la tong.

d'ailleurs, cela commence déjà :

— Non, boss. Rien de rien. Vous savez…

— Vous ne me croyez pas, Roman ? Vous croyez que j'ai inventé cette histoire d'hélicoptère ?

— Vous énervez pas comme ça, boss… Le médecin a dit : du calme et du repos ! C'est possible que personne n'ait vu l'hélicoptère qui vous aurait ramené par ici. C'est possible. Je n'ai pas dit que ce n'était pas possible. Mais… il y a la voiture…

— La voiture…

— Oui. Je veux bien que vous ayez fait la route jusqu'en Suisse et qu'on vous ait effectivement ramené ici en hélicoptère… C'est possible. Mais la voiture ? Quelqu'un l'aurait conduite jusqu'ici pour la pousser dans le ravin, vous mettre dedans et faire croire à un accident. Franchement, boss… C'est pas sérieux.

— Je sais, Roman. Pourtant… Pourtant, je suis sûr… enfin, je ne suis pas dingue… J'ai fait cette route, j'ai conduit pendant des heures et je suis arrivé chez Naeliev à la nuit tombante. Et là…

— Et là, quoi ?

Iva et Léo se tenaient aux côtés du convalescent. Aucun des deux n'avait osé jusqu'à présent reparler de cette histoire. Renzo avait été retrouvé trois jours plus tôt, à quelques kilomètres du village, dans un ravin où il était resté sans doute plus de vingt-quatre heures. C'était un paysan qui avait repéré sa voiture en cherchant une bête égarée. Accident, choc, confusion. Le flic d'Interpol s'en était étonnamment bien tiré. Des égratignures, un peu de repos. Et puis, il avait commencé à parler d'un bruit d'hélicoptère et s'était mis peu à peu en tête qu'on l'avait transporté jusque-là, que cet accident était une mise en scène. Il

— alors, c'est décidé, chers partners ! s'écrie mister what, nous partons pour

prétendait se souvenir de la route. Mais de la route seulement.

Roman était rentré de Roumanie extrêmement inquiet car il n'avait pas réussi à joindre son supérieur après sa fuite précipitée de la forêt moldave. Un peu plus tard, c'est Iva qui l'avait prévenu de l'accident et de ses conséquences. Au téléphone, elle lui avait aussi parlé de ce que Sensini racontait de cet hélicoptère, de cette confusion qui régnait en lui. Et aussi qu'il valait mieux pour l'instant ne pas lui faire toutes ces révélations que Roman disait avoir rapportées de son voyage. Le jeune assistant avait promis de poser quelques questions dans la région avant de venir, dans l'éventualité où quoi que ce soit d'inhabituel aurait été remarqué. Il l'avait fait. Et avait décidé maintenant de dire franchement à son supérieur ce qu'il pensait.

— Et là, quoi ? répéta Roman, qui prenait à cœur son rôle de flic et s'inquiétait pour son patron.

— Il y avait l'auberge… Ce vieil hôtel fermé où je suis descendu… La première fois…

— Quel hôtel ?

— Je ne sais plus le nom. J'y suis retourné. Il y avait… C'était recouvert… Des ronces…

— Des ronces ?

Roman se grattait la tête, qu'il avait en ébullition depuis sa rencontre avec Dietmar Ellger et ce que son esprit dérangé lui avait dit du programme Mandragore. Il enrageait de voir Sensini à ce point perturbé. Il enrageait de savoir qu'à Paris, on avait classé l'affaire Hearing. Que Klein était mort, que Verheggen et Moutier avaient été renvoyés à Bruxelles, que Lelonek faisait suivre les demandes comme un automate, mais ne faisait jamais suivre les

là-bas… walter, dit-il en se tournant vers le majordome, vous préparerez nos réponses. Il pouvait encore faire une chose pour Sensini. Une seule.

— Je vais aller en Suisse, boss. Je vais allez voir ce qui s'est passé là-bas.

Sensini voulut se lever mais Roman fut le plus rapide et bloqua son effort en se penchant vers lui.

— Je vous appelle, boss. Dès que je suis là-bas, je vous appelle et on fait le point. De toute façon, je ne crois pas que votre ami vous laisse partir comme ça... N'est-ce pas, Léo ?

— Je l'ai connu plus amoché que ça. Mais je devrais réussir à le retenir encore deux ou trois jours. Et puis, j'ai une alliée dans la place...

Sensini regarda Iva. Elle avait quelque chose de gracieux et de fragile dans la lumière du soir. Lui se sentait las, fatigué. Le crâne envahi perpétuellement par des images, des sons, des ombres.

— Ah ! J'allais oublier, boss... Votre courrier. Je suis passé le prendre. Deux ou trois factures et une carte des îles grecques. Vous avez un pote là-bas... ?

Sensini fit non de la tête en même temps qu'il se penchait sur les quelques enveloppes que Roman venait de lui tendre. Le bleu du ciel était parfait sur la carte postale. Presque irréel. La mer brillait comme l'idée qu'on se fait de la mer. Elle entourait une île. Une île aride, avec des villages un peu partout et, en son centre, un volcan. Un volcan comme dans son rêve. Un volcan comme dans le tableau de Wadaïeff. Au dos, une écriture de vieux monsieur. Les lettres bien formées, légèrement déséquilibrées vers la droite, son nom et son adresse avec un timbre bleu et blanc comme la mer et les murs des maisons. « Cher monsieur Sensini, j'ai beaucoup regretté de ne pouvoir

effets. nous avons quelques affaires à régler là-bas.

vous faire mes adieux, mais des raisons tout à fait exceptionnelles m'ont conduit à renoncer à notre si charmant voisinage. Pourquoi, pour où ? Un jour, c'est promis, je vous le dirai. » Au bas de la carte, Renzo Sensini lut encore la signature « Walter Weltevitch Wadaïeff ». Avec trois W majuscules.

la destination est pour le moins inhabituelle mais walter s'efforce de ne pas

63

Roman adorait l'odeur du cuir neuf et il avait longuement remercié la fille de l'agence de location de lui avoir dégotté une aussi belle voiture à ce tarif. L'hôtesse était restée assez froide et lui avait expliqué qu'il bénéficiait d'un surclassement car cette agence n'avait que très peu de véhicules en catégorie dite « économique ». Seules sa façon de dire « économique » et la manière dont elle avait regardé sa chemise lui avaient déplu.

Au volant, Roman repensait à ce que Sensini lui avait raconté au retour de son premier voyage et, tout en poussant un peu plus encore la climatisation silencieuse, il pensa que son boss était vraiment du genre à bouder son plaisir. Il quitta l'aéroport de Zurich toutes vitres fumées et fermées, et roula longtemps. Toute cette nature ombreuse rappelait à Roman des souvenirs angoissants et il se demanda à nouveau pourquoi il avait proposé de venir jusqu'ici.

Plus il approchait de la région de Teuffen, plus le ciel déroulait au-dessus de l'horizon un velum cireux et terne, plat et sans nuage. Les bois tristes au milieu desquels il cherchait maintenant son chemin buvaient

avoir l'air surpris. – nous voyagerons légers, poursuit mister what, mais

le peu de lumière qui s'y trouvait encore. L'été avait passé et seules les fougères, d'un vert trop cru, presque luminescent, semblaient ignorer que les nuits, déjà, étaient redevenues froides. Aucun des chemins figurant sur sa carte n'était praticable et des panneaux rouillés, qui semblaient avoir toujours été là, interdisaient systématiquement l'accès aux chemins forestiers que Roman voyait de loin en loin percer les frondaisons basses des sapins. Un crachin monotone s'était mis à tomber qui rendait le paysage infiniment triste.

Sur les chemins pierreux, la voiture hésitait. Parfois, une racine ou un caillou tapait contre la caisse et il ralentissait encore un peu plus. Il erra ainsi de longues heures sans parvenir à se repérer ni à trouver ce chemin dont lui avait parlé Sensini et qui conduisait au domaine Naeliev. Ni son GPS, ni sa ligne téléphonique ne fonctionnait, pas même la radio, et Roman sentait monter en lui un malaise grandissant.

La journée allait finissant et le peu de lumière qui perçait encore difficilement au travers des feuillages opaques s'amenuisait. Il alluma ses phares. Une odeur fade de terre mouillée pénétrait à l'intérieur de l'habitacle, bientôt mêlée à des relents écœurants de bois brûlé qui le firent s'arrêter. C'est ici que le chemin prenait fin.

À l'autre extrémité d'une allée de sapins maigres qu'étouffaient à demi des ronces sèches et des buissons d'épines, un grillage de plusieurs mètres de haut mettait un gris brillant sur le noir des futaies. Roman pressentait déjà ce qui l'attendait ici et il descendit de voiture. La bruine était insidieuse et froide, la nuit montait lentement de la terre, avait déjà

n'oubliez ni lunettes de soleil ni crème anti-moustique.

pris possession des buissons d'épines entre lesquels il avançait. La même odeur de bois brûlé était devenue très forte. Sous ses pas, le sol était meuble. Il n'y avait plus de ronces, il n'y avait plus d'épines. Il savait qu'il avait trouvé. Il accrocha ses mains au grillage mouillé et posa son front contre les mailles froides. Qui avait souhaité cela ? Combien de temps avait-il fallu pour que cette clôture soit posée, déroulant ainsi sur des kilomètres une enceinte infranchissable que les cartes ignoreraient à jamais ? Dès qu'il l'avait entraperçue, il avait su qu'il découvrirait dans le maillage d'acier, ce même filigrane, ce même W, qu'il avait trouvé au plus profond de la Roumanie. Mais ce qui s'étendait derrière ce grillage ne ressemblait en rien à l'éden vénéneux qui empoisonnait la folie d'Ellger.

À perte de vue et de vie, déroulant sa désolation calcinée sur des hectares de terre morte, Roman découvrait le paradis d'après la chute. Une forêt de fûts équarris qui se dressaient à la façon de pieux gigantesques dans une cendre que le vent faisait tourbillonner. Des amas de branches mortes et grises s'entassaient au pied de bâtiments en ruines, où se devinaient encore les poutrelles métalliques d'anciennes serres. Ce que les flammes n'avaient pas pris, des défoliants qu'on avait dû déverser en quantité énorme l'avaient brûlé en profondeur. Partout, la mort étendait ses déserts silencieux.

Sur l'horizon que la pluie rendait incertain, une demeure crevée de béances obscures attirait sur ses ruines prétentieuses les dernières lueurs. L'ombre mouvante des nuages bas animait ses façades et

– ces misters partent donc pour une destination ensoleillée ?

donnait l'impression qu'un fantôme s'y promenait encore, une lampe à la main.

Le ciel venait de basculer derrière la montagne et Roman eut soudain peur de la nuit. Il rejoignit sa voiture au plus vite et quitta l'endroit sans attendre. Il roula ainsi quelques kilomètres dans ces bois profonds que le regard ne perçait pas, vérifiant sans cesse et sans savoir pourquoi que rien ni personne ne le suivait. Il ne fut vraiment rassuré que lorsqu'il aperçut la silhouette d'un gamin qui se tenait sur le bord de la route, à l'entrée d'une cour de ferme.

Roman s'arrêta, abaissa sa fenêtre pour demander s'il était possible d'avoir un peu d'eau et s'assurer du chemin à prendre. Le gosse ne répondit pas, le regarda avec des yeux brillants qui semblaient n'être pas de son âge. Entre ses mains, il tenait une boîte de fer-blanc percée de trous dans laquelle on entendait gratter un animal.

— Je cherche la route qui mène au village de Teuffen. Tu sais quelle direction il faut prendre ?

Le gosse restait silencieux et serrait son jouet vivant comme si Roman avait eu l'intention de le lui voler. Sur la façade de la ferme, une grosse ampoule venait de s'allumer qui tachait le mur d'un halo jaunâtre et éclairait un peu la cour. Un arbre maigre griffait le ciel au-dessus d'un bassin de pierre où l'eau ne coulait plus. Une vieille femme était sortie sur le perron de la maison et regardait sans oser s'avancer. Roman demanda à nouveau son chemin mais la vieille ne répondit pas plus que le gosse.

— Qu'est-ce que tu caches dans ta boîte ?

Le gosse hésita, puis s'approchant un peu, entrouvrit le couvercle. Un gros rat blanc, occupant presque

– pour la grèce, walter, la grèce ! c'est là qu'une nouvelle histoire pourrait

tout l’espace de sa prison, tenta de glisser le bout de sa tête par l’étroite ouverture.

— Rentre tout de suite à la maison, Muckel.

La voix de la femme était sèche et autoritaire. L’enfant referma le couvercle et disparut dans la maison avant que Roman n’ait eu le temps de bien voir. Mais il en était presque sûr. L’œil du rat était vert.

commencer.

Remerciements

À Agnès Chabrol pour sa lecture attentive et à Jean-Pierre Goudier pour son amical et numérique déclic.

Stephen BAXTER

Origine - Les univers multiples III

La Terre a subi des changements climatiques sans précédent depuis que la Lune a été remplacée par une étrange planète rouge. Reid Malenfant part en mission afin de retrouver Emma, sa femme, qui a mystérieusement disparu à travers un anneau bleu. Il est persuadé qu'il s'agit d'une porte donnant accès à cette nouvelle lune. Troisième vie pour Reid Malenfant, troisième réalité possible où l'astronaute fait une rencontre surprenante...

POCKET n° 7001

Larry NIVEN et Jerry POURNELLE

La Paille dans l'œil de Dieu

Au fin fond de l'espace, dans plus d'un millénaire... Près de quatre siècles de barbarie ont suivi l'effondrement du Premier Empire de l'Homme. La paix semble revenue dans l'univers humain et ses deux cents mondes habités, sous la férule indéfectible de la Marine Impériale. Mais quelque chose approche. Un objet inconnu qui ressemble à une gigantesque voile solaire, un vaisseau non humain...

Pocket n° 5976

Iain M. BANKS
La plage de verre

Sharrow, descendante d'une des grandes familles de la planète, passée maître dans l'art de voler des antiquités, est l'un des meilleurs éléments de l'armée de Golter. Mais les Husch, secte de fanatiques religieux, veulent l'abattre. Ils sont à la recherche de l'arme ultime, le Canon lent. Une traque de planète en planète conduit Sharrow vers les origines mystérieuses de sa lignée...

Pocket n° 7045

Jean-Pierre ANDREVON
Le monde enfin

Un vieil homme à cheval parcourt la France, vidée de ses habitants comme la totalité de la planète, à la suite d'une pandémie foudroyante quarante-cinq ans plus tôt. Au crépuscule de sa vie, égrenant ses souvenirs, il veut une dernière fois voir la mer. Dans ce monde désert, quelques destins se croisent : ceux des survivants. L'humain a-t-il encore une chance ?

POCKET n° 7046

Composé par Facompo
à Lisieux, Calvados

Imprimé en Espagne par
Liberdúplex
en décembre 2011

POCKET - 12, avenue d'Italie - 75627 Paris cedex 13

Dépôt légal : janvier 2012
S20371/01